JEAN DE LA NUIT

ŒUVRES DE JULIETTE BENZONI
CHEZ POCKET

Dans le lit des rois

Dans le lit des reines

Le roman des châteaux de France T1 et T2

La Florentine

1. Fiora et le Magnifique
2. Fiora et le Téméraire
3. Fiora et le Pape
4. Fiora et le roi de France

Les Loups de Lauzargues

2. Hortense au point du jour
3. Félicia au soleil couchant

Les Dames du Méditerranée-Express

1. La jeune mariée
2. La fière américaine
3. La princesse mandchoue

Les treize vents

1. Le voyageur

JULIETTE BENZONI

Les Loups de Lauzargues

*

JEAN DE LA NUIT

PLON

ISBN 2-266-05003-6

A Marion Sarraut
avec beaucoup d'amitié

Première Partie

LE CHÂTEAU DES SOLITUDES

CHAPITRE PREMIER

LE CAUCHEMAR

L'homme et la femme fuyaient en aveugles à travers la forêt, poursuivis par le hurlement des loups. Ils fuyaient mais la clameur sauvage était sur eux, les enveloppait, barrait tous les passages. L'homme s'efforçait d'entraîner sa compagne dont il tenait la main. Mais, bientôt, il ne leur resta plus qu'une étroite clairière environnée par un cercle infernal qui se resserrait, se resserrait... Des yeux flamboyants, des gueules sanglantes surgissaient des ténèbres et les guettaient. Le couple ne fut plus qu'une seule silhouette noire et blanche qui semblait s'amincir d'instant en instant à force de s'étreindre. Une bête énorme jaillit, s'envola, s'abattit sur sa proie avec un rire qui était celui d'un homme... Le double cri d'agonie domina le chœur triomphant de la terrible meute. La forêt s'emplit de sang. Le flot bouillonnant déborda des futaies, glissa sur le sol de la clairière, un sol qui n'était point fait de feuilles et d'herbe mais d'une mosaïque de bois précieux à demi couverte d'un tapis bleu de France orné de fleurs de lys. Il envahit tout, noyant la clairière, les loups et leurs victimes, étouffant une dernière plainte... qui réveilla Hortense.

Trempée de sueur, le cœur fou, elle se retrouva assise sur son lit. Le silence du dortoir l'enveloppa comme un linge glacé, bloquant le cri de terreur dans sa gorge, apaisant un peu la fièvre du cauchemar. La jeune fille passa une main tremblante sur ses yeux que des taches rouges brouillaient encore et la retira mouillée de larmes car cet homme, cette femme qu'elle venait de voir mourir de si abominable façon, c'étaient son père et sa mère.

Elle eut besoin d'un bon moment pour reprendre le contrôle d'elle-même, remettre les choses à leur place réelle. Ce rêve était horrible, effrayant, mais stupide, forêts et loups n'ayant guère droit de cité à Paris en cette fin de l'année 1827. Or, à l'instant où leur fille les voyait succomber sous une horde, Henri et Victoire Granier de Berny devaient dormir paisiblement dans leur élégant hôtel de la Chaussée d'Antin... Demain, d'ailleurs, Hortense les y rejoindrait puisque demain commençait le temps de Noël...

Autour d'elle, tout était silence mais un silence vivant peuplé de souffles imperceptibles, légers comme des battements d'ailes, privilèges de l'extrême jeunesse. Vingt jeunes filles de quinze à dix-huit ans dormaient dans vingt lits blancs, tous semblables... toutes presque semblables, à la couleur de cheveux près. Des nattes blondes, brunes, rousses, châtaines signaient les pages blanches des draps et des oreillers, si rassurantes dans leur aspect familier que leur compagne, peu à peu, retrouva son calme. Les battements désordonnés de son cœur s'apaisèrent et le souvenir du cauchemar se dilua, chassé par la douce lumière de la veilleuse allumée au chevet de la sœur surveillante, derrière la transparence de ses rideaux blancs.

Pour achever de le dissiper, Hortense marmotta une courte invocation à son ange gardien, se recoucha, ferma les yeux et se rendormit. Un instant après le dortoir des grandes avait retrouvé sa paix et son nombre habituel de souffles légers...

Quand la cloche sonna le réveil, le matin revenu, Hortense avait presque oublié son vilain rêve. L'atmosphère, il est vrai, n'était pas à la mélancolie. Dans quelques dizaines de minutes, le portail des Dames du Sacré-Cœur allait s'ouvrir pour les vacances de Noël et le dortoir, en dépit des protestations de la sœur surveillante, ressemblait à une ruche en folie. Les élèves ne pouvaient plus penser qu'aux fêtes qui les attendaient chez elles. Quant à celles qui – soit pour cause d'éloignement, soit pour toute autre raison familiale – ne quitteraient pas l'institution, elles savaient que la discipline, durant ces quelques jours, subirait un certain relâchement et que la Noël revêtirait, comme d'habitude, un éclat exceptionnel du fait de la visite, dûment annoncée, de Son Altesse Royale Madame la Duchesse d'Angoulême, belle-fille du roi Charles X et Dauphine de France.

Ce n'était certes pas la personnalité de Madame qui déchaînait l'enthousiasme des « restantes ». La fille de Louis XVI, le Roi martyr, et de l'éblouissante Marie-Antoinette était sans doute la princesse la plus désagréable de toute la chrétienté. La cinquantaine qu'elle allait atteindre n'arrangeait rien et si sa piété était exemplaire, son abord était assez rude pour décourager les plus courageuses. Mais on savait qu'un mirifique goûter serait servi à cette occasion et que les jeunes filles dont le maintien trouverait grâce sous son œil sévère avaient quelque chance de voir, par la suite, Madame se charger de leur établissement. D'autant que l'on serait en comité restreint. Beaucoup plus que pour la fête du Sacré-Cœur où la princesse, protectrice de la maison, avait coutume de venir passer en revue l'effectif complet des élèves.

Hortense pour sa part était ravie de ne pas assister à la visite. Elle n'était pas assez bien « née » pour avoir la moindre chance de figurer dans les bonnes grâces d'une princesse à laquelle, d'ailleurs, elle trouvait encore moins de charme qu'au maréchal Oudinot, commandant de la Garde nationale. Madame aurait fait une parfaite supérieure de Carmel et le joli titre de Dauphine lui était à peu près aussi seyant qu'un bonnet de dentelle à un grenadier... Il serait infiniment plus doux de retrouver, ce soir, sa ravissante mère, son merveilleux père, sa chère maison et même l'assommante Mlle Baudoin, sa gouvernante. Enfin, passé Noël, il ne resterait plus que deux trimestres à user chez les Dames du Sacré-Cœur car l'hiver prochain verrait ses dix-sept ans et son entrée dans le monde.

Non qu'elle aimât particulièrement la vie de société, tout au moins celle que sa mère prisait tant, mais quitter le Sacré-Cœur ce serait en finir définitivement avec une cohabitation qui lui était souvent pénible et une atmosphère qui lui pesait. Elle tenait en effet de son père un caractère volontaire et fier, un goût de l'indépendance et du bon combat qui lui rendaient difficile la fréquentation des filles d'émigrés rentrés en France dans les fourgons de l'étranger avec leurs vieux rois Bourbons. Leurs dédains répondaient à son indifférence méprisante. On l'appelait « la Bonapartiste » parce que l'Empereur avait anobli son père mais ce sobriquet ne la gênait pas. Elle s'en parait, au contraire, comme d'une couronne sans jamais laisser oublier qu'une reine de Hollande, même détrônée, était sa marraine et Napoléon son parrain.

Elle aurait cent fois préféré rejoindre, à la Légion d'honneur, son amie Louise de Lusigny mais Louise, fille d'un général tué à Leipzig avec le prince Poniatowski, avait tous les droits d'être élevée dans cette maison où l'on ne considérait pas comme une tare les services rendus à l'Empire. Quant à Hortense, fille d'un des banquiers du Roi, elle ne pouvait, sans indisposer à la fois la Cour, la toute-puissante Congrégation [1] et la duchesse d'Angoulême, recevoir une éducation autre que celle des Dames du Sacré-Cœur.

Ce matin-là le climat n'était pas à l'austérité. La messe matinale et les divers exercices de piété furent suivis avec une distraction qui frisait la désinvolture et qui valut quelques rappels à l'ordre. Enfin, vint le temps bienheureux d'endosser les vêtements de sortie car l'heure approchait où les voitures allaient paraître. Et cinq minutes avant dix heures, les pensionnaires de la maison, rangées en ordre parfait, se soumettaient à l'examen de la Mère de Gramont, maîtresse principale.

A dix heures juste, la première voiture se montrait au portail de la rue de Varenne. L'un après l'autre, dans un ordre quasi processionnel, les équipages franchissaient le seuil de la cour, décrivant une courbe parfaite pour s'arrêter finalement au perron. L'élégance des attelages, la robe luisante des chevaux, les caisses laquées des voitures, le cliquetis des gourmettes d'argent et les livrées des cochers réveillaient les vieux murs de l'ancien hôtel des ducs de Biron, jadis témoins des fêtes galantes et des plaisirs raffinés d'un siècle où l'art de vivre avait atteint le degré suprême.

Les temps avaient changé. Les carrosses dorés, les perruques poudrées, les satins nacrés, les plumes et les dentelles de naguère s'étaient enfuis avec le fantôme léger de l'adorable marquise de Coigny, la blonde maîtresse de l'arrogant Lauzun, dernier duc de Biron, héros de la guerre d'Indépendance américaine et victime méprisante d'une révolution qu'il avait pourtant servie. Néanmoins, un jour, un seul, l'hôtel avait revécu.

Ce jour-là – le 17 septembre 1820 – les lustres retrouvèrent leurs bougies, les girandoles de cristal leur éclat

1. Les jésuites.

limpide, les nymphes de Boucher ou de Fragonard leur sourire coquin : vendue par sa dernière propriétaire, la duchesse de Béthune-Charost, aux Dames du Sacré-Cœur avec l'aide financière du roi Louis XVIII, la maison s'ouvrait à la visite de ses nouvelles occupantes. Une cinquantaine de fillettes et de jeunes filles sous la conduite de la Mère de Gramont s'aventura sur les parquets de bois précieux et put contempler dans toute sa beauté ce merveilleux reflet d'un siècle enfui. Mais les jeunes visiteuses ne venaient pas pour rester. Pas encore. Et on les ramena rue de l'Arbalète tandis que les ouvriers faisaient leur apparition.

La maison s'éteignit pour toujours. Glaces, lustres, meubles fragiles, peintures aimables disparurent. Les boiseries blanc et or qui encadraient, sur les murs des salons, une exubérante flore exotique reçurent une épaisse couche de la plus disgracieuse, la plus affligeante peinture marron dont la vue atterra les jeunes filles au jour de leur installation. L'odeur de la cire et de l'encens remplaça définitivement celles de l'iris, de la violette et de la poudre à la Maréchale. La verveine n'eut plus droit de cité qu'en tisanes...

Mais à l'heure où s'ouvraient les grilles, où claquaient les portières, tout renaissait en dépit des deux ailes sans grâce qui encadraient à présent l'hôtel. Les jeunes filles oubliaient de baisser les yeux et couraient joyeusement vers l'évasion d'une semaine, vers la vie de ce monde dont elles espéraient tant. Elles ne songeaient plus à compter leurs pas, à surveiller leur maintien et retrouvaient miraculeusement leur âge. Cela se sentait à leur manière allègre d'escalader les marchepieds, d'agiter la main pour un dernier adieu à une camarade préférée, à l'éclat des sourires, à la gaieté des yeux...

Peu à peu, l'institution se vidait. Dans le grand vestibule dallé de blanc et de noir, seule Hortense attendait encore et faisait les cent pas tout en s'efforçant de maîtriser son impatience. La voiture de sa mère était toujours la première à franchir le portail, son vieux cocher Mauger y mettant comme un point d'honneur, et ce retard tellement inhabituel inquiétait la jeune fille.

A quelques pas d'elle, une autre pensionnaire l'observait avec un sourire moqueur. Celle-là était aussi brune qu'Hortense était blonde. Son teint d'ivoire et son profil d'impératrice romaine trahissaient le sang italien et constrastaient curieusement avec la grise humilité de la robe d'uniforme qu'elle portait. L'absence de manteau et de chapeau indiquait que la jeune fille était de celles qui restaient au Sacré-Cœur pour les fêtes mais elle ne semblait pas en être autrement affectée.

– On dirait que les traditions se perdent chez vous, dit-elle avec un sourire provocant. Votre cocher est en retard pour la première fois depuis six ans...

– J'espère surtout qu'il ne lui est rien arrivé. Si mon bon Mauger se presse toujours tant c'est parce qu'il sait combien j'ai hâte de rentrer à la maison.

Le rire de la jeune fille brune se fit cruel.

– Il est peut-être mort? Cela arrive à cette sorte de gens.

Le regard indigné d'Hortense se teinta de dégoût.

– La vie d'un homme ne signifie-t-elle rien pour une princesse Orsini? Je ne vois pas là matière à plaisanterie. Mauger est notre plus vieux serviteur. Il m'a vue naître et je l'aime...

Félicia Orsini haussa des épaules désinvoltes.

– Dans notre maison de la piazza Monte Savello il y a une foule de serviteurs. Comment pourrions-nous en distinguer un seul? Nos gens font partie de notre décor au même titre que les tapisseries ou les statues.

– Vous ne connaissez pas ceux qui vous servent?

– Mon Dieu, non. Ils sont trop. Ce sont de ces choses que vos descendants apprendront quand plusieurs siècles auront passé. Pour le moment, votre noblesse est un peu trop... adolescente.

– Cela vaut peut-être mieux qu'une trop vieille noblesse! La peinture de nos armoiries est à peine sèche, sans doute, mais ne comporte aucune trace de sang. Je n'en dirais pas autant des vôtres...

– Qu'est-ce que la fille d'un usurier enrichi peut comprendre à une famille...

– Mesdemoiselles!...

Les deux antagonistes se retournèrent d'un même mouvement. Debout sur la dernière marche du grand escalier de marbre, la Mère Eugénie de Gramont les regardait avec cet air de majesté tranquille qui impressionnait toutes les élèves de la maison, fussent-elles Montmorency, Rohan-Chabot, fille de ministre ou n'importe quelle autre des plus arrogantes pimbêches que les Dames du Sacré-Cœur étaient chargées d'élever. Félicia

Orsini ne faisait pas exception à la règle, sachant d'ailleurs fort bien que la fille de la maréchale de Gramont pouvait étaler encore plus de quartiers de noblesse qu'elle-même. Sa révérence – le règlement était calqué sur celui des demoiselles de Saint-Cyr – s'en ressentit.

– Vous n'avez rien à faire ici, Félicia, s'entendit-elle déclarer. Allez plutôt prier à la chapelle en attendant le déjeuner. La prière vous rappellera peut-être à la sainte humilité. Quant à vous, Hortense, rendez-vous immédiatement auprès de notre Mère générale. Elle vous attend.

– La Mère... générale? soufflèrent avec un bel ensemble les deux ennemies réunies dans la stupéfaction.

– Je crois m'être exprimée comme il convient. Allez, Mesdemoiselles!

Docilement cette fois, les jeunes filles se dirigèrent vers l'aile droite toute neuve où se trouvaient à la fois la chapelle et l'appartement de celle qui incarnait l'autorité suprême non seulement dans le pensionnat de la rue de Varenne mais dans tous les couvents des Dames du Sacré-Cœur éparpillés à travers le monde et jusqu'en Amérique. Non sans appréhension pour la fille du banquier. Un appel chez Mère Madeleine-Sophie Barat, fondatrice de l'Ordre, ne relevait jamais d'un fait insignifiant. Il y fallait de l'extraordinaire, les affaires de discipline courante se réglant chez la Mère de Gramont, maîtresse principale du pensionnat et supérieure du couvent installé dans les anciennes écuries. Pour être appelée chez la Mère générale il fallait avoir commis une faute d'une exceptionnelle gravité qui pouvait, dans les cas extrêmes, aboutir au renvoi ou qui valait au moins à la coupable une semonce d'autant plus cuisante qu'elle était articulée d'une voix douce et avec une exquise urbanité. Ou alors, chose plus rare encore, il fallait avoir accompli une action particulièrement brillante, méritant des éloges dont la valeur se situait tout de suite au-dessous de la béatification.

N'ayant à son actif aucune action glorieuse et n'ayant d'autre part rien de plus grave à se reprocher qu'une dispute avec Félicia lors de la dernière leçon d'histoire, Hortense n'en était que plus inquiète. Que pouvait signifier cette convocation à l'heure où l'institution se vidait en partie?

Devant la modeste porte de chêne foncé, Hortense

hésita, saisie d'une sorte de terreur sacrée. Comme toutes ses compagnes, elle révérait et aimait la Mère Barat dont la hauteur morale, la culture et l'évangélique douceur forçaient l'admiration et dont on chuchotait qu'elle était une véritable sainte [1]. Mais elle la craignait comme le feu et, douée d'une imagination peu commune, elle se demandait toujours, lorsqu'elle se trouvait en sa présence, si en relevant les yeux après la révérence protocolaire elle lui verrait une auréole autour de la tête ou une épée flamboyante dans la main droite. Finalement, elle approcha un doigt du vantail, s'aperçut qu'elle portait encore ses gants, les arracha puis tout doucement « gratta » au panneau de bois.

Invitée à entrer dans le petit parloir, aussi nu qu'une cellule de carmélite où la Mère générale donnait ses audiences, elle eut la surprise de voir celle-ci derrière la porte et n'eut qu'un pas à faire pour se retrouver à ses pieds... Mais on ne l'y laissa pas. Déjà Mère Madeleine-Sophie se penchait pour l'aider à se relever et l'entraînait vers le banc d'ébène à dossier droit qui, avec un petit fauteuil semblable, constituait l'unique concession au confort de cette pièce austère.

– Venez vous asseoir auprès de moi, mon enfant...

Sa voix, où sonnait toujours une toute légère trace d'accent bourguignon – Madeleine-Sophie Barat avait vu le jour à Joigny où son père était tonnelier – était étrangement émue; ses yeux bleus pleins de larmes. Mais Hortense n'eut pas le temps de s'étonner. Un visiteur était là qui s'inclinait et ce visiteur, la jeune fille le connaissait bien : c'était Louis Vernet, le fondé de pouvoirs de son père. Mais un Louis Vernet qui lui aussi semblait bouleversé.

Entre les minces favoris blonds qui l'encadraient, son visage était d'une pâleur de cire, ses yeux rougis par des larmes récentes. Sa main gantée tremblait visiblement sur le pommeau d'ivoire de la canne qui avait cessé d'être un accessoire d'homme élégant pour remplir modestement son rôle de soutien. Hortense croisa un regard éperdu et son cœur se serra car tout cela ne pouvait signifier qu'une chose : un malheur était arrivé.

S'efforçant de dominer l'angoisse qui lui venait, elle demanda :

1. Elle l'est devenue en effet. Canonisée en 1925.

– Comment se fait-il que vous soyez ici, Monsieur Vernet? J'attendais Mademoiselle Baudoin, ma gouvernante...

– Elle ne viendra pas, Mademoiselle. Il est arrivé... une catastrophe...

– A la maison?... Une catastrophe? Mais quoi? Parlez, voyons!...

– Je... Oh, par pitié, Révérende Mère, dites-lui! Moi je ne peux pas! Je ne peux pas!...

Avant que l'on ait pu prévoir son geste, Louis Vernet s'était jeté littéralement hors de la pièce, étouffant ce qui ne pouvait être qu'un sanglot. Hortense sentit ses mains se glacer. C'était comme si son sang refluait tout à coup vers son cœur, abandonnant tout le reste de son corps, lui laissant la gorge sèche, les tempes battantes avec l'impression qu'une chose terrible allait s'abattre sur elle pour l'écraser. Elle regarda la Mère générale sans vraiment distinguer son visage.

– Il est arrivé quelque chose... à mon père?

– Oui... Oh, mon enfant comme je voudrais ne pas avoir à prononcer de tels mots! Vous allez devoir faire preuve d'un très grand courage, Hortense. Cette sorte de courage que Dieu seul peut donner et que seul peut conforter le Cœur Très doux et Très compatissant de Jésus...

Alors doucement, lentement, serrant bien fort entre les siennes les petites mains qui se glaçaient, choisissant ses mots avec un soin extrême, avec la délicatesse d'une femme qui en connaissait depuis longtemps la puissance meurtrière, Mère Madeleine-Sophie répéta ce que Louis Vernet venait de lui apprendre... Non, Hortense ne quitterait pas le Sacré-Cœur ce jour-là. Elle ne rentrerait pas dans le grand hôtel de la Chaussée d'Antin où ne l'attendaient plus qu'un troupeau de serviteurs désemparés... et une escouade de policiers. Elle resterait avec ses compagnes étrangères [1] et celles, trop nombreuses, que leurs mères oubliaient au profit d'une vie mondaine intense. Elle resterait à ce foyer que l'on allait s'efforcer de lui faire aussi doux que possible car c'était à présent le seul qui lui restât...

1. De nombreuses jeunes filles étrangères venaient se faire élever au couvent où l'instruction, semblable à celle des garçons chez les jésuites, était exceptionnelle pour l'époque.

Il y a des mots qu'il faut bien finir par prononcer mais dont la cruauté paraît tellement insensée que l'on ne peut en assimiler le sens. Hortense ne comprit pas tout de suite ce qui lui arrivait... Comment concevoir clairement une chose aussi abominable? Ses parents... son père... sa mère... morts tous les deux?... Comment surtout imaginer le drame de cette dernière nuit? Au retour d'un bal, le banquier avait tué sa femme et s'était ensuite donné la mort...

Et soudain, elle prit conscience de la réalité, en même temps que lui revenait le souvenir de son cauchemar. A nouveau, elle entendit hurler les loups, elle revit l'homme et la femme qui fuyaient à travers les arbres ténébreux, les bêtes monstrueuses qui les poursuivaient, celle qui les écrasa... La vision fut si nette qu'elle voulut courir à leur secours, s'élança les bras tendus pour repousser la meute hurlante... Puis tout devint noir et, avec un cri désespéré, elle s'abattit sur le parquet...

Quand elle reprit connaissance, rappelée à la vie par la brûlure des sels d'ammoniaque, elle vit qu'elle était couchée dans l'un des lits de l'infirmerie. Mère Madeleine-Sophie était à son chevet et prenait, des mains de la sœur infirmière, une compresse froide pour remplacer celle, déjà chaude, qui recouvrait son front...

– Je suis... malade? souffla-t-elle.

– Non. Pas vraiment... du moins je l'espère. Vous vous êtes seulement évanouie ...

– Évanouie? Moi?... Je ne me suis jamais... évanouie?...

– Si, hélas...

Brusquement, la mémoire lui revint avec la conscience claire du drame qui s'était abattu sur elle. Ses yeux noisette piqués d'or se posèrent sur le visage de la Mère générale qu'entourait entièrement la coiffe blanche tuyautée où s'épinglait le voile noir.

– Mon père... ma mère?... Mais pourquoi? Pourquoi?

Elle répéta le mot encore et encore. La question torturante se formait et se reformait derrière son front, se succédant à elle-même comme ces arbres que l'on voit défiler d'une portière de voiture. Mais à cette question, Mère Madeleine-Sophie ne pouvait répondre. Elle savait seulement ce que Louis Vernet lui avait appris. Et d'ailleurs que pouvait-elle savoir de plus? Il eût fallu mieux connaître cet homme, cette femme dont elle savait peu de chose sinon la haute position sociale et la générosité envers le couvent. Comment deviner ce qui s'était passé entre eux? Quelles paroles avaient été échangées? Quel fait, quelle phrase avaient déclenché le geste meurtrier?...

D'après Louis Vernet, rien dans le comportement d'Henri Granier de Berny ne pouvait laisser supposer, la veille au soir, la moindre tendance au désespoir ou à la colère. Le banquier et sa femme devaient se rendre à un bal donné chez le duc Decazes et si Granier n'aimait guère les bals qu'il jugeait assommants, il ne refusait jamais d'y accompagner sa femme qui, elle, en raffolait. D'après le portier, ils étaient rentrés vers deux heures du matin, étaient montés, comme d'habitude, jusqu'au boudoir de la jeune femme pour y prendre un dernier rafraîchissement avant d'aller dormir. Le double coup de feu avait éclaté environ vingt minutes plus tard...

– Je ne sais rien de plus, soupira Mère Madeleine-Sophie. Quant à expliquer, personne en ce monde ne le pourrait, ma pauvre enfant. C'est le secret des âmes et Dieu seul en est le maître...

Elle parla encore longtemps et sa voix douce endormait peu à peu la douleur cuisante. Pourtant, Hortense n'entendait pas vraiment ce qu'elle disait. C'était trop grand, trop haut pour sa souffrance terrestre! La Mère générale invoquait la Passion du Sauveur, la Très Sainte Obéissance et l'abandon à la volonté de Dieu. Mais Dieu était trop loin, trop haut pour une enfant de dix-sept ans poussée brutalement hors de l'inconsciente insouciance de l'adolescence et jetée dans l'horreur. Le Ciel s'était fermé. Il allait falloir vivre dans les ténèbres extérieures...

– Ma Mère, dit enfin Hortense d'une voix qui lui parut curieusement étrangère, je désire rentrer chez moi et je vous supplie de m'y faire reconduire. Il faut... oui, il faut que je sache!

– Ne me demandez pas cela! M. Vernet m'a dit le bouleversement qui a suivi le drame. La maison est aux mains des hommes de loi. Vous ne savez pas ce que c'est. Moi qui ai vécu la Terreur, je le sais. Partout vous vous heurteriez à des gens, à des mots, à des gestes, à des spectacles qui ne sauraient que vous blesser. Vous êtes trop jeune pour affronter pareille épreuve...

– Mais eux... mes parents? Je voudrais au moins les revoir!...

La Mère générale hocha la tête. Cela non plus n'était pas possible. L'hôtel de Berny était gardé par la police, d'ordre du Roi. Les scellés y seraient posés plus tard. Hortense ne pourrait y rentrer et c'était peut-être mieux ainsi. Au moins conserverait-elle une image vivante de ceux qu'elle aimait. Pourquoi vouloir confronter un souvenir chaleureux avec une réalité brutale? Et puis, il y avait tout le reste : le monde, les bavardages, les journaux, la curiosité sans pudeur et la malveillance. De tout cela, les murs du Sacré-Cœur garderaient Hortense. Au moins y aurait-elle la paix et la possibilité de prier pour ses parents...

– Je vous accompagnerai moi-même aux funérailles. Ensuite nous verrons ce qu'il conviendra de faire. Il vous reste, m'a-t-on dit, de la famille du côté de votre mère?

– Oui. Maman avait un frère aîné : le marquis de Lauzargues. Mais il vit loin d'ici et je crois qu'ils étaient brouillés. Elle n'en parlait jamais... Il n'est rien pour moi!

– Ne préjugez pas de l'avenir. Il vous sera peut-être un jour un appui, un secours... Pour l'instant, il faut seulement songer à vous reposer, à dormir. Demain nous entendrons la messe ensemble...

Elle sortit après avoir posé un baiser sur le front de la jeune fille, la laissant à la garde de la sœur infirmière après avoir donné à voix basse quelques instructions. Nantie d'une infusion calmante, Hortense sombra dans un sommeil sans rêves et n'en sortit que pour s'enfoncer dans un silence qui lui parut sans limites.

Autour d'elle les pas se feutraient, les voix baissaient, les conversations devenaient chuchotements et les autres pensionnaires s'écartaient. C'était comme si elle était subitement devenue quelque chose de fragile ou de dangereux... Plongée dans cette atmosphère ouatée, gardée par les voiles noirs des religieuses, elle se retrouvait face à face avec elle-même et s'efforçait de comprendre ce qui lui arrivait.

Pour cela, elle rappelait à son souvenir toutes les images qui lui restaient de ses parents, les examinait, les confrontait. C'est alors qu'elle s'aperçut d'une chose étrange, impensable mais pourtant réelle : ils étaient pour elle presque des inconnus dans leur vérité d'homme et de femme... Elle ne savait rien d'eux... ou si peu! Des bribes, bien sûr – et combien précises –, mais entre elles de grandes plages blanches...

Son père? Un Dauphinois puissant, noir de poil, dur de cuir, aussi solide que les rochers de ses montagnes natales. Sans même avoir besoin de fermer les yeux, Hortense pouvait retracer les traits de son visage où les yeux dorés, vifs et pétillants – ses yeux à elle! – mettaient une note de gaieté. Ce qui frappait le plus, chez lui, en dehors de sa haute taille et de sa carrure, c'étaient ses mains. Elles étaient blanches, fines, étroites, délicates même comme des fleurs de liseron accrochées au tronc d'un chêne rugueux. L'intelligence était à l'image de l'homme: immense, presque démesurée mais avec d'étranges délicatesses et des subtilités inattendues. Un sens de l'honneur intransigeant, rare dans les milieux des manieurs d'argent, une extrême générosité jointe à une extrême discrétion, tel était Henri Granier, tel il avait toujours été, ce fils de petit aubergiste grenoblois parti de rien et qui, cependant, avait su édifier l'une des premières fortunes de France.

Quand il avait quitté son pays, à dix-sept ans, il n'avait d'autres biens que son courage et sa volonté. C'étaient alors les heures les plus noires de la Révolution. Le Roi venait de mourir sur l'échafaud. La Reine n'allait pas tarder à le suivre et, après elle, le meilleur du sang de France. Mais, à cette époque, le sort des souverains intéressait peu Henri. Ils lui étaient aussi lointains que le soleil et la lune. Encore le soleil le chauffait-il le jour et la lune l'éclairait-elle la nuit. Ce qui attirait le jeune homme à Paris, c'était un monde qu'il devinait en gestation, c'était le besoin forcené de s'affirmer, de réussir. Au milieu de cette apocalypse, il avait su victorieusement se tailler une part de lion.

Sa fortune, Granier la devait d'abord à lui-même puis à Napoléon qu'il avait servi avec une fidélité totale, un dévouement absolu. Non parce qu'il était le maître mais parce que l'homme lui semblait digne d'être servi. Et Napoléon avait donné la puissance à la banque Granier tout en érigeant en baronnie la terre de Berny que son fondateur avait acquise. En échange, la banque Granier avait soutenu l'Empereur jusqu'à l'ultime embarquement pour Sainte-Hélène, et l'Empire tant qu'il avait existé.

L'une était sans doute plus solide que l'autre puisque l'empire était mort alors que la banque vivait toujours, trop importante pour ne pas courir sur sa vitesse acquise.

Les Bourbons, à peine débarqués avec leurs bagages usés et leurs idées de l'autre siècle, avaient eu besoin d'argent, et plus encore la France qui devait faire face à l'énorme rançon extorquée par les vainqueurs du César corse. Henri Granier en avait payé une partie. Non pour les nouveaux maîtres qui n'obtenaient de lui qu'un respect de commande et le dédaignaient presque ouvertement. Ils n'étaient pour lui que des Pygmées perdus dans les bottes d'un géant et jamais, après Waterloo, on ne l'avait vu aux Tuileries en dépit des prières de sa femme.

Sa femme? Elle avait tout juste seize ans quand, après Wagram, Henri Granier l'avait rencontrée à Clermont où il s'était rendu pour traiter quelques affaires. Elle y soignait une tante malade, la comtesse de Mirefleur, cliente d'Henri. Et, tout de suite, le jeune banquier avait été l'esclave de cette enfant blonde, exquise et délicate comme une fleur d'amandier, sans même chercher à en apprendre davantage sur son caractère. Or, en fait de caractère, Victoire de Lauzargues n'avait que de l'obstination et une vive admiration pour sa jolie personne. La passion de ce jeune homme que l'on disait si riche l'avait séduite, conquise presque autant que l'idée d'aller briller dans une Cour, même un peu fraîchement peinte, plutôt que de végéter sa vie entière dans quelque vieux château d'Auvergne.

Elle avait épousé Henri malgré la volonté de sa famille indignée de voir une aristocrate de vieille souche tendre la main à un « fils de la Révolution ». A l'exception de Mme de Mirefleur, les Lauzargues l'avaient maudite, reniée et jamais la jeune baronne de Berny n'avait revu ses parents. A leur mort, le marquis, son frère aîné, n'avait même pas daigné l'avertir. Pour tous les Lauzargues, Victoire était morte.

Elle ne semblait pas en souffrir outre mesure. La fortune de son époux, la faveur impériale et sa beauté en avaient fait l'une des reines de Paris. On citait ses toilettes, on copiait ses attelages et les couleurs de ses livrées, on se pressait aux fêtes qu'elle donnait dans son hôtel de la Chaussée d'Antin ou dans le superbe château de Berny, près de Fresnes, construit au temps du Grand

Roi par François Mansart lui-même et où, au XVIIIe siècle, le cardinal de Fürstenberg avait donné des fêtes inoubliables... mais que Victoire de Berny s'efforçait de faire oublier.

La vie de la jeune femme se déroulait tel un tourbillon de plaisirs perpétuels dont son époux était à la fois l'esclave et le magicien et que la naissance d'Hortense avait à peine interrompu. La ravissante Victoire avait supporté avec quelque impatience de voir sa beauté mise un moment sous le boisseau mais Leroy, le couturier impérial, avait créé pour elle de si adorables négligés qu'elle avait fini par s'en accommoder. Ils paraient de nuages neigeux, de dentelles diaphanes sa taille déformée et lui permettaient de recevoir étendue sur une méridienne de satin azuré. Et puis, Hortense avait eu la triomphante idée de naître le 20 mars 1811, le même jour exactement que le petit roi de Rome, et sa mère en avait tiré un surcroît de félicité car la faveur impériale s'était encore accentuée : l'Empereur lui-même et sa belle-fille, la reine de Hollande, avaient tenu l'enfant sur les fonts baptismaux. Le bébé y avait reçu, en même temps qu'une layette véritablement impériale, les prénoms d'Hortense-Victoire-Napoléone.

Tout cela, bien sûr, Hortense l'avait entendu raconter principalement par le vieux Mauger mais, par la suite, elle n'avait rien remarqué, entre ses parents, qui pût laisser supposer une quelconque mésentente. Ils semblaient, au contraire, s'entendre assez bien si l'on tenait compte du fait que chacun avait sa vie propre : les affaires pour Henri, les plaisirs pour Victoire, mais le couple paraissait uni.

A deux occasions seulement, l'enfant avait pu entendre des éclats de voix venant de la chambre de sa mère. Une fois même, le bruit d'une porte claquée l'avait réveillée en pleine nuit. Elle s'était levée et, prenant bien garde de ne pas réveiller sa gouvernante, elle s'était glissée dans l'escalier. Là, assise sur le marbre froid à l'abri de la rampe de bronze doré, elle avait aperçu son père : adossé à la porte de Victoire, le visage congestionné, il arrachait sa cravate blanche d'une main nerveuse. Il haletait comme s'il avait couru longtemps... Terrifiée, la petite fille l'avait cru malade et avait voulu lui porter secours mais elle n'en avait pas eu le temps. S'arrachant à cette porte, il s'était jeté dans l'escalier. La porte du grand vestibule avait claqué avec un bruit de tonnerre. Ensuite, il y avait eu le galop d'un cheval. Puis plus rien...

Hortense était trop jeune, alors, pour tirer conclusion de cette scène étrange mais le souvenir lui en revenait à présent. L'entente de ses parents n'était-elle que façade? L'amour de son père pour sa mère – qui aurait éclaté même aux yeux d'un aveugle – n'était-il pas payé de retour? Dans le silence de la petite chambre qu'on lui avait donnée pour la tenir un peu à l'écart des autres jeunes filles dont la Mère Madeleine-Sophie savait qu'elles pouvaient être cruelles, Hortense cherchait à rassembler les souvenirs qu'elle gardait de ses derniers séjours à la maison mais n'en avait pas tiré grand-chose. Peut-être la gaieté de sa mère avait-elle quelque chose d'un peu forcé? Peut-être son père était-il plus silencieux que de coutume mais il y avait toujours tellement de monde autour d'eux, tant de visages, qu'il devenait difficile de les isoler. Juste avant la dernière rentrée d'octobre, le temps des grandes chasses les avait emportés dans l'habituel tourbillon de mondanités et, les derniers jours, Hortense les avait à peine vus. Mlle Baudoin l'avait ramenée au Sacré-Cœur et, réinstallée dans le cercle studieux et paisible où les Dames enfermaient leurs élèves, Hortense s'était trouvée coupée des siens...

Elle n'en avait pas souffert, alors, mais à présent l'idée de ne plus les revoir lui était insupportable. Elle découvrait qu'elle les aimait très fort et qu'elle tenait à eux par toutes les racines profondes de son être. Avec peut-être une préférence pour son père dont elle admirait passionnément le courage et la combativité. Pour sa mère son amour se teintait d'indulgence. On disait, dans le cercle des amis intimes – ou tout au moins de ceux qui se voulaient tels –, qu'elle lui ressemblait, mais Hortense savait bien que ce n'était pas tout à fait vrai. Victoire était une sorte de fée dont les cheveux d'or étaient faits pour porter aussi bien le diadème de diamant que la toque de zibeline piquée d'une émeraude ou l'absurde enroulement de velours noir auréolé de « paradis » doré qu'elle avait mis à la mode l'hiver dernier. Ses yeux changeants se reflétaient dans les mousselines et les soies languides dont elle se parait et qui rappelaient davantage les grâces de la Grèce que les tendances bourgeoises qui venaient à la mode. La nouvelle silhouette « en sablier » l'amusa un moment car elle lui permettait de souligner d'un large ruban une taille incroyablement fine, mais elle refusait farouchement les amas de boucles des nouvelles coiffures et les énormes manches à gigot qu'elle trouvait ridicules parce qu'elles cachaient la forme exquise de ses bras... En fait, c'était son rire dont Hortense se souvenait le mieux : une cascade aérienne, perlée, un *pizzicato* de petites notes argentines qui s'envolait comme une chanson. Il poursuivait la jeune fille dans la nuit silencieuse du couvent et lui arrachait des larmes désespérées. Victoire, elle, ne pleurait jamais...

Les doubles funérailles eurent lieu le 28 décembre à l'église Sainte-Madeleine[1]. Elles furent imposantes et fastueuses mais houleuses, déshonorées par une foule avide de sensations malsaines. Hortense les suivit dans le calme relatif d'une chapelle latérale puis cachée au fond de la voiture de son père, sa main serrée dans celle de la Mère générale, les yeux secs à force d'avoir trop pleuré, le cœur en détresse, incapable de reconnaître un visage. D'ailleurs on aurait dit que tous les amis avaient fui et qu'à cette fête de la Mort, il n'y avait que des étrangers...

Heureusement pour elle, l'orpheline n'entendit rien des bruits venimeux, des potins perfides qui couraient jusqu'au ras du dallage de l'église. Elle n'entendit pas les hypothèses insultantes des gens « bien renseignés » – le banquier aurait tué sa femme dans une crise de jalousie après l'avoir surprise, dans un salon de l'hôtel Decazes, en la compagnie plus que galante de Don Miguel, prince de Portugal et époux, à demi sauvage, de la jeune reine Maria, qui visitait alors Paris... La petite silhouette noire de Mère Madeleine-Sophie, son regard si ferme tenaient la foule à distance et protégeaient Hortense plus encore que ses voiles de crêpe. Sur le passage de la religieuse on se taisait, on s'inclinait presque car on connaissait sa haute vertu et aussi la protection totale que lui accordaient non seulement l'entourage royal mais aussi la toute-puissante Congrégation... C'était elle qui avait exigé les funérailles religieuses, non seulement pour la victime mais aussi pour le meurtrier coupable de s'être « donné la mort ». On avait conclu pudiquement à une crise de folie pour lui éviter le sort ignominieux des suicidés...

1. Il ne s'agit pas de la Madeleine mais de l'église de l'Assomption.

L'incident eut lieu au cimetière du Nord [1] alors que les deux bières d'acajou et de bronze venaient d'être déposées dans la tombe ouverte. Mère Madeleine-Sophie avait indiqué à Mauger d'amener la voiture aussi près que possible de la tombe afin d'éviter à Hortense d'avoir à traverser une foule épaisse. Il ne restait qu'une courte allée à franchir.

Aidée par sa compagne qui venait de lui placer dans les mains un gros bouquet de violettes, Hortense descendit, non sans trébucher dans les longs voiles noirs qui l'enveloppaient. Louis Vernet, tout vêtu de noir lui aussi, se précipitait pour lui montrer le chemin et l'isoler davantage quand, soudain, un jeune homme surgit de derrière une grande stèle surmontée d'une croix. Arrachant un haut-de-forme gris, il barra le passage à la jeune fille...

– On a tué votre père, Mademoiselle, s'écria-t-il. Il ne s'est pas suicidé! Il n'a pas tué votre mère! On les a assassinés... tous les deux!

A travers le brouillard noir du voile, Hortense entrevit un visage jeune, assez sympathique d'ailleurs mais où rien ne semblait d'aplomb, une broussaille de cheveux et de favoris couleur de suie, des yeux noirs étincelants. L'homme semblait hors de lui-même mais elle n'eut pas peur.

– Qui les a tués?... Le savez-vous?...

– Non... Pas encore! Mais je trouverai!...

Déjà on se jetait sur lui. Trois « records » de la Police – redingote élimée, castors rapés et gourdins torsadés – s'emparaient de lui et l'entraînaient en dépit de la défense vigoureuse qu'il opposait. Hortense, figée au milieu du chemin, l'entendit crier encore :

– Cherchez haut!... Très haut... et prenez garde à vous! Vous êtes trop riche!...

Un coup de gourdin l'assomma et il disparut complètement, englouti sous la marée noire de ses gardiens. Autour d'elle, Hortense entendit des voix qui s'exclamaient : « C'est une honte!... Un vrai scandale!... Pauvre petite!... C'est sûrement un libéral... Un de ces fous de l'opposition... Le Roi est trop faible. »

La main ferme de la Mère générale reprit son bras.

– Venez, mon enfant!... Tout ceci est odieux!

Presque machinalement, Hortense laissa tomber ses

1. Cimetière Montmartre.

fleurs au fond du caveau où les deux cercueils s'alignaient côte à côte. La pensée lui vint que, peut-être, son père et sa mère étaient heureux à cette même minute puisqu'ils étaient réunis à jamais. Et soudain, elle n'eut plus envie de pleurer. Avec un dernier signe de croix, elle se détourna de la fosse que l'on allait refermer, chercha son mouchoir et se moucha vigoureusement après avoir quitté la main qui la soutenait depuis le début. Derrière elle la foule s'était refermée et la regardait, chuchotante, alléchée par ce qui venait de se passer. Elle entrevit des yeux luisants, des ébauches de sourires gourmands. Tous ces gens l'épiaient, guettant les réactions de sa douleur... Ces gens parmi lesquels se cachait peut-être l'assassin de ses parents. Car, à présent, elle en était sûre : on les avait tués. La dénonciation violente de l'inconnu rejoignait trop le cauchemar de l'autre nuit, le mauvais rêve qui prenait, à cet instant, figure d'avertissement... Restait à trouver le loup meurtrier. Qui pouvait-il être?

Une soudaine colère l'envahit avec le besoin de quitter ce rôle de victime pour affirmer une personnalité propre, celle même de son père qu'elle sentait subitement bouillonner dans son sang. Relevant à deux mains le grand voile de crêpe qui lui tombait devant la figure, elle le rejeta sur son dos, découvrant un jeune visage encore plus nu d'avoir été lavé par les larmes. Son regard, noir de mépris, balaya toutes ces têtes, toutes ces silhouettes. Puis, la tête haute, le menton fièrement relevé, elle marcha vers cette masse confuse qui s'ouvrit précipitamment devant elle comme une mer houleuse sous l'étrave d'une frégate...

Voile au vent d'hiver, suivie de la Mère générale silencieuse mais dont les yeux bleus brillaient d'une petite flamme amusée, elle rejoignit sa voiture, rencontra le regard, à la fois stupéfait et ravi, du vieux cocher.

– Ramenez-moi à la maison, Mauger!

Mais déjà Louis Vernet se précipitait.

– C'est impossible, Mademoiselle, chuchota-t-il, le Préfet de Police a fait apposer les scellés sur l'hôtel. Vous ne pourriez y entrer. Il faut attendre que l'enquête soit achevée...

– L'enquête? Quelle enquête? N'a-t-on pas clamé partout que mon père s'était suicidé après avoir tué ma mère? Alors, pourquoi une enquête? A moins que ce jeune homme inconnu que l'on a arrêté tout à l'heure n'ait raison?...

Sa voix avait sonné, haute et claire comme un défi. Le murmure qui suivit lui apprit qu'elle avait été entendue mais, à présent, Mère Madeleine-Sophie reprenait la situation en mains.

– Il vous faut rester encore quelque temps chez nous, Hortense. Il vous faut attendre qu'un conseil de famille se constitue puisque, malheureusement, vous êtes encore mineure.

– Conseil de famille? Quelle famille? Je n'en ai pas...

– Vous savez bien que si. Allons, venez. Il fait un froid horrible. Ayez pitié de mes rhumatismes, ajouta-t-elle plus bas avec un demi-sourire.

Hortense prit sa main, la baisa.

– Pardonnez-moi, dit-elle en aidant la religieuse à monter en voiture.

– Je vous ramène au Sacré-Cœur, Mademoiselle Hortense? demanda Mauger, une pointe de déception dans la voix.

– Oui. En attendant. Mais, sois sans crainte, tout restera en place à la maison. Pour toi tout au moins!

La portière claqua derrière elle. Mauger fit tourner la voiture, et, sans attendre d'avoir atteint la porte du cimetière, mit ses chevaux irlandais au trot pour redescendre vers le cœur de Paris.

– Vous allez avoir un tuteur selon toute vraisemblance, dit Mère Madeleine-Sophie au bout d'un moment. Peut-être ne vous permettra-t-il pas de conserver le train de maison de vos parents?

– Entre le train de maison et Mauger il y a un monde, ma Mère! Quant à ce tuteur, je ne vois pas bien qui il pourrait être.

– Mais... votre oncle. Il est votre plus proche parent.

– Je n'ai jamais rencontré d'oncle, ma Mère. Celui qui a renié sa sœur ne peut pas être de ma famille. Je serais fort étonnée, d'autre part, que mon père n'ait pas mis ordre à ses affaires ni prévu le cas de sa disparition soudaine. Je suis certaine qu'il a tout décidé pour moi depuis longtemps...

– Pour vous... et pour votre mère, je pense. Il n'imaginait sans doute pas qu'elle ferait, avec lui, le grand voyage vers Dieu. Cela pose certainement des problèmes de droit...

– Vous ne croyez pas non plus qu'il ait commis ce double crime, n'est-ce pas? murmura Hortense avec une soudaine passion.

L'étroit visage aux yeux méditatifs se tourna vers la portière, derrière la glace de laquelle défilaient les arbres dépouillés et les maisons mouillées.

– J'ai peu rencontré votre père, dit la Mère générale au bout d'un instant, mais je crois l'avoir bien jugé. C'était l'un de ces hommes qui ne reculent devant aucun obstacle, aucune épreuve. Dur pour les autres peut-être mais certainement encore plus dur pour lui-même... Le geste de l'autre nuit dénoncerait un faible, un instable. En mon âme et conscience, je crois...

– Qu'on les a tués, comme l'a dit ce garçon? Au fait, sait-on qui il est?

La religieuse sourit.

– Moi, en tout cas je ne le sais pas. Je fréquente peu les milieux politiques, vous savez! Quant à savoir au juste ce qui s'est passé... je crois que Dieu seul pourrait le dire.

– Il faudra pourtant bien que je sache un jour...

En rentrant rue de Varenne, les deux femmes trouvèrent la maison sens dessus dessous. C'était en effet le jour de la visite traditionnelle de Madame la Dauphine... et du fameux goûter. L'atmosphère était à l'agitation et l'on ne pouvait traverser une pièce ou un couloir sans se heurter à quelqu'un transportant du linge, de la vaisselle ou des vases pleins d'eau pour les fleurs.

Peu désireuse de participer en quoi que ce soit à une fête à laquelle, bien entendu, elle ne paraîtrait pas, Hortense choisit le jardin. Elle en aimait l'ordonnance noble, les broderies jumelles des deux parterres dessinées au petit buis que le jardinier emplissait suivant les saisons de primevères, de giroflées, de petits dahlias, de reines-marguerites ou de chrysanthèmes. Elle aimait les longues allées ombragées de platanes qui rejoignaient, au bout du jardin, sur la rue de Babylone, l'école gratuite ouverte par la Mère Madeleine-Sophie pour les fillettes pauvres du quartier [1]. Elle s'y sentait chez elle, surtout auprès de certain gros massif, appuyé contre un mur et que le jardinier enveloppait de paille à la saison froide. Il donnait l'été de larges feuilles charnues et ces

1. Elles y recevaient la même instruction que les pensionnaires. Cela aussi était une innovation due à la Mère Barat.

énormes boules de fleurs roses qu'aimait tant sa marraine dont, comme elle-même, elles portaient le nom. Ce n'était pas qu'elle admirât particulièrement les hortensias qui étaient sans parfum, elle leur préférait les roses, mais leur masse imposante avait quelque chose de solide et de rassurant. Même lorsque, comme en ce moment, les minces tiges dénudées s'habillaient de paillons jaunes.

Les bras croisés sous son fichu de laine noire, Hortense descendit le large degré qui, de la terrasse, menait au jardin, et se dirigea vers les hortensias. Une exclamation de contrariété lui échappa : un groupe de pensionnaires lancées dans une conversation animée encombrait l'allée.

Hortense faillit changer de direction mais elles l'avaient aperçue et, à présent, la regardaient avec des demi-sourires et des chuchotements qui n'annonçaient rien de bon. Il y avait là les plus irréductibles parmi les filles d'émigrés : Adélaïde de Coucy, Jeanne de Chaniac, Louise et Eugénie de Fresnoy, Françoise d'Aulnay, toutes celles pour qui la fille du banquier représentait l'ennemie, l'héritière d'une grande fortune doublée d'une insupportable roturière qui n'avait même pas la pudeur de cacher ses affections bonapartistes.

Changer de chemin eût été une honte pour Hortense. Quelque chose comme amener son pavillon en face de l'ennemi sans attendre le premier coup de canon. Comme tout à l'heure au cimetière, elle décida de faire face et, sans rien changer à son allure, marcha vers le groupe. Peut-être que, devant son deuil, il s'ouvrirait comme tout à l'heure la foule?...

Mais il n'en fut rien. Les filles demeurèrent bien soudées, petit bastion gris sur lequel tranchaient les rubans bleus de la Première Classe et les couleurs différentes des chevelures. Elles la regardaient venir. Ce fut Adélaïde de Coucy qui ouvrit le feu :

– Que venez-vous chercher par ici? Le jardin est assez grand. Allez vous promener ailleurs!

– C'est par ici que j'aime à me promener. Pourquoi irais-je ailleurs?

– Parce que vous nous dérangez.

– Moi, vous ne me dérangez pas...

– Nous voulons bien le croire, lança la voix haut perchée d'Eugénie de Fresnoy. Il est inespéré pour une fille de peu de vivre quotidiennement auprès de la meilleure noblesse de France. Cela pourra vous servir plus tard mais je doute qu'à présent vous puissiez faire le moindre chemin dans le monde. Le vrai, en tout cas!

– Qu'appelez-vous le monde?

– Celui des gens bien nés dont l'origine ne se cherche pas dans le ruisseau. Celui des gens qui ne s'entretuent pas entre mari et femme...

Hortense devint blême. Sous le fichu de laine ses poings se serrèrent...

– Vous insultez mes parents! Je vous ordonne de retirer immédiatement ce que vous venez de dire!

La jeune pimbêche se mit à rire, immédiatement imitée par ses compagnes.

– Vous m'ordonnez? Vous que l'on va bientôt montrer du doigt?... Je ne retirerai rien car c'est ce que nous pensons toutes. Et j'aimerais savoir comment vous pourriez nous en empêcher!

Oubliant toute prudence, Hortense allait se jeter sur elle quand une voix froide se fit entendre.

– Restez tranquille, Hortense! Je crois que je vais me charger de cela!

Personne n'avait vu ni entendu venir Félicia Orsini qui débouchait d'une allée balançant au bout de ses doigts un exemplaire de *la Petite Logique* du Père Loriquet qui était le maître-livre de la maison, mais que d'ordinaire elle avait quelque tendance à mépriser. Délibérément, elle se plaça entre le groupe des jeunes furies et la victime désignée. Comme un serpent qui attaque, sa main jaillit et, par deux fois, s'abattit sur les joues rondes de l'héritière des Aulnay avec une force telle que les larmes jaillirent.

– Qui en veut? ironisa la Romaine en considérant d'un œil narquois le groupe abasourdi, Mademoiselle de Coucy, peut-être? Ou cette chère Mademoiselle de Chaniac qui n'hésite jamais à dénoncer ses camarades dans l'espoir de se faire bien considérer de Mère de Gramont? Espoir toujours déçu, d'ailleurs. On ne mange pas de ce pain-là chez les Gramont.

Adélaïde de Coucy récupéra la première.

– Quelle mouche vous pique, princesse? Voilà une étrange idée de vous faire le champion de cette fille? Nul n'ignore ici que vous la détestez.

– Je ne crois pas vous en avoir jamais fait confidence. En tout cas, je ne vous permets pas de préjuger de mes sentiments.

– C'est le secret de Polichinelle, ricana Jeanne de Chaniac.

– Il vous plaît de le dire. Mais pour vous éviter de vous poser des questions et de vous livrer à votre habituelle entreprise d'espionnage, je veux bien vous dire ceci : la grandeur de la catastrophe qui vient de frapper Mademoiselle de Berny devrait inciter toute âme bien née à lui porter, au moins, compassion et respect. Mais apparemment, aucune de vous n'est bien née! conclut Félicia en glissant son bras sous celui d'Hortence qui, elle, n'était pas encore revenue de sa surprise.

– Faisons quelques pas, reprit la jeune fille tandis que le groupe reprenait, sans demander son reste, le chemin de la maison. Tout à coup, elle se mit à rire :

– Vous semblez abasourdie. L'êtes-vous vraiment?

– On le serait à moins. Je croyais que vous me détestiez.

– Pas vraiment. Je dirais plutôt que vous m'agaciez avec votre supériorité...

– Ma supériorité? Où la prenez-vous? Tout de même pas dans ma noblesse... adolescente?

– Non. Dans une circonstance où vous n'êtes pour rien : vous êtes la filleule de l'empereur Napoléon. Moi, je ne suis que celle du cardinal Pallavicini. Il y a un monde. Et ce monde, il est de votre côté...

– L'Empereur est mort, dit Hortense tristement. Le monde qu'il avait créé est mort avec lui.

– Non, car il est entré désormais dans la légende. Ne confondez pas les quelques serviteurs renégats qui, par intérêt, ont été s'agenouiller aux pieds des vieux Bourbons poussifs, avec l'immense armée de ceux qui rêvent encore de lui...

– Je n'aurais jamais cru entendre une princesse Orsini s'exprimer ainsi...

– Parce que vous ne savez rien de nous! riposta Félicia non sans hauteur. Depuis le XVIe siècle une branche de ma famille est établie en Corse. Le fondateur s'appelait Napoléon... Votre empereur, il nous appartient plus qu'à vous, même s'il a aimé la France par-dessus toutes choses! En outre, il nous a débarrassés des Autrichiens. Ce sont de ces choses que l'on n'oublie pas...

Le tintement d'une cloche arrêta la lente promenade des deux jeunes filles.

– Le déjeuner! dit Félicia. Il faut rentrer. Mais... auparavant je tiens à vous dire combien je suis désolée de ce drame qui s'est abattu sur vous et qui vous éprouve si cruellement... Et je veux vous dire aussi... n'en veuillez pas à votre père de ce qu'il a fait. L'amour est un sentiment terrible qui a fait dans ma propre famille de tels ravages...

– Je lui en veux d'autant moins que j'ai acquis aujourd'hui même la certitude qu'il n'a pas tué ma mère et ne s'est pas suicidé...

Tout en retournant vers la maison, elle raconta rapidement la scène qui s'était déroulée au cimetière du Nord. Félicia l'écoutait passionnément.

– Ce jeune homme, dit-elle enfin, avez-vous pu savoir son nom?

– Personne ne semblait le connaître. D'ailleurs, il parlait avec un léger accent étranger comme le vôtre! J'ai pensé un instant qu'il pouvait être italien...

– On n'est pas italien, hélas, fit la jeune Romaine avec amertume. On est romain, vénitien, romagnol, napolitain... Au fait, comment était-il? Pouvez-vous le décrire?

Hortense s'efforça de rendre un portrait aussi fidèle que possible mais, à mesure qu'elle parlait, elle constatait avec étonnement que Félicia devenait pâle et que ses yeux se chargeaient de nuages...

– Ce n'est pas lui? murmura-t-elle pour elle-même plus que pour sa compagne. Ce ne peut pas être lui?... Pourtant, il est si fou!...

– Le connaîtriez-vous? Qui est-ce?...

Elle ne devait pas recevoir de réponse. Une surveillante se précipitait vers elles pour les faire presser. Quant à Félicia, le seuil à peine franchi, elle s'élança en courant vers l'escalier et disparut dans les profondeurs de la maison. Elle ne parut pas au réfectoire où d'ailleurs, en prévision du grand goûter, on ne servait qu'un repas léger et vite avalé à l'issue duquel les élèves reçurent l'ordre d'aller se préparer pour la visite royale de l'après-midi.

Hortense, alors, se mit à la recherche de Félicia, ne la trouva nulle part et finit par s'enquérir d'elle auprès de la sœur Bailly qui était la maîtresse de leur classe. Elle apprit ainsi que sa compagne avait demandé une permission extraordinaire de sortie et qu'une religieuse venait de l'accompagner chez la comtesse Orlando, l'une de ses cousines qui habitait Paris et qui était sa correspondante ordinaire. On ne savait quand elle rentrerait.

– Vous n'êtes pas en tenue, Hortense? ajouta sœur Bailly. Le port de l'uniforme et même celui du ruban de votre classe ne sont pas incompatibles avec le deuil...

– Je sais, ma mère, mais notre Mère générale a bien voulu me dispenser de paraître devant Madame. Je me rendais de ce pas à la chapelle où je resterai tout le temps de sa visite...

En fait, Hortense n'aimait guère la chapelle qu'elle trouvait trop dorée et trop riche. L'autel – cadeau personnel du roi Louis XVIII – était surmonté d'une « gloire » – cadeau personnel de celui qui n'était pas encore le roi Charles X – que la jeune fille jugeait d'un goût contestable et, en outre, peu propice au recueillement. Ce n'était pas noble, c'était ostentatoire. Néanmoins, en ce jour de deuil pour elle-même, de fête pour le couvent, c'était le seul endroit où elle pût être certaine de trouver silence et solitude, car elle avait besoin de l'un comme de l'autre. Ne fût-ce que pour réfléchir à la curieuse attitude de Félicia Orsini. Peut-être, après tout, l'étrange fille, tellement imprévisible dans ses comportements successifs, connaissait-elle le perturbateur du cimetière Nord? C'était du moins ce que laissaient supposer les quelques paroles qu'elle avait laissées échapper avant de s'enfuir. Car c'était à cela que ressemblait son départ : une fuite. Mais vers où? Vers quoi?...

Autant de questions auxquelles Hortense était incapable d'apporter une réponse. Elle finit par y renoncer, s'efforça de s'absorber dans la prière pour ne plus entendre les bruits de l'extérieur : l'arrivée fracassante des voitures de la Cour, les acclamations des pensionnaires à l'entrée de l'auguste visiteuse. Le regard fixé sur la petite lampe rouge qui brillait au pied de l'autel, marque de la Présence divine, elle s'ensevelit dans le souvenir de ses parents, implorant le Seigneur de leur accorder la douceur de la vie éternelle, la paix qu'ils avaient si peu connue sur cette terre, et de ne pas permettre que ce crime odieux demeurât impuni.

– Si la vengeance n'appartient qu'à Vous, Dieu Tout-Puissant, accordez-moi la faveur d'en être l'instrument...

Elle pria longtemps puis, vaincue enfin par tout ce qu'elle venait de vivre, elle se laissa tomber sur un banc et sanglota éperdument, la tête enfouie dans ses mains. Ce fut en cet état que la trouva Mère de Gramont.

– Il faut sécher vos larmes, mon enfant, et venir vous rafraîchir rapidement le visage. Madame la Dauphine vous demande...

– Moi? Mais pourquoi?

– Je ne me suis pas permis de le lui demander. Elle désire vous parler...

Un instant plus tard, recoiffée et le visage lavé à grande eau, Hortense était introduite dans le parloir de la Mère générale et exécutait les trois révérences protocolaires devant celle qui l'y attendait.

A qui la voyait pour la première fois, il était difficile de faire admettre que Marie-Thérèse, Dauphine de France et duchesse d'Angoulême, pût être la fille de ce miracle de charme, de grâce et d'élégance qu'avait été la Reine martyre. Et surtout le même personnage que l'enfant blonde, timide et réservée mais infiniment gracieuse et séduisante, que sa mère avait surnommée « Mousseline-la-Sérieuse » et qui, au Temple, avait su charmer ses geôliers eux-mêmes. Des bruits couraient. On chuchotait qu'il ne s'agissait pas de la même femme, qu'il y avait eu substitution, au moment de la remise à l'Autriche. On murmurait que si elle était fort attachée au souvenir de son père, Madame l'était moins à celui de sa mère et beaucoup moins encore à celui de son frère, le petit roi prisonnier du Temple. On disait beaucoup de choses sous le manteau mais ce manteau avait des trous si gros qu'il multipliait les bruits plus qu'il ne les retenait...

En sa cinquantième année – elle avait eu quarante-neuf ans onze jours plus tôt –, la princesse apparaissait comme une grande femme maigre et lourde aux yeux bleus délavés cernés de paupières rougies. Dans son visage on ne voyait guère que son grand nez agressif, un véritable nez Bourbon celui-là. Le teint était médiocre, l'élégance nulle car elle avait un talent particulier pour rendre à peu près informes les créations les plus réussies des meilleurs modistes. Qu'elle eût grand air était incontestable mais contrairement à celui de Marie-Antoinette, fait de dignité souriante, le grand air de la Dauphine se nuançait de dédain et d'une éternelle mauvaise humeur entretenue d'ailleurs par les foucades incessantes de sa belle-sœur, la jeune et turbulente duchesse de Berry.

Ce n'était jamais un grand plaisir que se trouver en sa présence. Pour Hortense cette entrevue représentait une dure épreuve en un tel jour, car, après les trois révérences, Madame la Dauphine se mit à examiner avec attention et en silence la fille d'Henri Granier. Un silence que nul ne pouvait se permettre de rompre mais qui ne tarda pas à devenir si pénible que Mère Madeleine-Sophie prit sur elle de le briser.

– Madame, dit-elle doucement, si Votre Altesse Royale veut bien me pardonner, je me permettrai de lui rappeler que cette enfant a subi aujourd'hui une épreuve capable d'abattre les plus braves et les plus solides. Elle n'a que dix-sept ans...

– Elle est grande, pour son âge, et semble vigoureuse, remarqua la princesse de sa voix rauque due à une ancienne laryngite mal soignée. Nous avons voulu vous voir, Mademoiselle, pour vous dire toute la part que nous prenons à votre deuil et examiner, avec vous, ce qu'il convient de décider pour votre avenir. Vos études sont dans leur dernière année, paraît-il?

– En effet, Madame, et s'il plaît à Votre Altesse Royale, si notre Mère générale le veut bien, mon avenir immédiat se situe ici jusqu'à la fin de l'année scolaire.

– C'est la sagesse, dit Mère Madeleine-Sophie avec un sourire encourageant. Hortense est une excellente élève, très douée en toutes sortes de matières... Et nous souhaitons vivement la garder. Plus longtemps même que cette année si elle le désire. Notre maison est, je crois, un bon refuge pour ceux qui souffrent.

– Sans doute, sans doute, fit la princesse d'un ton agacé en agitant sa tête chapeautée de plumes noires qui lui donnaient assez l'aspect d'un cheval de corbillard, mais il n'entre pas dans les vues du Roi que Mademoiselle demeure ici plus longtemps. Et vous ne devriez pas le souhaiter, ma Révérende Mère. Ce qui vient de se passer ne peut que créer une atmosphère de trouble et d'agitation au sein de votre communauté. Les bruits qui courent sur les derniers instants de son père...

Le mince visage de la Mère Barat s'empourpra :

– Puis-je rappeler à Votre Altesse Royale que cette maison, placée sous le vocable et sous la protection du Cœur Sacré de Jésus, ne connaît pas les bruits et qu'il ne saurait être question d'agitation ou de troubles là où mes sœurs et moi nous trouvons. Toutes ici nous aimons et nous plaignons Hortense!

– Votre générosité nous est connue, Mère Barat, mais vous ignorez à la fois ce qu'est le monde et ce que veut la loi. Mlle Granier n'est pas seule au monde. Elle a de la famille et, Dieu merci, une famille autrement convenable...

Instantanément Hortense plongeait dans une nouvelle révérence :

– Daigne Votre Altesse Royale me permettre de me retirer. Mon père vient à peine d'être déposé dans sa tombe et il m'est impossible de supporter sur lui la moindre parole critique.

– Vous resterez ici tant que nous le souhaiterons, Mademoiselle! Mais quelle humeur est la vôtre? Vous oubliez à qui vous parlez!

– Non, Madame. Votre Altesse Royale voudra bien accueillir mon respect et mes adieux. Puisqu'elle désire me voir quitter cette maison, il me reste à rentrer chez mes parents...

– Il ne peut en être question! Votre oncle, le marquis de Lauzargues, sera vraisemblablement nommé tuteur. Ou tout au moins chargé de vous garder par-devers lui jusqu'à ce que vous vous trouviez en puissance de mari. Le désir du Roi est que vous le rejoigniez sur ses terres afin d'y vivre en famille comme il convient à une fille de votre âge... et de votre condition.

– Mais je ne veux pas aller chez lui! Le marquis a jadis renié ma mère, sa propre sœur. Je n'ai que faire de lui!

– Hortense! s'écria la Mère de Gramont, vous vous oubliez.

– Laissez, ma chère! Nous connaissons ces sortes de filles. Les temps barbares que la France vient de vivre n'en ont produit que trop. Celle-ci obéira... comme les autres. Allez, Mademoiselle! Vous recevrez bientôt nos volontés!

– Madame! plaida la Mère générale, Votre Altesse Royale est trop dure...

– Et vous trop bonne! Vous pouvez vous retirer, Mademoiselle!

La révolte au cœur, Hortense fit une dernière révérence, mais une seule. Les jambes lui manquaient pour les deux autres. Elle recula vers la porte suivie des yeux par le regard navré de Mère Madeleine-Sophie, puis se jeta hors de la pièce comme on se sauve. Elle sentait monter les larmes et ne voulait pas donner à cette affreuse femme le plaisir de la voir pleurer. Elle courut d'une traite jusqu'à la chapelle et là s'abattit sur les marches de l'autel, secouée de sanglots désespérés...

Huit jours plus tard, elle recevait l'ordre de partir pour le château de Lauzargues, en Auvergne, où le marquis attendait sa nièce. Il ne pouvait être question de discuter un ordre royal, moins encore d'y résister. La rage au cœur, Hortense Granier de Berny fit ses préparatifs de départ. Quant à Félicia Orsini, elle n'avait pas reparu.

Chapitre II

VOYAGE VERS LA TERRE INCONNUE...

La voiture quitta la petite ville dans les dernières heures de l'après-midi, ce qui laissait supposer que l'on pourrait arriver au jour. Pourtant, la nuit s'annonçait déjà. Elle n'avait guère de peine à remplacer les lourds nuages fuligineux qui fuyaient avec le vent d'un bout à l'autre du paysage mais, pour Hortense, qu'il fasse jour ou nuit était de peu d'importance. Elle se sentait si lasse, si moulue que tout s'abolissait qui n'était pas sa fatigue et l'angoisse qui ne la quittait plus depuis Paris.

Six jours! Six jours depuis Paris. Quatre jusqu'à Clermont-Ferrand, enfermée dans le coupé de la grosse diligence noire et jaune en compagnie d'un curé auvergnat qui sentait l'ail et le fromage, d'un notaire de Rodez et de la riche gantière de Millau, sœur d'une des religieuses du Sacré-Cœur, à qui Mère Madeleine-Sophie l'avait confiée avec toutes sortes de recommandations. Superflues d'ailleurs. Mme Chauvet était une femme à la fois solide et rassurante. Pleine de bon sens et douée d'un cœur généreux, elle était de celles avec qui l'on irait volontiers au bout de la terre tant elles montrent de sang-froid et de placidité en face des menus inconvénients de chaque jour. Et Dieu sait s'il y en avait au cours d'un voyage en diligence!

Mais, dûment renseignée sur la catastrophe dont sa jeune compagne venait d'être victime, Eulalie Chauvet s'efforçait de lui éviter tout tracas et de lui rendre aussi confortable que possible ce long voyage vers l'inconnu. Le tout dans un silence presque total car, timide, elle se montrait peu causante. Ce dont Hortense lui savait gré. Il était déjà bien assez éprouvant de subir, à longueur de journée, les monologues politiques du notaire traitant presque sans discontinuer du nouveau ministère Martignac, du « milliard des émigrés », des abus de la Congrégation et des bals trop somptueux de Mme la duchesse de Berry.

Pour éviter qu'elle n'eût à en subir davantage à la table d'hôtes, au cours des haltes dans les auberges, Mme Chauvet se faisait servir, avec Hortense, dans la chambre qu'elles partageaient. Mais elles n'en arrivèrent pas moins à Clermont sans que la jeune fille eût appris la moindre chose touchant la vie de sa compagne et sans avoir dû répondre à la plus petite question. Ce fut elle d'ailleurs qui, en arrivant dans la capitale auvergnate, se hasarda à parler de sa famille.

– Ma mère me parlait parfois d'une tante qu'elle avait à Clermont. Une tante qu'elle aimait beaucoup et chez qui... elle avait rencontré mon père. J'ignore si elle l'a revue depuis son mariage mais je sais qu'elles s'écrivaient. J'aurais... aimé la connaître. A moins qu'elle ne soit plus de ce monde... De toute façon, je ne sais comment faire.

– Pouvez-vous me donner son nom?

– Bien sûr. La comtesse de Mirefleur...

– Je vais m'informer.

Une heure plus tard, Hortense avait sa réponse : Mme de Mirefleur vivait toujours, Dieu soit loué, mais son hôtel de la rue des Gras était fermé. Assez secouée par un mauvais rhume à la fin de l'été, la comtesse était allée passer les mauvais jours en Avignon chez sa fille, la baronne d'Esparron.

– Elle reviendra au printemps, dit Mme Chauvet. Vous pourrez sûrement la rencontrer à cette époque-là.

– Le printemps? Il me paraît si loin...

– Tout juste deux mois, puisque nous sommes fin janvier. Elle hésita un instant puis, timidement :

– Pardonnez-moi si je me montre indiscrète et, en ce cas, ne me répondez pas, mais... n'êtes-vous pas heureuse de retrouver votre famille? Le marquis de Lauzargues est votre oncle, si je ne me trompe?

– Oui. Pourtant je n'ai aucune envie de le voir. Je ne vais chez lui que contrainte et forcée...

– Pardonnez-moi... mais peut-être que lui sera heureux de vous recevoir. Il paraît que vous ressemblez beaucoup à votre mère. Cette circonstance le touchera très certainement...

– Qui peut savoir? En tout cas... merci d'avoir essayé de m'aider...

En dépit des encouragements de l'excellente femme, Hortense avait senti s'augmenter sa tristesse quand, au matin du cinquième jour, elles avaient cherché, à travers la boue glacée, les cages de poulets, les cartons et les tas de bagages qui encombraient la place de Jaude, point de départ des Messageries, la diligence pour Saint-Flour, but définitif de son voyage. Elle savait qu'il lui faudrait quitter alors une compagne à laquelle elle s'attachait instinctivement alors que, sans trop savoir pourquoi, ce parent inconnu lui faisait peur. A elle qui pourtant n'avait jamais peur de rien...

Pour se réconforter, elle s'efforçait de se rappeler les paroles que Mère Madeleine-Sophie lui avait murmurées, à la veille de son départ :

– L'essentiel est de vous affermir dans la paix, même parmi les difficultés, même à la suite des fautes que vous pourriez commettre. Cette paix de l'âme vous aidera à calmer votre imagination, à purifier vos affections, à surmonter vos répugnances. Elle vous suggérera la prudence et la discrétion dans vos rapports avec votre famille inconnue. Dieu habite avec la paix...

S'affermir dans la paix alors que le problème consistait justement à découvrir d'abord cette paix? Les deux derniers jours de voyage avaient représenté une sorte de calvaire. Le temps était affreux. Pluie et neige mêlées s'abattaient sur la diligence qui s'était engagée dans les difficiles routes de montagne, dès la sortie de la grande ville, et qui secouait ses passagers d'une ornière à l'autre comme des pois chiches dans des grelots. Accrochées aux portières, les deux femmes croyaient à chaque instant leur dernière heure venue, surtout quand l'étroite route surplombait des à-pic dont la profondeur leur semblait vertigineuse. Mme Chauvet, tous rhumatismes réveillés, gémissait à chaque cahot et Hortense serrait les dents pour ne pas en faire autant.

Le temps redevint sec mais nettement plus froid lorsque l'on fut en vue de Saint-Flour. Un morceau de ciel bleu traînait sur les tours jumelles de la cathédrale qui dominait la ville haute.

– Une voiture doit vous attendre sur la place d'Armes,

à l'arrêt des diligences, soupira Mme Chauvet. C'est ici que nous nous séparons. Je dois dire... que je le regrette.

– Moi aussi, dit Hortense spontanément. Vous avez été si bonne. Sans vous, je ne sais pas si je serais allée jusqu'au bout du voyage...

– Qu'auriez-vous fait, alors?

– Je ne sais pas... J'aurais peut-être cherché à retrouver ma grand-tante de Mirefleur... Ou peut-être serais-je revenue rue de Varenne...

– Vous savez bien que c'est impossible. La Mère Barat aurait été fort embarrassée...

Hortense poussa un soupir. Ses yeux dorés contemplèrent avec une sorte de désespoir le paysage austère qui glissait derrière la vitre de la portière.

– Pardonnez-moi! Vous devez penser que je perds la tête mais chaque fois que j'essaie d'imaginer le marquis de Lauzargues, je sens... comme une angoisse.

– Cela vient de ce que vous êtes jeune, émotive... et imaginative plus encore! Vous aurez peut-être la bonne surprise de constater qu'il s'agit d'un charmant vieux monsieur...

– Il n'est pas si vieux. Si je me souviens du peu qu'en disait ma mère, il doit avoir quarante-cinq ans... ou à peine plus.

– De toute façon, c'est un gentilhomme. Il se comportera comme tel envers vous. Allons, ma chère enfant, reprenez courage. Vous verrez que tout s'arrangera...

– Dieu vous entende!...

Une voiture attendait, en effet, à l'arrêt de la diligence. C'était une grosse berline qui avait dû naître sous Louis XV et qui visiblement avait essuyé bien des intempéries. Deux vigoureux chevaux nivernais y étaient attelés. Quant au cocher, il ne ressemblait en rien au vieux Mauger qui, auprès de lui, aurait eu des allures de lord anglais. C'était un homme aussi large que haut, carré, épais, à moins que l'espèce de toge romaine en grosse bure grise qui l'emballait n'y fût pour quelque chose. Sous un chapeau rond et cabossé, d'un noir verdâtre, le visage apparaissait, d'un beau rouge brique entre les épais favoris noirs qui en dévoraient une bonne partie. Des guêtres de grosse toile disparaissant dans des sabots complétaient son équipement.

Tel qu'il était, l'homme vint droit à Hortense qu'il salua gauchement.

– C'est moi Jérôme, le cocher d' M'sieur le Marquis. Pas la peine de d'mander si vous êtes not' demoiselle. J' vous ai reconnue tout de suite...

– Vous m'avez déjà vue?

– Sûr que non mais c'est vot' mère toute crachée qu'on voit quand on vous voit. Plus grande, pour sûr! Et un rien plus solide! Mais c'est tout de même vot' mère! J' vas chercher vos colis! Vot' carriole, elle est déjà arrivée en retard alors faut s' dépêcher si on veut pas arriver d'main matin.

– Le château est loin?

– Près d' cinq lieues! Et M'sieur le Marquis il aime pas qu'on lui fasse attendre son souper! Je r'viens!

Changeant sa chique de joue, le cocher nommé Jérôme tangua en direction des bagages que les gens de la poste déchargeaient. Hortense jeta un regard d'envie vers l'accueillante auberge aux vitres miroitantes derrière lesquelles on voyait flamber un grand feu. C'était là que Mme Chauvet allait passer la nuit... sans elle.

Celle-ci intercepta le regard d'Hortense et comprit.

– Croyez-vous qu'il soit possible de convaincre cet homme d'attendre jusqu'à demain matin?

– Certainement pas. Vous avez entendu : le marquis n'est pas patient... Mais merci d'y avoir songé...

Spontanément, elle embrassa son éphémère compagne puis, comme Jérôme revenait en ronchonnant contre le poids et le nombre des bagages de la jeune fille, elle ajouta :

– Rentrez vite dans l'auberge, chère Madame Chauvet. Je ne veux pas que vous attendiez mon départ! C'est trop triste de laisser quelqu'un derrière soi...

– Vous m'écrirez pour me donner de vos nouvelles?

– Je vous le promets!

Un instant plus tard, la voiture s'ébranlait en grinçant et se dirigeait vers la rampe raide qui conduisait à la ville basse. Cette fois, plus rien ne séparait la fille d'Henri Granier de ce pays inconnu, de cette existence étrangère qui allaient être les siens...

Avec un soupir, elle s'adossa aux coussins de velours usé qui sentaient l'humidité et l'écurie, ferma les yeux pour ne plus voir la faible lumière d'un gris sulfureux qui avait remplacé le lambeau de ciel bleu. Elle essaya de dormir pour, au moins, cesser de penser mais c'était impossible et elle rouvrit les yeux. Il y avait ses nerfs trop tendus, les cahots de ce grinçant carrosse, plus rudes encore que ceux de la diligence, le chagrin qui revenait avec une horrible impression de solitude. Il y avait ce paysage qui lui semblait le plus sauvage du monde...

Par de mauvais tournants, la voiture, au bas de la côte, franchit le vallon de Lescure sur un petit pont de pierre avant de s'attaquer à la longue et dure grimpée qui, là-haut dans les nuages bas, atteignait la planèze, vaste plateau basaltique troué de ravins, hérissé de rochers dont les formes tourmentées évoquaient de fantastiques animaux revenus du fond des âges, ou encore de forts châteaux écroulés étalant sous le ciel leurs murailles éventrées crachant des entrailles de branches mortes, de broussailles et de pins rabougris. La sauvage végétation que l'hiver avait dépouillée de la rassurante douceur des feuilles montrait à nu ses branches noircies par le gel ou moussues de lichens bleuâtres.

Seule dans la caisse sombre que le trot des lourds chevaux secouait impitoyablement, Hortense avait envie de pleurer. Tout cela était d'une tristesse affreuse, encore accrue par les grandes écharpes de brume jaune que l'on traversait comme si la voiture roulait dans l'incertain d'un rêve. Elle était recrue de fatigue et, en outre, elle avait froid. Dans leurs courtes bottines de maroquin noir ses pieds n'étaient plus que deux glaçons douloureux. Jamais sans doute ils ne se réchaufferaient. Le souvenir d'histoires entendues jadis, de soldats qui, en Russie, avaient eu les pieds gelés, lui revenait. On disait que des morceaux restaient dans les chaussures, parfois même le pied tout entier...

Un cahot plus violent que les autres lui arracha un cri de douleur. Pouvait-on appeler cette guimbarde une voiture, ce rustre un cocher et une couverture ce haillon malodorant que l'on avait jeté sur ses jambes et qui était censé lui tenir chaud? Au souvenir des voitures de naguère son cœur se serra encore un peu plus. Douceur des coussins de velours convenablement rembourrés, moelleux des grandes couvertures de fourrure ouatinées, mol balancement des ressorts souples et silence des essieux bien graissés, où étiez-vous à cette heure? Vous apparteniez à un passé merveilleux qui s'était effondré d'un seul coup comme un château de cartes sous le souffle d'un enfant capricieux.

De toutes ses forces, la jeune fille tenta de repousser les images du passé, de ne pas penser à ce qui était, un mois plus tôt, son univers. Un mois! Qu'était-ce qu'un mois?... Elle avait l'impression que celui-là venait de la faire vieillir de dix ans au moins. Peut-être plus? Peut-être était-elle très vieille et ce voyage au bout de la nuit qui venait s'achèverait-il dans l'au-delà?

La voiture plongea dans une sorte de ravin fourré de grands arbres que l'on distinguait à peine, à présent. Hortense entendit Jérôme brailler quelque chose dans une langue inconnue et le train de la voiture se ralentit. Le passage devait être difficile car la voiture se mit à tanguer comme un bateau par gros temps, envoyant parfois la tête de son occupante toucher le plafond. Cramponnée à la dragonne de la portière, Hortense luttait pour ne pas rouler à terre. Soudain il y eut un cahot encore plus violent suivi d'un craquement puis d'un véritable hurlement poussé par le cocher, assorti d'un chapelet de jurons. L'attelage s'arrêta et la jeune fille constata que son siège penchait fortement d'un côté. Elle baissa la vitre, passa la tête à la portière et se trouva presque nez à nez avec Jérôme.

– Est-il arrivé quelque chose?

– Ça, vous pouvez le dire! On a cassé une roue. Et par-dessus le marché, vl'à qu'il neige!

En effet quelques flocons descendaient paresseusement du ciel sombre. Décrochant l'une des lanternes de la voiture, Jérôme examinait la roue endommagée. Hortense descendit, à la fois pour se rendre compte et pour alléger la voiture. Elle avait si froid aux pieds que c'en devenait douloureux mais elle trouva un soulagement à faire quelques pas.

– Sommes-nous encore loin de Lauzargues? demanda-t-elle.

– Plus d'une lieue... Et j' vois pas du tout comment j' pourrais réparer c'te roue. Faudrait de l'aide.

– N'avons-nous pas dépassé un village, il y a peu?

Jérôme cracha par terre.

– Un village? trois ou quatre cabanes abandonnées où d'ailleurs faut pas s'aventurer à la nuit close...

– Pourquoi cela?

– Elles sont « visitées » depuis que leur maître a été dévoré par les loups, y a de ça une bonne pièce de cinquante ans...

Le frisson qui courut le long du dos d'Hortense ne devait rien à la température de la nuit.

– Il... il y a encore des loups... par ici?

– Des fois! Même qu'y vaudrait mieux pas s'éterniser ici. On est en plein bois... et c'est des nuits comme ils les aiment!... Écoutez, demoiselle! remontez donc dans la carriole. Vous risquez rien là-dedans. Moi j' vais dételer un cheval et aller jusqu'au château...

– Dans ce cas vous pouvez aussi bien dételer l'autre. Je sais monter.

– Pas là-dessus! Vous avez vu leurs fesses? Ça vous arracherait les jambes. Et y a pas de selle d'amazone!

– De toute façon, je ne resterai pas ici toute seule! Vous avez parlé des loups. S'ils venaient pendant votre absence je serais peut-être à l'abri mais pas le cheval qui resterait. Il n'y a qu'à abandonner la voiture...

– Avec vos paquets? Pour qu'on la vole et aussi tout ce qui y a dedans? V's'êtes folle, demoiselle!

– Alors, trouvez une autre solution!

Elle s'était mise à marcher de long en large, les bras croisés sur sa poitrine pour avoir chaud. Heureusement son manteau de drap noir à pèlerine et col de velours était épais et chaud et sa capote assortie lui cachait bien les oreilles, mais cette situation ne pouvait s'éterniser. Jérôme dansait d'un pied sur l'autre, indécis sur la conduite à prendre, se contentant de regarder sa roue brisée d'un œil accablé.

– D'puis le temps que j' dis à M'sieur le Marquis qu'elle a besoin de passer chez l' charron, c'te voiture!... Ça l'empêchera pas d' crier après moi! D'autant qu'il va être furieux qu'on le fasse attendre... Laissez-moi y aller, demoiselle...

Hortense ne lui répondit pas. Elle venait d'apercevoir dans les profondeurs de la forêt le reflet d'une flamme, une flamme qui se déplaçait comme si quelqu'un marchait une torche à la main. Elle crut d'abord à une illusion mais elle acquit bientôt la certitude que ses yeux ne la trompaient pas. Là-bas, loin sous les arbres, il y avait un feu et ce feu ne pouvait signifier qu'une présence humaine.

Elle tendit le bras dans la direction en question :

– Regardez, Jérôme! Il y a quelqu'un là-bas! Il faut lui demander de nous aider!

Elle s'élançait déjà, mais le cocher ne bougea pas. Même, il tourna le dos en se signant précipitamment.

– Tournez-vous, demoiselle, tournez-vous! Ce feu, il est pas de la terre... C'est un feu maudit! C'est l'Autre qui l'a allumé... Regardez pas, regardez pas!...

– L'autre?

– Celui dont on prononce pas l' nom parce qu'il attire le malheur!

Comme pour lui donner raison, un chien, quelque part, se mit à hurler, mais Hortense avait trop froid pour se laisser gagner par la superstition.

– Ne dites pas de sottises, Jérôme! Il y a beau temps que le Diable ne se promène plus en France! Ce feu est un feu et comme seule la main de l'homme peut allumer un feu, je vais voir cet homme.

Et avant que le cocher épouvanté ait seulement songé à la retenir, elle s'élançait sous le couvert des arbres et dégringolait la pente en essayant d'éviter les branches basses, les broussailles et les rochers. Ce n'était pas facile. Le terrain descendait vite et plus d'une fois elle dut s'accrocher aux arbres dont les aiguilles piquaient ses doigts à travers le cuir mince des gants. Ses pieds enfonçaient dans la mousse trempée mais elle ne sentait rien de tout cela, fascinée par cette flamme qu'elle voyait grandir peu à peu. La voix de Jérôme qui l'appelait, gémissante et terrifiée, s'affaiblissait. La peur le retenait encore sur le chemin. Hortense, elle, n'avait pas peur. Ce qu'elle voulait à tout prix, et très vite, c'était du secours. Elle allait demander à celui qu'elle trouverait là-bas de venir au moins garder la voiture ou alors d'aller prévenir à Lauzargues... afin que l'on envoie du monde. Elle glissa sur les aiguilles de pin mouillées, heurta une roche affleurante, se fit mal et ne put retenir un gémissement. La voix de Jérôme lui parvint, plus lointaine qu'elle ne l'aurait cru.

– Revenez, demoiselle, revenez pour l'amour de Dieu!...

Elle se releva mais ne remonta pas la pente. Le feu – car il ne pouvait plus s'agir que d'un feu allumé sur le sol – l'attirait irrésistiblement. A son tour, elle cria.

– Monsieur! Hé, monsieur... Venez à notre aide!

Il n'y eut pas de réponse mais un bruit de branches froissées et soudain, Hortense vit briller devant elle deux yeux qui luisaient comme charbons ardents. Elle distingua deux oreilles droites... Un grand loup roux se tenait à quelques pas d'elle, immobile...

La terreur lui étrangla la gorge, refusant tout passage à la voix. Elle se laissa tomber à terre, les jambes fauchées, tellement affolée que même en face de ce qu'elle croyait sa mort, elle ne retrouvait plus la moindre bribe de prière. La bête s'était arrêtée à quelques pas. Dans une seconde elle allait bondir, s'abattre sur elle...

Mais non. Au lieu de l'attaquer le loup s'asseyait comme s'il avait tout son temps et se léchait les babines... Cette attitude paisible ne rassura pas Hortense mais lui rendit l'usage de la voix. Elle poussa un véritable hurlement que lui renvoyèrent les échos du ravin. Habitué peut-être à ce genre de réaction chez ceux qu'il rencontrait, le loup ne bougea pas davantage...

Hortense alors entendit :

– Ne criez pas! Vous allez énerver Luern! Suivez-le, il vous conduira jusqu'ici!

C'était la voix, vigoureuse, d'un homme et elle venait du feu. A peine se fut-elle fait entendre d'ailleurs que le loup se levait, tournait les talons mais, avant de redescendre, se retournait pour voir si Hortense suivait... Celle-ci se releva. Elle avait moins peur mais elle était encore trop secouée pour ne pas obéir, instinctivement, à celui qui l'appelait.

Chancelante, se retenant aux arbres, elle suivit l'animal qui soudain obliqua vers la droite. En effet, si la jeune fille avait continué de descendre tout droit, elle aurait immanquablement abouti à une chute de plusieurs mètres. Un rocher plat qui n'offrait aucun obstacle à ras du sol se coupait net, formant une sorte de falaise au bas de laquelle le bois se continuait vers la clairière où le feu était allumé. En dépit du fait que ses yeux s'étaient habitués à l'obscurité, elle ne l'aurait sans doute pas vu...

Quelques instants plus tard, elle atteignait, à la suite de son étrange compagnon, la clairière où l'attendait un spectacle encore plus étonnant. Un homme était là, en effet, assis sur un rocher comme sur un trône, présidant la cour la plus incroyable qui se puisse voir : une bande de loups qui la regardaient, couchés en large demi-cercle autour du feu.

– Approchez, dit l'homme. Ils ne vous feront rien. Ils ont mangé, ajouta-t-il avec un petit rire que la jeune fille jugea déplaisant.

Et, comme elle ne pouvait se résoudre à s'avancer, il se leva et vint à elle, la main tendue. Une main à la peau brunie mais fine et forte à la fois. Une main parfaitement inattendue dans ce lieu sauvage, avec de longs doigts nerveux aux ongles nets et qui ne correspondait pas du tout au reste du personnage.

Le maître des loups était un homme très grand, maigre mais certainement très vigoureux. De son visage brun, barbu et moustachu, couvert d'une forêt de cheveux noirs et drus qu'il portait assez longs, on ne voyait guère que le grand nez arrogant et surtout les yeux. Des yeux étonnants, d'un bleu pâle d'eau transparente mais, pour l'instant, aussi froids qu'une lame d'acier. Son costume grossier était celui d'un berger : culotte et veste en gros drap bleu, guêtres de fort coutil et pelisse en peau de mouton. Seule différence avec les paysans, il portait de grosses chaussures à clous, semblables à celles que portent les soldats. Un grand chapeau de feutre noir attendait sur le rocher où l'homme était assis précédemment.

Il n'avait pas lâché la main d'Hortense et la considérait avec curiosité.

– Vous avez l'air d'une vraie demoiselle. Que faites-vous dans les bois à pareille heure et par un tel temps?

– Je me rends au château de Lauzargues. Malheureusement nous avons eu un accident : une roue cassée...

– Nous?

– Moi et Jérôme, le cocher du marquis. Il est resté là-haut avec les chevaux.

– Vous croyez?

– Naturellement! Il n'a pas voulu me suivre dans ce bois. Il prétendait que ce feu était... celui du Diable!

Du geste, l'homme montra le cercle attentif des loups.

– S'il vous avait suivie, il en aurait été persuadé mais grâce à Dieu, sa lâcheté l'en a préservé. Mais, au fait, qu'allez-vous faire à Lauzargues?...

– Y vivre. Du moins, je le crois.

– Cela n'a pas l'air de vous remplir de joie. Si c'est pour épouser le marquis, je vous comprends!

L'insolence du ton mécontenta Hortense plus encore que le côté saugrenu de l'idée.

– Je ne vais pas épouser le marquis, je suis sa nièce.

J'ajoute que vous me semblez posséder une dose d'audace assez rare ainsi qu'une forte propension à vous mêler de ce qui ne vous regarde pas!

– Moi seul suis juge de ce qui me regarde ou non. Quant à vous, il serait temps de vous rappeler que vous êtes entièrement entre mes mains...

Un sec claquement de doigts et les loups, quittant leur position couchée, se redressaient tous ensemble. Assis sur leur train arrière, ils dardèrent sur la jeune fille dix paires d'yeux flamboyants. Il n'était pas difficile de deviner qu'un autre signe pouvait les jeter sur elle...

Terrifiée, Hortense ferma les yeux, serrant fort ses paupières pour être bien sûre de ne plus rien voir. En même temps elle se rapprochait de l'étranger dans le geste instinctif d'un enfant qui cherche protection. Quelques secondes passèrent qui lui parurent une éternité. Puis, elle l'entendit siffler doucement et se recroquevilla, croyant déjà sentir sur elle l'haleine brûlante des fauves. Mais rien ne vint, sinon un éclat de rire.

– Ouvrez les yeux, jeune sotte! gronda l'homme. Vous êtes bien une fille de la ville! Peureuse et...

– Je ne suis pas peureuse! protesta-t-elle en levant sur lui un regard indigné. Connaissez-vous donc beaucoup de femmes qui pourraient affronter des loups sans crainte aucune?...

– Avez-vous cru vraiment que je pourrais les lancer sur vous? Regardez! Je les ai renvoyés!

En effet, le cercle des loups avait disparu. Il ne restait plus auprès de l'homme que la grande bête rousse qu'il appelait Luern et qui lui avait servi de guide. Encore que cette présence formidable fût suffisamment inquiétante, Hortense éprouva tout de même un soulagement. Mais elle n'en était pas moins curieusement vidée de ses forces.

– Puis-je m'asseoir? demanda-t-elle en désignant le rocher où il se tenait auparavant.

– J'allais vous en prier! Vous n'avez vraiment pas bonne mine. Voulez-vous manger quelque chose?

– Oh oui! avoua-t-elle. Je meurs de faim. Mais que peut-on manger ici?

– Ceci!

D'une besace posée à terre, il tira une tourte qu'il coupa en deux après avoir tracé dessus une croix rapide avec le plat du couteau pris dans sa poche. Le loup eut l'une des deux moitiés qu'il dévora en trois coups de dents. De l'autre moitié, l'homme fit deux parts égales, offrit l'une à son invitée et attaqua l'autre, montrant dans cet exercice des dents aussi blanches que celles du fauve. Hortense mordit dans la croûte dorée avec d'autant plus d'appétit qu'elle sentait bon et que d'ailleurs l'intérieur, fait de lard et de champignons, était excellent. Pensant qu'elle avait rarement mangé quelque chose d'aussi bon, la jeune fille dévora sa part sans la moindre honte. Un peu gênée seulement sous l'œil clair et visiblement ironique de l'homme qui ne la quittait pas. Mais elle avait tellement, tellement faim après la fatigue du voyage, le chagrin qu'elle avait eu à se séparer de Mme Chauvet et la terreur de cette dernière heure! Elle avait soif aussi car le lard était un petit peu salé et elle accepta avec reconnaissance la gourde en peau de chèvre que son compagnon lui tendait sans mot dire.

Le vin âpre et fort lui râpa la langue et la fit tousser mais c'était la première fois de sa vie qu'elle en buvait et elle ne trouva pas cela désagréable. Il fit merveilleusement glisser la tourte et lui réchauffa la poitrine. Elle but une seconde gorgée mais, peu habituée à l'usage de l'outre de chèvre, s'étrangla tandis que quelques gouttes coulaient sur la bride de velours nouée sous son menton. L'homme lui tapa dans le dos sans ménagements :

– Manque d'habitude! commenta-t-il. Ça viendra! A présent dites-moi qui vous êtes et ce que vous venez faire à Lauzargues?

– Ne ferais-je pas mieux de remonter là-haut? Jérôme doit me croire morte et s'inquiéter...

– Il est possible qu'il vous croie morte. Quant à s'inquiéter, je gagerais qu'il est parti pour le château il y a beau temps. Assez de faux-fuyants, à présent! Qui êtes-vous?

– La nièce du marquis, je vous l'ai déjà dit. Je m'appelle Hortense Granier de Berny...

L'homme fronça les sourcils :

– Sa nièce?...

– La fille de sa sœur si vous préférez!

Il courba sa haute taille pour mieux voir son visage qu'il prit même entre ses mains, sans trop de douceur, pour le tourner vers la flamme...

– La fille de celle dont on ne parle jamais, fit-il comme pour lui-même. La fille de la morte, de l'excommuniée, de l'interdite, de la trahison faite femme... De celle que le marquis a juré de haïr jusqu'à sa mort... Et pourtant, voilà que vous allez chez lui?

– Ma mère est morte, murmura Hortense dont la voix s'étrangla tant le mot lui paraissait encore cruel. Et aussi mon père!... Je n'ai plus personne...

L'homme éclata de rire et Hortense, le cœur glacé, pensa que si ses loups riaient ce devait être comme cela : une sorte d'aboiement sonore lancé à belles dents blanches...

– Cela vous fait rire, fit-elle amèrement en penchant la tête pour cacher une larme.

Il s'arrêta net.

– Ce n'est pas de votre malheur que je ris, Hortense! Seulement, je viens de comprendre. Vous n'avez plus personne... mais vous êtes riche. Très riche même si j'en crois les bruits qui ont couru bien souvent les quatre horizons. Et monsieur le marquis est pauvre comme un rat d'église. Plus encore peut-être! Cela explique tout. Vous êtes désormais sa pupille...

– En aucune façon! Mon père n'était pas homme à omettre de régler mon sort en cas de disparition. C'est un conseil présidé par son notaire et surveillé par son fondé de pouvoirs qui gère mes biens. Normalement j'aurais pu rester chez moi mais le Roi a ordonné que je sois confiée à mon oncle. Naturellement, celui-ci doit recevoir une pension pour mon entretien...

– Pension qui, croyez-moi, sera la bienvenue. J'espère qu'au moins on vous traitera convenablement dans ce château de la misère... En tout cas, si j'ai un conseil à vous donner, c'est de prendre garde à vous!

– Comment cela? Que voulez-vous dire? murmura Hortense désagréablement impressionnée.

– Que le marquis est votre unique héritier au cas où il vous arriverait... quelque chose. Ce sont de ces choses qu'il convient de garder présentes à l'esprit! A présent, je vais vous reconduire à votre voiture...

Il lui tendit la main pour l'aider à se relever, coiffa de l'autre son grand chapeau noir. En dépit du vin avalé, Hortense se sentait glacée de nouveau. Elle n'avait jamais eu envie de rejoindre Lauzargues mais, à présent, elle sentait une véritable peur l'envahir... Tout en la guidant à travers le bois, l'inconnu l'observait...

– Ne faites pas cette tête! fit-il amusé. Vous n'êtes pas

encore morte. J'espère même que vous avez de belles années devant vous... En prenant quelques précautions!

Le ton moqueur lui rendit sa combativité et la réconforta du même coup.

– Pour un meneur de loups, un homme presque sauvage, vous me semblez bien au fait de ce qui se passe dans les maisons, comme dans les consciences! D'où tenez-vous cette grande science? Je ne sais même pas qui vous êtes...

– Personne!... Le vent, si vous préférez. Ou l'esprit de la forêt.

– Votre loup a un nom. Pourquoi pas vous? N'avez-vous pas été baptisé?

– Si fait. Vous pouvez m'appeler Jean...

– C'est un peu court. Jean de quoi?...

Il s'arrêta, la regarda et, pour la première fois, elle le vit sourire. Un sourire incroyablement jeune, qui relevait un coin de la bouche ferme plus que l'autre, ce qui lui donnait une légère teinte d'ironie. En même temps, les yeux si durs s'adoucissaient.

– Merci, dit-il.

– De quoi?

– Justement : d'avoir dit « de quoi » et non pas « quoi »...

Hortense rougit. Au prix de sa vie, elle n'aurait pu dire ce qui l'avait poussée à supposer que cet homme était noble en dépit de tout son attirail sauvage. La façon de s'exprimer peut-être, ou la manière arrogante de porter sa tête, ou encore la finesse des mains. Et puis peut-être aussi sa voix. Profonde, un peu basse avec, de temps à autre, de brèves sonorités métalliques.

Elle s'arrêta pour souffler un peu car, même avec un soutien aussi solide, la montée était plus rude qu'elle ne l'imaginait, et la neige légère qui était tombée la rendait plus glissante encore.

– Alors? murmura-t-elle. Me direz-vous votre nom?...

– Je n'en ai pas. Pour tous, je suis Jean de la Nuit... ou Jean des Loups. Et c'est tout à fait suffisant...

Elle comprit qu'il n'en dirait pas plus et se remit en marche. Quelques instants plus tard, tous deux prenaient pied sur le chemin non loin de la voiture. Pour constater que Jérôme avait disparu avec l'un des chevaux. Il n'en restait qu'un, et que l'approche du loup toujours attaché aux pas de son maître affola.

– Rentre, Luern! cria Jean en se jetant à la tête de la

bête terrifiée qu'il eut d'ailleurs quelque peine à calmer. Les yeux fous, le cheval montrait ses grandes dents jaunes dans un rictus de terreur. Mais le loup avait obéi instantanément à la voix du maître et peu à peu tout rentra dans l'ordre. Quand l'animal fut calmé, l'homme entreprit de le dételer, gardant seulement le mors et la bride.

– Je vais vous ramener à Lauzargues, dit-il à Hortense qui, du bord du chemin, avait suivi son combat.

Quand le cheval fut prêt, Jean s'enleva en voltige et tendit la main à la jeune fille.

– Allons! Venez! Vous vous tiendrez à moi...

– Mais... la voiture? Mes bagages?

Il eut un rire bref.

– Qui voulez-vous qui les vole? Jérôme va revenir avec du monde et une autre roue...

Aidée par sa poigne vigoureuse elle réussit à s'installer sur la large croupe de l'animal.

– Bien, approuva Jean. Passez vos bras autour de ma taille et tenez bon. De toute façon, nous n'allons pas galoper.

On partit au pas. Le chemin, pierreux et malaisé, serpentait à travers la forêt, descendant toujours plus bas vers ce qui devait être une gorge car le bruit d'abord lointain d'un torrent se rapprochait peu à peu. La chute de neige avait éclairci la nuit.

Pourtant, des nuages erraient encore, s'écartant comme à regret d'une demi-lune pâle et glacée mais qui donnait une lumière suffisante pour que l'on puisse distinguer le paysage de rochers, d'arbres et d'eaux vives dans lequel on semblait s'enfoncer d'instant en instant. Les immenses pins sylvestres, les épicéas noirs et les vieux fayards aux branches tordues dominaient comme autant de géants le cheval et ses cavaliers. Ce décor, d'une dramatique beauté, semblait créé pour illustrer quelque légende, ou pour inspirer la terreur.

Au fond de la gorge, le chemin suivait un torrent dont l'eau blanche se jetait en clapotant au pied d'une noire falaise rocheuse qui semblait figée pour l'éternité en une sauvage malédiction.

Transie de froid mais cramponnée à son compagnon, à sa chaleur rassurante, Hortense croyait être engagée sur le chemin de l'enfer tant ceci ressemblait au bout du monde.

– C'est encore loin? demanda-t-elle d'une voix si faible qu'elle crut n'avoir pas été entendue. Mais l'homme aux loups avait entendu. Il eut un petit rire :

– Vous avez peur?

– Non. J'ai froid... Et puis, tout de même, ce pays paraît si terrible...

– Il ne faut pas en avoir peur. C'est le plus beau pays du monde. Attendez d'avoir vu notre printemps quand les jonquilles jaunissent les prés, quand les gentianes bleues refleurissent... Attendez d'avoir senti... Après tout, vous jugerez par vous-même! Tenez! Voilà Lauzargues!

La gorge parut glisser comme un panneau secret. Irisée par la légère couche de neige, une colline apparut coiffée d'un fort château : un donjon quadrangulaire accolé de quatre tours rondes aux créneaux émoussés qui balayait par sa seule apparition cinq siècles de civilisation. Il surgissait de la nuit des temps dans son arrogance intacte. A son pied, quelques bâtiments pris dans ce qui devait être le reste de ses défenses avancées, mais l'effet de l'ensemble était saisissant.

N'ayant jamais imaginé qu'on pût habiter un tel logis, Hortense murmura :

– Vous voulez dire que... c'est la demeure de mon oncle?

– Naturellement. Est-ce que le château ne vous plaît pas? Il est pourtant fort beau... bien qu'un peu délabré.

Impressionnée, la jeune fille ne répondit pas. L'image de sa mère, ravissante, frivole, toujours occupée de toilettes et de plaisir traversa son esprit dans un envol de mousseline claire. Le contraste avec ce rude témoin d'un autre âge fut si frappant que Hortense ne put réprimer un sourire. Ceci expliquait peut-être cela... Au demeurant, à mesure que l'on avançait, le château semblait s'humaniser. Cela tenait surtout aux lumières que l'on voyait briller derrière les étroites fenêtres... D'autres lumières d'ailleurs s'en détachaient et dansaient sur le chemin qui descendait la colline.

– On vient à votre secours, dit Jean de la Nuit. Le fermier Chapioux, son fils Robert et votre cocher...

Et comme Hortense déclarait son impuissance à distinguer autre chose que l'éclat sourd des lanternes, il se mit à rire :

– J'y vois dans la nuit aussi bien qu'un chat et, surtout

j'y vois de très loin. Je peux vous assurer qu'il y a là-bas ce que nous appelons un « barot », une espèce de tombereau à deux roues, et que, dans ce barot, il y a de quoi remplacer la roue brisée de votre voiture. Il y a aussi des fusils...

Quelques minutes plus tard, on rejoignait, au pied de la colline, le petit cortège qui se composait, en effet, d'une sorte de char paysan transportant une roue de rechange et de deux hommes dont l'un était à cheval et l'autre assis auprès du conducteur de la charrette. Le tout s'arrêta net à la vue du cavalier qui, de loin, leur jeta :

– Toujours aussi courageux, hein, Jérôme? Ta demoiselle aurait pu mourir cent fois dans le bois. Si c'est comme ça que tu veilles sur ceux qu'on te confie, je ne fais pas mon compliment au marquis sur la qualité de ses serviteurs.

– L'avait qu'à pas y aller! gronda l'interpellé. J'y avais dit que c'était mauvais...

– Il ne suffisait pas de dire. Il fallait la suivre. Tu n'as d'ailleurs pas hésité à l'abandonner, seule et en pleine nuit. Avais-tu reçu des ordres pour ça?...

– Fallait bien qu' j'aille chercher d' l'aide! J'y avais dit. L'avait qu'à rester bien tranquille dans la voiture.

– Au risque de mourir de froid... ou d'autre chose!

Sans écouter la protestation du cocher, Jean de la Nuit talonna son cheval et s'engagea dans le sentier rocheux du château que la lune dessinait à présent avec la précision d'une niellure d'argent. Les vieilles pierres de lave y trouvaient une grâce inattendue, un peu précieuse, qui adoucissait ses contours et leur communiquait une sorte d'enchantement. Les toits pointus des tours reflétaient la lumière et l'on ne savait plus très bien si le château venait du ciel ou y retournait, mais on avait envie de tendre la main et de toucher, comme en face d'un bel objet.

– Vous aviez raison, souffla Hortense émerveillée. Il est bien beau.

– Il a la beauté de la femme qu'on aime... ou que l'on voudrait pouvoir aimer.

– Pourquoi dites-vous cela? fit la jeune fille surprise de l'étrangeté de la comparaison.

– Pour rien. Vous ne pourriez pas comprendre...

– Qu'en savez-vous! Si vous expliquiez et si...

– Non! coupa-t-il brutalement. Disons que nous

n'avons que faire, lui et moi, de votre compréhension. D'ailleurs nous arrivons. Et l'on vous attend.

En effet, au seuil de la haute porte timbrée d'un écu de pierre rongé par le temps, un homme se tenait debout. La lumière diffuse d'une torche tenue par un jeune garçon vêtu comme un paysan le distinguait de l'ombre portée des murailles. Il était grand, sec et anguleux mais son habit noir à l'ancienne mode ne l'en vêtait pas moins avec une extrême élégance. Il portait, négligemment rejetée en arrière, une masse de cheveux blancs, aussi légers et brillants que la soie floche mais, sous cette auréole quasi virginale, apparaissait le visage le plus arrogant qui soit. Hautes pommettes, menton volontaire et bouche mince au pli narquois s'ordonnaient autour d'un nez que n'aurait pas désavoué Louis XIV : un grand, un implacable nez « Bourbon »... Quant aux yeux dont il était difficile de distinguer la couleur sous une lumière aussi incertaine, ils brûlèrent littéralement de fureur quand ils reconnurent cheval et cavalier. Arrachant la torche des mains du jeune valet, il se jeta au-devant d'eux.

– Qui t'a donné l'audace de venir jusqu'ici? cria-t-il dans le vent qui se levait. Va-t'en!...

– Vous n'imaginez pas que j'y suis par plaisir? riposta Jean de la Nuit avec une ironie amère. Si vos domestiques vous obéissaient mieux, je n'aurais pas été obligé de me déranger.

Puis, tournant la tête vers Hortense qui, toujours accrochée à lui, suivait la scène avec inquiétude :

– Descendez, demoiselle! Ce gracieux personnage est votre oncle : très haut, très noble et très puissant seigneur Foulques, marquis de Lauzargues... et autres lieux qu'il serait fastidieux de citer ici.

Il n'eut pas le temps de l'aider à descendre. Déjà Hortense, avec l'aisance d'une amazone accomplie, était à terre. La torche haute, le marquis vint à elle mais se figea brusquement sous les effets d'un immense étonnement.

– Victoire! murmura-t-il avec une soudaine douceur. Victoire... Tu es revenue!...

– Mon nom est Hortense... monsieur.

Elle avait hésité imperceptiblement. Face à cet homme au profil de rapace et à la chevelure d'argent qui sentait le féodal à une lieue, elle avait failli se laisser entraîner à un « Monseigneur » parfaitement hors de saison. Quant à l'idée de l'appeler « mon oncle » elle ne l'avait même pas effleurée. Mais il ne remarqua pas l'hésitation légère, tout occupé qu'il était à la dévisager.

– On ne s'appelle pas Hortense! gronda-t-il. C'est un prénom qui ne signifie rien et que l'on n'a jamais entendu ici. Sauf peut-être chez une servante ou une paysanne...

Les fermes propos d'aménité que Mère Madeleine-Sophie avait arrachés à son élève au moment du départ ne résistèrent pas à ce mépris hautain.

– Pourquoi donc pas une vache? lança-t-elle indignée. Je ne crois pas, en effet, qu'on l'ait jamais entendu ici car il est assez récent et vient d'une fleur exotique rapportée de ses voyages par un compagnon de Monsieur de Bougainville. Quant à celle dont je le tiens, Hortense de Beauharnais, reine de Hollande et ma marraine, elle n'a jamais rien eu de commun avec la valetaille!

– Une reine de pacotille, à couronne de carton, sortie comme tant d'autres du sac à malices de Buonaparte...

– Décidément, je crois que nous ne serons jamais d'accord sur les titres, marquis, lança Hortense indignée. Votre Buonaparte est toujours pour moi Sa Majesté l'Empereur et Roi...

– Un Corse usurpateur qui s'est couronné lui-même...

– En présence et avec la bénédiction d'un pape! Et dont j'ai l'honneur d'être la filleule. A ce propos, si Hortense vous déplaît, vous pourrez toujours m'appeler Napoléone, c'est mon second prénom.

– Je vous appellerai Victoire.

– C'est la même chose. Mais j'aurai le regret de ne jamais répondre à votre appel... sauf le respect que je crains de vous devoir. D'ailleurs...

La torche s'agita si dangereusement au poing du marquis que, se penchant brusquement sur l'encolure du cheval, Jean l'empoigna au passage.

– Pourquoi ne pas aller continuer dans la maison cette affectueuse prise de contact? railla-t-il. Vous me faites l'effet, tous les deux, d'avoir le même fichu caractère et l'on voit bien que vous êtes de la même famille. Quant à celle-ci, marquis, attendez un peu avant de la faire flamber. Il n'est pas bon que trop de gens meurent de la même manière dans ce château.

Lançant la torche à terre, le maître des loups fit tourner

son cheval et entreprit de redescendre, lançant dans la nuit :

– Je remettrai cette bête à Chapioux car je ne suis pas d'humeur à rentrer à pied. C'est bon pour les vilains.

– Vilain tu es et vilain tu resteras! hurla le marquis hors de lui en esquissant le mouvement de s'élancer à sa poursuite mais Jean était déjà loin. Foulques de Lauzargues et Hortense demeurèrent face à face en la seule compagnie du jeune valet qui s'efforçait de rallumer la torche malgré le vent.

Le marquis prit une profonde respiration dans le but évident de retrouver son calme, puis déclara :

– Rentrons!

Sans même regarder la jeune fille ou lui offrir la main, il revint vers le château. Après une courte hésitation – son impulsion du moment la poussait à courir après Jean et à le supplier de la ramener à Saint-Flour pour y attendre la prochaine diligence remontant sur Paris –, Hortense se résigna à le suivre en prenant bien soin de ne pas trébucher sur le sol inégal. Il eût été profondément pénible pour son amour-propre d'aborder cette maison à plat ventre, surtout après ce qui venait de se passer... L'accueil d'un oncle aussi étrange lui donnait à penser qu'elle allait avoir besoin de tout son courage et même de toute sa combativité. Apparemment il n'y avait pas que les loups, dans ce pays, qui devaient être capables de dévorer quelqu'un...

Dans le vestibule lourdement voûté et pavé de galets ronds peu agréables pour des pieds chaussés à Paris, une femme attendait. Aussi raide, aussi immobile que le vieux saint de bois qui régnait sur cette entrée, posé, en compagnie d'un chandelier de fer, sur un coffre qui avait dû connaître les guerres de religion.

Courte, trapue, vêtue de noir sous la blancheur du tablier amidonné, elle avait un visage rond où le lacis serré des rides évoquait irrésistiblement une vieille pomme. Les yeux, noirs et vifs, coincés entre l'encorbellement des sourcils gris et le ressaut des joues jaunies, évoquaient assez bien les pépins du fruit qui perdit notre mère Ève.

– Voilà Godivelle, présenta le marquis. Elle a été ma nourrice et, parfois, il lui arrive de s'imaginer qu'elle l'est toujours. Il se tourna ensuite vers la femme : « Voici ma nièce, ma vieille. Elle prétend s'appeler Hortense mais je soutiens qu'un seul nom peut convenir à ce visage. »

– Non, coupa Godivelle dont le regard scrutait avidement l'arrivante. Elle ne lui ressemble qu'en apparence. Jamais notre demoiselle n'eut ces yeux de guerrière ni cette façon de porter la tête. Et puis, elle était plus petite. Et puis...

– Tu finiras l'inventaire demain, au jour. Conduis-la à sa chambre. Puis, s'inclinant à peine, comme à contrecœur, il ajouta : « Je vous souhaite une bonne nuit! »

Sans attendre la réponse, il disparut derrière l'une des portes basses qui ouvraient sur le vestibule. Godivelle regarda la jeune fille :

– Avez-vous soupé, demoiselle?

– Oui et non. Après l'accident arrivé à notre voiture, j'ai rencontré un homme qui a partagé une tourte avec moi. Un homme...

– Je sais. Je vous ai vus arriver. Je vous porterai du lait chaud tout à l'heure. Voulez-vous me suivre?

Tout en parlant, elle avait pris un bougeoir de cuivre sur une étagère, l'enflammait au chandelier et se dirigeait vers un escalier de pierre pris dans l'une des tours dont les marches coulaient, hors d'une trouée d'ombre, à l'entrée du vestibule. Envahie d'une profonde lassitude, Hortense suivit une fois de plus.

Usées par le temps, les marches étaient basses, irrégulières et plutôt douces, mais les ténèbres épaisses dans lesquelles se perdait l'escalier avaient quelque chose de vaguement menaçant. Peut-être parce que la mince flamme qui tremblait sur le bougeoir brillant déplaçait des masses d'ombre et semblait leur donner vie.

Hortense avait beau se dire, pour se réconforter, que cette demeure avait été celle de sa mère, qu'elle y était née, qu'elle y avait vécu son enfance et que, somme toute, elle avait tout de même réussi à en rapporter un caractère gai et primesautier, l'impression pénible demeurait. Le rire maternel, en claires cascades, résonnait encore aux oreilles de sa fille. Pourtant celle-ci, qui ne se sentait ni gaie ni primesautière, en était encore à ne voir, dans ce Lauzargues inconnu, qu'une espèce de prison.

L'épaisseur des murs féodaux, le gris sombre des pierres de lave y étaient pour quelque chose et Hortense, cheminant derrière la chandelle de la nourrice, en venait à regretter le bois sous la neige, le grand feu, si rassurant en dépit de ses hôtes inquiétants, et la rude silhouette de

Jean de la Nuit lui offrant une part de tourte qui lui avait paru la meilleure chose du monde.

En ouvrant une porte au fond d'un couloir, Godivelle interrompit du même coup les réflexions désenchantées de la jeune fille.

– Voilà votre chambre, demoiselle! C'était celle de votre mère et rien n'y a été changé depuis qu'elle nous a quittés.

Comparativement à ce que Hortense avait pu voir jusque-là, cette chambre offrait un aspect très accueillant. Cela tenait essentiellement au bon feu de la cheminée et à l'ameublement emprunté au XVIIIe siècle.

Les meubles légers, le tapis fleuri et la soie vert d'eau contrastaient vigoureusement avec les murailles d'un autre âge, l'étroitesse de la fenêtre et les poutres énormes qui formaient, très haut, le plafond. Mais il y avait là une volonté d'adoucir, de rendre plus confortable qui offrait une sorte de réconfort.

– C'est la seule jolie chambre de la maison, reprit Godivelle en se hâtant d'allumer les bougies de la cheminée. Même la marquise n'en a jamais eu d'aussi agréable de son vivant...

– Le marquis était marié?

– Bien sûr. La pauvre chère femme est morte voici bientôt dix ans.

– Elle était malade?

– Non. Elle n'avait pas la tête bien solide mais sa santé était bonne. Elle est morte d'un accident.

– Quel genre d'accident?...

Godivelle ne répondit pas. Peut-être n'avait-elle pas entendu. Elle s'était agenouillée devant le feu et le tisonnait furieusement et, quand Hortense répéta sa question, elle faisait tant de bruit qu'elle ne l'entendit réellement pas. La jeune fille n'insista pas.

Trop fatiguée d'ailleurs pour être vraiment curieuse à une heure aussi tardive, Hortense fit quelques pas dans la chambre, regarda tour à tour le petit secrétaire marqueté, le charmant lit « à la polonaise » déjà préparé pour elle sous l'ombre douce de ses rideaux soyeux, puis alla vers la cheminée surmontée d'un miroir ancien, dont la glace piquée lui renvoya une image qui lui parut singulièrement pâle. Tout en ôtant machinalement son chapeau, elle demanda :

– Puisque vous avez été la nourrice du marquis,

Godivelle, vous avez dû être aussi celle de ma mère?

– Non. C'est ma sœur, Sigolène, qui l'a été. Elle est bien plus jeune que moi.

– Elle est ici, elle aussi?

– Non.

– C'est dommage. J'aimerais la connaître... Mais ce sera peut-être possible tout de même. Où est-elle à présent?

– Ailleurs... Je vais aller vous chercher votre lait.

La brutalité de la réponse, à la limite de la grossièreté, surprit Hortense, ainsi que la hâte avec laquelle Godivelle battait en retraite mais elle renonça, momentanément, à en chercher la raison. Peut-être, après tout, les deux sœurs étaient-elles brouillées...

Ne se résignant pas à ôter son manteau tant elle se sentait encore transie, elle alla s'asseoir près de la cheminée, déchaussa ses bottines mouillées et tendit, avec un soupir de bonheur, ses pieds à la chaleur des flammes. Ses bagages, restés dans la voiture accidentée, lui faisaient cruellement défaut à cet instant où ses rêves n'allaient pas plus loin qu'une paire de pantoufles et une robe de chambre confortable. Mais elle avait toujours aimé le feu et celui-là lui parut extrêmement réconfortant. C'était une présence amicale, rassurante, au cœur d'une maison qu'elle devinait hostile et dont il lui semblait que les pierres séculaires se préparaient à l'écraser.

C'était une étrange idée dans cette chambre où tout devait lui parler de sa mère. Victoire de Lauzargues avait vécu là, y avait abrité ses rêves de jeune fille... Et cependant, à cet instant où elle se retrouvait transplantée dans ce monde si proche et pourtant inconnu, sa fille retrouvait l'impression bizarre qu'elle avait éprouvée au moment où lui avait été annoncée la mort tragique de ses parents : elle ne pouvait même pas imaginer quelle jeune fille avait été, à son âge, celle dont elle était la chair et le sang.

Mais la fatigue brouillait tout. La chaleur du feu engourdissait les facultés d'Hortense qui se sentait à peu près autant de forces qu'un petit chat frileux. C'était bon, ce coin de cheminée, après le froid, la neige, les loups et surtout ces gens bizarres avec lesquels il allait falloir vivre... Et quand Godivelle revint, portant sur un plateau une tasse et un petit pot de lait chaud, elle trouva la voyageuse profondément endormie dans son fauteuil tandis que ses bottines fumaient devant la cheminée.

Un moment, elle resta sans bouger, à la regarder. Puis, posant son plateau, elle alla ouvrir une armoire ancienne dont la porte grinça mais libéra une légère odeur de verveine, y prit une chemise de nuit blanche dont la toile avait un peu jauni aux pliures, puis entreprit de réveiller Hortense pour la déshabiller. Cela n'alla pas sans difficultés. Réfugiée dans le sommeil, la jeune fille refusait farouchement d'en sortir. Godivelle réussit tout de même à la réveiller en partie, en profita pour lui faire avaler quelques gorgées de lait puis, étant parvenue à la débarrasser de ses vêtements et à l'introduire dans la chemise de nuit qu'elle avait un instant chauffée devant le feu, elle la porta presque dans son lit après en avoir retiré le « moine [1] » qu'elle y avait installé une heure plus tôt.

Un moment après, enfouie au plus profond d'un lit confortable, surmonté d'un énorme édredon couleur de fraise, Hortense oubliait qu'elle avait eu froid, qu'elle avait eu peur et surtout qu'elle ne savait absolument rien de ce que lui réservait l'avenir.

1. Bâti de bois contenant un élément de chauffage pour le lit.

CHAPITRE III

LES GENS DE LAUZARGUES

Le soleil, d'un beau rouge mat, montait à l'horizon des montagnes, mais il prenait de l'éclat à mesure qu'il s'élevait parmi les nuages qui glissaient sur lui très vite, l'effleurant à peine pour s'enfuir aussitôt comme si sa rougeur courroucée les effrayait.

La première flèche brillante arriva droit dans l'œil d'Hortense et l'éveilla. Elle resta un moment immobile, pelotonnée sous les couvertures, considérant le baldaquin de soie verte qui l'abritait tandis que les souvenirs de son étrange soirée remontaient des profondeurs de sa mémoire. Puis, elle tourna la tête pour regarder cette chambre qui était à présent la sienne.

Elle eut la surprise de ne plus rien lui trouver d'inquiétant en dépit des sévères murailles de pierre nue. La clarté du jour les adoucissait en les dorant un peu. En outre, ce rayon de soleil que nul n'aurait osé espérer la veille était incontestablement de bon augure... Hortense s'assit dans son lit, s'étira, bâilla et constata que, durant son sommeil, ses bagages étaient arrivés. Ils étaient soigneusement disposés dans un coin de la chambre et quelqu'un – Godivelle sans doute – les avait ouverts.

La petite pendule de bronze doré qui occupait le centre de la cheminée entre deux bougeoirs assortis sonna huit heures et lui apprit ainsi qu'il était grand temps de se lever. Ce qu'elle fit sans tarder, avec d'autant plus de plaisir que son invisible providence avait disposé, à portée de sa main, les pantoufles bleues et la robe de chambre tant regrettées.

Son premier élan la conduisit dans la profonde embrasure de la fenêtre que le soleil, à présent, illuminait. Le paysage qu'elle découvrit lui parut grandiose. Ce qu'elle avait cru colline était en fait un promontoire rocheux sur le dos duquel reposait le château. Un torrent dont on entendait le bruit de soie froissée l'entourait sur presque trois côtés mais les cimes des grands sapins qui arrivaient à la hauteur du pied de l'habitation seigneuriale donnaient une idée assez juste de la profondeur de la gorge où il courait. Jamais château fort ne fut si bien protégé : la Nature avait pris soin de ses douves. L'homme, lui, avait dû bâtir jadis une muraille de protection dont les ruines envahies de broussailles apparaissaient encore par endroits.

Au-delà de la gorge, au-delà d'une haute croupe boisée de noirs sapins, c'étaient les lointains bleus de la Margeride. Plus haut c'était le ciel changeant, bleu léger voilé de gris pâle d'où parut tomber tout à coup, comme une pierre venue de nulle part, un grand circaète blanc marqué de brun qui fondait sur une invisible proie. La neige ne se montrait plus qu'en plaques légères et transparentes sous lesquelles l'herbe brûlée de l'hiver commençait à se ressouvenir de sa verdeur passée.

L'air semblait si pur que Hortense ouvrit sa fenêtre pour mieux le respirer. Elle reçut alors, avec la caresse légère du soleil, une pleine bouffée de senteurs vives qui parlaient déjà de printemps avec une belle éloquence. Le plus beau pays du monde, avait dit le maître des loups... Sans être tout à fait convaincue, Hortense se prenait à penser qu'il pourrait bien avoir raison...

Elle allait refermer sa fenêtre pour vaquer à sa toilette quand son attention fut attirée par quelque chose d'insolite : sortie de l'avancée d'une des tours rondes, une forme humaine se hâtait vers les gorges. Une forme humaine dont on pouvait supposer qu'elle était celle d'un homme car, sous l'ample peau de chèvre qui emballait la moitié supérieure, deux jambes maigres habillées de houseaux s'agitaient sur un rythme à la fois rapide et irrégulier.

En effet – et c'était là que résidait l'étrangeté de la chose – l'inconnu progressait par étapes, courant d'un buisson à un bouquet de bouleaux ou à un tas de pierres et s'y abritant un instant avant de repartir vers son but. Le tout en se retournant fréquemment pour regarder le château. De toute évidence, cet homme fuyait et craignait d'être poursuivi.

Hortense en acquit la certitude quand l'inconnu passa à l'aplomb de sa fenêtre. Sous le bord d'un vieux chapeau déformé, elle distingua un jeune visage imberbe, au teint pâle et maladif, dans lequel les yeux, trop grands, formaient comme deux trous noirs. Des yeux terrifiés...

Instinctivement, Hortense recula d'un pas pour ne pas ajouter à cette terreur car il y avait, dans le comportement de ce jeune garçon, quelque chose de pitoyable qui la mettait tout naturellement de son côté. Le fuyard avait peur du château, ou de quelqu'un dans ce château dont Hortense pour sa part n'était pas certaine de ne pas craindre tous les habitants en bloc.

Non moins instinctivement, elle referma sa fenêtre en entendant, derrière elle, le grincement léger d'une porte, puis se retourna. Godivelle, armée d'un cruchon d'étain fumant, venait d'entrer dans la chambre.

Trouvant Hortense debout, elle eut un plissement satisfait de la bouche qui pouvait, à la rigueur, passer pour un sourire.

– Ah, vous êtes éveillée, demoiselle! Je vous donne le bonjour...

– Bonjour Godivelle.

– Faites vite votre toilette et puis descendez déjeuner à la cuisine. C'est au fond du vestibule, à main gauche. Il faudra vous en contenter : il y a beau temps que la table est desservie à la grande salle.

– Vous auriez dû me réveiller. A quelle heure faut-il descendre, le matin?

– A sept heures. Monsieur le Marquis est très à cheval sur l'exactitude mais, pour ce matin, il m'a ordonné de vous laisser dormir. Et je vous ai apporté de l'eau chaude, ajouta-t-elle sur un ton d'emphase qui laissait entendre qu'il s'agissait là d'un luxe inouï. Ce qui fit sourire Hortense.

– Il était bien inutile de vous donner cette peine. Au couvent des Dames du Sacré-Cœur, nous n'avons jamais connu que l'eau froide. Il en allait de même à la maison. Ma mère tenait à ce qu'on ne changeât pas trop mes habitudes du couvent et ma gouvernante appliquait ses ordres.

– Vous avez une gouvernante? Pourquoi ne vous a-t-elle pas accompagnée?

– J'avais une gouvernante. Elle a disparu comme un mirage le jour où...

Elle n'alla pas plus loin, incapable qu'elle était d'achever sa phrase mais Godivelle, plus fine qu'elle n'en avait l'air, n'insista pas.

– Dépêchez-vous, demoiselle, dit-elle seulement. Monsieur le Marquis désire vous faire visiter la maison quand vous aurez mangé.

– Dans ce cas, je boirai seulement un peu de lait. Je ne veux pas le faire attendre. Et puis, Godivelle, ne pouvez-vous ajouter mon prénom à votre « demoiselle » comme il est d'usage de le faire dans nos maisons? Le mien est Hortense.

– Je sais, demoiselle, mais Monsieur le Marquis défend que l'on vous appelle ainsi. Il n'aime pas ce nom...

– Je vois que l'existence va être facile ici, soupira la jeune fille. Dans ce cas, mettez que je n'ai rien dit...

– Vous voulez que je vous aide à vous coiffer? demanda la femme en désignant la masse de cheveux d'un joli blond de lin qui croulait librement, dans un joyeux désordre sur les épaules d'Hortense...

– Non, merci. On nous apprend aussi à nous coiffer seules chez les Dames du Sacré-Cœur.

Vingt minutes plus tard, lavée, habillée et coiffée en longues nattes sévèrement tirées qui retombaient sur son dos, Hortense rejoignait l'escalier. Elle en descendait les premières marches quand la voix du marquis lui parvint, violente et encore amplifiée par la spirale de pierre.

– Vous l'avez laissé s'enfuir? Ne vous ai-je pas suffisamment recommandé de fermer sa porte quand d'aventure vous le laissez seul?...

– Je n'y ai jamais manqué, Monsieur le Marquis. Mais ce n'est pas par la porte qu'il est parti. C'est par la fenêtre...

La voix qui répondait devait être celle d'un homme, en dépit d'intonations aiguës susceptibles d'appartenir à une femme. On sentait d'ailleurs qu'une certaine obséquiosité en atténuait volontairement la stridence.

– Par la fenêtre? D'une hauteur de trente pieds? Un garçon qui n'a pas plus de force qu'une femme accouchée? Vous vous moquez de moi, Garland?

– Venez voir, si vous ne me croyez pas. Il a utilisé ses draps et un morceau de corde qu'il a dû fabriquer lui-même en secret avec des morceaux de tissu... C'est incroyable, pleurnicha la voix. Je n'aurais jamais cru qu'il préparait une chose pareille! Il était si calme depuis quelque temps... si doux! J'allais même vous prier de lui accorder quelques promenades... Sous ma surveillance bien entendu, et je pensais...

L'apparition d'Hortense arrivée au bas de l'escalier lui coupa la parole et ce fut dans un grand silence qu'elle marcha vers les deux hommes en essayant de cacher la surprise que lui causait l'aspect de celui que le marquis appelait Garland. Il était de ceux auxquels il est impossible de donner un âge. Son crâne chauve, la bosse qui s'arrondissait sous un habit marron à longue queue et surtout son long nez pointu coiffé d'énormes lunettes le faisaient ressembler irrésistiblement à une cigogne. Il eut pour Hortense un regard effaré et recula comme s'il avait peur qu'elle ne le frappe... Le marquis, pour sa part, était exactement semblable à ce qu'il était la veille : beau et arrogant, son masque cruel de vieux guerrier nippon tendu sous l'effet d'une colère qui semblait être son état normal. Hortense reçut en plein visage l'éclair glacé de ses yeux pâles et crut un instant qu'il allait l'interpeller, peut-être la renvoyer dans sa chambre. Mais il se contint au prix d'un effort qui fit saillir une veine bleue sur sa tempe. Et même réussit à sourire, exploit qui plongea la jeune fille dans la stupeur car le sourire de cet homme effrayant était un miracle de charme indolent et d'ironie.

– Vous voilà donc, ma chère? J'espère que cette première nuit a été bonne?

– Mais oui... Je... je vous remercie.

– J'en suis très heureux... Souffrez que je vous présente M. Eugène Garland, un homme de grande culture, qui est à la fois mon bibliothécaire et le précepteur de mon fils, Étienne. Voici ma nièce.

– Votre fils? murmura Hortense, incapable de contenir sa curiosité. Je ne savais pas...

– Que j'avais un fils? Il est vrai que nous ignorons presque tout l'un de l'autre... Eh bien oui, j'ai un fils et vous un cousin... Vous avez dix-sept ans, je crois?

– En effet...

– Il est votre aîné de deux ans. J'espère que vous vous entendrez bien. C'est un... gentil garçon mais, malheureusement, un esprit faible qui a grand besoin d'une direction ferme. C'est la raison pour laquelle un précepteur lui est encore nécessaire à son âge. Encore qu'il s'agisse davantage d'un... mentor amical et discret...

Tandis qu'il parlait, son regard s'évadait en direction du bibliothécaire et Hortense ne pouvait se défendre de trouver que ses paroles rendaient un son bizarre. C'était comme s'il débitait une leçon soigneusement apprise. Il n'avait pas l'air de croire à ce qu'il disait. Aussi l'idée vint-elle tout naturellement à Hortense que le garçon qu'elle avait vu courir tout à l'heure vers la gorge, le garçon qui avait si peur, pouvait être l'héritier de Lauzargues. Le temps d'un éclair, elle revit la maigre silhouette, le fin visage qui ne pouvait en aucun cas appartenir à un paysan, les yeux habités par la terreur... Elle voulut en être sûre.

– Je serais heureuse de rencontrer mon cousin, dit-elle doucement. Puis-je le voir à présent?

– Ce n'est pas possible pour le moment, fit le marquis après une imperceptible hésitation. Il est souffrant ce matin, mais vous le rencontrerez plus tard... C'est donc moi qui vais vous faire faire le tour du château. Accordez-moi seulement un instant.

Il saisit le bras du bossu pour l'attirer dans l'embrasure d'une porte et se mit à lui parler bas. Si bas qu'en dépit de l'envie qu'elle en avait, Hortense ne put rien entendre de ce qu'il lui disait. Elle allait peut-être tenter de s'approcher quand Godivelle surgit, l'œil courroucé et armée d'un bol de lait.

– Buvez ça, demoiselle! intima-t-elle. Sinon vous resterez le ventre creux jusqu'au déjeuner.

Docilement, Hortense avala son lait, résignée à n'en pas savoir plus. D'ailleurs le bref colloque s'achevait. Foulques de Lauzargues revenait vers elle. C'est alors qu'il lança, par-dessus son épaule :

– Si vous n'arrivez à rien, dites à Chapioux de se mettre en chasse avec ses chiens et de les lâcher. Ce sont de bons limiers.

Ce fut au tour d'Hortense de faire effort pour retenir la protestation indignée qui lui montait aux lèvres. Se pouvait-il que ce fût aux trousses d'un fils que l'on ordonnât – et avec quelle froide désinvolture! – de lâcher les chiens du fermier? L'impression ressentie fut si affreuse que la jeune fille eut un instinctif mouvement de recul quand son oncle voulut lui prendre le bras.

Il perçut ce mouvement mais, n'en devinant pas la cause, il ne s'en formalisa pas.

– Eh bien, ma nièce, que vous arrive-t-il? fit-il en riant. Je veux seulement vous montrer la maison qui est désormais la vôtre et non vous jeter dans quelque oubliette. Peut-être serait-il temps que vous cessiez de me prendre pour croquemitaine? Je ne vous veux... que du bien, ajouta-t-il avec une soudaine douceur. La soirée d'hier n'était guère encourageante, je le reconnais volontiers, mais peut-être pourrions-nous être amis?

Elle fit de son mieux pour sourire sans y réussir vraiment.

– Peut-être, finit-elle par murmurer. Il faut seulement me laisser un peu de temps.

– Je ne vous le ménagerai pas. Nous avons la vie devant nous.

Guidée par lui, Hortense entreprit la visite du château, sans s'y intéresser véritablement au début. Tout son être était tendu vers les bruits extérieurs. Elle guettait des abois de chiens, des appels, des cris de douleur peut-être ou tout au moins des cris de frayeur. Mais seule la voix grave du marquis se faisait entendre... La jeune fille découvrit bientôt qu'elle dégageait une sorte de magie à laquelle il était difficile de se soustraire à l'instant où il parlait de cette maison qu'il aimait...

En dépit de son âge et de sa vétusté, le château méritait attention. Quiconque y entrait remontait le temps, balayait les guerres de religion, le siècle de Louis XIV et celui des Lumières, chassait la Révolution et jusqu'à l'ombre de Napoléon pour se retrouver à la fin du Moyen Age à une époque où, repoussant les temps barbares dans leur nuit, l'art du décor atteignait à une splendeur que les grâces précieuses de la Renaissance avaient dédaignée sans parvenir toutefois à la faire oublier.

Lors de la construction de Lauzargues, sentinelle avancée des évêques de Saint-Flour gardant les vallées contre l'Anglais, le rez-de-chaussée n'était qu'une énorme salle où, entre deux vastes cheminées se faisant face, vivaient pêle-mêle hommes d'armes et serviteurs chargés de les nourrir. C'était au temps de Du Guesclin, le Grand Connétable, et les bandes de routiers qu'il allait chasser devant lui jusqu'en Espagne comme un troupeau maudit n'avaient fait qu'effleurer le donjon solitaire sans réussir à l'entamer grâce à la vaillance de son capitaine, Foulques III de Lauzargues. Pour sauver le bien de l'évêque, celui-ci avait laissé l'ennemi ravager jusqu'aux fondations son propre château distant d'à peine une lieue, y ensevelissant toute sa famille.

La récompense avait été à la mesure du service rendu. L'imprenable forteresse était devenue le bien du héros et le nom ancien oublié au profit de ce nouveau nom. Dix ans plus tard Du Guesclin mourait devant Châteauneuf-de-Randon et Foulques de Lauzargues décidait de recommencer sa dynastie. A cinquante ans, il épousait sa nièce, Alyette de Faverolles, qui en avait trente de moins mais dont il était épris depuis longtemps. Et entreprenait de lui faire une dizaine d'enfants.

– Sa nièce? coupa Hortense vaguement scandalisée. Je croyais l'Église d'alors extrêmement susceptible pour tout ce qui touchait les liens de parenté?...

– Ce n'était plus l'Église des temps capétiens, fit le marquis avec un sourire indulgent, et il était peu d'affaires difficiles qu'un sac d'or ou un vase sacré enrichi de pierreries ne pussent aplanir. Au surplus, Alyette n'était que la nièce de sa défunte épouse...

– Et... elle l'aimait malgré cette grande différence d'âge?

Le sourire devint franchement dédaigneux :

– Il n'a jamais été d'usage, dans nos familles, de demander leur avis aux filles lorsqu'il était question de mariage. Il a fallu les désordres de cette infâme Révolution et des années qui l'ont suivie pour que les femmes osent se comporter comme... certaines l'ont fait.

– Dois-je prendre ceci comme une allusion à ma mère? lança Hortense déjà prête au combat.

– Sans aucun doute, fit-il calmement. Pourtant vous auriez tort de vous en offenser car je ne fais rien d'autre que constater un fait.

– Un fait qui n'a rien d'unique dans les annales de notre famille. Ma mère n'a jamais parlé de vous, marquis, mais elle aimait à évoquer ses ancêtres... et singulièrement certaine histoire touchant Françoise-Élisabeth de Lauzargues qui, au temps du roi Louis XIV, s'enfuit aux îles d'Amérique avec celui qu'elle aimait et qu'on lui refusait.

Une lueur amusée passa dans les yeux de Foulques.

– Elle vous a raconté cela? Pourquoi pas, après tout? Elle devait trouver là quelque analogie réconfortante avec sa propre histoire. Au risque de vous déplaire, j'ajouterai tout de même que le cas était assez différent : le chevalier de Violaine était noble.

– Et mon père ne l'était pas. Seulement il l'est devenu par son propre génie et par son courage. Exactement comme le sont devenus nos ancêtres. Il n'y a qu'une différence de six ou sept siècles. Bien peu de chose en face de l'éternité!

Comme la veille, au seuil du château, Hortense et le marquis restèrent un instant face à face, les yeux étincelants de l'une plantés hardiment dans le ciel pâle de ceux de l'autre. Le visage du gentilhomme avait un air figé tout à coup mais, contrairement à ce qu'attendait la jeune fille, aucun éclat de colère ne semblait s'annoncer. Il semblait, au contraire, à la fois méditatif et amusé. Finalement, il se mit à rire :

– Brisons là, ma nièce! Vous avez d'autant moins matière à vous offenser de mes paroles que, depuis hier, je regrette moins la folie de ma sœur... Voulez-vous que nous revenions à Alyette? C'est pour elle que Foulques fit modifier la disposition intérieure du château. Ces murs, ajouta-t-il en désignant ceux qui délimitaient le vestibule, datent de l'époque du mariage tandis que le château est plus vieux d'un siècle.

En fait, l'ancêtre s'était contenté de faire deux salles au lieu d'une seule, séparées par le large couloir d'entrée : l'une où se trouvait la cuisine, l'autre formant la grande pièce continuée au nord par l'intérieur de l'une des tours.

Depuis les dalles de granit de son sol jusqu'à ses clefs de voûte la grande salle était peinte et enluminée comme un missel. Une théorie de chevaliers, caracolant sur de gros chevaux caparaçonnés, déroulait ses fastes sur les murs, tandis que les voûtes supportaient un étonnant fouillis de fleurs et d'oiseaux émaillant une profusion de feuillages vert et or. Cette cavalcade s'ordonnait de chaque côté de la profonde cheminée, creusée à même le mur énorme et dont un arc simple liserait le foyer.

Le dessus de cette cheminée représentait une prairie constellée de petites fleurs au fond de laquelle s'alignaient cinq petits arbres naïfs et charmants avec leurs troncs grêles et leurs grosses têtes rondes. Un couple, enfin, occupait le devant de la scène : une jeune femme blonde en robe blanche et pélisson bleu diapré d'or, coiffée d'une couronne de roses, offrait sans le regarder une coupe à un chevalier rutilant qui, lui aussi, regardait ailleurs, situation qui semblait pourtant les remplir de satisfaction car tous deux souriaient. Seul, le cheval blanc avait l'air mal à l'aise et louchait en levant un antérieur droit avec la majesté d'un prélat qui offre sa main à baiser. Le temps avait pâli les couleurs des fresques qui s'écaillaient légèrement par endroits, mais l'ensemble naïf gardait un charme et une gaieté extrêmes et Hortense eut un sourire instinctif.

– On dirait qu'Alyette vous plaît, ma nièce? dit Lauzargues qui l'observait.

– C'est elle?

– Bien sûr. Ne vous ai-je pas dit que tout ceci avait été fait pour elle?

– Et le chevalier est son époux? Mais il n'a pas l'air si vieux!

– L'était-il vraiment? Au surplus, les peintres de ce temps devaient savoir, comme ceux de tous les temps, que la générosité du paiement allait de pair avec la satisfaction du client. J'ajoute, pour répondre à la question que vous m'avez posée tout à l'heure, que, selon nos chroniques familiales, Alyette aimait passionnément son époux...

– Les chroniqueurs ne peuvent-ils avoir été aussi complaisants que les peintres?

– Elle avait trente-cinq ans lorsque Foulques mourut. Pourtant, elle abandonna enfants et château pour enfermer sa douleur dans un couvent. C'est, je crois, une preuve...

L'ameublement de la pièce demeurait fidèle à l'austère grandeur des temps médiévaux : longue table de chêne, bahuts, crédences, bancs à dossier. Enfin, à l'un des bouts de la table, une haute chaire de bois à dais sculpté marquait la place du seigneur des lieux. La vue de ce siège effaça pour Hortense l'impression de grâce apportée par les fresques : il était le signe évident d'une puissance féodale à laquelle, sans doute, Foulques de Lauzargues n'avait pas encore renoncé... Il ressemblait à un avertissement.

– Venez, dit-il, nous avons encore bien des choses à voir.

En fait, le reste du château était moins évocateur. L'étage supérieur où Hortense avait sa chambre en comportait trois autres : celle du marquis dont la porte faisait face à celle de la jeune fille, une autre chambre ouvrant près de l'escalier et dont on lui dit qu'elle était réservée à d'éventuels visiteurs. Une troisième enfin dont la porte antique, de vieux bois noir armé de pentures de fer comme les autres portes, était curieusement renforcée d'une épaisse barre de verrou qu'un gros cadenas empêchait de glisser : une vraie porte de prison...

– Cette chambre était celle de la marquise mon épouse, dit le seigneur des lieux, répondant brièvement à l'interrogation muette d'Hortense. Depuis sa mort accidentelle je ne supporte pas que l'on y entre. Aussi l'ai-je fait barricader pour éviter que l'on n'y accède par inadvertance.

– Godivelle m'en a parlé hier au soir, lança Hortense étourdiment.

Elle fut étonnée du résultat. Instantanément, la belle sérénité quitta le visage du marquis et, contre elle, la jeune fille sentit tressaillir son bras.

– Que vous a-t-elle dit? demanda-t-il brusquement.

– Peu de chose en vérité : que votre épouse avait été victime d'un accident... mais sans préciser lequel. Que lui est-il donc arrivé?

Avec une étonnante mobilité, le masque de guerrier nippon se fit douloureux. Foulques de Lauzargues quitta le bras d'Hortense, fit quelques pas dans le couloir en tirant son mouchoir, se moucha, puis revint vers la jeune fille.

– Pardonnez-moi de ne pas répondre à cette question. L'événement fut si cruel que, même après dix années, il m'est encore pénible de l'évoquer. La parole, plus encore que la pensée, est créatrice. Je craindrais trop, en vous relatant ce qui s'est passé ici, de réveiller les cauchemars qui m'ont assailli pendant tant d'années. Plus tard, peut-être...

Sa voix traînait une si lourde tristesse que Hortense eut honte, tout à coup, de son inquisition. De quel droit se permettait-elle de réclamer des explications à cet homme tellement plus âgé qu'elle? Elle s'y était peut-être crue autorisée par l'atmosphère anormale, fantastique même, qui avait présidé à son arrivée. Il y avait eu sa rencontre avec le maître des loups, arrivant juste après ce voyage affreux dont elle ne voulait pas. Il y avait les préventions qu'elle nourrissait envers sa famille maternelle. Enfin, il y avait surtout l'étrange aventure de ce matin : le garçon qui fuyait, l'ordre incroyable donné au bossu par la bouche d'un père. De là à imaginer que tous les placards du château recelaient un cadavre et que l'âme du marquis était chargée des plus noirs péchés, il n'y avait qu'un pas trop facile à franchir.

– Pardonnez-moi, dit-elle enfin. Je n'ai pas voulu me montrer indiscrète, ni même curieuse, mais il est si étrange d'arriver dans une famille dont on ne connaît rien quand cette famille est la vôtre...

Il eut à nouveau pour elle le séduisant sourire qui l'avait tant frappée tout à l'heure et prit sa main entre les siennes qui étaient chaudes et d'une étonnante douceur.

– Ne vous excusez pas. Tout cela est bien naturel et j'espère sincèrement que, bientôt, vous serez nôtre.

– Je crains que ce ne soit pas très facile...

– Vous pensez que beaucoup de choses s'y opposent?

– Sans doute, puisque vous n'acceptez même pas mon prénom. Ne parlons pas de mon nom...

– Soyez patiente. Cela passera. Je suis sûr, d'ailleurs, que vous deviendrez une vraie Lauzargues dans un avenir très proche.

La visite du second étage offrit elle aussi sa surprise, en dépit du fait que la disposition des pièces était la même qu'au premier. Hortense vit des portes closes qui étaient celles, voisines, du bibliothécaire-précepteur et de son élève. Celle qui s'ouvrit découvrit une bibliothèque, mais qui ne ressemblait guère à ce que Hortense avait pu voir jusque-là.

Rien de comparable avec celle de son père, haute pièce habillée d'acajou luisant, de tapisseries et de longs rayonnages où s'alignait, sous de précieuses reliures « aux armes », la majeure partie de ce que le monde avait pensé de beau, de grand ou plus simplement d'utile depuis qu'il existait. Les longs plis des rideaux de velours vert – Empire naturellement – rejoignaient l'immense tapis de la Savonnerie pour ouater confortablement la pièce où le banquier aimait à passer la plus grande partie des heures qu'il ne consacrait pas à sa banque. Là, tout n'était qu'ordre et beauté. On ne pouvait en dire autant de la bibliothèque de Lauzargues.

C'était une vaste salle mal tenue – Godivelle n'avait le droit d'y mettre ni les pieds ni le plumeau – qui ressemblait beaucoup plus à l'antre d'un sorcier qu'à un honnête cabinet de lecture. Dans de vastes armoires aux portes ouvertes s'entassaient, sans ordre, incunables précieux et livres en mauvais état perdant plus ou moins leurs feuillets. Des piles de papiers, couverts d'une écriture si fine qu'elle ne devait être lisible que de tout près ou avec une bonne loupe, couvraient la longue table qui tenait le centre, éparpillés autour d'un livre ouvert. Un peu partout, des bocaux contenant des reptiles, des paquets de plantes, des oiseaux empaillés et même, dans un coin, un antique fourneau éteint entouré de fioles de tailles et de couleurs variées et qui servait de support à une grosse cornue vide. On respirait là une odeur bizarre faite de poussière, de plantes séchées et de senteurs chimiques assez indéfinissables mais parmi lesquelles Hortense crut reconnaître le soufre.

Devinant, à l'expression du visage de sa nièce, la question qui allait venir, le marquis prit les devants :

– Monsieur Garland est un homme de sciences. Non seulement il s'intéresse vivement à l'histoire de notre famille qu'il a entrepris d'écrire, m'a-t-il dit, mais il se livre aussi à certaines recherches...

– Alchimiques, je pense? J'ai vu un jour un tableau représentant un alchimiste dans son cabinet. On jurerait que cela a été peint ici...

– Ne prêtez pas trop d'attention à ce fatras, fit le marquis avec un dédain indulgent. Ce fourneau ne s'allume guère, sauf pour les leçons de mon fils. Monsieur Garland lui donne, je crois, une éducation très complète dans laquelle entre un peu de chimie mais encore plus de sciences naturelles. Il ne cesse de rechercher pour lui des spécimens de la flore et de la faune de nos montagnes dont vous pouvez voir ici des échantillons de toute sorte...

Comme tout à l'heure, le marquis enchaînait les phrases l'une à l'autre en parcourant la vaste pièce sombre. Il ouvrait un herbier qui n'avait pas dû être ouvert depuis longtemps si l'on en croyait la poussière qui l'habillait, montrait une curieuse pierre fossile, mirait près de l'étroite fenêtre un bocal où trempait un lézard vert et, somme toute, se donnait beaucoup de mal pour prouver à sa nièce que le bibliothécaire-précepteur était une sorte de puits de science et un esprit curieux de tout. Pourtant, une fois encore, la jeune fille éprouva l'étrange impression que ce discours sonnait faux. Peut-être à cause justement de la poussière qui recouvrait presque toute la pièce à l'exception de la table; peut-être aussi parce que, sous le livre ouvert écrit en vieux français et en caractères gothiques, un papier laissait voir un bout de dessin qui ressemblait davantage à un plan d'architecte qu'à un croquis de zoologie ou de botanique.

En dépit du feu – assez maigre d'ailleurs – allumé dans la cheminée conique, il faisait froid et humide dans cette salle destinée au travail intellectuel. Hortense s'en rapprocha, resserrant autour d'elle le châle de laine que Godivelle avait jeté sur ses épaules. Elle était très déçue. L'idée d'une bibliothèque existant au château l'avait emplie de joie car elle espérait pouvoir en tirer de quoi lutter contre ce qu'elle croyait bien devoir être un ennui profond. Or, tout ce qu'elle pouvait apercevoir en fait de livres était écrit en latin, en grec même, ou en vieux français. Ceux qui semblaient écrits dans une langue compréhensible offraient des titres aussi exaltants que : *Traité de l'alimentation des lézards* ou *De la morphologie des pierres comparée à celle des animaux.*

Comme le marquis achevait sa péroraison sur une sorte de point d'orgue : la contemplation quasi extatique d'une énorme racine de gentiane qui présentait la forme presque parfaite d'une pieuvre, Hortense osa dire ce qu'elle pensait :

– Vous ne parlez que de ce monsieur Garland!

– Naturellement. Je vous l'ai dit, c'est un homme tout à fait exceptionnel.

– Sans doute mais cette pièce me paraît lui appartenir beaucoup plus qu'à vous-même. Ce n'est pas une bibliothèque, c'est son cabinet de travail.

– Sauriez-vous me dire où est censé travailler un bibliothécaire? En outre, pour moi, une pièce pleine de livres a toujours été une bibliothèque. J'avoue, d'ailleurs, que je n'ai jamais eu le goût de la lecture. Hormis certains livres qui me sont chers et que je garde par-devers moi, je ne me suis jamais senti en affinité avec eux. Surtout ceux-ci : ce ne sont que grimoires, savants traités, un fatras tout à fait hermétique pour moi mais dans lequel Garland se meut comme un poisson dans l'eau. Je préfère de beaucoup la musique...

– Jouez-vous d'un instrument?

– Cela m'arrive. Voulez-vous que nous montions aux tours?

Décidément, le marquis se refermait comme une huître dès qu'il était question de lui-même. Mais, en mentionnant son amour de la musique, il avait tout de même donné, sans le vouloir, une sorte de fil conducteur qu'Hortense se promit de suivre pour tenter d'en savoir un peu plus sur cet inconnu étrange qui aurait dû lui tenir de si près. Au couvent, elle avait appris la harpe et possédait un assez joli toucher. Les dimensions de la malle-poste ne lui avaient pas permis d'emporter son instrument mais il était toujours possible de le faire venir... si elle décidait de rester à Lauzargues. Ce qui était de moins en moins certain.

L'escalier de la tour avait encore quelques marches à leur offrir jusqu'au chemin de ronde qui ceinturait le château à près de cent pieds de hauteur. Elles étaient raides à souhait mais Hortense ne regretta pas ce petit effort supplémentaire car le panorama qu'elle découvrit, accoudée à un créneau, avait quelque chose de fabuleux : un moutonnement infini de bois noirs creusés de vallées, fendus de profondes ravines au fond desquelles bondissaient des torrents. Le soleil avait disparu sous un ciel épais, de ce gris jaunâtre, à peine lumineux, qui porte la neige. Il faisait plus noires encore les gorges escarpées où se cachaient des eaux vives. C'était une immense solitude où l'on cherchait en vain la moindre trace de l'homme.

– N'y a-t-il vraiment aucun village entre ici et la ville? On dirait... que nous sommes seuls au monde, murmura la jeune fille qui sentait peser sur elle cette solitude.

– Vous regardez du mauvais côté...

Ils contournèrent la tour et, avec soulagement, Hortense aperçut, sur le coteau d'en face, quelques maisons, le clocher bas d'une église... De cette hauteur, le village paraissait proche mais, si haut que fût Lauzargues, il était plus haut encore et la vallée qui le séparait du château semblait un gouffre insondable...

– Sommes-nous loin? demanda-t-elle.

– Une lieue environ. Ce village est de peu d'intérêt d'ailleurs. Nous n'y allons jamais...

– Pas même le dimanche? Je n'ai pas vu de chapelle au château...

– La tour attenante à l'appartement de feue la marquise ma femme renferme un oratoire qui ne saurait s'appeler chapelle. Aussi avait-elle coutume d'entendre la messe dans celle qui se trouve en face de l'entrée du château... Et que vous n'avez sans doute pas vue en arrivant, cette nuit...

Sans lui répondre, Hortense courut jusqu'à l'endroit qui dominait la porte et aperçut en effet une chapelle, mais si bien abritée par une large saillie du rocher contre quoi elle se blottissait qu'elle passait tout à fait inaperçue. Murs de granit, toit de lauzes, elle se confondait aisément avec la montagne où elle s'appuyait, aussi timide et discrète que son redoutable voisin le château était arrogant. C'était une petite église romane avec un clocher carré à claire-voie, et qui n'avait pas l'air plus haute que le calvaire de pierre qui lui tenait compagnie, mais sa vue apporta une vraie joie à Hortense, lui faisant oublier tout à coup la bizarre angoisse dont elle ne pouvait se défendre depuis son arrivée. C'était Dieu qui était là, assis à la porte du château, et là où était Dieu il ne pouvait rien lui arriver de mal. En effet, le couvent et plus encore l'influence de Mère Madeleine-Sophie avait développé chez elle une piété profonde, dépouillée de toute bigoterie superstitieuse, une piété faite de tendresse et de confiance dans le Cœur Sacré de Jésus dont la dévotion était la raison d'être de la Mère fondatrice et de ses maisons.

– Comme elle est belle! dit-elle, sincère. Je vais aller la voir tout de suite...

La voix soudain glacée du marquis la toucha brutalement.

– Je ne vous le conseille pas. Nous avons barricadé la porte. La chapelle tient à peine debout...

– Elle paraît pourtant solide.

– Vous pourriez me faire l'honneur de me croire. Je la connais mieux que vous. Elle est fermée depuis la mort de mon épouse...

– Elle aussi? lâcha Hortense qui commençait à trouver que l'on barricadait beaucoup à Lauzargues. N'y allez-vous plus entendre la messe?

– Vous voyez bien que c'est impossible.

– Alors, vous allez au village?

– Je ne vais jamais à la messe!

Si l'un des merlons de la tour s'était soudain détaché pour lui tomber dessus, Hortense n'aurait pas été plus assommée. La joie venait de s'éteindre d'un seul coup comme une chandelle soufflée par un vent furieux. Elle ouvrit la bouche pour dire quelque chose – elle ne savait trop quoi d'ailleurs, peut-être tout simplement une protestation – mais rien ne vint. Elle regarda le marquis mais il lui tournait le dos. Accoudé à un créneau, il regardait au-dehors sans souci du vent âpre qui se levait et qui faisait voltiger sa crinière blanche. Hortense ne voyait de lui qu'un profil perdu et songea que, vu d'en bas, il devait ressembler à quelque gargouille de cathédrale avec son long nez qui humait l'air à grandes goulées avides...

Une flambée de colère souleva Hortense et lui rendit la voix :

– Vous voudrez bien me faire conduire au village dimanche, s'entendit-elle déclarer. J'ai toujours entendu la messe depuis que j'ai l'âge de comprendre ce qu'elle signifie!

Il ne lui répondit pas. Il regardait quelque chose en bas avec l'intensité d'un chien de chasse en arrêt. La neige commençait à tomber et voltigeait sur son visage sans qu'il y prît garde. Intriguée, Hortense voulut se pencher à son tour, voir ce qui l'intéressait tant, mais brusquement il se détourna, saisit son bras et l'arracha presque au créneau où elle s'appuyait.

– Redescendons! Vous allez prendre froid!

– Je vous assure que je n'ai pas froid.

– Allons donc! Il règne sur ces chemins de ronde un courant d'air mortel. Venez, vous dis-je!

Il l'entraînait vers l'escalier avec une force dont elle ne l'aurait pas cru capable et qui la révolta. D'une secousse elle dégagea son bras, se dirigea calmement vers le trou noir où s'amorçaient les marches mais, au seuil de la première, se retourna.

– Vous avez entendu ce que j'ai dit, marquis? Je veux aller à la messe dimanche!

– Nous verrons cela! fit-il avec agacement. Descendez! On a besoin de moi! Et... pendant que j'y pense, ne vous semble-t-il pas que « mon oncle » serait plus approprié, et surtout plus respectueux que « marquis »? Nous ne sommes pas compagnons de cercle, j'imagine?

– Nous verrons cela, riposta Hortense avec insolence. Quand j'aurai vraiment la certitude d'avoir en vous un oncle!

Elle avait décidé de descendre calmement mais, entendant soudain les aboiements frénétiques des chiens, elle dégringola presque en courant. Elle arriva dans le vestibule juste à temps pour voir rentrer Eugène Garland.

La tête dans les épaules et les mains nouées derrière le

dos, il marchait comme un héron précautionneux sur les galets glissants. Son habit brun était tout moucheté de neige et des gouttes coulaient sur ses lunettes qu'il ôta pour les essuyer.

– Eh bien? interrogea M. de Lauzargues qui arrivait derrière Hortense.

L'homme eut un geste des épaules qui traduisait son impuissance :

– Rien. J'ai donné vos ordres à Chapioux. Il vient de partir. Jérôme est avec lui...

– J'ai entendu. Nous y allons aussi! Mettez quelque chose de plus chaud que cette guenille!

Lui-même attrapait une grande cape noire, comme en portent les bergers, qui pendait à une patère près de la porte, en drapait sa maigre silhouette tandis que Garland s'emmitouflait dans une sorte de châle qui, cette fois, lui donna l'air d'une sorcière.

La porte claqua derrière eux avec un bruit définitif, une sorte de défi de la rouvrir sans l'assentiment du maître. Hortense demeura seule dans le vestibule mal éclairé par la lointaine fenêtre qui s'ouvrait au fond. Elle se sentait frustrée, mécontente et terriblement seule... Le doux autrefois reculait, reculait dans les profondeurs du temps... Même l'austère existence du couvent, vue du fond de ce tombeau antique, paraissait à présent pleine de joie et de gaieté. Au moins elle portait la vie et il arrivait que l'on s'y amusât...

Brusquement, ses nerfs la lâchèrent. Elle était trop jeune pour cette souffrance et ce déracinement brutal et il y a des limites à la résistance. Sans même trouver le courage de remonter jusqu'à sa chambre, elle se laissa tomber sur le vieux banc de chêne qui faisait face au saint de bois, imperturbable sur son coffre, et éclata en sanglots... Le soulagement fut immédiat. Pourtant, elle avait la sensation qu'il n'y aurait jamais de fin à ses larmes. Elle allait pleurer là, dans ce vestibule glacial où le froid vous tombait sur les épaules comme une chape de neige, jusqu'à épuisement, jusqu'à ce qu'elle n'eût plus de forces du tout... Par les romans de chevalerie, comme par ceux échevelés et douceâtres de Mme de Genlis, elle savait que l'on pouvait mourir de chagrin. Peut-être, pour y arriver, suffisait-il de pleurer assez longtemps pour que le cœur cède?...

Le premier signe avant-coureur d'une vie qui n'était

sans doute pas décidée à la quitter si vite fut une chaude odeur de pain cuit jointe à une autre, inconnue mais suave. Cependant, elle ne consentit à en prendre conscience qu'au moment où deux mains fermes la prirent aux épaules pour l'obliger à se lever.

– Ne restez pas là, demoiselle Hortense! fit Godivelle qu'elle n'avait pas entendue venir sur les grosses pantoufles qu'elle ne quittait jamais, se contentant de les glisser dans des sabots quand elle sortait. Il fait un froid à prendre la mort dans cette salle. Allons, venez à la cuisine! Au moins il y fait bon...

Comme l'enfant qu'elle était encore, Hortense se laissa emmener sans résistance. C'était vrai qu'elle avait froid, froid au plus profond de l'âme, ce genre de froid que devaient éprouver les nouveau-nés que l'on abandonnait aux tours des couvents. Au fond de son chagrin pourtant, quelque chose était venu la frapper :

– Vous... vous m'avez donné... mon nom, Godivelle?...

– Je crois que vous en avez besoin. C'est pas bon d'avoir l'impression de ne plus être soi-même. Et puis, tant que les oreilles de Monsieur le Marquis ne traînent pas aux alentours...

La cuisine fit à Hortense l'effet d'un coin de paradis. Le feu flambait joyeusement dans l'âtre immense dont l'arc de pierre outrepassé abritait le foyer et le four à pain. Les murs en étaient noircis, aussi bien par le temps que par des milliers de feux, mais, sous sa voûte vénérable qui avait abrité les gens de tous les Lauzargues du passé, elle gardait quelque chose d'accueillant. Cela tenait à une foule d'humbles détails : la grossière faïence fleurie qui s'alignait sur un vieux buffet de chêne foncé, la longue table usée par le frottement de centaines de coudes et qui, entre ses deux bancs, trouvait le moyen, par la grâce de Godivelle, d'être aussi luisante que la peau d'une châtaigne, les ustensiles de cuivre rouge, les pots de grès et, pendus à des crocs de fer plantés dans la voûte, les jambons, les saucissons et les chapelets d'oignons qui attendaient d'être consommés.

Dans l'angle le plus proche de l'étroite fenêtre enfoncée dans l'épaisseur du mur, une sorte de monument de bois découpé, accolé d'une grande horloge, abritait un lit clos de rideaux rouges assortis à l'édredon épais, piqué de dessins fantastiques qui, avec une pile d'oreillers bien blancs, constituait l'alcôve de Godivelle. Comme dans toutes les maisons paysannes c'était un lit court où l'on dormait assis plus que couché et étayé par les oreillers. Un petit bénitier de porcelaine où trempait un brin de buis était accroché au fond de l'alcôve sous un Christ de bois noir. Un banc de bois était fiché sous l'ouverture du lit et permettait d'y monter...

La souillarde occupait la tour attenante avec son grand évier de grès, ses cruches, son seau, ses torchons et son chaudron de cuivre rouge que l'on pouvait porter sur la tête grâce à son fond arrondi qui se plaçait bien dans le coussinet rond. Il y avait là aussi le puits grâce auquel jamais, au cours des siècles, Lauzargues ne s'était rendu à quelque ennemi que ce soit. Seuls, la trahison ou l'or avaient jamais pu en venir à bout tant ses murs étaient solides et ses défenseurs valeureux.

Quant à l'éclairage de la cuisine, il était fourni, comme au Moyen Age, par deux torches enduites de résine qui dégageaient une senteur forestière mais aussi une noire fumée qui veloutait les murs comme s'ils avaient été tendus de daim noir. Au-dessus de la cheminée – on disait le « cantou » – s'alignaient lanternes de fer noir et bougeoirs de cuivre brillant destinés les unes aux vents du dehors, les autres au service des chambres.

Dans la cheminée, de petites niches étaient creusées pour le sel ou les allumettes et, sur le feu qui flambait dru, une grosse marmite de fonte noire était accrochée à une crémaillère faite d'anneaux. Il y avait aussi une longue pelle plate et un vaste récipient pour les cendres de bois que l'on recueillait en vue de la lessive.

Debout devant la gueule rougeoyante du four à pain ouvert, le jeune valet porte-torche de la veille venait de saisir la longue pelle et s'occupait à sortir trois grosses miches rondes à la croûte brune et odorante qu'il déposait dans des corbillons. Mais, comme il se disposait à mettre en ses lieu et place un grand plat qui reposait sous une serviette blanche, Godivelle lui sauta littéralement dessus.

– Touche pas, Pierrounet! Depuis le temps, tu devrais savoir que je ne laisse jamais personne enfourner le « pounti [1] »!

1. Le pounti est une sorte de pâté d'herbes et de pruneaux fait avec de la farine de blé noir. Dans certaines régions on y ajoute un hachis de porc. Le mot, dérivé de « pudding », remonterait à l'occupation anglaise pendant la guerre de Cent Ans.

– C'est qu' je ne savais point combien de temps que vous seriez dehors, la tante, s'excusa le gamin, et l' four il est juste à point.

– Qu'est-ce que tu croyais? Que j'étais partie à la foire de Chaudes-Aigues? Allez, ôte-toi de là! C'est pas demain la veille du jour où je laisserai un galapiat s'occuper de ma cuisine. Ça serait du beau!

– C'est pas sûr, la tante! Depuis le temps que j' vous vois faire, j'ai pris du savoir qui pourrait vous surprendre!...

– On verra ça plus tard! Pour le moment je n'ai pas envie d'être surprise. Va plutôt me tirer de l'eau et laisse la place. Venez vous asseoir ici près, notre demoiselle. Vous avez l'air d'un petit chat qui vient de passer la nuit dans la neige...

Tandis que Godivelle, avec des gestes onctueux d'officiant à l'autel, enfournait le grand plat de terre et l'accompagnait du traditionnel « piquant » aux pommes [1], Hortense vint s'asseoir sur l'un des deux bancs de pierre qui flanquaient la cheminée. Cette petite scène domestique, si simple et si familière, la réchauffait presque autant que le feu qui lui rougissait les joues. Elle sourit au jeune garçon qui la saluait gauchement en tirant son bonnet de laine avant de s'en aller exécuter l'ordre reçu :

– C'est votre neveu, Godivelle? Il vous appelle « tante ».

– Mon petit-neveu, mais il n'a plus que moi. Sa pauvre mère est morte en lui donnant le jour. Quant à son père...

Elle s'arrêta comme si quelque chose la gênait ou comme si elle en avait trop dit.

– Eh bien, son père? insista Hortense.

– Il a été tué en 1812, au fond de la Russie, en passant une rivière dont j'ai même jamais été capable de me rappeler le nom.

– La Bérézina?

– Oui. Je crois que c'est ça... Un nom de sauvages. Il paraît qu'il y faisait encore plus froid qu'ici.

Godivelle s'était retournée vers la table et, attirant à

1. Très ancien gâteau que l'on faisait, le jour du pain, avec ce qui restait de pâte dans laquelle on mettait – et met encore – des morceaux de pommes ou de poires sauvages.

elle un panier, elle y prit un gros chou vert, rond et serré qu'elle se mit à éplucher avec application. Un silence tomba peuplé seulement par l'éclatement des étincelles et le grincement du treuil que Pierrounet manœuvrait pour tirer de l'eau.

– Vous n'avez pas beaucoup de raisons de regretter l'Empereur, n'est-ce pas? Et ça ne doit pas vous faire très plaisir de voir ici sa filleule? murmura tristement Hortense.

Godivelle se retourna brusquement, le couteau en bataille.

– Vous ne devez pas être la seule à être sa filleule, demoiselle Hortense! Par contre, vous êtes la seule fille de votre mère, notre demoiselle Victoire qui était si belle et si douce. Quant à Napoléon, faut pas croire qu'on était contre, dans nos campagnes. Il régnait mais, avec lui, il n'y avait plus de dîme ni de droits seigneuriaux. On le regretterait même s'il n'avait pas battu notre Saint Père le Pape et, surtout, pris tant de nos hommes et de nos garçons. Seulement il a exagéré...

– Si le marquis vous entendait...

– Oh, il sait à peu près ce que je pense. Ça ne l'intéresse pas d'ailleurs. Pour lui, tout ce qui s'est passé depuis qu'à Paris on a coupé la tête à notre pauvre Roi n'existe pas. Il y a les Bourbons... et puis rien d'autre.

– Pourquoi n'est-il pas allé aux Tuileries comme tant d'autres, après Waterloo, pour demander le prix de sa fidélité?

Godivelle haussa les épaules et prit un temps pour mettre une grosse marmite noire sur le feu. Elle y versa l'eau que lui avait tirée Pierrounet puis ajouta un gros morceau de lard. Enfin, elle répondit :

– Ça lui aurait servi à quoi? A montrer sa misère sous les dorures d'un palais? Il a bien trop de fierté pour ça! Et puis on n'a jamais été gens de Cour dans votre famille. Feu le marquis son père n'est allé qu'une fois à Versailles. Il a tout de suite compris que ce n'était pas son affaire. Tout y était trop cher : un seul des habits brodés qu'on y portait lui aurait mangé ses récoltes d'une année. Ici, il avait ses terres, ses villages, ses paysans... tout ce que la Révolution lui a pris. Quand il est mort, son fils a pris la suite et s'est terré ici mais je crois qu'il n'a jamais su ce que c'était qu'une vraie vie de château.

– Il s'était marié, pourtant?

– Pour continuer le nom, oui. Et pour la petite dot que la fiancée lui apportait. Mais chez elle non plus ce n'était pas la richesse.

– Il ne l'aimait pas?

– Je n'ai jamais su. En tout cas pas autant que...

Elle s'arrêta net.

Des voix se faisaient entendre au-dehors et, d'un accord tacite, les occupants de la cuisine tendirent l'oreille. Hortense croisa le regard de Pierrounet. Il lui parut moins clair que tout à l'heure. C'était comme si un nuage d'inquiétude y passait, puis le garçon se détourna, écoutant visiblement de toute son âme. Godivelle aussi s'était figée, sa cuiller à la main, le geste ébauché de touiller sa marmite suspendu, comme si un charme lui avait été jeté... Mais déjà les voix s'éloignaient sans que Hortense ait pu distinguer autre chose qu'une courte phrase : « au bord de la rivière »...

Presque aussitôt, des pas résonnèrent dans le vestibule. La porte de la cuisine s'ouvrit. Le marquis parut, les épaules chargées de neige, son bibliothécaire sur les talons. Il regarda tout de suite Hortense.

– Ah, vous voilà, ma nièce! lança-t-il tandis que Pierrounet se précipitait pour le débarrasser de sa cape sur laquelle la neige fondait rapidement. Je suis heureux que vous ayez découvert l'agrément de cette cuisine. Ce n'est peut-être pas l'endroit idéal pour une demoiselle de bonne souche mais, en cette saison, c'est peut-être la seule pièce vraiment chaude de la maison.

– Sa pauvre mère aimait beaucoup ma cuisine, grommela Godivelle. Pourquoi donc que celle-ci ne l'aimerait pas?

Tandis qu'elle parlait son regard interrogeait son maître avec anxiété. Le marquis haussa les épaules et eut un geste d'impuissance qui parut transparent à la jeune fille : les chasseurs revenaient bredouilles. Pierrounet devait penser la même chose car, au moment où il passa devant Hortense, portant le vêtement du marquis pour le faire sécher devant l'âtre, celle-ci vit qu'il semblait très ému et même retenait peut-être des larmes... Elle se promit d'interroger plus tard le jeune garçon, si toutefois il consentait à parler. Ce qui n'était pas certain. Mais, déjà, le marquis ordonnait :

– Fais-nous passer à table, Godivelle! Nous avons faim...

Parlait-il au nom de tous ou en son seul nom? Le pluriel de majesté devait être assez dans sa manière. Godivelle, qui venait de tirer le « piquant » du four, essuya ses mains à son tablier et se planta, poings aux hanches, devant son ancien nourrisson :

– Vous tenez vraiment à manger dans la salle? Vous allez périr de froid!

– Le feu est allumé, il me semble?

– J'obéis toujours quand vous ordonnez mais pourquoi que vous ne restez pas ici comme d'habitude?

– Tant que nous étions entre hommes, c'était sans importance mais dès qu'une dame est là, il ne saurait être question de lui imposer la cuisine et le coude à coude avec la domesticité. Nous prenions toujours nos repas dans la grande salle du vivant de la marquise. Allons, ma nièce, lavons-nous les mains et passons à table!

Avec l'assistance de Pierrounet qui versait l'eau, remplissant par trois fois l'antique cuvette d'étain aux armes, et présentait la serviette, Hortense, le marquis et M. Garland sacrifièrent au rite séculaire au cours d'une petite cérémonie qui fleurait le temps des armures et des hennins. Puis, Foulques de Lauzargues offrit le bras à sa nièce et, précédés du jeune valet armé d'un flambeau et revêtu d'une sorte de livrée rouge usagée, hâtivement enfilée, ils gagnèrent la grande salle où chacun prit sa place : le marquis sur sa chaire médiévale, les deux autres de chaque côté. Sans trop de surprise mais avec regret Hortense constata que le *Benedicite* ne faisait pas non plus partie des habitudes de la maison. Elle se contenta donc d'un rapide signe de croix tandis que Pierrounet, son flambeau déposé, allait chercher le « pounti » qui, avec quelques tranches de jambon cru, une platée de pommes de terre au lard et le « piquant », allait composer le repas.

La table était mise avec un curieux mélange de luxe et de pauvreté. Certes, la nappe était de belle toile fine où l'amidon avait apporté sa glaçure, mais le service de table était de grosse faïence et les couverts d'étain grossier, comme le chandelier et les gobelets antiques. C'était la table d'un paysan aisé, non celle d'un seigneur. Pas même celle d'un bourgeois. Mais, cette fois encore, le maître de Lauzargues qui semblait lire les pensées de sa nièce se chargea de les traduire :

– Ceci ne doit pas vous changer du couvent? fit-il en

agitant sa fourchette. Il y a beau temps que nous nous contentons d'étain. Si longtemps que votre mère n'a jamais connu autre chose jusqu'à... son départ. Il faudra faire comme elle.

– On ne m'a jamais appris à dénigrer la table où l'on me donne place, dit Hortense doucement. En outre, si le couvert est modeste, ce que l'on y sert l'est beaucoup moins. Je ne me souviens pas d'avoir mangé quelque chose de si bon...

Le jambon était, en effet, une merveille rose et tendre s'alliant admirablement à la saveur des herbes dont était farci le « pounti ». Hortense visiblement se régalait et la sincérité de son compliment ne pouvait être mise en doute. Elle fit sourire le marquis :

– C'est vrai. Ma vieille Godivelle est un véritable cordon bleu, le meilleur à dix lieues à la ronde. On me l'envie d'ailleurs et je pourrais en être privé demain si je le voulais.

– Voulez-vous dire qu'on lui propose de vous quitter?

– Eh oui! Ce sont les bourgeois qui ont l'argent, de nos jours. Leurs prétentions grandissent avec leur magot. J'ai cru un moment, il n'y a pas si longtemps, que je serais obligé de la vendre au notaire de Saint-Flour.

Le pruneau qu'elle dégustait à cet instant s'arrêta un court instant dans la gorge d'Hortense et manqua l'étrangler.

– La... vendre? articula-t-elle enfin. L'esclavage existe-t-il encore à Lauzargues?...

Une soudaine colère empourpra le visage du marquis.

– L'esclavage? Voilà qui rappelle étrangement le pathos de 93! Est-ce donc dans les discours de la Révolution que l'on vous a appris à lire?

– Je sors du couvent des Dames du Sacré-Cœur, Monsieur! On y apprend à lire dans les Évangiles qui n'ont pas, que je sache, été écrits en 1793! Par contre, on y réprouve totalement l'esclavage. Quel autre mot employer quand on parle de vendre un ancien serviteur et plus encore sa propre nourrice?

– Nos gens appartiennent à Lauzargues! Si on lui prend l'un d'entre eux, il est juste que l'on dédommage Lauzargues! Au surplus, cette discussion est sans objet. Achevez votre repas et mêlez-vous de ce qui vous regarde!

Plantant là son déjeuner inachevé, il sortit à grands pas en ordonnant à Godivelle de lui monter le café dans sa chambre. Hortense resta en tête à tête avec le bibliothécaire qui n'avait même pas paru entendre la discussion. Il était trop occupé à faire un sort au « piquant » qui était son dessert favori et qu'il dévorait à la vitesse d'un régiment de fourmis rouges.

L'éclat du marquis interrompit un court instant sa bienheureuse mastication. Il regarda Hortense par-dessus ses lunettes qui avaient glissé vers le bout de son nez, ébaucha un sourire qui révéla une véritable denture de carnassier : pas trop blanche mais solide et capable de broyer des cailloux.

– Monsieur le Marquis a ses humeurs aujourd'hui, dit-il d'un ton encourageant. Cela ne dure guère, en général. C'est simplement une habitude à prendre. Si vous voulez bien m'excuser, ajouta-t-il après avoir exploré du regard ce qui restait du gâteau, je... je vais prendre des nouvelles de mon élève...

Il salua brièvement et sortit de ce curieux pas précautionneux qui le faisait ressembler si fort à un échassier. Demeurée seule, Hortense voulut achever son dessert mais l'appétit n'y était plus. A mesure qu'elles se développaient, ses relations avec son oncle se prouvaient plus difficiles et il était à craindre que les choses ne s'arrangeassent pas tellement par la suite.

Elle se leva, alla jusqu'à la fenêtre dont le meneau découpait une croix noire sur le ciel gris. La neige à présent recouvrait le pays, effaçant les chemins, s'accumulant déjà sur le toit de la chapelle. Un vol de corbeaux passa au-dessus d'elle, noirs eux aussi...

L'entrée de Godivelle qui venait voir ce qui se passait coupa court à des pensées qui menaçaient de tourner à la pluie.

– Vous voilà toute seule à nouveau, demoiselle Hortense? Voulez-vous un peu de café?

– Je n'en ai pas bu souvent.

– C'est le moment ou jamais. Je vais vous en porter une tasse : cela vous fera du bien.

Tout en parlant elle desservait la table à gestes vifs et adroits. Hortense soudain demanda :

– Je crains que M. Garland n'ait pas laissé beaucoup de gâteau pour mon cousin. Les douceurs sont agréables quand on est malade...

– Malade? fit Godivelle sans réfléchir. Elle comprit vite et voulut se rattraper : Oh... Il n'a pas faim aujourd'hui...

– Il n'a pas faim... ou il est absent? C'est lui que l'on cherche, n'est-ce pas? C'est lui que j'ai vu s'enfuir ce matin?

Les mains de Godivelle s'immobilisèrent sur le plateau où elle rangeait sa vaisselle, non sans avoir renversé un gobelet qui sonna comme une cloche. Le regard qu'elle leva sur Hortense était plein d'angoisse.

– Vous avez vu?...

– Un jeune homme vêtu comme un paysan qui fuyait le château en se cachant derrière les rochers et les bouquets d'arbres. Un jeune homme pâle qui semblait avoir très peur.

Il y eut un silence. Godivelle parut plus vieille tout à coup et Hortense crut bien voir une larme glisser sur sa joue ridée.

– Pauvre enfant! soupira-t-elle, espérons que le Bon Dieu nous le renverra... Il est comme sa pauvre mère : il n'a pas la tête bien solide.

– Si les chiens en laissent quelque chose! J'ai entendu le marquis ordonner que le fermier lance les chiens sur sa trace.

En dépit de son inquiétude visible, Godivelle, après un instant de stupeur, se mit à rire :

– Vous n'imaginez tout de même pas qu'ils lui feraient du mal? Les molosses de Chapioux connaissent Monsieur Étienne depuis qu'ils sont nés. Il a souvent joué avec eux. S'ils le trouvent, ils donneront de la voix, c'est tout!

Mentalement, Hortense se traita de sotte. Depuis la mort de ses parents, elle avait décidément tendance à voir tout en noir. Peut-être serait-il bon qu'elle maîtrise un peu son imagination. Pourtant, elle n'avait pas rêvé la peur qu'elle avait vue dans les yeux du fugitif. Et d'ailleurs, pourquoi fuir la maison paternelle où quelqu'un, au moins, semblait se tourmenter pour lui?

– Pourquoi est-il parti? demanda-t-elle.

Godivelle haussa les épaules.

– Je ne sais pas au juste... mais je crois que c'est à cause de vous...

– De moi? Mais pourquoi?

– Allez savoir! Une chose est certaine : depuis qu'il a appris votre arrivée ici, il est devenu plus bizarre encore qu'avant. Je sais qu'il a eu une scène avec son père mais je ne sais pas ce qu'ils se sont dit. Les murs sont épais ici. A la suite de ça, le Garland a reçu l'ordre de ne le quitter ni de jour ni de nuit et de laisser ouverte la porte qui fait communiquer leurs chambres...

Un bruit de pas se fit entendre dans le vestibule. Celui, autoritaire, du marquis. Hâtivement, Godivelle ramassa son plateau et fila vers la porte :

– Je vous apporte du café tout de suite...

D'où Hortense conclut qu'elle ne souhaitait pas mettre son maître en tiers dans ses confidences. Resserrant son fichu autour de ses épaules, elle alla s'asseoir près de la cheminée et leva la tête vers la comtesse Alyette qui, là-haut, continuait à offrir une coupe à son seigneur et maître sans le regarder. C'était peut-être une illusion mais elle croyait bien discerner une ressemblance avec sa mère, avec elle-même. Les cheveux blonds peut-être, l'air de jeunesse, la minceur du corps et le sourire un peu timide. Avait-elle eu peur de cet homme assez âgé pour être son père et dont on disait pourtant qu'elle avait pleuré, encore en fleur, la mort sous le voile noir des nonnes? La soumission, l'obéissance avaient dû être les premières, les indispensables vertus des dames de Lauzargues. Pour une qui avait aimé et choisi, combien avaient dû subir l'époux conduit par la main impérieuse d'un père?

Deux seulement, en tant de siècles, avaient choisi la rébellion : Françoise-Élisabeth, qui avait fui le repaire familial jusqu'aux îles d'Amérique, et Victoire, partie vers l'amour mais aussi vers la fortune et une vie brillante dont elle avait peut-être rêvé toute son enfance. Or, Foulques de Lauzargues ne semblait guère disposé à pardonner une trahison qu'il n'oubliait pas. La fille de la tansfuge allait-elle avoir à en pâtir? Était-elle condamnée à passer sa vie dans un château délabré en berçant ses rêves, à défaut d'enfants, au vent d'hiver qui enveloppait les tours? Vu de si loin, le conseil juridique mis en place par la prévoyance de son père pour gérer sa fortune et son avenir semblait curieusement impuissant et dérisoire. Si démuni qu'il fût, le marquis de Lauzargues n'en avait pas moins droit à la protection du Roi et nul n'ignorait que Charles X tentait de ressusciter l'absolutisme tout comme il avait exhumé pour lui-même les fastes antiques du sacre.

L'avenir était aussi sombre que ce jour d'hiver. Peut-être eût-il été plus doux si, comme certaines de ses compagnes du Sacré-Cœur, celui d'Hortense avait été occupé de quelque amour. Mais, jusqu'à présent, sa chambre de jeune fille ou le dortoir des grandes n'avaient abrité que des rêves impossibles, attachés à une entité plus qu'à un être de chair. La légende impériale hantait cette enfant, filleule d'un Empereur qu'elle n'avait pas connu. Son père, si souvent, avait évoqué pour elle l'homme prodigieux, le César corse, l'Aigle couronné qui, durant vingt ans, avait tenu l'Europe sous l'ombre de ses serres. Et toujours avec une passion qu'il avait fini par communiquer à sa fille.

Il parlait aussi de son fils, le petit roi de Rome, né le même jour que Hortense, retenu prisonnier en Autriche si étroitement qu'il n'avait même plus droit à son titre de prince français. Metternich en avait fait un archiduc et remplacé Rome par une bourgade inconnue : Reichstadt! C'était sur ce garçon que, année après année, la fillette avait cristallisé ses rêves d'amour impossible. Elle y joignait une sorte de tendresse fraternelle pour celui qu'elle appelait « mon jumeau ». En ce prince malheureux, son tempérament combatif avait trouvé le héros à sa mesure et un héros d'autant plus charmant qu'il avait besoin sans doute d'être défendu, servi, aimé. Un Prince charmant prisonnier! Quelle image pour accrocher ses rêves!... L'actuelle famille royale était fort démunie en matière de mirage à offrir aux songes bleus des demoiselles : le seul possible, le duc de Berry, avait été assassiné huit ans plus tôt par un bonapartiste exaspéré. Le plus jeune de tous, en dehors du jeune duc de Bordeaux, son fils posthume qui n'avait pas tout à fait huit ans, était le duc d'Angoulême qui en avait cinquante-trois : un ancêtre bégayant!

Il y avait bien le fils aîné du duc Louis-Philippe d'Orléans, âgé de dix-huit ans – les autres n'étaient encore que des gamins – mais il ne serait venu à l'idée d'aucune fille du noble faubourg Saint-Germain de rendre un culte quelconque au petit-fils de Philippe Égalité, le régicide...

Revenant avec sa tasse fumante, Godivelle arriva juste à point nommé pour rappeler la rêveuse à une réalité sans gloire : elle habitait désormais une forteresse vétuste derrière des volcans éteints où les aspirations à la gloire et aux amours héroïques n'avaient en aucun cas droit de cité...

Chapitre IV

LA CLOCHE DES PERDUS

La plume courait sur le papier en grinçant un peu, s'arrêtait, montait jusqu'aux lèvres d'Hortense qui en mordillait les barbes en réfléchissant puis repartait :

« ... et je crains de tenir bien mal les promesses que je vous ai faites. Mais comment soutenir d'un cœur paisible et serein que l'on dénigre ce qui vous demeure le plus cher au monde? Le marquis – je ne peux me résoudre à l'appeler mon oncle – est un homme d'un autre âge, comme sa demeure. Il est dur, inflexible. Il n'a encore rien admis, rien pardonné de ce qu'il considère apparemment comme une injure personnelle. Je crois qu'il a aimé ma mère tant qu'elle a été sa sœur mais, en devenant l'épouse de mon père, elle lui est devenue étrangère, odieuse peut-être. Quant à mon père, dans les rares occasions où il y a été fait allusion, j'ai pu constater qu'il avait le privilège désolant d'exciter la fureur de Monsieur de Lauzargues. Je n'ose même pas prononcer son nom. Il est exécré ici au même titre que mon illustre parrain... »

Hortense posa sa plume, frotta ses mains que des mitaines recouvraient à demi et leva la tête pour regarder le paysage immuablement blanc. La neige était tombée sans arrêt depuis la veille. Mais au matin elle s'était arrêtée quand le doigt rose d'une aurore somptueuse s'était levé comme pour lui interdire de passer outre. A présent, elle demeurait couchée sous le ciel d'un bleu glacé comme un gros animal à la fourrure immaculée. Elle avait apporté avec elle le silence, un silence qui faisait plus lointaine et plus grêle la cloche de l'Angélus là-haut sur le sommet du coteau. On voyait à peine l'église mais pour ce qui était du village, réduit à quelques bosses blanches qui fumaient, on ne pouvait que le deviner.

Hortense voulut reprendre sa lettre et n'y réussit pas. Au fond, c'était très difficile d'écrire à Madeleine-Sophie Barat. Que dire de plus, touchant sa nouvelle famille, sans risquer de choquer, voire de scandaliser la Supérieure du Sacré-Cœur? Toutes les pensées bizarres qui avaient traversé Hortense depuis son arrivée, la Mère Barat les mettrait au compte d'une imagination exaltée et il serait impossible de lui donner tort. Les choses devaient prendre une couleur différente vues de la rue de Varenne, à quelque cent cinquante lieues du pays des loups... Comment par exemple rapporter la pesante atmosphère qui avait régné sur le souper de la veille? Pas une parole n'avait été dite autour de la longue table où chaque convive semblait isolé des autres. Le marquis mangeait du bout des dents, passant de longues minutes le menton dans la main et le coude sur le bras de son fauteuil seigneurial, le regard dans les flammes de la cheminée. Parfois il poussait un soupir agacé, surtout lorsqu'il regardait Pierrounet. Le garçon avait les yeux rouges et son service s'en ressentait. Seul, M. Garland était égal à lui-même : il dévorait silencieusement, préférant peut-être se consacrer au contentement de son estomac que courir les risques d'une conversation hasardeuse. Quant à Hortense, l'appétit coupé, elle n'avait guère touché à son repas, attendant avec impatience le moment de regagner sa chambre.

En y ajoutant la mine lugubre de Godivelle, tout cela traduisait bien l'angoisse et l'incertitude qui pesaient sur les habitants du château. Et plus encore le hochement de tête négatif et découragé que Godivelle avait adressé à Hortense en réponse à l'interrogation muette de ses yeux : seuls les chiens étaient revenus et sans avoir rien trouvé. Étienne avait disparu...

Couchée sous ses courtines soyeuses, Hortense avait mis longtemps à trouver le sommeil. La blancheur de la campagne qui mettait une lueur fantomale aux murs de sa chambre, le bruissement de l'eau, l'appel lointain d'un loup, tout cela s'accumulait en un unique poids d'angoisse qui la tenait éveillée. Où était, à cette heure, le garçon au regard terrifié? Au fond de quelque ravin, blessé ou mort, attendant de servir de pâture aux fauves de la forêt? Noyé dans la rivière? Cela tenait peut-être à l'atmosphère dramatique de cette nuit d'hiver, mais Hortense n'imaginait même pas que le jeune homme eût pu s'enfuir réellement, atteindre sans encombre le but qu'il s'était fixé. C'était pourtant l'hypothèse la plus vraisemblable. N'avait-il pas été élevé dans ce pays? Il devait en connaître les sentiers, les détours, les taillis et jusqu'au moindre brin d'herbe...

Non, tout cela, Hortense était incapable de le raconter à Mère Madeleine-Sophie. Ce sont de ces choses que l'on dit à une confidente et l'exilée ne voyait vraiment personne à qui les rapporter... Elle pensa un instant à son amie Louise de Lusigny mais rejeta immédiatement l'idée : sage, douce et peu imaginative, Louise penserait que son amie était devenue folle tout de bon. D'ailleurs, il n'y avait aucune possibilité pour que la lettre lui parvînt sans avoir été lue, soit par la sœur-surveillante si elle arrivait au couvent, soit par Mme de Lusigny elle-même si la missive était adressée rue de Bellechasse.

Il y avait bien aussi Mme Chauvet qui s'était montrée si amicale durant le long voyage mais Hortense la connaissait peu, après tout, et elle éprouvait une vague répugnance à faire pénétrer de but en blanc l'épouse du gantier de Millau dans les méandres nuageux de sa famille. En fait, seule une amazone comme Félicia Orsini possédait les qualités d'une véritable confidente. Mais où était Félicia à cette heure? Avait-elle seulement regagné le couvent? Hortense se promit de lui écrire, à tout hasard, mais plus tard...

En attendant, elle décida de tenir un journal. Cela lui permettrait de meubler un peu des journées qui promettaient d'être longues, et, surtout, de tirer au clair, au fil des jours, des pensées qui ne l'étaient guère...

Elle acheva sa lettre par un renouvellement – pas tellement sincère d'ailleurs – de sa promesse d'user, avec son entourage, de patience et de charité chrétiennes et par des vœux – qui l'étaient beaucoup plus – de santé et de bonheur offerts avec affection à sa noble correspondante. Puis elle jeta un peu de sable sur le papier pour le sécher, secoua le tout et plia soigneusement sa lettre en un élégant rectangle sur lequel elle inscrivit l'adresse. Elle écrivit ensuite quelques mots à Louis Vernet pour lui faire part de son « heureuse arrivée » et quelques autres à

Mme Chauvet pour la remercier de sa compagnie et du soin qu'elle avait pris afin d'adoucir le plus possible une cruelle période de transition...

En ayant ainsi terminé avec ses modestes obligations mondaines, Hortense pensa qu'il était temps de commencer le fameux journal.

La première chose qu'elle avait faite, en s'installant dans la chambre de sa mère, avait été d'explorer le petit bureau-secrétaire dans l'espoir de trouver quelque chose, un souvenir peut-être, de celle qui s'était assise à cette même place pour écrire sur cette même tablette couverte de cuir fin marqué au fer à dorer. Elle n'avait trouvé qu'un paquet de plumes neuves, de l'encre, du sable à sécher, de la cire à cacheter et une petite provision de papier. Plus trois cahiers, neufs en ce sens qu'ils n'avaient jamais servi, mais dont le papier légèrement jauni témoignait de l'ancienneté.

Elle prit le premier venu, l'ouvrit en le lissant longuement du plat de la main, envahie par une émotion proche des larmes à la pensée de cette autre main, si douce et si délicate qui certainement, jadis, l'avait touché. Victoire n'avait peut-être pas eu le temps de l'utiliser. Sa fille allait y fixer, à présent, les souvenirs d'une vie dont elle ne pouvait rien prévoir...

Sa plume ayant souffert du courrier précédent, elle en prit une autre, chercha le canif à manche d'ivoire dont elle se servait pour la taille, ne le trouva pas et entreprit de fouiller les profondeurs obscures du petit meuble. Ce faisant, elle sentit que la planchette du fond glissait un peu sous sa main.

Intriguée, elle poussa plus fort. L'ouverture s'agrandit. Avec le petit frisson qu'apporte l'espérance d'un secret découvert, Hortense plongea la main dans la cachette et ramena un petit paquet bien plié, fermé d'une simple coulée de cire sans cachet...

Un instant, elle considéra sa trouvaille, posée à plat sur sa main qu'elle n'osait pas refermer tant le paquet était léger et semblait fragile, comme un oiseau tombé du nid. La cachette l'avait préservé de la poussière mais le papier avait jauni. Il y avait certainement longtemps qu'il reposait là, perdu dans la profondeur du meuble.

Le cœur battant plus vite, elle glissa doucement la lame du canif heureusement retrouvé sous la plaque de cire, la détacha et, avec mille précautions, ouvrit le paquet. Il contenait, enfermés dans un petit mouchoir marqué de taches brunes, une rose séchée et un autre morceau de papier sur lequel on avait écrit quelques mots :

« François m'a donné cette rose et s'est blessé pour me la cueillir... »

Le « V » brodé sur le petit mouchoir et l'écriture que les années n'avaient pas réussi à rendre adulte signaient clairement le court billet. Les larmes aux yeux, Hortense caressa doucement, du bout d'un doigt un peu tremblant, la fleur fanée, le carré de batiste taché de sang, ces riens qui avaient été le trésor d'une petite fille... Mais qui pouvait être ce François, ce chevalier donnant son sang pour une rose? Un voisin, un ami de passage? Ignorant encore tout de l'univers qui l'entourait et surtout de ce qu'avait été celui de sa mère, Hortense se promit d'interroger prudemment Godivelle. Si quelqu'un savait quelque chose, c'était elle...

Remettant à plus tard la rédaction de son futur journal elle refit soigneusement le mince paquet après avoir déposé un baiser sur la fleur et sur le mouchoir. Mais, au lieu de le remettre dans sa cachette, elle choisit de l'enfermer dans le coffret de bronze et de nacre où elle serrait ses bijoux de jeune fille et ce qu'elle avait de plus précieux : quelques lettres de sa mère, un court billet de son père. C'était miracle que ce fragile dépôt eût échappé au nettoyage minutieux et attentif auquel on avait soumis le secrétaire de Victoire. Et Hortense savait déjà que les miracles n'ont lieu qu'une fois.

Pensant qu'à cette heure Godivelle devait être occupée à préparer le repas et que c'était un moment bien choisi pour bavarder avec elle, Hortense remit deux ou trois bûches dans son feu, lança un coup d'œil à son miroir pour vérifier la rigueur de sa coiffure, jeta un châle sur ses épaules, prit ses lettres afin de les remettre à Jérôme pour qu'il les porte au plus proche relais de poste [1], puis descendit à la cuisine.

Elle n'y trouva que Pierrounet. Armé du « buffadou », long bâton de sureau sculpté au couteau et percé sur toute sa longueur comme une pipe, le jeune garçon soufflait sur les braises à s'en faire éclater les poumons. Il était rouge

1. Jusqu'en 1829, année où fut créé le corps des facteurs ruraux, il fallait aller au relais de poste pour y porter et y retirer le courrier qui attendait « poste restante ». Nous sommes en 1828.

comme une pomme reinette mûre et, quand la jeune fille pénétra dans la cuisine, il lui adressa un coup d'œil lourd d'angoisse...

– Le bonjour, not' demoiselle, chuchota-t-il précipitamment. Faites excuses si je ne me lève pas mais j'ai laissé pâlir le feu et la tante va sûrement me frotter les oreilles s'il ne flambe pas dru quand elle va revenir...

Sans attendre la réponse d'Hortense, il se remit à souffler plus vigoureusement que jamais dans son bâton. Avec quelque succès semblait-il : une petite flamme commençait à courir à travers les branchettes de pin posées sur la braise tout juste rose. Bientôt la brassée tout entière s'embrasait, emplissant le cantou de ses pétillements joyeux et d'une exquise senteur de résine chaude.

Avec un soupir de soulagement, Pierrounet reposa son buffadou, ajouta quelques écorces sèches, des branches de taille moyenne et, pour finir, trois ou quatre bûches. Puis il sourit à Hortense avec la satisfaction de qui vient de sauver ses oreilles d'un sort douloureux.

– La tante peut revenir à présent, dit-il.

– Savez-vous où elle est?

– Chez Monsieur le Marquis. Mais elle va pas tarder. C'est pour ça qu'il fallait que je me dépêche...

Godivelle arriva presque aussitôt, en effet, flanquée d'un homme aux allures de paysan dont la grosse veste en peau de chèvre et la longue moustache noire étaient encore raides de froid.

– Sieds-toi là, mon gars! dit-elle en désignant l'un des sièges du cantou. Je vais te donner à manger pendant que Monsieur le Marquis se prépare. Baille ta pelisse à Pierrounet qu'il te la fasse sécher...

Tandis que l'homme s'installait, elle rejoignit Hortense à l'autre bout de la vaste cheminée. Son vieux visage rayonnait de joie, une joie qui se reflétait dans les yeux de Pierrounet.

– On l'a retrouvé! chuchota-t-elle. A moitié mort de froid d'avoir marché dans la rivière pour tromper les chiens et un pied blessé mais il est sauvé... à l'abri. Monsieur le Marquis va aller le rejoindre et nous le ramènera demain si le temps le permet.

– Où est-il?

– A deux lieues d'ici, chez la demoiselle de Combert qui est grande amie de Monsieur le Marquis. Elle a envoyé son fermier nous prévenir, ajouta-t-elle en désignant du menton le paysan qui se chauffait, tendant au feu ses mains solides.

Ayant lâché son gros paquet de joie, Godivelle se consacra au messager, sortant de la maie le chanteau de pain pour y couper de belles tranches régulières, tranchant avec habileté dans le rose du jambon, cassant quelques œufs pour préparer une omelette, tirant un pichet de vin de Montmurat raide comme planche mais que l'homme avala, un grand sourire d'aise sous sa moustache.

Servi avec un zèle touchant par Pierrounet, le repas déroula son rite lent dans un grand silence, par respect pour la nourriture qui est don de Dieu et pour le bon fonctionnement de l'estomac. Chacun savait que parler fait avaler de l'air qui ne vaut rien pour la digestion. Les joues du messager vernies par le vin et la chaleur du feu avaient pris une belle teinte rouge vif quand il torcha sa moustache du revers de sa main. A cet instant précis, comme dans un ballet bien réglé, le marquis fit son entrée, prêt à partir.

Son élégance frappa Hortense. Sous la grande cape noire il portait un habit vert bouteille et des culottes collantes qui se perdaient dans des bottes souples. Sa chemise à plastron plissé était un miracle de fraîcheur. Quant au chapeau de castor qu'il portait crânement sur l'oreille, il était visiblement neuf. Le mystère de cet équipement à la dernière mode fut expliqué un peu plus tard par Godivelle : le trimestre de pension d'Hortense était arrivé quinze jours avant elle...

– Je vais chez une dame, expliqua-t-il à la mine naïvement surprise de sa nièce. Il convient de s'habiller en ces circonstances...

Il prit un temps puis, la tenant toujours sous le regard de ses yeux glacés comme s'il la défiait de leur échapper :

– Vous savez à présent, je suppose, que mon fils n'est pas malade et qu'il a fait une fugue?

– Non, puisque vous n'avez pas jugé bon de me l'apprendre.

– Vous m'étonnez! Les courants d'air vont vite, dans cette maison, et se glissent partout. Or vous me semblez avoir l'oreille fine.

– Encore faut-il qu'elle ait quelque chose à saisir...

Le démon malin qui l'habitait la poussa à ajouter, doucement :

– C'est un bien mauvais temps pour faire une fugue. Ou alors il faut avoir de bien fortes raisons...

– Les raisons d'un jeune fou sont toujours fortes pour lui-même. Il en va tout autrement pour autrui, riposta le marquis en tournant le dos à sa nièce.

Puis, s'adressant à l'homme qui achevait son repas : « Si vous êtes reposé, François, nous pouvons partir ! »

– A vos ordres, Monsieur le Marquis !

François ?... Le nom frappa Hortense comme une balle. Elle regarda l'homme qui s'était levé en hâte et réendossait sa pelisse fumante. Jusqu'à présent, elle n'y avait pas prêté plus d'attention qu'au coffre à sel ou à la miche de pain mais ce prénom la forçait à s'en occuper. Non sans une violente protestation intérieure : l'idée qu'il pût être le François de la lettre la révoltait. Ce n'était pas possible ! Cela ne pouvait pas être possible !...

Pourtant, comme si déjà elle était certaine, comme si déjà elle cherchait des excuses, elle lui trouva quelque allure, un visage bien taillé, à la fois énergique et aimable sous la longue moustache noire, de beaux yeux sombres qui regardaient droit. Il pouvait avoir quarante-cinq ans mais les épaisseurs de l'âge mûr ne l'avaient pas encore touché, comme il advient souvent à qui mène au grand air une vie rude.

Attiré peut-être par ce regard insistant l'homme aussi la regarda. Ce fut très bref. Déjà le fermier prenait son chapeau noir, saluait et disparaissait sur les pas du marquis. Hortense, alors, secoua l'espèce de charme qui l'avait tenue prisonnière un moment de ce « François » inattendu. Qu'allait-elle imaginer ? Que sa mère, ce miracle de grâce raffinée, ait pu conserver comme une relique une fleur offerte par un rustre, un mouchoir taché de son sang ? Quelle stupidité ! Comme si l'homme était le seul François au monde et même dans ce petit monde réduit de l'Auvergne profonde ! Le héros à la rose devait être quelque jeune homme de bonne famille aux mains délicates. Avec des mains comme les siennes, le fermier François n'aurait même pas senti des épines qui, d'ailleurs, n'auraient pas entamé son cuir brun...

Pourtant, l'idée s'accrochait. Assez pour que Hortense quittât la cuisine derrière les deux hommes et les suivît jusqu'au seuil du château. L'un derrière l'autre ils descendaient le chemin en escalier, silhouettes noires sur la blancheur de la neige où ils laissaient des traces profondes. Jérôme, avec la voiture attelée et le cheval du fermier, les attendait au bas de la pente.

Le marquis monta en voiture. Le fermier sauta en selle avec l'habileté d'un cavalier consommé. Décidément, cet homme méritait attention. Au moins celle d'Hortense pour qui un véritable homme de cheval faisait obligatoirement partie d'une certaine élite.

– C'est bien de « Mademoiselle » de Combert, ça! fit derrière son dos la voix bougonne de Godivelle qui avait suivi elle aussi. Faire venir Monsieur Foulques jusque chez elle quand ça aurait été tellement plus simple de faire atteler sa voiture et de ramener le jeune Étienne!

– Il a pris froid et il est blessé. Ce n'était sans doute pas prudent de le faire sortir aujourd'hui.

– Ça ne sera peut-être pas plus prudent de le faire sortir demain et ça m'étonnerait que le maître s'éternise à Combert.

– Il n'aime pas y aller?

– Oh si! Que trop même! Ce qui m'étonne c'est que la demoiselle Dauphine n'ait pas encore réussi à se faire épouser! Faute d'argent, je pense...

– Dauphine? Je n'ai jamais entendu ce nom. C'est bien joli pourtant!

– C'est un nom qu'on donne encore dans nos anciennes familles nobles. La demoiselle aussi est jolie bien qu'elle ait passé fleur. Elle a quelque bien et elle brûle d'être marquise de Lauzargues.

Le ton de Godivelle annonçait clairement que, pour sa part, elle n'adhérait en rien à ce projet.

– Pourquoi ne l'est-elle pas, alors? Le marquis a-t-il tant aimé sa femme qu'il ne puisse se résigner à donner sa place?

– Non. Mais il est pauvre. Et il a trop d'orgueil pour accepter de ne pas être toujours et partout le maître... le premier...

– Ne m'avez-vous pas dit, si je ne me trompe, que la défunte marquise lui avait apporté une dot? Quelle différence?

Le souci ajouta quelques plis au vieux visage :

– Il est normal qu'une fille apporte dot. Et puis... nous n'étions pas si misérables à l'époque. Le partage était plus égal...

– Le marquis aime-t-il Mademoiselle de Combert?

– Je vous ai dit qu'il n'avait jamais aimé personne. Elle lui plaît, ça c'est sûr! Mais, de toute façon, il ne la mariera jamais!

– Comment pouvez-vous en être aussi sûre? Le marquis est moins pauvre à présent puisque je suis là. Je crois savoir que mes tuteurs doivent payer une pension généreuse. Ainsi, du moins, l'a ordonné le Roi. Alors, pourquoi...

– Vous devriez rentrer, demoiselle Hortense! ronchonna Godivelle qui n'avait peut-être plus très envie de parler. Vous allez attraper la mort. Ce sera déjà bien suffisant si on nous ramène un malade!...

– Pourquoi, continua Hortense en haussant le ton, le marquis ne prendrait-il pas une compagne pour continuer son chemin? La vieillesse est triste quand on est seul.

– Pourquoi?...

Godivelle détourna la tête, visiblement mal à l'aise comme si elle avait sur le cœur un poids dont elle brûlait de se défaire. Elle hésita, regarda la jeune fille qui attendait... Puis brusquement se décida :

– Après tout, vous finirez bien par le savoir. Monsieur Foulques ne se mariera pas parce que, pour se marier, il faut aller à l'église... et qu'il a juré de ne plus jamais y mettre les pieds! A présent, rentrez ou ne rentrez pas, demoiselle! Moi j'ai à faire.

Virant sur ses chaussons de feutre avec une légèreté inattendue, elle disparut sans faire plus de bruit qu'un chat, laissant Hortense aux prises, une fois de plus, avec l'impression de malaise qu'elle éprouvait souvent depuis son arrivée. Elle entendait encore la voix froide du marquis, lui disant la veille, sur la tour : « Je ne vais jamais à la messe. » Elle en avait été choquée, mais infiniment moins qu'elle ne l'était à présent. Même dans sa vie protégée de fillette elle avait appris que nombreux étaient les hommes, surtout ceux qui avaient vécu la grande Révolution et l'Empire, qui désertaient la messe. On laissait cela aux femmes, aux enfants mais tout de même on faisait au moins acte de présence à l'église aux grandes occasions et surtout lorsqu'il s'agissait de mariage. Or, le marquis de Lauzargues, dernier tenant d'une vieille famille chrétienne, refusait de se marier pour n'être pas obligé d'entrer dans une église. Et cela depuis la mort d'une épouse qu'il n'aimait pas! Qu'est-ce que tout cela pouvait signifier?

De l'autre côté du ravin, les yeux d'Hortense rencontrèrent la petite chapelle emmaillotée de neige, serrée frileusement contre son rocher avec un air d'abandon qui lui serra le cœur. La maison de Dieu ressemblait à ce qu'elle était : une vieille bâtisse acculée à la mort par la volonté du puissant château dressé en face d'elle, du repaire féodal fort de ses tours, de ses murailles et de son intransigeance qui attendait froidement sa ruine après l'avoir bâillonnée, étouffée. La jeune fille fut prise d'une grande envie de la rejoindre pour la voir de près, la toucher, essayer d'y entrer peut-être. Le danger signalé par le marquis ne lui faisait pas peur : elle voulait aller prier Dieu chez lui! Mais ni les minces semelles de ses souliers ni sa robe de laine fine n'étaient indiquées pour une expédition dans la neige.

Remontant précipitamment à sa chambre, elle chercha les grosses chaussures dont elle se servait pour courir les bois quand elle se trouvait au château de Berny, la demeure forestière de son père. Elle les chaussa, prit une grande écharpe dont elle enveloppa sa tête puis, redescendant, saisit au passage, au portemanteau du vestibule, l'une des épaisses capes que l'on y laissait en permanence. Il lui semblait que ce vêtement rustique serait mieux adapté à l'expédition projetée que l'un de ses propres manteaux sentant un peu trop la grande ville. La cape était faite d'un tissu brun épais et bourru qui grattait un peu mais qui l'enveloppa immédiatement d'une bonne chaleur. Ainsi équipée, Hortense descendit le chemin, prenant soin de placer ses pas dans les traces laissées par les deux hommes.

Deux minutes plus tard, elle avait atteint la porte de la chapelle, barricadée en effet par deux planches clouées en travers. Des planches qu'elle tenta vainement d'ébranler : c'était du travail bien fait et les planches étaient solides. Aussi solides que la porte qui n'avait pas du tout l'air prête à s'écrouler.

Déçue mais non découragée, Hortense entreprit de faire le tour du bâtiment. S'il menaçait ruine au point qu'il fallût en interdire l'entrée, il devait y avoir quelque part une brèche par laquelle il serait peut-être possible de se glisser. Ce n'était pas une entreprise facile car, si le sentier menant à l'entrée demeurait encore vaguement tracé, les murs étaient défendus par une épaisse couche de broussailles, ronces, genêts et fougères roussis, noircis sous les plumes légères de la neige qui s'y accrochait. En outre, le passage entre la chapelle et le rocher n'était pas très large.

En plongeant au milieu des buissons, Hortense bénit sa grosse cape. Elle permettait d'affronter les épines sans y laisser le moindre lambeau. Ses vêtements parisiens auraient été lacérés. Grâce à sa cape et au prix, modeste, de quelques égratignures, la jeune fille réussit à faire le tour complet puis revint s'asseoir sur les marches usées du petit calvaire après en avoir balayé la neige. Mais en proie à un monde d'incertitudes : la chapelle était en parfait état. Non seulement ses murs n'offraient aucune brèche, mais l'observateur le plus attentif n'aurait pu y trouver la moindre faille.

Levant la tête vers le toit, Hortense considéra la cloche immobile dans son clocher à claire-voie. Elle semblait solidement attachée et, très certainement, ne demandait qu'à prendre sa volée. Le mystère non seulement demeurait entier mais encore s'épaississait. Une colère impuissante envahit la jeune fille. Elle adorait le son des cloches. Ne pouvoir entendre celle-ci la désolait.

– Quel dommage! murmura-t-elle, navrée.

Un éclat de rire lui répondit et, presque en même temps, Jean de la Nuit fut devant elle, sortant on ne savait d'où. Son grand chapeau balaya la neige dans un salut théâtral tandis qu'il déclamait, moqueur :

« Bon an, bon jour et bonne étrenne
Ma dame, vous soit aujourd'hui donnée... et bénie soit mon étoile qui me permet de vous rencontrer! »

– Vous m'avez fait peur. Je ne vous ai pas entendu venir...

– La neige étouffe les bruits mieux que le plus épais tapis... Mais je vous ai entendue soupirer. A quoi donnez-vous tant de regrets? A cette chapelle bâillonnée par la volonté d'un fou?

– Le fait de m'avoir tirée d'un mauvais pas vous donne-t-il le droit d'attaquer devant moi le parent qui me donne l'hospitalité?

– En aucun cas... s'il vous la donnait réellement. Mais il vous la vend, si j'ai bien compris, et vous ne lui devez pas plus de reconnaissance qu'à l'hôtelier qui vous abrite une nuit sous son toit. Si vous étiez misérable, jamais vous n'auriez été admise à l'honneur de pénétrer sous les voûtes séculaires de Lauzargues! Mais vous êtes riche et, en vertu de cette circonstance, le marquis daigne oublier ce qu'il a toujours appelé la trahison de sa sœur!

Mécontente, Hortense se releva. Il lui déplaisait d'être presque accroupie aux pieds de cet homme. Pourtant, il était si grand que même debout, elle devait lever la tête.

– Vous me faites regretter d'avoir trop parlé, l'autre nuit, dans le désarroi où je me trouvais. Mais je ne crois pas vous avoir jamais confié que j'étais riche!

– Les courants d'air s'en sont chargés. Ces vallons résonnent comme des tambours quand leur tombe une nouvelle extraordinaire. Les colporteurs sur les routes et les commères sur les marchés les font voler. Il suffit de peu de chose vous savez? Quelques commandes faites par le marquis ou par Godivelle. Il y avait beau temps que l'on ne savait plus, ici, ce que c'était qu'acheter du café ou du chocolat... A présent, si ma jeune fille perdue de l'autre soir s'est muée en nièce affectueuse et dévouée, je retire tout ce que j'ai dit et lui demande mille pardons! Mais, tout à l'heure vous n'offriez pas l'image même du bonheur. J'ai voulu vous aider... Je voudrais tant vous aider!...

Sa voix profonde et chaude s'était faite si douce, tout à coup, que Hortense sentit s'évanouir son mécontentement. Ce grand diable au comportement si étrange pouvait avoir, quand il le voulait, un charme infini. Peut-être à cause de ses yeux si bleus ou de l'éclair blanc de son sourire dans la broussaille noire qui encombrait son visage. Hortense à cet instant n'avait plus du tout envie de lui dire des choses désagréables et même elle répondit à son sourire. C'était d'ailleurs lassant d'être en guerre perpétuelle avec tout le monde.

– Vous ne pouvez pas grand-chose, soupira-t-elle. J'avais envie d'entrer dans cette chapelle et j'en ai fait le tour pour voir s'il n'y avait pas, quelque part, une brèche. J'aimerais tant... y prier...

Soudain grave, il étendit devant elle ses grandes mains brunes.

– Voulez-vous que j'arrache les planches, que j'enfonce cette porte? Dans un instant, vous pouvez être à l'intérieur...

Déjà, il se dirigeait à grandes enjambées vers la porte

barricadée. Hortense lui courut après, trébuchant dans la neige.

– Non. Je vous en prie!... N'en faites rien!

– Pourquoi, si cela vous fait plaisir?

– Pas au point d'être, ici, la cause d'un drame. Il m'a semblé, l'autre soir, que vous ne vous aimiez guère, le marquis et vous. Je ne veux pas envenimer les choses. En fait, ce que je regrettais le plus c'était de voir, dans le clocher, cette cloche immobile et muette. Cette cloche qu'on ne doit plus jamais entendre.

Instinctivement, elle avait posé sa main sur le bras du garçon qui tressaillit à ce contact et se pencha pour mieux voir les beaux yeux dorés où montaient les larmes.

– Cela vous fait tant de peine?

De la tête elle fit signe que oui en ravalant ses larmes.

– Vous n'êtes pas la seule. Ils sont nombreux, aux alentours, ceux qui regrettent de ne plus entendre la cloche des perdus.

– Des... perdus?

– Voilà des siècles que par la neige, le brouillard et la tempête elle guidait le voyageur égaré sur la planèze. Cette chapelle est dédiée à saint Christophe qui protège les grands chemins et ceux qui les suivent. Le marquis n'avait pas le droit de fermer la chapelle.

– Pourquoi alors les gens d'ici ne l'ont-ils pas obligé à la rendre au culte?

Jean se détourna et, les bras croisés sur la poitrine, il enveloppa du regard les solitudes environnantes.

– Parce que, même s'il n'est plus riche, même s'il n'a plus qu'un vieux château lézardé, ils ont encore peur de lui. Et aussi... parce qu'il court de mauvais bruits sur Lauzargues.

Brusquement, il se retourna vers Hortense, la prit aux épaules :

– Devez-vous vraiment rester ici?...

– Je crois que oui...

– Bien sûr! Pourtant, j'aimerais tant vous savoir ailleurs!... Vous n'êtes pas faite pour ce pays...

Il la lâchait au moment même où, peut-être, elle allait se laisser aller contre lui, poussée par quelque chose de plus fort qu'elle. Elle s'en rendit compte et, honteuse, murmura, d'une petite voix timide :

– Merci, tout de même, de m'avoir proposé d'ouvrir

pour moi cette porte... Depuis que je suis arrivée ici, vous êtes la première personne qui essaie, vraiment, de me faire plaisir...

– Est-ce que Godivelle ne vous traite pas bien?

– Si! Oh si... Elle est très bonne, très attentive... mais pas au point de risquer une colère du marquis!

– Elle a des excuses. Elle ronchonne bien de temps en temps mais elle le craint. Et puis... elle l'aime!

– Est-ce que c'est vraiment possible?

– D'aimer Foulques de Lauzargues?...

Un instant il resta silencieux. Puis, avec un soupir si profond qu'il semblait venir des entrailles mêmes de la terre, il reprit :

– Oui, c'est possible. Terriblement possible. Je sais au moins une femme qui est morte de l'avoir trop aimé...

Tombant des hauteurs de la motte féodale, la voix de Godivelle coupa la question qui montait tout naturellement aux lèvres de la jeune fille.

– Demoiselle! Demoiselle Hortense! Voulez-vous rentrer tout de suite.

Toute mélancolie balayée, Jean de la Nuit se tourna vers elle, agitant son chapeau noir :

– Ne crie pas si fort, Godivelle! Je ne vais pas la dévorer, ta demoiselle! Je te la rends... tout entière! Il vaut mieux que vous rentriez, ajouta-t-il pour Hortense. La nuit va bientôt tomber et l'on n'aime guère me voir par ici.

Elle voulut le retenir encore.

– Je vous reverrai?... J'aimerais tant que nous soyons amis! J'ai tellement besoin d'un ami!

Il avait recoiffé son grand chapeau et allait s'éloigner mais, soudain, il se pencha vers le petit visage implorant.

– Je serai votre chevalier, votre serviteur s'il vous plaît, Hortense, et vous pourrez m'appeler chaque fois que vous aurez besoin de moi. Mais je ne crois pas pouvoir être jamais votre ami!

– Oh... pourquoi? fit-elle désolée.

Il se pencha plus bas encore, presque à toucher du nez celui de la jeune fille, et elle sentit la chaleur de son souffle sur son visage.

– Parce que vos yeux sont trop beaux!

L'instant suivant, il était déjà loin, emportant avec lui

sa force et sa chaleur. Désemparée, tout à coup, Hortense cria, les mains en porte-voix :

– Mais comment vous appeler... si j'ai besoin de vous?

– Quand souffle la « traverse », le vent qui vient de l'ouest, criez mon nom! Il y aura toujours quelqu'un pour vous entendre...

– Et si...

Mais déjà il avait disparu. Il n'y avait plus, dans le vallon, que les cris de Godivelle réclamant le retour d'Hortense. Celle-ci, d'ailleurs, n'avait plus envie de s'attarder. En dépit de son épais vêtement, elle avait froid, de ce froid étrange qui l'avait saisie en arrivant à Lauzargues. Un froid qui venait de l'intérieur comme si, en s'éloignant, le maître des loups avait emporté avec lui toute la chaleur de son sang... Pourtant, en remontant vers le château, elle ne se sentait plus aussi seule. Et cette impression ne venait certes pas de ce que Godivelle, génie familier courroucé, l'attendait au seuil, l'œil en bataille et les mains nouées sur son devantier bleu.

– On voit bien, gronda-t-elle en hochant si furieusement la tête que les barbes de son bonnet s'agitèrent comme les ailes d'un moulin, on voit bien que le maître n'est pas au logis! Autrement, ce bon-à-rien ne se permettrait pas de venir jusqu'ici!

– Êtes-vous certaine qu'il ait si peur de votre maître? Et puis le chemin est à tout le monde. Quant à la chapelle, elle est à Dieu, même si le marquis s'en prétend propriétaire au point d'empêcher que l'on y entre!

Godivelle darda sur Hortense un regard soupçonneux :

– Vous voilà bien « remontée » on dirait?... Je sais bien qu'il n'a jamais peur de rien, ce meneu d' loups! Ce sont bien plutôt les autres qui ont peur de lui. Vous croyez que c'est chrétien d'entretenir commerce avec ces créatures du Diable, de leur parler, de s'en faire obéir?

Elle se signa précipitamment tout en refermant la porte du vestibule avec autant de soin que si elle s'attendait à voir Jean, ses loups et tous les démons de l'enfer envahir le château.

– Laissez donc le Diable où il est, Godivelle! Les loups sont créatures de Dieu tout comme les autres animaux. Le grand saint François d'Assise leur parlait, lui aussi, fit doctement Hortense, surprise elle-même de s'entendre plaider la cause d'animaux dont elle avait si peur. Jean les nourrit. Dès lors pourquoi ne lui obéiraient-ils pas? Laissez jeûner les molosses du fermier et vous verrez s'ils ne seront pas féroces!

Godivelle fronça les sourcils, jetant à la jeune fille un regard en coin :

– On dirait qu'il a fait votre conquête, ce grand flandrin?

– Il m'a tirée d'un mauvais pas. Il m'a aidée. C'est déjà beaucoup et je n'ai aucune raison de me montrer ingrate... Au fait, puisque vous le connaissez si bien, Godivelle, vous pourriez me dire qui il est, au juste?

– S'il n'a pas jugé bon de vous l'apprendre, comptez pas sur moi pour ça!

Et, avec la majesté d'un navire de haut bord rentrant au port toutes voiles dehors, Godivelle rentra dans sa cuisine dont la porte retomba sur elle, indiquant ainsi que les parlottes étaient terminées pour un moment.

Pensant qu'il était plus sage de lui laisser cuver sa mauvaise humeur, Hortense remit sa cape au porte-manteau et remonta dans sa chambre. Elle tisonna son feu, remit deux bûches, ôta ses grosses chaussures qu'elle mit à sécher puis, glissant ses pieds minces dans ses pantoufles de tapisserie, alla s'installer à son petit bureau avec, pour la première fois, l'agréable sensation de rentrer chez elle et d'y être bien.

Elle alluma le chandelier, ouvrit un cahier, prit une plume, la tailla, la trempa dans l'encre et se mit en devoir de rédiger la première page de son journal avec la satisfaction paisible de quelqu'un pour qui écrire a toujours été un vrai plaisir.

En faisant revivre, au bout de sa plume, les premiers instants de son séjour à Lauzargues, elle oublia le temps. Cinq grandes pages étaient déjà couvertes de sa haute écriture régulière quand on gratta à la porte. Ce fut Pierrounet qui parut à son invitation d'entrer :

– Le souper est servi, demoiselle! La tante vous demande de descendre vite. L'omelette au fromage c'est pas bon quand c'est pas mangé chaud et M'sieur Garland il vous attend déjà!

– Où cela? fit Hortense soudain inquiète.

– Ben... dans la salle, pardi! La tante a dit comme ça que c'était pas parce que M'sieur le Marquis était point là qu'il fallait pas faire comme si il y était!

– Miséricorde! Je vais souper en tête à tête avec le précepteur?...

– Dame, oui! Vous auriez préféré la cuisine?

– Je crois bien! Enfin... autant en finir le plus vite possible. Je viens!

Tout en se donnant un coup de peigne et en remettant des souliers convenables, elle se demandait si ce souper imposé dans une salle glaciale en face d'un personnage qui ne lui inspirait aucune sympathie n'était pas une sorte de vengeance de Godivelle. Et elle décida d'en avoir le cœur net. Arrivée au rez-de-chaussée elle fila directement à la cuisine où elle trouva l'offensée occupée à faire glisser sur un plat la fameuse omelette dorée à point.

– Vous êtes fâchée, Godivelle?

– Moi? Par tous les saints du Paradis, pourquoi est-ce que je serais fâchée?

– Vous n'étiez pas très contente de moi, tout à l'heure, alors j'avais cru! Vous m'obligez à souper seule avec M. Garland quand je me réjouissais de souper ici!

– Quand Monsieur le Marquis donne un ordre, je fais comme il dit, même quand il n'est pas là, fit sévèrement Godivelle. Mais n'allez pas vous mettre des idées en tête pour autant : si j'ai dit qu'il valait mieux pas laisser le Jean aux loups tourner autour de vous c'est parce que ça risque de vous attirer des ennuis avec votre oncle. Quant au Garland vous n'êtes pas obligée de lui faire la conversation. A présent venez-vous-en! Ça ne sera plus mangeable...

Jamais souper ne fut plus silencieux, ni d'ailleurs plus rapide. Après avoir salué profondément Hortense, Eugène Garland, fidèle à ses habitudes, se consacra tout entier à son assiette, laissant la jeune fille entièrement libre de rêver à son aise. Ce fut seulement quand Pierrounet apporta la tarte à la rhubarbe que le bibliothécaire-précepteur se crut obligé de sacrifier quelques instants aux usages mondains. Il s'essuya les lèvres minutieusement, toussota deux ou trois fois pour s'éclaircir la voix puis, armant son visage pointu du sourire le plus aimable :

– Votre oncle vous a peut-être appris, Mademoiselle, que j'ai pris à tâche de reconstituer en son entier l'histoire de votre famille?...

– Il me l'a dit, en effet.

– A la bonne heure! Et comme il m'a dit, à moi-même,

que vous ignoriez à peu près tout ce qui touche à vos ancêtres, je serais extrêmement heureux d'avoir le privilège de vous guider dans cette connaissance. Ce serait pour moi une joie de vous communiquer mes travaux...

– Vous êtes tout à fait aimable, Monsieur, mais j'aurais scrupule à vous déranger. Mon père recevait beaucoup de savants car il s'intéressait à toute forme nouvelle de savoir. Mais, de ce fait, je n'ignore pas à quel point les grands esprits peuvent être jaloux de leur tranquillité...

– Oh, je ne prétends pas au titre de savant, glousse-t-il, flatté, ni de grand esprit, et, comme tel, je n'ai pas de ces délicatesses. J'aurais au contraire plaisir à vous faire partager mes travaux et si le cadre d'une bibliothèque ne paraît pas trop austère à une jeune demoiselle...

– J'ai toujours aimé les livres, sourit Hortense, amusée au souvenir de l'énorme fatras que représentait ladite bibliothèque, mais je crains qu'il ne s'en trouve aucun, chez vous, qui soit à ma portée... en dehors, bien sûr, de vos recherches...

– Pas à votre portée? Comment cela? Les Dames du Sacré-Cœur ont la réputation de donner à leurs élèves une instruction tout à fait impensable jusqu'à présent, une instruction presque semblable à celle que les garçons reçoivent chez leurs correspondants masculins, les Pères jésuites.

– Sans doute mais je n'ai vu, là-haut, que traités savants, ouvrages en latin, en grec ou en vieux français et, en toute sincérité, je ne me sens pas du tout attirée par eux.

M. Garland leva les bras au ciel, ce qui eut pour effet de compromettre gravement l'équilibre de ses vastes lunettes.

– Mais, Mademoiselle vous n'avez eu, de nos richesses, qu'une vue superficielle! Nous avons là des ouvrages tout à fait à la portée d'un jeune esprit et même récréatifs. Feu le marquis Adalbert, votre grand-père, aimait les belles-lettres et, si ses livres ne sont pas en évidence, c'est uniquement parce que, n'en ayant pas l'usage, je les ai enfermés... Voulez-vous que je vous les montre dès ce soir?...

Il débordait tellement de bonne volonté qu'il en oubliait son dessert.

– Achevons d'abord notre souper, sourit Hortense,

j'aurais scrupule à vous priver de cette délicieuse tarte à la rhubarbe. D'autant que Godivelle n'y comprendrait rien et s'offenserait...

Il ne se fit pas prier et attaqua la pâtisserie avec l'enthousiasme d'un homme content de lui-même et des autres. Mais soudain, la fourchette lui échappa et retomba sur la nappe. Le son d'une cloche venait de se faire entendre, si proche qu'il ne pouvait venir que d'un seul endroit... Soulevée d'une joie enfantine, Hortense joignit les mains, écoutant avec ravissement la voix sonore et cristalline tout à la fois qui sonnait une sorte d'angélus nocturne et d'autant plus émouvant...

En face d'elle, pourtant, le bibliothécaire ne semblait pas éprouver le même bonheur. Ses mains crispées, ses yeux écarquillés derrière leurs verres traduisaient plus qu'une surprise : une vraie terreur.

– La cloche! balbutia-t-il, la cloche de la chapelle!... Elle sonne!...

L'angoisse étranglait sa voix. Au prix d'un effort il réussit à se lever, quitta la table d'un pas mal assuré puis, les mains étendues comme pour repousser un ennemi invisible, il se précipita en chancelant vers la porte qui retomba derrière lui avec un bruit de fin du monde.

Stupéfiée par ce qu'elle venait de voir, Hortense le suivit. Dans le vestibule, le tintement était plus clair encore. La porte du château était grande ouverte sur la nuit et laissait entrer un flot d'harmonie mêlé au vent d'hiver qui balayait la neige vers l'intérieur. Au seuil se découpait la silhouette replète de Godivelle, insensible en apparence à la bise qui lui arrivait de plein fouet et plaquait à ses jambes ses jupons épais. En la rejoignant, Hortense vit qu'elle avait joint les mains et qu'elle semblait prier, car ses lèvres s'agitaient doucement. Son visage reflétait la crainte et même une sorte de terreur sacrée. Quant à M. Garland, il avait complètement disparu...

Godivelle sentit la présence d'Hortense plus qu'elle ne la vit.

– Je ne croyais pas, murmura-t-elle, que je pourrais encore l'entendre sonner avant ma mort. C'est un miracle... J'espère seulement qu'il n'annonce pas quelque désastre pour notre maison.

– Une cloche est sacrée. Elle ne peut pas annoncer le malheur.

– Vous croyez, vous? Mais, pauvrette, vous ne savez rien des diableries qui se cachent dans nos montagnes. Il y a des cloches saintes et il y a des cloches maudites... On sait ça dans le haut pays... Tenez, près du village de la Godivelle d'où venait ma mère...

– La Godivelle? Mais...

– Eh oui! c'est la coutume ici de donner aux enfants des sobriquets qui rappellent l'origine de leurs parents. Mon vrai nom à moi, c'est Eulalie mais je l'ai presque oublié parce qu'on m'a toujours dit Godivelle... Eh bien, près de ce village-là, il y a un lac si profond qu'on n'en connaît pas le fond parce qu'il va jusque chez le Malin. C'est lui qui l'a fait... en une seule nuit! Et les vieux disent qu'un village tout entier a péri cette nuit-là, avec son église et tout son monde. Ils disent aussi que, par les mauvaises nuits, quand un malheur menace quelqu'un du pays, on entend sonner au fond du lac la cloche de l'église engloutie.

– Mais il n'y a pas de lac ici! Vous l'entendez clairement cette cloche. C'est celle de la chapelle, là, en face. Et si elle sonne c'est que quelqu'un la fait sonner...

– Soyez pas trop sûre, demoiselle Hortense. Ce quelqu'un-là pourrait bien ne pas être de cette terre!... La dernière fois qu'elle a sonné, la cloche, c'est quand on a porté notre châtelaine en terre, sous sa dalle de la chapelle, il y a dix ans de cela. L'église a été barricadée tout de suite après et... on a coupé la corde de la cloche...

– La chapelle n'est pas bien haute, il doit être possible de monter au clocher? reprit Hortense, intimement persuadée que le sonneur n'était autre que Jean de la Nuit. Mais la peur croissante manifestée par la vieille femme l'impressionnait.

– Non! Regardez! La nuit est assez claire et avec toute cette neige il n'est pas possible de monter là-haut sans se rompre le cou... Il n'y a personne!

Cachant la lune, les nuages diffusaient pourtant une clarté faible, mais suffisante pour qu'il fût possible de distinguer la chapelle. Aucune ombre, aucune silhouette ne se voyaient autres que celles du fermier Chapioux et de son fils qui accouraient armés de fourches, de haches et d'une lanterne qui fit danser des taches jaunes sur la neige. La nuit se peuplait d'appels et d'aboiements de chiens. Voyant gambader les puissantes silhouettes des molosses, Hortense sentit son cœur se serrer bizarrement car la cloche sonnait toujours. Si Jean était près de la chapelle, il risquait aussi bien les fourches des hommes que les crocs des chiens. A moins que Luern, le grand loup, ne fût avec lui?... Mais non, ce n'était pas possible! Les limiers auraient flairé le fauve. Or, ils ne donnaient aucunement l'impression d'être en chasse...

Godivelle était tombée à genoux et invoquait précipitamment tous les saints de sa connaissance en une litanie affolée. Elle ne s'arrêta qu'à l'instant où Chapioux, soutenant un Garland glacé et terrifié, remonta jusqu'à elle... La mine du fermier était sombre.

– Alors? demanda la vieille femme en s'agrippant au bras d'Hortense pour se relever. Tu... tu as vu quelque chose?

– Rien, fit l'homme. Sinon cette maudite cloche qui bat, qui bat comme le cœur d'un démon! Renfermez-vous, la Godivelle, et fermez bien tout votre monde! C'est pas une nuit à rester dehors pour des chrétiens... Il a dû arriver malheur au jeune maître...

Jetant presque le bibliothécaire plus mort que vif dans les bras d'Hortense, il repartit en courant et rappela ses chiens. Quelques instants plus tard, il n'y avait plus personne autour de la chapelle. Sanglotant et priant pêle-mêle, Godivelle poussa son monde à l'intérieur, claqua la porte sur la nuit inquiétante, poussa les verrous et ajouta une lourde barre de fer. Alors seulement le tintement de la cloche mourut et s'éteignit...

La joie de tout à l'heure avait disparu chez Hortense. Et aussi sa certitude...

La terreur qui emportait les habitants du château dans ses tourbillons – on avait trouvé Pierrounet tapi, dents claquantes, derrière le pétrin de la cuisine – l'entraînait elle aussi. Pelotonnée au coin d'un feu qu'elle ne se résignait pas à couvrir, pas plus qu'elle ne se décidait à gagner son lit qui dans son ombre verte lui paraissait hostile et froid, elle épia longuement, enveloppée d'une couverture, les chuchotements de la maison et les bruits du dehors.

Jamais, jusqu'à présent, elle n'avait craint les ténèbres ni cru aux fantômes et tout ce qui, en elle, était clarté, courage et simple logique s'opposait encore farouchement à ces croyances obscures venues du fond des âges. Mais ce qui venait de se passer n'en était pas moins inexplicable... Si Jean était venu cette nuit faire tinter la cloche de la chapelle, le fermier et ses limiers auraient trouvé au moins une trace. Or, ils n'avaient rencontré que la vieille peur de l'Invisible qui les avait rejetés, inquiets, à l'abri de leurs murs.

Une chose était certaine : un mystère enveloppait la mort de la marquise. Un mystère qui n'en était pas un pour tout le monde d'ailleurs. Même la douleur la plus cruelle ne peut expliquer les portes barricadées, excuser cette église condamnée, étouffée comme si elle recelait un terrible danger. Un mort bien-aimé cela se pleure, cela se vénère, cela s'enterre bien sûr... mais sous des fleurs. Pas sous des verrous! Ni sous une inexplicable conspiration du silence... C'était comme si tous ici craignaient cette morte dont pourtant chacun s'accordait à proclamer qu'elle avait été douce, timide et de peu de sens...

Lorsque l'on redoute de voir ou d'entendre quelque chose, il est bien rare que l'on ne réussisse pas, effectivement, à voir ou à entendre. L'imagination stimulée par la peur crée ses propres images. Vers minuit, alors qu'elle commençait à s'assoupir, Hortense se redressa brusquement, le cœur battant la chamade... Dans la pièce voisine, celle qui avait été la chambre de la marquise, un bruit venait de se faire entendre, une sorte de long glissement étouffé par l'épaisseur de la muraille. Puis ce furent trois coups sourds, bien détachés, enfin un sifflement assez semblable à celui du vent sous une porte...

Recroquevillée dans son fauteuil, Hortense osait à peine respirer. L'absence du marquis la laissait seule à cet étage du château... Son courage naturel la poussait à prendre une chandelle et à sortir de sa chambre pour voir... Mais pour voir quoi? D'ailleurs, la terreur la paralysait.

Elle resta là des heures, incapable de bouger, guettant des bruits qui ne revinrent pas. Ce fut seulement au chant du premier coq qu'elle réussit à se jeter sur son lit pour y sombrer enfin dans un profond sommeil.

CHAPITRE V

L'OMBRE BLANCHE

Assise sur la pierre de l'âtre, un plein panier de châtaignes à côté d'elle, Godivelle épluchait ses fruits comme si elle leur en voulait personnellement. Elle ressemblait à un bourreau du Moyen Age essayant de faire avouer un patient, et arrachait les coques brunes et luisantes avec des gestes farouches. Assise en face d'elle Hortense la regardait faire et mâchonner son indignation et ses craintes. Tout en prenant le Ciel à témoin du peu de considération que les défunts montraient aux vivants, elle affirmait que les événements de la veille ne pouvaient signifier qu'une chose : un malheur allait s'abattre sur la maison avant longtemps.

– C'est un avertissement! répétait-elle. Et ça ne peut pas être autre chose : Chapioux a refait le tour de la chapelle ce matin et il est certain, à présent, qu'il y a de la diablerie là-dessous!

– Pourquoi en est-il si sûr?

– Oh, pour ça, il a une bonne raison. Si vous voulez faire sonner une cloche, vous tirez sur la corde, pas vrai?... Eh bien, il n'y a pas le plus petit bout de corde là-haut. Et pas davantage de trace de quelqu'un qui serait monté par l'extérieur. Ça se verrait sur la neige et il n'en est pas tombé d'autre cette nuit. Mais Chapioux a tort de penser au Malin. Moi, je dis que c'est notre défunte maîtresse qui veut nous faire savoir quelque chose. Et comme il n'y a personne ici qui l'intéresse plus que son enfant j'ai bien peur que ça nous annonce du mauvais pour Monsieur Étienne.

Lâchant son couteau, elle se signa précipitamment puis

reprit son ouvrage après avoir essuyé, du dos de la main, une larme qui roulait sur sa joue. Ne voulant pas être indiscrète, Hortense alla jusqu'à l'entonnoir de pierre où se logeait la fenêtre. De la cuisine on découvrait un autre côté du promontoire où se dressait le château. Celui qui se terminait par une sorte de falaise rocheuse tombant à pic sur le torrent... Un endroit où il était facile de quitter ce monde sans doute. Un pas, rien qu'un tout petit, et c'était l'accident mortel. Hortense tressaillit, se secoua. A quoi allait-elle penser? Mais elle ignorait les cheminements secrets de la pensée.

– Comment est morte ma tante Marie? demanda-t-elle, employant pour la première fois le titre familial, afin d'affirmer son droit à une réponse.

– Je vous l'ai dit : d'un accident... Où est passé Pierrounet? Je voudrais tout de même bien qu'il aille me chercher...

Avec une agitation soudaine, Godivelle abandonna son épluchage, se dirigea vers la porte en appelant son neveu, cherchant visiblement des prétextes pour ne pas répondre à d'autres questions. Cette fois, Hortense, décidée à ne pas la laisser lui glisser entre les doigts, s'élança, lui barra le passage au moment même où elle atteignait la porte...

– Quelle sorte d'accident, Godivelle? demanda-t-elle doucement. Pourquoi donc n'aurais-je pas le droit de savoir?

La vieille femme leva sur elle un regard lourd de reproches.

– Ce n'est pas bien, demoiselle Hortense, de m'obliger à parler de ça. C'était si affreux!... Vous y tenez vraiment?

– Oui. J'y tiens!

– Eh bien... Elle s'était endormie dans le fauteuil au coin de la cheminée de sa chambre et... sa robe a pris feu! Le malheur, c'est qu'elle était seule au château. Monsieur Foulques était à Pompignac pour négocier une coupe de bois. Le petit... je veux dire Monsieur Étienne, était en campagne avec M. Garland qui cherchait des herbes. Et moi j'étais à la ferme... J'ai entendu crier et je me suis encourue... c'était trop tard! A présent laissez-moi passer! Il faut vraiment que je trouve Pierrounet!

Elle sortit comme on se sauve, laissant Hortense seule et un peu encombrée de son personnage. Qu'avait-elle besoin de poser tant de questions? Elle détestait ce rôle d'inquisiteur qu'elle s'était attribué sans trop savoir pourquoi. Aussi, pourquoi tous ces mystères autour d'une mort, atroce sans doute, mais due au simple mauvais sort? Cela donnait prise aux plus folles imaginations... Après tout, peut-être cette pauvre Marie, brutalement précipitée du sommeil dans le supplice des flammes sans avoir eu le temps d'un *Miserere*, n'avait-elle pas réussi à trouver le repos pour son âme? D'où les étrangetés de la dernière nuit... Hortense se fit à elle-même la promesse de prier désormais pour elle chaque soir.

Elle n'en éprouva pas moins un vrai soulagement quand, vers midi, des bruits de voix et des sonnailles de chevaux, joints au cri de joie de Pierrounet qui jaillit comme une balle de la porte du vestibule pour dégringoler le sentier, lui apprirent que le marquis était de retour et, surtout, qu'il ramenait son fils sain et sauf. De la fenêtre du couloir sur lequel ouvrait sa chambre, Hortense assista à ce retour et vit qu'il était bien différent de ce qu'avait été le départ. D'abord parce que la voiture avait fait place à un traîneau qui, pour avoir vu le jour à la fin du siècle précédent, n'en était pas moins empreint d'une désuète élégance. Ensuite parce que le jeune fugitif, enseveli sous une épaisse couverture de fourrure, y était encadré par son père et par une dame qui riait et avait l'air de le plaisanter.

Ramassant ses jupes, Hortense se jeta dans l'escalier. Elle avait hâte de voir à quoi ressemblait cette Dauphine de Combert – ce ne pouvait être qu'elle – que Godivelle n'avait pas l'air de porter dans son cœur. La mine de la gouvernante qui se tenait au seuil dans son attitude favorite la renseigna d'ailleurs mieux qu'un long discours : cette visite ne lui faisait aucun plaisir. Pourtant, en la regardant monter vers elle, un aimable sourire aux lèvres, Hortense eut l'impression que la nouvelle venue allait lui plaire.

Comme l'avait dit Godivelle, Mlle de Combert n'était plus une jeune fille. Cela se voyait aux mèches argentées qui striaient ses épais cheveux bruns, mais il n'en était pas moins impossible de lui donner un âge. Grande et mince, elle avait la taille la plus fine que Hortense eût jamais vue et une peau d'une fraîcheur de fleur nouvelle. Son sourire à belles lèvres rouges montrait des dents blanches et bien plantées. Quant à ses yeux, noirs et brillants, ils pétillaient de malice. En résumé, c'était une bien agréable personne que Mlle de Combert, encore avantagée par une élégance naturelle et une façon de se vêtir qui ne sentait pas du tout sa province. Son manteau à pèlerine en beau drap vert mousse garni de renard roux et sa capote de velours de nuance assortie ornée d'une cascade de plumes de coq brillantes lui allaient à merveille et mettaient en valeur son teint frais.

Ayant aperçu Hortense, elle franchit presque en courant les derniers mètres du chemin et, bousculant légèrement Godivelle qui ne semblait pas disposée à lui céder le pas :

– Laissez donc un peu de place, ma bonne! Vous bouchez la porte et cachez complètement cette jeune fille que j'ai si grand-hâte de connaître! Songez plutôt à faire porter un fauteuil pour rentrer Monsieur Étienne!...

Déjà, elle s'était emparée des deux mains d'Hortense dans un geste plein de spontanéité :

– Ainsi, vous êtes Hortense? Eh bien, ma chère, vous êtes telle que je vous imaginais et cela n'arrive pas si souvent! On m'avait bien dit que vous ressembliez à votre mère mais vous ne m'en voudrez pas, j'espère, si je dis que je vous préfère!

Fidèle aux devoirs de civilité enseignés au couvent, Hortense voulut esquisser une petite révérence mais Mlle de Combert l'en empêcha en l'embrassant sur les deux joues. Privée de parfums suaves depuis des mois – depuis la dernière fois où il lui avait été donné d'embrasser sa mère –, Hortense apprécia à sa juste valeur un parfum de rose, agréable rappel d'une civilisation qu'elle croyait bien disparue. Aussi rendit-elle spontanément baiser et sourire :

– Vous avez bien connu ma mère, Mademoiselle?

– Appelez-moi Dauphine! Nous serons amies. Votre mère faisait ainsi et, pour répondre à votre question, je l'ai vue naître. Je suis son aînée, vous savez?

Hortense pensa que cela ne se voyait guère et le dit naïvement, ce qui fit rire Dauphine d'un grand rire clair et qui devait être singulièrement communicatif car Hortense faillit faire chorus.

– Vous êtes charmante, décidément! Voyons un peu où en sont les autres!

Elle avait passé son bras sous celui d'Hortense et regardait ce qui se passait près du traîneau où Godivelle venait d'apporter une chaise. Sous les ordres du marquis, Jérôme et Pierrounet s'occupaient à sortir du véhicule, avec un grand luxe de précautions, le jeune homme dont Hortense conservait le souvenir à cette différence près qu'il semblait plus pâle encore que l'autre jour.

– Est-il si malade? demanda-t-elle. Peut-être eût-il mieux valu ne pas le ramener si tôt?

– Il n'est pas malade. Il a une jambe cassée. Un chasseur l'a trouvé l'autre matin au bord de la Truyère, pas loin de chez moi. Il est venu prévenir... Étienne souffrait beaucoup...

– Il souffre encore, on dirait?...

– Il souffre surtout dans son amour-propre car il a été bien soigné par le docteur Brémont, de Chaudes-Aigues, qui est sans doute le meilleur médecin de la région. Mais quitter une maison sans esprit de retour pour courir les aventures et revenir quelques jours après en chaise à porteurs n'a rien de glorieux. Regardez notre Étienne. Il n'est vraiment pas fier de lui-même!

Son rire s'envola de nouveau mais Hortense n'y fit pas écho. Le garçon n'avait pas du tout la mine d'un aventurier déçu mais bien plutôt d'un prisonnier qui a cru tenir sa liberté et qui, repris, va réintégrer une geôle détestée.

Et Hortense pensa que l'avertissement des cloches, s'il avait réellement une cause surnaturelle, pouvait peut-être s'interpréter autrement : Étienne n'avait pas rencontré la mort mais le malheur ne s'en abattait pas moins sur lui.

En regardant approcher le cortège, elle fut frappée de la fragilité du jeune homme. Son teint avait la teinte exacte de l'ivoire et de larges cernes bleus agrandissaient encore ses yeux bleu sombre. Sa bouche gardait la tendresse de l'enfance. Il avait ôté son chapeau qui gênait ses porteurs et montrait des cheveux blonds, aussi clairs, aussi soyeux que ceux d'Hortense elle-même. Ce garçon aurait pu passer aisément pour son frère... et, envahie d'un sentiment chaleureux, elle se promit de le défendre et de l'aider.

Comme M. Garland surgissait du château en poussant de grands « hélas! » et prenait le Ciel à témoin des angoisses que la fugue de son élève lui avait fait endurer, elle quitta le bras de Mlle de Combert, écarta le précepteur et, le devançant, franchit les derniers mètres qui la séparaient encore de la chaise et de ses porteurs.

– Je suis Hortense, dit-elle. Votre cousine, mais que vous pouvez dès à présent considérer comme votre sœur...

Étienne leva un regard ébloui vers ce sourire, vers ces yeux dorés qui souriaient aussi, vers cette claire jeune fille qui venait à lui si simplement, si naturellement... Il voulut sourire peut-être mais n'y réussit pas. Même ses yeux s'emplirent de larmes :

– Mon Dieu... que vous êtes belle, murmura-t-il avant d'éclater en sanglots convulsifs qui laissèrent Hortense interdite.

– Eh bien, en voilà un accueil! gronda le marquis de Lauzargues qui suivait la chaise de son fils. En vérité, Étienne tu te comportes...

Mais déjà Mlle de Combert s'interposait :

– Allons, Foulques, laissez ce garçon tranquille! Il est déjà assez malheureux comme cela! Si vous croyez que c'est amusant de devoir attendre deux mois avant de pouvoir seulement poser le pied par terre. Il a besoin de son lit... et de repos! Cela va lui donner tout le temps de faire connaissance avec sa cousine...

Godivelle d'ailleurs prenait les choses en main, houspillant les porteurs qu'elle accusait de trop secouer le blessé et les menaçant des pires malédictions si, par leur maladresse, ils lui causaient la moindre souffrance supplémentaire. Sa rudesse vigilante, la tendresse que l'on y sentait latente établissaient un rempart entre Étienne et le mécontentement de son père, un rempart qu'elle défiait visiblement le marquis d'oser franchir. L'œil orageux, le marquis dut se contenter d'offrir à Hortense des excuses qu'elle refusa d'ailleurs :

– Un malade, un blessé, enfin quelqu'un qui souffre a tous les droits, mon oncle! Je suis certaine que, bientôt, nous nous entendrons parfaitement, Étienne et moi.

La surprise de s'entendre donner un titre qu'on lui refusait naguère calma net la colère du marquis. Il eut même, pour la jeune fille, un de ses rares et charmants sourires :

– Auriez-vous, en mon absence, décidé de voir choses et gens d'un œil plus favorable... Hortense?

Concession pour concession? La jeune fille apprécia mais se garda bien d'avouer que son subit accès de diplomatie lui était dicté uniquement par le souci d'aider ce garçon malheureux et qui n'avait sans doute aucun besoin, en rentrant au logis, de se retrouver confronté à une guerre d'escarmouches. Hortense sentait, d'instinct, qu'il lui fallait composer avec le marquis si elle voulait être d'une utilité quelconque à Étienne.

– Peut-être ai-je vraiment envie de faire partie de la famille, dit-elle seulement, s'efforçant de ne pas entendre les protestations de sa conscience qui lui reprochait un mensonge aussi flagrant... Mais, puisque les loups hurlaient autour de Lauzargues, peut-être valait-il mieux, au moins pour un temps, hurler avec eux?

Durant les quelques jours où Dauphine de Combert séjourna au château, Hortense ne revit pas Étienne qui garda la chambre sous la double surveillance de son précepteur et de Godivelle. Mais elle n'y pensa guère tant la vie avait pris soudain un tour agréable. Dauphine était une compagne pleine de charme et d'entrain. Elle emplissait le château de sa voix claire, de son rire et d'un esprit qui, pour être parfois mordant, n'en faisait pas moins la joie d'Hortense car, grâce à lui, les mornes repas dans la grande salle avaient cessé d'être d'insupportables corvées...

En la voyant, le soir surtout, prendre place à la droite du marquis vêtue d'une jolie robe de velours vert feuille ou de dentelle noire dont elle réchauffait le décolleté d'une écharpe assortie sous laquelle brillaient l'or et les topazes d'un large collier, le visage encadré de longues boucles d'oreilles, Hortense pensait qu'il fallait somme toute peu de chose pour créer une atmosphère chaleureuse. Habituée, peut-être de longue date, à voir le marquis céder à ses désirs doucement exprimés, Dauphine n'avait eu aucune peine à obtenir de Godivelle que l'étain des chandeliers devînt aussi brillant que de l'argent, que Pierrounet allât lui cueillir autour du château des branchettes de houx ou de gui dont elle composait, avec des chardons séchés, des bouquets originaux pour orner la table...

– Bouquets du Diable! grognait le marquis, on ne peut y toucher sans se piquer les doigts!

– Ils ne sont pas faits pour que l'on y touche mais pour être regardés. Quant au Diable, je vous rappelle qu'il brûle mais ne pique pas. Ici et en hiver, il ne faut pas se montrer trop difficile... à moins de posséder une serre. Avez-vous des serres, chez vous, Hortense?

– Oui. Au château de Berny, mon père avait fait construire une grande serre pour faire plaisir à ma mère. Elle adorait les fleurs et n'en avait jamais assez. Surtout des roses!

– Je la comprends. Au fond, on vous a joué un très mauvais tour en vous arrachant à de si agréables demeures pour vous précipiter au fond de ce château, vénérable sans doute mais meublé de courants d'air plus que de bois précieux.

– Le couvent des Dames du Sacré-Cœur d'où je viens n'était guère plus confortable, en dépit du fait qu'il occupe l'un des plus beaux hôtels de Paris.

– Guère plus... Mais plus tout de même! Je gage que votre bon oncle ne vous a même pas demandé si vous vous trouviez bien installée? Vous ne changerez jamais, mon cher Foulques. Hors de votre Lauzargues point de salut! Il est et sera toujours pour vous préférable même à un palais royal.

– C'est « ma » maison. Et pour moi cela dit tout! Quant à ma nièce, j'ai pensé qu'elle saurait s'accommoder d'une demeure dont sa mère s'est accommodée si longtemps...

– ... mais dont elle ne se serait certainement plus accommodée si Dieu avait permis qu'elle y revînt... pour notre joie!

Une chaude vague de reconnaissance envahit Hortense à cet instant. Elle sentit qu'une partie de son cœur était attirée vers cette femme aimable, humaine et compréhensive qui allait au-devant de ses regrets et s'en faisait la championne. Elle chercha une phrase capable d'exprimer ce qu'elle ressentait sans offenser le marquis mais ne la trouva pas. Mlle de Combert s'aperçut de son trouble et se leva aussitôt :

– Laissons ces messieurs, petite, et allons bavarder un moment dans ma chambre. Je me sens un peu lasse.

Soir après soir, Hortense prenait place sur une chaise basse au coin du feu, en face de Mlle de Combert qui, enveloppée d'un peignoir de belle soie ouatinée, l'interrogeait interminablement sur sa vie passée, ses parents, leurs habitudes, les fêtes qu'ils donnaient, leurs relations et même les toilettes, les bijoux de Victoire.

La jeune fille se prêtait au jeu avec une sorte de délectation. C'était agréable de revivre un peu, pour cette auditrice attentive, les jours ensoleillés d'autrefois et, surtout, de pouvoir parler sans contrainte de ceux qu'elle avait perdus. Elle se sentait alors plus proche d'eux, moins orpheline. Un soir même, elle osa poser une question qui la tourmentait inconsciemment et qui, à évoquer les derniers temps du baron et de la baronne Granier de Berny, se fit soudain présente.

– Il y a quelque chose que je ne comprends pas. Mon oncle abhorre mon père, n'est-ce pas?

– Cela ne fait malheureusement aucun doute, ma pauvre enfant.

– Je l'ai compris. Et je le comprendrais mieux encore si c'était à cause de la mort de ma mère. Pourtant il me semble que ce n'est pas cela qu'il lui reproche le plus mais bien d'avoir été ce qu'il était : un roturier enrichi qui a osé épouser une Lauzargues?...

– Vous n'avez pas tort, dit rêveusement Dauphine après un instant de silence. Voyez-vous, votre mère est morte pour lui à l'instant même où elle a choisi votre père. On ne tue pas une morte...

– On me dit qu'il l'aimait beaucoup pourtant. Quand on aime on ne chasse pas si facilement un être de son cœur.

– Sans doute, mais il l'aimait... trop! De ce fait il l'aimait mal.

– Peut-on aimer trop, aimer mal?...

– Il suffit d'aimer pour soi-même... et non pour l'autre. Mais vous êtes trop jeune encore pour comprendre tout cela, conclut Mlle de Combert en retrouvant son ton enjoué habituel.

Un autre soir, Hortense demanda, en riant, pourquoi son amie ne veillait jamais dans la grande salle en compagnie du marquis, ce qui eût été naturel. La même scène, en effet, se reproduisait chaque soir : le souper achevé, Dauphine se levait, s'excusait avec grâce et quittait la salle suivie d'Hortense et du regard amusé de son cousin mais sans qu'il élevât jamais la moindre objection.

– Il sait bien, expliqua-t-elle à Hortense, que je ne peux souffrir ce Garland dont il est entiché. Je sais bien que c'est un puits de science et qu'il apporte une vraie passion à reconstituer l'histoire des Lauzargues. Je sais que, grâce à lui, ce pauvre Étienne aura, au moins, appris quelque chose dans sa vie et que c'est une vraie chance, surtout pour un homme aussi désargenté que mon cousin, mais je ne l'aime pas et il n'y a aucune raison pour que cela change dans l'avenir. Il a une tête à faire peur aux corbeaux!

– Mais, c'est vrai! Un bibliothécaire cela se paie, un précepteur aussi. Comment fait mon oncle?

– Il ne paie ni l'un ni l'autre. Le bonheur d'habiter Lauzargues et de manger la cuisine de Godivelle lui paraît un salaire tout à fait suffisant.

– Et M. Garland est d'accord?

– Tout à fait et il l'a toujours été. Garland est un héritage du vieux marquis. Il y a plus de vingt ans, dans les débuts du siècle – ne me demandez pas l'année, je n'ai aucune mémoire des dates –, il l'a trouvé au cours d'une battue aux loups vers Auriac à moitié mort de faim et de froid. Je crois qu'il n'a jamais très bien su d'où il venait mais son nom l'a amusé... et aussi sa bosse.

– Sa... bosse? Était-il si cruel?

– Pas plus cruel qu'un autre, mais ce nom de Garland ne vous dit-il rien?

– Rien du tout. Le devrait-il?

– Décidément, soupira Mlle de Combert, notre jolie Victoire ne vous a pas raconté grand-chose des histoires de sa famille. Quant à Godivelle, le temps a dû lui manquer sinon vous seriez déjà au fait. Eh bien, ma chère, sachez qu'au temps où les Anglais tenaient une partie de l'Auvergne durant la guerre de Cent Ans, Lauzargues était tombé par la trop grande jeunesse de son seigneur aux mains d'un routier boiteux, bossu, et méchant comme tout l'Enfer qui s'en était emparé par la trahison d'un valet. Ce bandit a gardé le château pendant quatre ou cinq ans, le temps pour le jeune Foulques de l'époque de se faire des muscles et une épée solide. Il s'était juré de tuer le misérable qui avait assassiné sa mère et l'avait obligé lui-même à fuir. Mais il n'a pas eu ce plaisir : un beau jour Bernard de Garlan a disparu sans que personne pût dire où il était passé...

– Bernard de Garlan? C'était son nom?

– Eh oui! Celui-ci s'appelle Eugène et orthographie son nom avec un d mais le défunt marquis a trouvé la similitude amusante. Et plus amusante encore l'idée de ramener un Garlan au château...

– Alors que l'autre avait laissé de tels souvenirs? Ne craignait-il pas de réveiller...

– Quoi? Un vieux fantôme? Le bonhomme, en tout cas, est bien inoffensif. Quant au marquis... c'était un vieillard sceptique, grand liseur de M. de Voltaire et ne croyant ni à Dieu ni au Diable.

– J'ai bien peur que mon oncle ne soit comme lui, soupira Hortense. Il ne veut pas entendre parler d'entrer dans une église.

– Oh, je sais! Ne croyez pourtant pas qu'il soit athée mais au moment de la mort tragique de votre tante il s'est querellé gravement avec l'abbé Queyrol, l'ancien curé du village qui desservait aussi le château. Je ne saurais même pas vous dire pourquoi. Avec un homme aussi orgueilleux, la moindre chose déchaîne la tempête. De là son abstention... et la chapelle condamnée. Mais, ajouta-t-elle en retrouvant le sourire qu'elle avait perdu un instant, je ne désespère pas de l'amener un jour ou l'autre à composition. Je le connais depuis si longtemps!

– Ah, j'en serais si heureuse! s'écria Hortense, sincère. En attendant, je voudrais tant pouvoir aller entendre la messe demain.

– C'est vrai. Vous êtes toute fraîche émoulue de votre couvent et la messe est encore la grande affaire pour vous. Elle a moins d'importance dans nos montagnes, tout au moins l'hiver quand la neige rend les chemins de l'église difficiles. Mais puisque j'ai là mon traîneau, nous irons l'entendre ensemble...

Une impulsion de joie jeta Hortense à son cou et les deux femmes s'embrassèrent chaleureusement.

– Vrai, dit Dauphine, amusée par l'impétuosité d'Hortense, c'est chose aisée que vous faire plaisir! A présent, allez dormir. Je vais donner ordre que l'on attelle pour neuf heures...

La porte de la chambre de Mlle de Combert ouvrait près de l'escalier. En sortant, le sourire aux lèvres, Hortense heurta presque Godivelle qui, un plateau garni dans les mains, descendait du second étage :

– Est-ce que mon cousin ne va pas bien? demanda Hortense, désignant les assiettes à peine entamées.

Godivelle haussa les épaules :

– Il ne va pas plus mal. Mais c'est le diable pour le faire manger. Comment voulez-vous qu'il reprenne des forces s'il refuse de se nourrir.

– Il doit s'ennuyer là-haut! Est-ce que je ne pourrais pas le voir?

– Non, pas encore. Il ne veut voir personne... Mais vous me semblez bien gaie, vous, ce soir?

– C'est parce que Mlle de Combert va m'emmener à la messe demain matin. Oh, Godivelle, je crois que vous la connaissez mal. C'est une femme merveilleuse! Si intelligente, si bonne!...

Les petits yeux noirs de la vieille femme s'arrondirent d'une stupeur d'où l'indignation n'était pas absente. Elle ouvrit la bouche pour dire quelque chose mais changea d'avis et la referma brusquement, à la manière d'une truite qui vient de gober une mouche, et se contenta de marquer sa désapprobation par un haussement d'épaules que Hortense jugea beaucoup plus vexant qu'un long discours.

– Je vous souhaite la bonne nuit, demoiselle Hortense! marmotta Godivelle en reprenant sa descente de l'escalier dont l'axe de pierre la déroba aussitôt à la vue de la jeune fille. Haussant les épaules à son tour mais tout de même un peu moins contente qu'à l'instant précédent, celle-ci traversa le couloir et regagna sa chambre en pensant, pour se consoler de sa défaite, qu'il fallait accorder à l'âge le privilège de l'entêtement. D'autant que, dans l'aversion de Godivelle, si fort attachée à son maître, il devait entrer une bonne dose de jalousie...

Mais, le lendemain, tandis que, sous un soleil pâle aux rayons diffus, le traîneau glissait doucement sur le manteau immaculé de la campagne avec un froissement soyeux et une divine absence de cahots, Hortense avait complètement oublié Godivelle et ses préventions. Là-haut, sur la butte, la cloche du village appelait les fidèles à l'office divin et son tintement pur résonnait joyeux dans l'air vif et serein de ce matin d'hiver. Bien au chaud sous la couverture de fourrure qui embaumait la rose, Hortense respirait avec délices cet air frais qui lui rougissait les joues et le nez...

Comme beaucoup de ses semblables en terre cantalienne, le village de Lauzargues n'aurait eu droit, n'étaient la petite église romane et le four banal élevés en bordure du « coudert » communal [1], qu'au titre de hameau par comparaison avec les bourgs des pays de plaine : seules, quelques longues maisons sous leurs toits de chaume ou de lauzes à double pente qui abritaient aussi bien le logis

1. Le champ de foire.

du maître que son étable, sa fenière et sa grange, le composaient. La plus grande, la plus bruyante aussi était l'auberge où les hommes aimaient à se retrouver l'ouvrage terminé. Mais si le cœur même du village était de peu d'étendue, il prenait une certaine importance du fait des « écarts », fermes isolées ou hameaux qui dépendaient de lui. Jusqu'à la grande Révolution, ainsi que Mlle de Combert l'expliqua à sa jeune compagne, non sans de nombreux soupirs de regret, les seigneurs des lieux, maîtres de tout le pays, avaient connu, sinon la grande richesse, du moins une large aisance dont les fastes n'étaient plus que souvenirs et dont s'aigrissait un peu plus chaque jour l'humeur du marquis.

– Pourtant, les Lauzargues n'ont point émigré et on ne leur voulait aucun mal, par ici. Mais les gens sont ce qu'ils sont et l'idée d'être désormais seuls maîtres sur leur lopin de terre n'était point de celles que l'on refuse. Du grand domaine, il n'est plus resté que le château et la ferme que tient Chapioux. Tout comme chez moi, à Combert : je ne suis plus maîtresse que de la maison de mes parents et de la métairie attenante...

– Votre fermier s'appelle François, n'est-ce pas? C'est lui qui est venu chercher mon oncle l'autre matin?

– Vous l'avez remarqué? fit Dauphine surprise. Pourtant on ne remarque guère ces gens-là, généralement!

– Oh... cela tient à ce qu'il m'a regardée et saluée comme si... oui comme s'il me connaissait.

Mlle de Combert se mit à rire.

– Disons qu'il vous « reconnaissait ». Il faudra vous habituer, Hortense, à l'étonnement de ceux qui vous rencontrent pour la première fois. A la nuance des yeux près, vous êtes le vivant portrait de votre mère...

– Et votre fermier la connaissait?

– Tout le pays la connaissait, voyons! Et tout le pays en était fier. Je ne voudrais pas avoir l'air de vous faire des compliments indirects... mais elle était vraiment ravissante et je crois bien que tous les garçons en étaient amoureux. C'est aussi simple que cela... A présent préparez-vous à subir d'autres regards curieux, ma chère, car nous arrivons.

Le traîneau s'arrêtait en effet devant l'église qui jetait au vent sa dernière volée de cloches. La sensation causée parmi les fidèles qui entraient fut très vive. A défaut de comprendre le patois local, Hortense n'en saisissait pas moins au passage le nom de Lauzargues plusieurs fois répété et sur un ton d'étonnement général compréhensible en toutes langues.

Tout de suite un petit groupe se forma autour de l'attelage : hommes en longues blouses noires portées sur les vêtements de laine mais qui gardaient les beaux plis nets du dernier repassage, le grand chapeau noir enfoncé sur la tête et le parapluie bleu en bandoulière; femmes en robes, tabliers – on disait devantiers – et châles noirs pour la plupart, devantiers bleus et châles de couleur vive pour les jeunes mais toutes auréolées de leurs coiffes du dimanche, une sorte de hennin de dentelle ou de fine toile suivant la fortune de celle qui la portait. Tout ce monde et ce qu'il avait de plus âgé surtout regardait Hortense avec cette expression de surprise admirative à laquelle on lui disait de s'habituer.

Tenue sous le bras par la main ferme de Dauphine, elle remonta l'allée centrale de la nef. Il y avait déjà du monde et leur entrée ne passa pas plus inaperçue que leur arrivée. Comme au-dehors, les têtes se tournaient puis se penchaient les unes vers les autres et un léger chuchotement se levait.

Tous ces regards, tous ces murmures gênaient la jeune fille qui aurait voulu s'installer discrètement dans l'un ou l'autre des bancs qui offraient des places libres. Mais sa compagne l'entendait tout autrement. Elle alla droit au banc seigneurial occupé d'ailleurs par deux femmes d'un certain âge mais dont la richesse des costumes annonçait des paysannes cossues. Le regard glacé de Mlle de Combert tomba de toute sa hauteur :

– Place, maîtresse Vidal! Place à Mademoiselle de Lauzargues!

Un profond silence s'abattit sur l'assistance en dépit du fait que le prêtre en habits sacerdotaux sortait de la sacristie. Groupée autour de l'harmonium, la chorale en oubliait totalement d'entonner le *Veni Creator*.... Au supplice, Hortense ne savait plus où se mettre et commençait à regretter d'avoir tellement insisté pour entendre la messe. Ce ne fut qu'un instant mais qui lui parut durer des siècles. Droite, impérieuse, Dauphine de Combert attendait, l'œil rivé aux deux femmes qui n'osaient pas la regarder. L'une après l'autre elles se levèrent, glissèrent hors du banc découvrant, sculptées dans le dossier de bois, les armes des Lauzargues.

– Asseyons-nous! murmura Dauphine qui, redevenue toute grâce, avait offert aux deux femmes expulsées son plus rayonnant sourire en guise de consolation.

Mais, au moment de s'asseoir, elle vit le prêtre, un jeune homme qui, son ciboire à la main, semblait changé en statue, et plongea aussitôt dans une profonde révérence, immédiatement imitée par Hortense. La chorale alors retrouva ses esprits et sa voix. Le prêtre monta à l'autel et l'office divin put enfin commencer...

Cette messe dont elle avait attendu tant de bien n'en fit aucun à Hortense parce qu'elle ne réussit pas à y accrocher son âme. Elle avait trop conscience de tous ces regards fixés sur elle, de tous ces chuchotements qui n'étaient pas des prières. L'ombre discrète d'un pilier, l'abri d'un capuchon lui eussent beaucoup mieux convenu que ce pilori seigneurial où Dauphine l'avait délibérément clouée. Elle se contenta donc des répons habituels et examina cette église inconnue.

Elle était plus grande qu'il n'y paraissait de l'extérieur, et très vieille. Elle avait dû naître quelques centaines d'années plus tôt sous la main d'habiles tailleurs de pierres car ses voûtes, ses arcatures, ses piliers et ses colonnettes étaient de pur style roman. Les chapiteaux aussi, qui coiffaient les piliers, mais si certains offraient une luxuriance de feuillages, d'emblèmes et de figures d'anges ou de diables ou, plus simplement, de petites gens occupées aux travaux des champs, d'autres n'étaient qu'ébauchés comme si le temps avait manqué à l'artiste.

La rage des émeutiers de la Révolution avait épargné le sanctuaire de la planèze. Il avait conservé ses statues, ses vitraux mêmes qui faisaient chanter la lumière. Celui du centre représentait la scène fameuse où saint Martin, patron de l'église, en grand uniforme de soldat romain, partage son manteau rouge pour en donner la moitié à un vieillard pieds nus et en guenilles qui semble grelotter sous la bise. La scène était touchante et les couleurs en étaient si belles que Hortense resta de longues minutes en contemplation. Sans sa compagne, elle eût même oublié de s'agenouiller sous la bénédiction du prêtre...

Celui-ci, d'ailleurs, gagnait sa sacristie en trois enjambées pour y déposer ciboire et ornements et revenait encore plus vite pour constater avec une visible satisfaction que les deux occupantes du banc étaient toujours là.

Mlle de Combert avait pensé, en effet, qu'il serait courtois de saluer le curé de Lauzargues, et plus agréable pour Hortense de laisser s'écouler la foule des fidèles. Toutes deux se levèrent donc en le voyant se diriger vers elles.

C'était un tout jeune homme, mince et fluet, qui semblait aussi peu fait que possible pour les rudesses d'une paroisse montagnarde. Ses yeux gris étaient ceux, candides et confiants, d'un bon chien et ses gestes, nerveux et saccadés, gardaient des maladresses d'enfance. Il n'y avait certainement pas des années que la tonsure marquait d'une blanche hostie la calotte soigneusement peignée de ses cheveux bruns.

– Je... je suis l'abbé Juste Queyrol, le neveu de l'ancien desservant, commença-t-il d'une voix que l'émotion faisait bégayer légèrement. C'est un... grand... grand honneur de vous accueillir aujourd'hui dans la mai... maison du Seigneur... mesdames. Mais c'est... aussi... une vraie surprise...

– Pourquoi donc? dit Mlle de Combert que l'embarras du petit prêtre amusait visiblement.

– Je n'ai... jamais entendu dire que... le... le marquis eût une... une fille? Alors...

– J'ai à m'accuser d'un petit mensonge, reprit-elle avec ce sourire qu'elle savait rendre irrésistible. Mademoiselle Hortense Granier de Berny n'est que la nièce du marquis, la fille de sa jeune sœur Victoire, mais elle n'en est pas moins la demoiselle du château de Lauzargues et c'était la seule façon de lui faire rendre la place qui est la sienne. D'ailleurs, personne, ici, ne l'appellera autrement...

L'abbé Queyrol bredouilla ensuite quelques mots indistincts mais d'où Hortense, grandement soulagée, réussit à démêler qu'il aurait plutôt tendance à approuver les dires de Mlle de Combert.

– Il est grand temps, finit-il par articuler clairement, encouragé par les hochements de tête approbateurs de Dauphine, il est grand temps que choses et gens reprennent leur place. Dieu nous a donné, en Charles X, un roi qui se veut le premier serviteur de l'Église, et nous ne pouvons que remercier le Seigneur d'un cœur unanime pour ces bonnes dispositions. A ce propos...

Il rougit soudain jusqu'aux cheveux. Il avait à dire, de toute évidence, quelque chose de difficile. Pour l'encourager, Dauphine répéta :

– A ce propos?

– Je... oui! A ce propos je suis... heureux de l'occasion qui m'est donnée d'approcher, enfin, quelqu'un du château. Les gens espèrent de tout leur cœur pouvoir bientôt reprendre le chemin de la chapelle Saint-Christophe pour le pèlerinage d'antan. Ils ne comprennent pas que Monsieur le Marquis s'obstine à garder fermé et même barricadé, interdit à toute prière, le sanctuaire du saint protecteur des voyages et des errants. Ils disent que les chemins ne sont plus sûrs depuis que la chapelle est fermée.

Il lâcha un gros soupir, traduisant ainsi le soulagement qu'il éprouvait à s'être délivré de son message. Mais Mlle de Combert avait froncé le sourcil :

– Allons donc, Monsieur le Curé! fit-elle. Vous me la baillez belle. Les gens d'ici savent bien que la chapelle ne tient plus debout et que le marquis mon cousin est beaucoup trop pauvre pour pouvoir la restaurer. Ce que c'est que priver les gens de leurs terres et de leurs moyens d'existence!...

– Certains, ici, ne demanderaient pas mieux que d'offrir leur obole...

Mlle de Combert se mit à rire.

– Une obole? Au marquis? Vous sentez-vous le courage, Monsieur le Curé, d'aller la lui offrir? Je ne suis pas certaine que votre soutane soit assez imposante pour vous protéger de sa colère. Une « charité » de ses anciens paysans? Comme à un mendiant?...

– Ne déformez pas ma pensée, ni celle de mes ouailles, Mademoiselle! Cet argent ne serait pas pour lui mais pour saint Christophe, gémit l'abbé prêt à pleurer.

– La chapelle a toujours été considérée comme celle du château. Elle appartient aux Lauzargues...

– La maison de Dieu n'appartient qu'à Dieu!... Et nous avons eu tant d'espoir l'autre nuit, en entendant sonner de nouveau la cloche des « perdus »!

– La cloche? Vous avez entendu sonner la cloche?

– Aussi clairement que je vous entends, Mademoiselle!

– Vous avez rêvé! C'est impossible!

– Je l'ai entendue aussi, intervint Hortense, et Godivelle et tous ceux du château et de la ferme. C'était le soir où mon oncle était parti pour se rendre chez vous!... Ne perdez pas espoir, Monsieur le Curé. Je vous promets d'intercéder auprès de mon oncle, de tout faire pour que la chapelle revive...

– Nous en reparlerons plus tard. Venez, nous sommes déjà en retard!... coupa Mlle de Combert avec agitation.

Laissant à peine à Hortense le temps de saluer l'abbé Queyrol et de tremper sa main dans le bénitier, elle l'entraîna au-dehors. Mais elles n'eurent pas non plus celui d'atteindre le traîneau. Une petite femme vêtue de noir qui se tenait assise sur le banc du porche se dressa devant elles, une petite femme sans âge dont les mains tremblaient en se posant sur le bras d'Hortense et dont les joues étaient inondées de larmes.

– Ma petite demoiselle! fit-elle, riant et pleurant tout à la fois. Ma petite demoiselle Victoire! C'est donc bien vrai que vous êtes revenue? Oh, le Seigneur est bien bon qui permet que je vous revoie...

Elle s'accrochait à la jeune fille comme celui qui a une grâce à demander s'accroche à la statue d'un saint. Touchée par ces larmes, ce visage qui lui semblait curieusement familier, Hortense aurait voulu parler à cette femme dont le costume et surtout le châle noir posé sur la tête et d'où dépassait à peine la toile tuyautée de la coiffe lui rappelait Mère Madeleine-Sophie. Mais déjà Dauphine s'interposait...

– Ce n'est pas Mademoiselle Victoire, ma bonne femme, c'est sa fille. Vous êtes victime d'une ressemblance...

– Non. C'est Victoire... c'est ma petite Victoire. Oh, je l'aimais tant. Et elle m'aimait elle aussi...

Elle refusait de lâcher prise et Hortense n'osait pas lui demander qui elle était. Mais déjà Jérôme avait quitté son siège et s'emparait de la femme en noir, l'arrachant à Hortense sans trop de douceur...

– Allons, la mère! Ça suffit comme ça! Laissez la demoiselle tranquille! Puisqu'on vous dit que c'est pas votre pouponne!

Le mot entra comme une vrille dans l'esprit de la jeune fille qui, impulsivement, se jeta en avant, obligeant le cocher à lâcher prise :

– Laissez-la!

– Mais... not' demoiselle, cette femme vous importune. Elle est à moitié folle et plus collante qu'un gluau...

– Ne vous occupez pas de ça! Que venez-vous de dire?

Est-ce que cette femme était la nourrice de ma mère?

– Oui, fit une voix grave que Hortense avait déjà appris à reconnaître. C'est Sigolène qui a nourri votre mère de son lait.

Jean de la Nuit venait de surgir derrière la femme qu'il abritait à présent de sa haute taille et de son bras passé autour de ses épaules. Une grande cape de berger l'enveloppait. D'un seul coup, par sa seule présence, il fit paraître plus petits les participants de la scène. Mais Hortense ne s'en aperçut même pas. Elle ne voyait plus que le groupe étrange formé par ce garçon en qui s'incarnait la force et par cette femme fragile qui pleurait, le visage contre la poitrine du meneur de loups.

– La sœur de Godivelle, n'est-ce pas?

– Godivelle n'a plus de sœur depuis longtemps... exactement depuis que le marquis de Lauzargues le lui a interdit. Celle-ci c'est Sigolène l'abandonnée, Sigolène la réprouvée...

– Mais pourquoi? Est-ce parce qu'elle a gardé le souvenir de ma mère?

– Non. Parce qu'elle m'a servi de mère à moi, quand la mienne est morte. Elle n'a pas permis que je sois abandonné au froid, à la faim, aux loups qui n'avaient pas encore appris à me connaître, ou encore aux bohémiens. Alors le marquis l'a chassée... Quant à toi, le Jérôme, si tu oses encore porter la main sur elle comme tu viens de le faire, il vaudra mieux pour toi éviter les bois trop noirs et les fourrés trop épais. Tu es fait de mauvaise viande... mais les loups ne sont pas difficiles!

Comme l'autre nuit, le cocher reculait sous le geste menaçant de Jean. Il se sauva même vers l'église, disparut un instant puis revint, agitant dans la direction de son ennemi sa main trempée d'eau bénite.

– Maudit, Maudit! Trois fois maudit!... Tu brûleras en enfer jusqu'à la consommation des siècles.

– J'y serai en bonne compagnie alors! Il ne doit pas y avoir beaucoup de Lauzargues qui manquent à l'appel. Et, en un sens, ce sera justice!

Ayant salué Hortense et Mlle de Combert, Jean de la Nuit tenant toujours sa mère adoptive sous l'abri de sa cape s'éloignait en direction de deux femmes qui, sous l'auvent du four banal, avaient suivi la scène sans oser y participer, quand Hortense ramassant ses jupes s'élança et rattrapa le groupe qu'elle arrêta.

– Je veux l'embrasser! s'écria-t-elle.

Puis, se penchant, elle posa ses lèvres sur la joue humide de Sigolène : « Je serai toujours Victoire pour vous... mais pour vous seule! Et je viendrai vous voir. »

– Je ne crois pas qu'on vous le permettrait, Mademoiselle, dit Jean. Et je crois savoir que vous avez déjà suffisamment d'ennuis comme cela!... Mais que Dieu bénisse votre cœur généreux!

Après avoir confié Sigolène aux deux femmes, il disparut à l'angle d'une maison avec cette agilité et cette prestesse qui n'appartenaient qu'à lui. Et, comme à chacune de leurs précédentes rencontres, Hortense éprouva l'impression de solitude et d'abandon qui devenait habituelle. Elle revint lentement vers le traîneau dans lequel Mlle de Combert avait repris place et dont un Jérôme hargneux lui souleva la couverture pour lui permettre de se réinstaller.

Le traîneau partit en silence. Dauphine s'était contentée, quand Hortense était revenue, d'un regard un peu appuyé et d'un demi-sourire. Pour sa part, Hortense n'éprouvait aucune envie de parler, préférant s'enfermer dans des pensées qui erraient dans une sorte de brouillard de plus en plus épais. Ce fut seulement quand on eut atteint le bas du versant qu'elle murmura, comme pour elle-même, traduisant tout haut sa pensée :

– Pourquoi chasser une femme au cœur généreux qui prend soin d'un enfant orphelin et abandonné?...

Le silence reprit mais un silence d'une qualité différente que Hortense respecta. Mlle de Combert, visiblement, réfléchissait...

– Parce que, dit-elle enfin, ce garçon était déjà, à la mort de sa mère, ce qu'il est devenu tout à fait : un gaillard éclatant de santé, un superbe poulain ombrageux que les filles ne peuvent s'empêcher de regarder tandis que l'enfant mis au monde par la pauvre Marie de Lauzargues un an avant cette mort était frêle, chétif et sujet aux convulsions, ce qui entretenait chez mon cousin une fureur latente.

– N'est-ce pas un sentiment bien mesquin de la part d'un homme qui se veut un esprit éclairé?

– L'éclairage de l'esprit n'a pas grand-chose à voir en pareil cas, ma chère enfant. Votre oncle a toujours détesté ce Jean sans nom. Peut-être parce qu'il aurait tellement voulu en être fier.

– Fier? Comment cela?

– Oh, c'est fort simple. Parce que le vrai Lauzargues c'est ce meneur de loups. Il est le fils du marquis. Son fils bâtard mais son fils tout de même et les deux hommes se haïssent faute de pouvoir s'aimer.

– Son fils! répéta Hortense abasourdie. Ce n'est pas possible!

– Pourquoi donc? Cela se faisait beaucoup jadis. Aux temps féodaux, le bâtard était élevé avec les autres garçons, aussi bien ou aussi mal. On n'avait jamais assez d'hommes pour la défense des châteaux. Et quelquefois c'était le préféré car la mère, toujours belle, avait été choisie, aimée souvent, non imposée par l'exigence de la fortune ou le désir d'agrandir les terres...

– Voulez-vous dire que le marquis n'a pas aimé la mère de Jean?...

– Il n'a jamais aimé que votre mère, sa propre sœur! Mais Catherine Bruel était la plus jolie fille du village. Il l'a voulue, il l'a prise... et puis il l'a abandonnée. Rien que de très normal, au fond, ajouta Mlle de Combert avec une désinvolture qui choqua Hortense, avant de reprendre sur le même ton léger : « Racontez-moi donc à présent cette histoire de cloche. »

Mais Hortense n'avait pas envie de raconter. A cet instant elle aimait moins cette femme qui la tenait captive de son charme depuis plusieurs jours.

– Il n'y a pas grand-chose à dire, fit-elle. La cloche de la chapelle s'est mise à sonner en pleine nuit et personne n'a pu trouver ce qui la faisait sonner. C'est tout!

– Comment, c'est tout?

Apparemment, on ne se débarrassait pas si facilement de Dauphine de Combert quand elle voulait savoir quelque chose. Hortense néanmoins tint bon.

– Je ne peux rien vous dire de plus. Interrogez Godivelle!

– Interroger Godivelle? Autant essayer de tirer des confidences d'un mur... Y a-t-il d'ailleurs quelque chose qu'elle pourrait m'apprendre et que vous ne puissiez dire?

– Je ne sais pas. Tout ce que je peux ajouter c'est que tous ceux qui ont entendu la cloche pensent la même chose : c'est un avertissement de l'au-delà. Plus précisément... de feue la marquise ma tante...

– La marquise?...

A la surprise de sa jeune compagne, Dauphine ne dit plus rien et tourna la tête comme si le paysage enneigé avait pris soudain pour elle une extrême importance. Le large bord de sa capote de velours déroba son visage et Hortense ne vit plus qu'une cascade brillante de plumes de coq mordorées. On arriva au château sans qu'aucune autre parole eût été échangée mais la jeune fille ne put s'empêcher de remarquer la mine préoccupée de Mlle de Combert au moment où elle s'engouffrait dans le vestibule.

Toujours en silence, elles secouèrent de concert leurs bottines enneigées mais personne ne vint les aider à se débarrasser de leurs manteaux que l'on remplaçait immédiatement par des châles de laine douce, ou de cachemire quand on en avait les moyens. Godivelle, qui se chargeait toujours de ce rite, ne parut pas et pas davantage Pierrounet. Mlle de Combert marmotta quelque chose où il était question de « château de la Belle au Bois Dormant » et commençait à monter l'escalier quand Godivelle en surgit.

Cette fois encore elle portait un plateau où rien n'avait été touché mais la pauvre femme avait perdu toute sérénité et pleurait sans retenue, reniflant à s'éclater le nez et libérant de temps en temps une main pour s'essuyer les yeux à sa manche. On n'eut pas le temps de la questionner. Regardant les deux femmes de ses yeux rougis pleins de colère et de chagrin, elle leur jeta :

– Il ne mange rien, vous entendez? Rien!... Il se laisse mourir de faim... Mon petit! Mon pauvre petit!...

L'instant suivant elle avait disparu dans les profondeurs de la cuisine dont la porte claqua derrière elle. Interdites, les deux femmes se regardèrent mais, très vite, Mlle de Combert choisit l'emportement :

– Il ne nous manquait plus que cela! Godivelle a des états d'âme. Et mon cousin qui n'est pas là!

– Mon oncle est sorti?

– Oui. Il a choisi un dimanche pour se rendre à Faverolles pour je ne sais quelle affaire. Comme s'il ne ferait pas mieux de se soucier de ce qui se passe ici et de mettre enfin ce gamin au pas!

Tout son beau calme avait disparu. Elle criait presque en s'élançant dans l'escalier pour gagner sa chambre. Une minute plus tard une seconde porte claquait. Hortense, alors, décida que l'intérêt le plus immédiat se situait à la cuisine et s'y précipita.

La tête dans ses bras auprès du plateau abandonné, Godivelle pleurait à gros sanglots gémissants, oubliant totalement de prêter attention au quartier de mouton qui rôtissait dans la cheminée et commençait à brûler. Il fallait que Godivelle fût bien désespérée pour ne pas même sentir l'odeur. Elle semblait avoir tout oublié des contingences terrestres pour s'abîmer dans une douleur apparemment sans fond.

Sachant qu'elle finirait par en sortir et que son goût du travail bien fait reprenant le dessus la précipiterait dans une autre sorte de désespoir, Hortense alla donner un demi-tour à la broche. Puis revint près de la vieille femme sur l'épaule de qui elle posa une main aussi légère que possible :

– Ne croyez-vous pas qu'il faudrait me dire ce qui se passe ici, ma bonne Godivelle?...

Un mouvement furieux des épaules lui répondit comme si l'on voulait rejeter sa main mais elle ne l'ôta pas.

– Parlez-moi, Godivelle, je vous en prie! Je suis votre amie... et je voudrais tant être celle de mon cousin. Je voudrais tant l'aider...

Godivelle releva brusquement un visage tuméfié par les larmes :

– Vous êtes l'amie de l'autre malgré ce que je vous ai dit! Vous ne pouvez pas être la mienne! fit-elle avec rudesse.

– Mais c'est vrai, je vous le jure. Mlle de Combert m'est apparue comme une personne agréable... aimable et gaie. J'avoue qu'elle m'a fait du bien mais, à présent, je ne sais plus très bien. Je crains qu'elle n'ait plus d'esprit que de cœur...

Brusquement, la vieille femme s'arrêta de pleurer et considéra Hortense d'un œil inquisiteur...

– Il s'est passé quelque chose au village?

– Oui. Mais surtout j'ai appris quelque chose.

– Quoi?

– J'ai peur de ne pas avoir le temps d'en parler...

Par la porte laissée ouverte on pouvait entendre un pas léger qui descendait l'escalier. Godivelle, alors, réalisa que son rôti était en train de brûler sur l'autre côté et se jeta dessus, ce qui causa un vacarme suffisant pour étouffer ses paroles.

– Essayez de descendre me rejoindre cette nuit, demoiselle, quand tout le monde sera couché. Là, au moins, nous serons tranquilles.

Hortense approuva d'un battement de paupières et, pour se donner une contenance qui ne sentît pas trop la conspiration, elle alla prendre une pomme dans un panier que l'on venait d'apporter du fruitier et mordit dedans à l'instant même où Mlle de Combert faisait son entrée. Elle huma l'air ambiant et sourit :

– C'est bien la première fois que vous laissez brûler quelque chose, Godivelle?

– Pour faire la cuisine il faut avoir la tête claire et la mienne est toute tourneboulée...

– Il ne faut pas vous tourmenter ainsi. Étienne a toujours été capricieux. Mais je vous promets de parler sérieusement à Monsieur le Marquis, ce soir.

Elle débordait de bonnes intentions, ayant visiblement retrouvé son calme et son enjouement. Durant le repas qui suivit, ce fut elle qui fit tous les frais de la conversation, parlant d'abondance du printemps qui allait bientôt venir, de la beauté que revêtait alors le pays et de l'agrément qu'il y avait à retrouver un semblant de vie de société grâce aux foires, et surtout aux fêtes des saints locaux qui déplaçaient beaucoup de monde et à l'occasion desquelles, en faisant ses affaires, on renouait relation avec des amis. Elle évoqua la fête des Brandons qui a lieu le premier dimanche de Carême et au cours de laquelle les plus jeunes mariés de l'année allument un feu sous un mannequin de paille avant d'aller manger des « bugnes » ou des « guenilles ». Et aussi la récolte des gentianes qui, aux beaux jours, mobilise les hommes vigoureux spécialistes de l'arrachage des immenses racines tordues comme des serpents blonds. Et aussi la grande procession des Pénitents de Chaudes-Aigues le vendredi saint. Et les feux de la Saint-Jean. Et les belles foires de la Margeride voisine. Et une foule d'autres occasions de s'amuser qui semblaient un peu dérisoires dans ce château des solitudes assiégé par la neige et les soucis.

– Vous avez commencé par le plus mauvais, dit-elle à une Hortense qui, l'appétit coupé par sa pomme et l'esprit ailleurs, ne mangeait pas. Vous aurez de bien agréables surprises surtout si mon cousin consent, comme il l'a promis, à mettre un terme à son isolement. Et puis vous viendrez souvent à Combert où vous aurez plus de chances qu'ici de rencontrer des gens aimables...

Elle se tut soudain sans que la jeune fille parût s'en apercevoir. Les yeux dorés d'Hortense s'étaient attachés au bouquet rustique placé au centre de la table et ne le quittaient plus.

– Vous ne m'écoutez pas, se plaignit Mlle de Combert.

Hortense tressaillit.

– Pardonnez-moi, chère Dauphine. Je serai très heureuse de connaître votre maison mais j'avoue que je n'ai guère l'esprit aux fêtes. Je voudrais tant savoir pourquoi mon cousin Étienne refuse de se nourrir alors que son état de blessé exigerait au contraire une nourriture saine et réconfortante...

Contre toute attente, ce fut Eugène Garland qui prit la parole :

– Il est difficile, sinon impossible, de savoir ce que contient l'esprit d'un garçon qui non seulement ne mange pas mais ne parle pas.

– Il ne dit rien, vraiment rien?

– Une phrase seulement. Quand Godivelle apporte un repas, il dit qu'il n'a pas faim. A toutes ses objurgations il ne répond rien, se contente de boire un peu d'eau et ferme les yeux quand elle insiste, comme s'il s'endormait... Il est déjà très faible...

La pendule de sa chambre marquait onze heures quand Hortense, enveloppée d'une robe de chambre bleue, un châle sur les épaules et un bougeoir à la main, sortit précautionneusement de chez elle. Le couloir était obscur. Plus aucun rai de lumière ne se montrait sous les portes. Tout le monde dormait apparemment, même le marquis rentré fort tard et de fort méchante humeur. Il avait soupé hâtivement au coin du feu de la grande salle en la seule compagnie de Mlle de Combert qui lui parlait bas mais de manière fort pressante.

En descendant l'escalier, la jeune fille était un peu inquiète. Étant donné l'heure avancée, Godivelle ne l'attendait peut-être plus. Le lourd travail qu'elle accomplissait au long de la journée aurait fatigué une femme plus jeune. Elle devait dormir à présent...

Mais Godivelle ne dormait pas. Assise sur l'un des bancs de l'âtre, près du feu qu'elle n'avait pas encore couvert, elle filait le chanvre à l'aide d'une quenouille qui lui avait été offerte jadis par son défunt époux au temps de leurs accordailles, comme le voulait la coutume, et qui était une œuvre d'art. La hampe de frêne s'épanouissait en une sorte de cage faite de brins d'osier tressés et peints qui représentaient des étoiles bleues et des feuilles vertes assemblées autour d'un cœur. Hortense s'arrêta sur le seuil, frappée par la beauté du tableau qu'elle découvrait. Avec sa quenouille étoilée, son devantier bleu, sa haute coiffe blanche et le reflet doré du feu sur son visage et sur ses mains, Godivelle ressemblait à quelque fée rustique occupée d'un charme. Un charme dont la jeune fille demeura un instant prisonnière mais qu'il lui fallut bien rompre.

Elle vint, sans bruit, s'asseoir sur la pierre de l'âtre aux pieds de la vieille femme, et toutes deux demeurèrent un moment en silence. Un silence qui les apaisait avant le choc indispensable des paroles. Seul le feu faisait entendre ses doux crépitements...

Godivelle posa sa quenouille, se leva, prit un petit pot de grès posé près du feu, emplit un bol du lait qu'il contenait et offrit le tout à Hortense après y avoir ajouté un peu de miel. Et comme Hortense voulait refuser, elle insista :

– Buvez! Vous veillez tard, ce soir, et les couloirs de ce château sont froids. Enfin, le miel adoucit le cœur...

– Mon cœur a-t-il donc besoin d'être adouci?...

– Il ne l'est jamais trop pour accueillir un enfant malheureux...

– C'est d'Étienne que vous voulez me parler?

– Oui. Peut-être que je ne devrais pas mais, depuis qu'il est revenu, je pense, je prie et j'essaie de trouver le bon chemin. Le bon chemin il passe par vous, demoiselle, mais pour qu'il puisse le prendre il faut que je vous dise des choses.

Un instant elle garda le silence, ramassa sa quenouille, son fuseau, et reprit son ouvrage tandis que Hortense, respectant sa volonté, buvait son lait à petites gorgées.

– Ne prenez pas en mal ce que je vais dire, demoiselle Hortense, parce que de tout ça vous êtes bien innocente. L'autre jour, je vous ai dit qu'il s'était enfui à cause de vous. A présent, je dis que s'il se laisse périr faute de nourriture c'est encore à cause de vous...

– De moi? Mais...

– Chut! Les portes sont fermées mais les voix résonnent et au-dessus de cette cheminée il y a celle de

Monsieur le Marquis. Essayez de m'écouter sans bruit et que Dieu me pardonne de trahir le maître que j'ai nourri de mon lait. Lorsque l'on a appris, ici, la mort terrible de vos malheureux parents...

– Un instant, Godivelle! chuchota Hortense. Comment l'avez-vous apprise?

– Je ne sais trop. Je crois que Monsieur Foulques a reçu une lettre, ou alors c'est la demoiselle de Combert, qui a des amis à Paris où il lui arrive de se rendre, qui a prévenu. Toujours est-il que votre oncle a tout de suite demandé, par son notaire, que votre tutelle lui soit confiée en tant que votre seul parent proche. Mais votre père avait trop d'importance, surtout pour les affaires du royaume qui ne vont pas si bien, dit-on, et la chose n'a pas été possible. C'est un tas de gens qui sont vos tuteurs mais vous avez tout de même été confiée à votre oncle, ce qui est normal. Vous êtes trop jeune pour vivre seule et sans protection...

Godivelle prit deux ou trois respirations. Il était rare qu'elle prononçât un si long discours et encore n'était-il pas terminé. A nouveau elle avait abandonné son ouvrage et, comme elle détournait la tête, Hortense comprit que le plus difficile restait à dire. D'autant que la vieille femme fit le signe de la croix avant de continuer :

– C'est dur à dire pour une vieille femme comme moi, et surtout parce que j'aime Monsieur Foulques. Je l'ai toujours aimé... quoi qu'il fasse. Mais en demandant votre tutelle, il espérait pouvoir gérer aussi votre fortune. Bien sûr, il reçoit une belle pension pour vous, une pension qui va permettre d'arranger un peu la maison...

– Je peux écrire et demander que l'on restaure Lauzargues.

Godivelle ouvrit de grands yeux :

– Vous êtes assez riche pour ça?

– Je crois, oui... et plus encore peut-être...

– Il doit le savoir. Et comme la pension ne lui suffit pas, il a décidé que vous épouseriez votre cousin.

– Que je...

– Oui. Devenue comtesse de Lauzargues, c'est votre époux qui sera investi de vos droits et de vos biens mais vous devinez sans peine qui en disposerait en réalité.

Une boule se noua dans la gorge d'Hortense envahie d'une peine amère. En dépit de ses préventions, de ses craintes, il lui restait tout de même au fond du cœur l'espoir d'une arrière-pensée affectueuse du marquis, l'espoir que, privé à jamais d'une sœur qu'il avait aimée, il chercherait, sans peut-être se l'avouer à lui-même, à renouer par-delà la mort les liens rompus, à retrouver un reflet de celle qui n'était plus... Mais seule la fortune laissée par les deux victimes de la nuit de décembre l'intéressait. Il méprisait, haïssait le banquier, mais l'argent qu'il avait acquis, cela, non, il ne le méprisait pas.

Voyant une larme glisser sur le visage levé vers elle, Godivelle prit dans sa poche un grand mouchoir à carreaux et l'essuya avec une douceur infinie :

– Je vous fais peine, demoiselle Hortense, et j'en ai le cœur bien lourd. Mais lui aussi là-haut il a le cœur lourd, cet enfant que j'ai élevé. Il n'a pas réussi à fuir alors il pense qu'il ne lui reste que la mort.

– Mais pourquoi?

– Pour vous libérer... Pour que vous ne soyez pas obligée de l'épouser.

– Personne ne peut m'obliger à épouser quelqu'un.

– Oh si! Le marquis n'a pas votre tutelle pour l'argent, mais il n'en demeure pas moins votre plus proche parent. Vous ne pouvez vous marier sans son consentement et il a parfaitement le droit de vous imposer un mariage honorable si le Roi est d'accord! Mais n'ayez pas peur. Vous n'aurez pas à épouser mon pauvre Étienne. Bientôt il nous aura quittés...

– Mais c'est monstrueux! Mais c'est abominable!...

Godivelle haussa les épaules, philosophe :

– Ça a toujours été comme ça, chez nous et partout ailleurs dans le pays. Le chef de famille a tous les droits et les filles n'ont que celui d'obéir.

Hortense alla d'elle-même reprendre un peu de lait, un peu de miel. Il lui fallait le réconfort d'une chaleur coulant en elle tant elle avait l'impression que son cœur se glaçait. C'était comme un piège qui se refermait et elle en avait conscience. Pourtant elle n'arrivait pas à y croire tout à fait...

– Mais enfin, Godivelle, pourquoi mon cousin qui ne me connaît pas se sacrifierait-il pour me libérer? C'est une chose que l'on peut faire peut-être par amour... par grand amour même : donner sa vie pour quelqu'un...

– Il y a plus de colère que d'amour dans sa volonté de se périr. Il ne veut pas que son père ait raison. Il ne veut pas qu'il gagne cette partie-là. Il... il le hait!

– Il le hait et il en a peur, n'est-ce pas? Je l'ai vu dans ses yeux tandis qu'il s'enfuyait. Pourquoi?...

Godivelle se leva, prit le buffadou pour activer la rougeur des braises qu'elle se mit ensuite à couvrir de cendres pour que le feu reste à couver jusqu'au moment de le ranimer, le jour revenu.

– J'ai assez parlé pour ce soir, demoiselle. Il fallait que vous sachiez tout cela mais, à ce que vous demandez là, je ne peux pas répondre. Le secret d'Étienne n'est pas le mien. S'il juge bon de vous le dire...

– Pourquoi le ferait-il? Il ne veut même pas me voir.

– Il vous a vue. Et on peut peut-être l'obliger. Si vous pouviez lui parler, qui sait s'il n'écouterait pas?...

A son tour, Hortense s'était levée. Elle avait besoin d'être seule à présent pour penser à tout cela. Et puis elle en voulait un peu à Godivelle de ne pas tout lui dire car – et de cela elle était tout à fait persuadée – la vieille femme savait à quoi s'en tenir sur les sentiments d'Étienne envers son père. Remettant son châle sur ses épaules, elle se dirigea vers la porte mais s'arrêta, la main sur le loquet.

– Avec tout cela je ne vous ai pas parlé de ma visite au village, ce matin. J'ai rencontré votre sœur.

Le saisissement fut si complet que la pelle à cendres échappa à Godivelle et retomba sur les dalles du sol avec un bruit d'apocalypse.

– Sigolène? Vous avez vu Sigolène? Comment? Que s'est-il passé? Lui avez-vous parlé?...

– Je vous dirai cela demain, Godivelle. Pour l'instant j'ai sommeil et j'ai hâte de retrouver mon lit. Bonne nuit Godivelle.

La porte se referma doucement sur la déception de la vieille femme qui n'osa pas courir après Hortense quelque envie qu'elle en eût. La jeune fille éprouva une sorte de satisfaction cruelle à la laisser ainsi sur sa faim, car elle aussi était déçue. Elle avait espéré apprendre cette nuit tous les secrets de Lauzargues : elle n'avait recueilli qu'un appel au secours et, si elle pouvait comprendre l'angoisse de Godivelle devant l'agonie volontaire d'Étienne, elle lui en voulait un peu de l'avoir mise à ce point dans la confidence. De l'avoir, en quelque sorte, faite juge et arbitre du sort d'un jeune homme hier encore ignoré. Étienne ne voulait pas l'épouser, par grandeur d'âme semblait-il, mais elle-même n'avait pas la moindre envie d'épouser son cousin, fût-ce pour le sauver. C'était trop lui demander. Beaucoup trop! N'était-ce pas cela qu'en effet on venait de lui demander d'une manière détournée?...

Protégeant de sa main la flamme de sa chandelle qu'elle avait reprise sur la maie de la cuisine, elle remonta doucement, lentement l'escalier de pierre. Ses pas ne faisaient aucun bruit et la lumière tremblante éclairait son visage beaucoup plus qu'il n'éclairait l'escalier mais elle connaissait suffisamment les aîtres, à présent, pour ne pas trébucher. Le silence était oppressant. C'était comme si le château pesait sur les minces épaules de la jeune fille de tout le poids de ses pierres, et Hortense hâta le pas, pressée de retrouver l'asile vert de sa chambre.

Mais, comme elle débouchait dans la galerie, un courant d'air l'enveloppa de son tourbillon glacé et souffla sa chandelle. C'est alors qu'elle la vit...

A quelques pas d'elle une forme blanche, imprécise, mais qui semblait sécréter sa propre lumière, voletait doucement à ras du sol. C'était comme une nuée claire où se retrouvait pourtant la forme d'une femme en robe ample. Il était impossible de distinguer un visage, le moindre trait mais, en dépit de la clarté émise par l'apparition, il se dégageait d'elle une écrasante impression de tristesse et d'angoisse...

Plaquée contre le mur, Hortense laissa échapper sa chandelle inutile. Le fantôme venait vers elle. Dans un instant il serait sur elle. Une terreur folle s'empara de la jeune fille qui, dans un effort désespéré, réussit à retrouver sa voix. Le cri d'épouvante s'enfla, monta jusqu'au plafond, résonna dans toute la maison. Une porte s'ouvrit en face d'Hortense et le marquis de Lauzargues, une robe de chambre hâtivement jetée sur sa chemise, surgit, silhouette noire sur le fond clair d'une chambre. D'une chambre qui n'était pas la sienne mais dans laquelle Hortense terrifiée s'engouffra. Ce fut seulement quand elle se trouva en face de Mlle de Combert, assise sur le lit à moitié nue, qu'elle comprit. Elle venait de déranger deux amants.

Le dégoût qu'elle éprouva fut plus fort que la peur. Bousculant son oncle qui revenait, elle se jeta hors de la chambre, atteignit sa porte et se précipita vers son lit qu'elle ne put atteindre. Avec un petit gémissement, elle glissa à terre, évanouie...

CHAPITRE VI

ÉTIENNE

Mlle de Combert quitta Lauzargues le lendemain matin et le bruit de son départ tira Hortense du profond sommeil où elle avait trouvé refuge. Il faisait grand jour et cependant la jeune fille eut peine à ouvrir les yeux. Elle se sentait la tête lourde avec, dans la bouche, un goût amer qui lui donna quelque peine à retrouver le fil de ses idées.

La mémoire lui revint quand elle tourna la tête. Sur sa table de chevet, un flacon de sels d'ammoniaque voisinait avec une tasse vide. Elle revit la terrible scène de la veille, la forme blanche qui errait dans la galerie et l'apparition tellement stupéfiante du marquis sortant du lit de sa cousine. Elle se souvint de Godivelle penchée sur elle, de l'odeur piquante du flacon qui l'avait fait éternuer, et puis du bien-être qu'elle avait éprouvé après qu'une fois couchée on lui eut donné à boire une tisane sucrée au goût douceâtre. Elle avait senti son corps se détendre dans la tiédeur du lit puis perdre toute pesanteur, tandis qu'une douce torpeur l'entraînait insensiblement au fond du sommeil...

La pendule de sa chambre marquait dix heures mais Hortense n'avait aucune envie de se lever ni de quitter l'abri soyeux de son baldaquin vert. Il lui semblait que, dès l'instant où elle mettrait le pied à terre, toutes les choses étranges qui lui étaient arrivées la veille, tous les tracas qui en avaient résulté allaient de nouveau se jeter sur elle pour la tourmenter, comme ces Lilliputiens dans les aventures de Gulliver qu'elle avait lues au Sacré-Cœur. Le lit était un merveilleux refuge... D'autant que la seule idée de se retrouver en face du marquis et de sa maîtresse lui donnait mal au cœur et qu'elle ne voyait pas bien comment elle pourrait faire face à une telle situation...

En entrant avec une tasse de café et des tartines, Godivelle vint mettre fin à ses hésitations. Après avoir demandé comment Hortense se sentait et lui avoir déposé son plateau sur les genoux, la gouvernante tira une chaise et s'assit près du lit avec la mine de quelqu'un qui vient d'éprouver une véritable satisfaction.

– La demoiselle de Combert rentre chez elle! fit-elle presque joyeusement. Elle dit que la neige commence à fondre et que si elle ne veut pas rentrer à pied il faut que l'on ramène bien vite le traîneau à Combert. Jérôme la conduit et ramènera la voiture qu'il a laissée là-bas.

– Je l'ai entendue partir. C'est même cela qui m'a réveillée.

– Bon débarras! s'écria la gouvernante avec plus de franchise que de politesse... Ah! j'allais oublier. Elle vous fait ses adieux et plein d'amitiés. Elle espère que vous irez bientôt passer quelques jours dans sa maison.

– Pourquoi n'est-elle pas venue me le dire elle-même?

Le ton un peu raide d'Hortense éveilla la curiosité de Godivelle dont les petits yeux noirs se rétrécirent encore.

– Elle a dit comme ça qu'elle ne voulait pas que l'on vous réveille après la secousse que vous avez eue cette nuit. Au fait... pourquoi donc que vous avez crié comme ça en remontant chez vous?

– Est-ce que vous ne le savez pas?

– Ma foi... non.

L'hésitation, pour imperceptible qu'elle eût été, n'échappa pas à Hortense.

– Allons, Godivelle, vous ne me ferez pas croire que vous ignorez ce qui se passe, la nuit dans les couloirs du château?... que vous ne l'avez jamais vue? Et ne me regardez pas comme ça! Je vous parle de la Dame blanche... du fantôme!

La vieille femme parut s'affaisser, se dissoudre. Un instant Hortense vit la terreur dans ses yeux, mais elle se hâta de les cacher dans ses deux mains.

– Que Dieu et tous les saints du vieux pays nous protègent, gémit-elle. C'était hier, 9 mars, le jour anniversaire de son trépas, et la pauvre âme est venue réclamer...

comme chaque année... la messe qu'on ne dit pas pour elle!

Cette fois Godivelle pleurait, à petit bruit pourtant comme si elle craignait d'être entendue, mais les sanglots secouaient ses épaules sous la robe noire comme la mer par gros temps. Hortense quitta son lit et vint se pencher sur elle, l'entourant de son bras.

– Si ce n'est que cela, ne vous désolez pas. Nous irons au village demander à l'abbé Queyrol de dire quelques messes et l'âme de ma tante retrouvera la paix...

Mais Godivelle ne voulait pas être consolée et secouait désespérément la tête.

– Ça... ça ne suffira pas! Il y a eu... la cloche... et à présent... l'apparition! L'enfant va mourir... l'enfant va mourir! Oh, mon Dieu, protégez-nous de votre colère! Je savais bien que... cette maison était maudite!...

Hortense se redressa, chaussa ses pantoufles et enfila sa robe de chambre pour aller ranimer le feu qui commençait à pâlir. La glace au-dessus de la cheminée, piquée et tachée par le temps, lui renvoya une image charmante mais un peu floue qui lui arracha une grimace craintive. Avec ses vêtements blancs et les longs cheveux de soie claire qui enveloppaient ses épaules, elle offrait une sorte de ressemblance avec l'ombre blanche de la veille. Vivement elle se baissa, remit quelques bûches, tisonna et revint vers Godivelle qui continuait à pleurer dans ses mains.

– Avez-vous essayé de porter un repas chez mon cousin ce matin? demanda-t-elle.

Godivelle fit signe que non mais entreprit de sortir de son chagrin. C'est-à-dire qu'elle tira son mouchoir pour essuyer ses yeux et se moucher.

– A le voir, je perds courage, balbutia-t-elle. Je crois... que je finirai... par ne plus oser monter!

– Ce n'est pas le moment de vous décourager. Il faut faire quelque chose. Allez préparer un plateau. Pendant ce temps je fais ma toilette et je m'habille. C'est moi qui vais lui monter son repas et si le marquis...

– Votre oncle est parti lui aussi!

– Avec... elle?

– Non. Il a fait seller une mule et il est parti voir son notaire à Saint-Flour. Il reviendra demain... Oh, demoiselle Hortense, vous voulez vraiment essayer de?...

– Il faut tout essayer! Je crois que nous n'avons pas le choix! Allez vite!... Et que Dieu nous aide!

Dans un geste d'effusion presque juvénile, Godivelle saisit la main d'Hortense et la baisa avant de disparaître dans un grand mouvement de jupe noire, de jupon blanc et de devantier bleu. Hortense se mit à sa toilette sans plus attendre, emportée par le grand élan généreux qui succédait à sa nuit de cauchemar. L'avenir était peut-être sombre mais la première chose qui importait était tout de même de sauver Étienne. Un seul fantôme suffisait au château...

Vingt minutes plus tard, suivie de Godivelle qui avait tenu à monter le plateau pour elle, la jeune fille frappait à la porte de son cousin. Elle le savait seul. Eugène Garland était descendu à la demande de la gouvernante, sous prétexte d'apporter son linge en vue de la grande lessive qui se préparait. Une fois en bas, on l'avait mis au courant et installé devant un bol de café supplémentaire pour lui faire prendre patience.

Hortense crut entendre qu'on lui disait d'entrer mais la voix était si faible qu'elle pouvait aussi bien n'exister que dans son imagination.

– Entrez! lui souffla Godivelle en mettant son plateau dans les mains de la jeune fille puis en ouvrant la porte devant elle. A l'exception d'une chandelle brûlant sur la table de chevet, la chambre était obscure car on n'avait pas tiré les grands rideaux de tapisserie qui pendaient devant la fenêtre. Mais plus obscure encore était l'alcôve délimitée par des rideaux assortis. L'atmosphère lourde, confinée, glaciale était sinistre. C'était aussi celle d'une chambre de malade avec les odeurs aigres d'un corps mal portant se mêlant à celle de la chandelle brûlée. Il faisait froid enfin car le feu était éteint.

Hortense hésita, impressionnée comme si elle se trouvait au seuil d'un tombeau. La mort était déjà embusquée dans ces ombres denses où se perdaient les poutres du plafond. Devinant ce qu'elle éprouvait, Godivelle entra devant elle, alla tirer les rideaux de la fenêtre et se précipita vers la cheminée pour rallumer le feu.

Au bruit qu'elle fit en pelletant le trop-plein de cendres, une voix faible mais impérieuse sortit de sous les rideaux du lit :

– Je ne veux pas que l'on rallume ce feu!...

Du fond de la cheminée où elle entassait en hâte des brindilles et des pommes de pin sous des fagots légers, Godivelle protesta :

– Comptez pas sur la vieille Godivelle pour vous aider à vous détruire, Monsieur Étienne! C'est pas chrétien ce que vous faites parce que votre vie c'est un don du Bon Dieu et elle ne vous appartient pas!

– Elle n'intéresse personne, pas même moi... Et dès l'instant où elle peut être une entrave pour quelqu'un d'autre, j'ai le droit d'en disposer.

Du malade, caché par ses rideaux, Hortense ne voyait qu'une main maigre posée, inerte, sur le drap. Les derniers mots emportèrent son ultime hésitation. Elle fit un pas de façon à voir et à être vue.

– Qui vous demande quelque chose? fit-elle.

La surprise se traduisit chez Étienne par une plainte où entraient de la colère et de l'angoisse, une plainte qui ressemblait à un appel au secours :

– Godivelle! Pourquoi l'as-tu laissée entrer?

– C'est moi qui le lui ai demandé, dit calmement Hortense en s'approchant à toucher le lit. Ne croyez-vous pas, mon cousin, qu'il est grand temps, pour nous, d'avoir un entretien?

Elle se contraignait à garder un ton normal, à cacher à ce malheureux garçon la pitié qui la bouleversait. Il était si pâle et semblait si fragile au fond de ce vaste lit trop grand pour sa silhouette émaciée! L'inanition creusait son visage, révélant la charpente osseuse, accentuant les grands cernes bleus qui avaient si fort frappé Hortense lorsqu'on avait ramené le jeune homme. Ses cheveux blonds dont on ne semblait guère prendre soin lui faisaient sur l'oreiller une espèce d'auréole qui était déjà celle du martyre.

Pour se donner une contenance, Hortense attira du pied un tabouret et y posa le plateau non sans s'être assurée que tout y était encore bien chaud. Étienne, en effet, ne répondait pas. Il regardait cette jeune fille aussi blonde que lui-même mais si belle, si vivante!... Cette jeune fille dont il avait conservé l'image, entrevue un court instant sur fond de neige, comme un dernier joli souvenir qu'il voulait emporter avec lui. Et voilà qu'à l'instant où il commençait à s'enfoncer dans le crépuscule de la vie qui s'éteint, elle surgissait devant lui avec plus d'éclat encore que l'autre jour, avec, surtout, le désir visible d'engager un combat qu'il ne se sentait pas capable de soutenir.

– Faites-moi la grâce... de me pardonner, ma cousine...

si je vous parais discourtois et même... incivil. Mais j'ai à peine la force de parler et un entretien...

– Je parlerai donc seule. J'espère qu'au moins vous aurez la force de m'écouter.

Elle atténua de son plus chaud sourire l'ironie de la phrase qui pouvait paraître cruelle s'adressant à un moribond. Puis, attirant une chaise auprès du lit, elle s'installa de façon à voir le jeune homme bien en face.

– Vous n'ignorez pas, je pense, la raison pour laquelle je suis venue habiter votre maison? J'ai perdu, en une nuit, tout ce que j'aimais en ce monde. Et, en venant ici, chez le frère de ma mère, j'espérais tout de même, en dépit d'une longue brouille, retrouver un foyer et peut-être réussir à gagner un peu d'affection, un semblant de tendresse qui feraient ma solitude moins dure. J'ai vite compris que j'avais peu d'attachement à attendre de mon oncle. La mort de ma pauvre maman n'a pas suffi, apparemment, à faire fondre sa rancune...

– Il ne pardonne jamais rien, murmura Étienne.

– Il est comme il est. On ne peut espérer le changer. Mais en apprenant que j'avais un cousin de mon âge, j'ai pensé que, n'ayant plus ni père ni mère, j'aurais au moins le frère que je n'ai jamais eu. Pourtant, à peine suis-je arrivée que vous vous enfuyez.

– Mais... je...

– Laissez-moi parler, s'il vous plaît! Non seulement vous vous enfuyez mais votre escapade n'ayant pas réussi, vous choisissez de vous enfuir... d'une autre manière. Alors je suis venue vous demander pourquoi vous me détestez à ce point?

– Vous n'imaginez pas... cela?

– Et quoi d'autre puisque vous ne supportez même pas l'idée de vivre sous le même toit que moi? Puisque vous préférez la mort à ma présence?...

– Ce n'est pas cela... mais vous ne pouvez pas comprendre...

Il y eut un court silence, peuplé seulement par la tempête que Godivelle déchaînait dans la cheminée avec son buffadou. Étienne avait caché sa figure dans ses mains... Comprenant qu'il ne souhaitait peut-être pas en dire plus devant Godivelle et que, d'autre part, la vieille femme faisait sans doute durer un peu le rallumage de la cheminée pour en entendre davantage, Hortense alla la prier tout bas de la laisser seule. Le feu d'ailleurs flambait haut et clair à présent et la chambre redevenait humaine.

Godivelle fit signe qu'elle avait compris et disparut, refermant la porte assez fort pour qu'Étienne la sût partie. Hortense alors revint vers son cousin et, repoussant la chaise, s'assit sans façons sur le bord du lit.

– Vous vous trompez! Je sais beaucoup de choses déjà parce que Godivelle sait beaucoup de choses. Et ce qu'elle ne sait pas, elle le devine. Vous avez voulu partir et, à présent, vous voulez mourir parce que je suis riche et que votre père, mon oncle, veut nous marier afin de s'assurer que ma fortune ne quittera pas la famille. Je me trompe?

Les deux mains glissèrent d'un seul coup du visage d'Étienne. Mais s'il fut surpris, il n'en montra rien de plus.

– Non, dit-il seulement.

– Au moins vous êtes franc. J'espère que vous allez continuer à l'être... Ainsi vous n'hésitez pas un instant, alors que je viens de connaître le chagrin, à m'accabler d'un autre malheur, peut-être pire que le premier? Vous êtes en train de vous suicider – le mot vous fait peur? Il faut pourtant regarder la vérité en face. Vous êtes en train d'accomplir le péché majeur, celui pour lequel il n'y a pas de pardon et, qui plus est, vous êtes en train de m'en faire supporter la responsabilité!

– En aucune manière. Je vous libère au contraire...

– Vous me libérez avec la joyeuse idée que, si je n'avais pas perdu mes parents ou si je n'existais pas, vous vivriez encore ici, heureux et insouciant? Drôle de libération!

– Je n'ai jamais été heureux ni insouciant. Mon père a fait de ma vie un enfer. Et je vous supplie de croire que ce n'est pas depuis votre arrivée que je cherche à lui échapper, ainsi qu'à ce Garland sournois dont il a fait mon geôlier. Alors laissez-moi à mon destin sans plus vous en soucier!

La colère, accumulée peut-être depuis longtemps, rendait des forces à Étienne et même ramenait une légère rougeur à ses joues creuses. Mais c'était une bonne colère, une colère qui ressemblait à de la vie, et Hortense pensa qu'il fallait s'en servir.

– Non, je ne vous laisserai pas, parce que, quoi que vous puissiez dire, je me reprocherais votre mort toute ma vie! Oh, Étienne, je vous en supplie, ne me chargez pas d'un tel poids, n'empoisonnez pas définitivement ma vie à moi! Vivez!

– Vous me reprochez comme une faute majeure de vouloir mourir mais n'en est-ce pas une, selon vous, que haïr son père et lui souhaiter tout le malheur du monde?

– Sans doute... Je crois pourtant que c'est moins grave. Pourquoi le haïssez-vous si fort?

– Parce qu'il a tué ma mère...

Cette fois, ce fut le silence. Hortense écoutait en elle-même la résonance des mots terribles. C'était comme un gouffre ouvert subitement devant elle avec de trop noires profondeurs pour qu'elle eût le courage de se pencher dessus et de les scruter. Elle voulut, au contraire, essayer d'en repousser l'horreur et murmura :

– On m'a parlé d'un accident, cependant...

– Il l'a voulu ainsi mais je sais, moi, que ce n'en était pas un.

– Mais vous n'étiez pas là au moment où...

– Je le sais quand même!... Ne me demandez pas pourquoi. Je vous dirai seulement ceci : un fantôme ne hante une maison que s'il a eu à se plaindre des habitants. C'était hier l'anniversaire.

– Vous... vous l'avez déjà vu?

– Oui. Et vous aussi n'est-ce pas? C'est vous que j'ai entendue crier cette nuit?...

Le regard bleu du jeune homme transperçait Hortense qui, mal à l'aise en face de ces yeux qui semblaient connaître déjà les secrets de l'au-delà, se leva et alla tendre ses mains froides à la cheminée.

– Nous nous égarons, soupira-t-elle. La haine que vous éprouvez pour votre père est une chose. Que vous vouliez me charger d'un crime même involontaire en est une autre. Je vous demande... Je vous supplie de renoncer à votre affreux projet! Je vous supplie de vivre... pour que je puisse encore dormir...

Les larmes avaient jailli de ses yeux qu'elles faisaient briller comme de l'or pur. Étienne ne disait rien. Il la contemplait, avec un émerveillement qu'il ne songeait pas à cacher puisqu'elle ne le regardait pas.

– Par pitié, Étienne... vivez!

Il resta un moment silencieux, la contemplant avec une espèce de désespoir. Elle était la vie même et jamais sans doute la vie ne lui était apparue aussi belle. D'une toute petite voix, une voix d'enfant mouillée de larmes, elle répéta :

– Par pitié...

– Soit ! soupira-t-il enfin. Mais alors fuyez puisque je ne puis le faire.

La stupeur sécha les larmes d'Hortense qui se retourna :

– Fuir ?... Mais où voulez-vous que j'aille ?

– Chez vous, bien sûr ! N'avez-vous pas une maison... et même plusieurs à ce que l'on m'a dit ?

– Elles me sont bien inutiles.. J'ai été confiée à votre père par ordre du Roi et, surtout, de la duchesse d'Angoulême. Ils ont l'intention de veiller à ce que leurs ordres soient respectés. Si je rentre à Paris, ils peuvent parfaitement me faire ramener ici entre deux gendarmes. Cela... ne me tente guère !...

– Il faudrait vous cacher !

– Où ? Chez qui ? Croyez-vous que je n'y aie pas encore songé ? J'ai pensé à repartir dès l'instant où je suis entrée ici. Mais personne ne m'accueillerait... pas même mon cher couvent du Sacré-Cœur qui pourrait en pâtir. Madame en est la protectrice et il ne fait pas bon lui déplaire. En outre, l'occasion serait trop belle de saisir mes biens puisque je serais alors entrée en rébellion...

– Vous pourriez aller chez notre grand-tante de Mirefleur à Clermont. Je suis certain qu'elle vous accueillerait à bras ouverts...

– Quand la diligence s'est arrêtée à Clermont, j'ai voulu la voir, mais elle était allée passer l'hiver chez sa fille en Avignon.

– Elle reviendra.

– Avec le printemps, comme les hirondelles ? Eh bien, il faut l'espérer ! En attendant, ne voulez-vous pas me faire plaisir et goûter enfin à ces bonnes choses que la pauvre Godivelle se tue à vous cuisiner et à hisser jusqu'ici ?

Elle avait posé le plateau près du jeune homme sur le lit et, après s'être assurée qu'il était encore chaud, versait du lait dans une tasse, y ajoutait du miel. Étienne la regardait faire et l'espérance glissait peu à peu dans le cœur de la jeune fille puisqu'il ne rejetait pas immédiatement son offre. Quand elle lui présenta la tasse il eut, néanmoins, un geste de refus.

– Il y a une chose à laquelle vous pourriez penser,

dit-elle avec un sourire, c'est que pour se marier il faut être deux. Et votre père ne peut pas m'obliger à dire oui...

– Vous ne le connaissez pas!

– Peut-être... mais il ne me connaît pas non plus. Et tenez! Je vous propose un marché : vous consentez enfin à vous nourrir, à vous soigner et je lutterai vaillamment pour notre liberté. Même, je vous promets d'essayer d'aller rejoindre Mme de Mirefleur quand les beaux jours reviendront.. Je veux bien admettre que vous n'avez pas regardé dehors depuis plusieurs jours, ajouta-t-elle, mais, sincèrement, cousin, ce n'est guère charitable de me demander de fuir par un temps pareil!

Brusquement, Étienne se mit à rire. Oh, un rire bien faible, qui ne faisait pas beaucoup de bruit mais un rire tout de même. Hortense sentit son cœur s'envoler de joie. Par-dessus le plateau, le jeune homme chercha sa main :

– Nous serons alliés?... Vraiment?

Hortense garda un instant entre les siennes cette main à peine tiède et dont les longs doigts semblaient si fragiles.

– Plus qu'alliés, Étienne! Nous serons amis... nous serons frère et sœur! Sur la mémoire de ma pauvre maman je vous le jure.

– Alors... Je veux bien essayer de manger un peu...

S'efforçant de modérer l'enthousiasme qui la soulevait et qui risquait de lui donner des gestes brusques, Hortense entreprit de nourrir Étienne. Aidé par elle, il but une tasse de lait, et mangea doucement quelques bouchées d'une brioche que Godivelle avait cuite dès le matin et dont Hortense lui avait beurré deux tranches. Mais son estomac rétréci ne supportait plus de grandes quantités et il refusa bientôt...

– Ne m'en veuillez pas, fit-il avec un sourire timide, mais je crois que ça ne passe plus...

– C'est déjà magnifique! Après l'épreuve que vous venez de vous imposer il faut manger peu et souvent!

– Êtes-vous donc médecin, ma cousine?

– Bien sûr que non! Mais durant le dernier hiver nous avions recueilli, au Sacré-Cœur, une pauvre femme mourant de faim qui s'était traînée jusqu'à notre porte. Cette pauvre femme n'avait pas mangé depuis plusieurs jours et c'est ainsi que la sœur infirmière a procédé avec elle. A présent, je crois qu'il faut vous reposer un peu. Je... je crains de vous avoir fatigué...

– Non... Vous m'avez fait du bien au contraire. S'il vous plaît, envoyez-moi Godivelle! J'aimerais qu'elle m'aide à faire un peu de toilette. Je ne voudrais pas... être un malade trop répugnant!

– Je vous l'envoie tout de suite! Elle va être si heureuse!

Enlevant son plateau, Hortense voltigea vers la porte plus qu'elle n'y alla. Du fond des courtines de tapisserie la voix d'Étienne, déjà un peu moins faible, lui parvint encore.

– Vous reviendrez me voir encore... ma cousine?

– Autant que vous voudrez! Je m'installe à votre chevet si vous le souhaitez. A une seule condition!

– Laquelle?

– Que vous vous souveniez que je m'appelle Hortense!

Le retour d'Hortense à la cuisine avec son pot à lait aux trois quarts vide et sa brioche entamée prit les couleurs du triomphe. Godivelle l'embrassa sur les deux joues puis se jeta à genoux près de son lit pour remercier Dieu, la Vierge et tous les saints de sa connaissance d'avoir fait plier la volonté suicidaire d'Étienne. Pour sa part, M. Garland qui, jusqu'à l'entrée de la jeune fille, rêvait mélancoliquement devant son bol vide, lui exprima sa gratitude en termes choisis puis demanda :

– Pensez-vous que je puisse à présent retourner à mes travaux qui n'avancent guère? Depuis des semaines, Monsieur le Marquis m'avait enjoint de quitter son fils le moins possible sous peine d'encourir son mécontentement. Il craignait d'abord qu'il ne prît la fuite – ce qui malheureusement s'est passé –, puis qu'il commette un acte... irréfléchi. C'était très éprouvant pour moi.

– Je crois sincèrement que vous pouvez prendre quelques vacances, dit Hortense gaiement. Nous suffirons tout à fait, Godivelle et moi. A propos, Godivelle, mon cousin vous réclame. Il voudrait que vous l'aidiez à faire un peu de toilette.

– J'y vais! J'y vais tout de suite!...

Tandis que la gouvernante, armée d'eau chaude et de serviettes propres, partait pour le second étage comme elle fût partie pour le Paradis, immédiatement suivie par Garland, Hortense s'aperçut qu'elle avait faim. Il était trop tard pour déjeuner. L'heure du repas de la mi-journée était déjà presque arrivée, car l'horloge de la cuisine sonnait onze heures. Or, apparemment, Godivelle avait oublié de préparer le repas. Il y avait bien une potée sur le feu mais elle était loin d'être cuite, ainsi que le constata la jeune fille en allant soulever le couvercle et en plongeant une grande fourchette à l'intérieur.

Incapable d'attendre plus longtemps, elle alla ouvrir le buffet, en sortit un gros morceau de fromage de Cantal dont elle se coupa une tranche, préleva une part de la brioche qui restait et alla s'installer dans le cantou, posant ses pieds sur l'un des hauts landiers de fer noir. Avec un soupir d'aise elle entama son rustique repas, y prenant un plaisir plus vif peut-être que s'il se fût agi du plat le plus savant. Simplement parce qu'elle avait le cœur content et qu'elle se trouvait bien, assise à ce foyer qu'elle avait tant de mal à considérer comme sien. La danse joyeuse des flammes réjouissait ses yeux tandis que la douce chaleur envahissait ses jupons...

Godivelle la retrouva là, dévorant sa brioche et son fromage avec un contentement trop évident pour lui plaire. Elle poussa les hauts cris, prit le Ciel à témoin des épreuves que lui infligeait quotidiennement une maison où plus personne n'était sain d'esprit et où les demoiselles nobles s'installaient dans les cendres de l'âtre pour manger à la manière des filles de ferme. Elle interrompit son discours afin d'appeler Pierrounet pour l'envoyer mettre le couvert dans la grande salle, mais Hortense coupa court à ce flot de paroles et d'imprécations en déclarant qu'on n'avait plus le temps pour les cérémonies de la grande salle, qu'il fallait surtout s'occuper de préparer beaucoup de petits repas légers pour Étienne et que d'ailleurs et en tout état de cause, il ne pouvait plus être question pour elle d'aller se geler les pieds dans la salle quand le marquis était absent.

– Nous prendrons tous nos repas ici. Mon cousin préférera cela de beaucoup quand il pourra descendre. Quant à Monsieur Garland on peut voir, rien qu'à sa mine, qu'il se trouve bien mieux ici...

– Mais si Monsieur Foulques l'apprend?

– En ce cas, je dirai que je l'ai voulu. Allons, Godivelle, ne pouvez-vous me faire ce petit plaisir?

– Après ce que vous venez de faire pour nous, demoiselle Hortense, vous pouvez demander tout ce que vous voulez à la vieille Godivelle, même de se jeter à l'eau pour vous. Mais tout de même vous n'allez pas prendre vos repas avec Jérôme et Pierrounet?

– Vous les ferez manger avant ou après nous, voilà tout! D'ailleurs le marquis ne s'absente pas si souvent et quand il n'est pas là Jérôme n'y est pas non plus. Aujourd'hui est une exception...

Hortense avait réussi sa petite épreuve : Godivelle lui serait à présent toute dévouée. Et c'était agréable de savoir qu'à Lauzargues elle avait une alliée non négligeable, peut-être même précieuse quand s'engagerait réellement le combat qu'elle sentait venir.

Le marquis ne rentra pas de Saint-Flour ce soir-là, mais Hortense ne s'en aperçut pas. Par trois fois, elle remonta chez Étienne, soit avec un plateau, soit dans le seul but de causer un peu avec lui. Chaque fois son entrée fut accueillie avec un sourire qui, pour être timide, n'en était pas moins charmant. Bien des choses avaient changé depuis le matin et Godivelle avait fait merveille. Tout enveloppé de blancheur, ses cheveux blonds aussi bien coiffés que le permettait l'attendrissant épi qui en dressait une mèche droit sur sa tête, Étienne commençait à ressembler à ce qu'il était réellement : un gentil garçon qui ne savait pas ce que c'était qu'être aimé par quelqu'un de son sang. Seule Godivelle lui avait dispensé un peu de cette chaleur de cœur sans laquelle les enfants ne peuvent pas vivre.

Si jeune qu'elle fût, Hortense s'en rendait compte. Et, en lui souhaitant le bonsoir, elle ajouta, sincère :

– Je crois que je vais avoir beaucoup d'affection pour vous, Étienne...

Sans attendre sa réponse, elle se pencha, l'embrassa sur la joue et disparut sans s'être aperçue que le visage du jeune homme avait rougi et qu'une petite flamme s'était allumée dans ses yeux bleus, si ternes encore quelques heures plus tôt.

Ce soir-là, Hortense ne rencontra aucune ombre blanche dans la galerie et n'entendit pas davantage de bruits dans la chambre condamnée. Elle s'attarda pourtant à son petit bureau pour transcrire dans son journal le récit de cette journée mémorable. Mais les esprits du château avaient choisi de faire silence. Peut-être l'âme inquiète de Marie de Lauzargues goûtait-elle un peu de repos depuis que son fils avait renoncé à mourir?

Il était près de minuit quand Hortense quitta sa table en s'étirant. Elle se sentait lasse mais presque heureuse. Le feu n'était plus que braises rouge sombre. Il allait s'éteindre, pourtant Hortense n'avait pas froid. Elle alla vers la fenêtre, l'ouvrit et constata que le temps avait changé. Il pleuvait, d'une pluie fine et douce sous laquelle la neige ne tiendrait guère et qui annonçait le printemps... Enfin, il allait être possible de sortir du château, de parcourir cette campagne encore inconnue sans risquer de s'abîmer dans quelque fondrière masquée par la neige!... Un instant, Hortense caressa l'idée de reprendre son journal et de lui confier la bonne nouvelle mais, décidément, elle se sentait lasse. Elle se déshabilla donc en hâte, se mit au lit et souffla sa chandelle.

Une fois couchée, elle s'aperçut qu'elle avait oublié de dire ses prières mais n'eut pas le courage de se relever pour reprendre contact avec le sol froid. Elle décida que, pour une fois, elle les dirait au lit. Le *Pater noster* et l'*Ave Maria* furent récités sans trop de peine mais le sommeil et l'obscurité vinrent à bout de l'examen de conscience et il ne fut même pas question de l'acte de contrition...

Le lendemain, la douce pluie s'était transformée en grandes averses rageuses portées par le tourbillon de la « traverse », le vent d'ouest venu de la mer. Dans le paysage brouillé, lavé, étouffé, on ne voyait plus que de rares plaques de neige quand encore on pouvait voir quelque chose. Par contre, le bruit du torrent, grossi par cette fonte brutale, emplissait la vallée...

– Un temps à ne pas mettre un chien dehors, commenta Godivelle quand Hortense entra dans sa cuisine...

Il n'arrêta pourtant pas Jérôme qui arriva sur le coup de midi, trempé jusqu'aux os avec une voiture et des chevaux transformés en statues de boue. Il était naturellement d'une humeur exécrable et annonça tout à trac la nouvelle qu'il rapportait toute chaude :

– Pas la peine d'attendre M'sieur le Marquis! Il a pris tout à l'heure la diligence pour Paris avec la demoiselle de Combert!

– Comment ça avec la demoiselle de Combert? s'écria Godivelle, l'œil et le bonnet en bataille. Tu ne devais pas la ramener chez elle?

– Je croyais aussi mais c'était surtout l' traîneau qu'y fallait ramener. A peine arrivés à Combert et la voiture attelée, la demoiselle m'a dit d' la conduire à Saint-Flour où M'sieur le Marquis l'attendait. Ça a pas été une p'tite affaire avec c'te neige qui commençait à fondre mais on a fini par arriver sur le tard.

Hortense reposa la quenouille au maniement de laquelle elle s'exerçait sous la haute direction de Godivelle. Son regard s'attacha, insistant, sur la vieille femme, dans l'espoir qu'elle poserait les questions qu'elle-même se refusait à poser. Et Godivelle n'y manqua pas :

– Et où est-ce qu'il était, Monsieur le Marquis? Chez son notaire? J'ai jamais entendu dire que Maître Douët soit obligeant au point de donner l'hospitalité à ses clients? Autant tenir auberge alors?

– Vous déparlez, la mère! M'sieur le Marquis nous attendait à ce nouvel hôtel qui est sur les promenades. Celui qu'on l'appelle l'Europe...

– Chez l'Autrichien? Eh ben, on peut dire qu'il n'a guère de vergogne, notre maître. Le relais de poste ne lui suffisait pas?

– Faut croire que non. Dites voir, Godivelle, vous n'auriez pas un morceau pour moi avant que j'aille m'occuper des chevaux?

– Les chevaux d'abord! Et puis commence donc par répondre à une question : quand est-ce qu'il rentre, le maître?

Le haussement d'épaules de Jérôme traduisit aussi bien son ignorance que le peu d'intérêt qu'il portait à ce retour. Le maître rentrerait quand ça lui chanterait, voilà tout! Mais comme il sortait pour rejoindre les chevaux, Hortense se leva et rangea sa quenouille.

– Je vais prévenir mon cousin. Il sera content et les bonnes nouvelles ne doivent pas attendre.

– Les bonnes nouvelles? s'exclama Godivelle avec un regard en coin. A votre place, demoiselle Hortense, je n'en serais pas trop certaine. Il se peut que vous changiez d'avis par la suite, car, moi, ça ne me dit rien qui vaille, ce voyage à Paris dont on n'a soufflé mot à personne. Et avec « la » Combert en plus! J'aime qu'on fasse les choses au grand jour, moi! Malheureusement, ici, c'est pas souvent la mode!...

Deuxième Partie

L'HÉRITIER

CHAPITRE VII

LA VOLONTÉ DU ROI

Après les grandes averses de mars, le printemps vint d'un seul coup. Un printemps d'autant plus précoce – du moins pour ce pays de montagnes – que l'hiver avait été plus rude. En un rien de temps, les prés détrempés laissèrent poindre les pousses vertes de l'herbe neuve mêlée de trèfle et de pissenlits. Les pins sylvestres et les sapins des bois secouèrent leurs derniers flocons de neige durcie et leurs aiguilles mortes sur les anémones blanches, les premières violettes et les étoiles mauve pâle du lierre terrestre. Le soleil monta plus haut dans le ciel et dispensa des rayons plus chauds. Grâce à sa complicité, la convalescence d'Étienne se développa rapidement.

Dès le lendemain de ce jour où il avait accepté de se nourrir, Hortense et Godivelle, aidées de Pierrounet et de Garland, l'installèrent dans la chambre du premier étage précédemment occupée par Mlle de Combert. L'ameublement y était à peine moins austère que dans la sienne propre mais elle avait l'avantage d'être exposée au midi et, comme elle était un peu plus petite, elle était mieux chauffée. Enfin c'était un étage d'économisé pour les jambes des infirmières bénévoles, ce qui dans un château médiéval n'était pas un mince avantage.

Le jeune homme reprenait des forces à vue d'œil et la fracture de sa jambe semblait en bonne voie de réparation. Sur l'ordre exprès d'Hortense qui, en l'absence de son oncle s'était arrogé, jusqu'à un certain point, les droits seigneuriaux, Jérôme, renâclant mais apparemment maté, alla jusqu'à Chaudes-Aigues, distant de trois lieues environ, pour y demander la visite du docteur Brémont. Le cocher avait bien tenté d'ergoter en glosant sur les habitudes mercenaires des fils d'Hippocrate, mais Hortense mit fin à son discours en déclarant qu'elle se chargeait personnellement des honoraires du médecin. Et comme, afin de stimuler Jérôme, elle commit l'imprudence de lui donner quelque argent pour se nourrir et nourrir son cheval durant le voyage, le cocher, ébloui par sa munificence, n'eut rien de plus pressé que de la célébrer dans la meilleure auberge de Chaudes-Aigues avec du vin de Chanturgues qui avait ses préférences, mais qui était aussi le plus cher que l'on pût trouver parmi les vins d'Auvergne. Naturellement, une fantastique « cuite » avait suivi, à tel point qu'au lieu de ramener le docteur Brémont, ce fut le docteur Brémont qui, sur le siège du cocher, ramena à Lauzargues un Jérôme confortablement étalé sur la banquette de l'intérieur.

Il entrait sans doute beaucoup de conscience professionnelle dans le déplacement du médecin, mais aussi une bonne dose de curiosité. Depuis des décennies et peut-être des siècles on n'avait vu à Lauzargues un de ses pareils. Godivelle pour sa part n'en avait jamais rencontré. Elle n'était d'ailleurs pas certaine que cette innovation dût être approuvée par le marquis... Mais Hortense mit fin à ses alarmes.

– Mon oncle n'a pas vu d'inconvénients à ce que Mlle de Combert l'appelle au chevet de mon cousin quand il était chez elle, expliqua-t-elle. Je ne vois pas pourquoi il en verrait ici? A présent, Godivelle, si vous souhaitez que Monsieur Étienne risque de rester boiteux?...

Il n'y avait rien à ajouter à cela et Godivelle en convint tacitement tout en retournant à ses occupations sans autre commentaire qu'un haussement d'épaules. On n'aborda plus le sujet.

Le docteur Brémont devait être contemporain du marquis. Peut-être un peu plus âgé : une vigoureuse cinquantaine inscrite dans les plis accusés de son visage et la cendre de ses cheveux bruns. Mais les plis en question étaient ceux de la bonne humeur et si son visage évoquait assez le faciès d'un carlin moustachu, c'était indéniablement le plus aimable et le plus souriant qui soit.

Il se montra fort satisfait de l'état général d'Étienne et plus encore de sa jambe dont la fracture semblait se réparer de façon satisfaisante.

– Je me demande comment vous pouvez voir ça, bougonna Godivelle qui l'avait conduit auprès du jeune homme. Avec cette espèce de pansement que vous lui avez fait, on ne voit rien puisqu'on ne peut pas le défaire. C'est raide comme tout...

– J'espère que vous n'avez pas essayé de l'enlever?

– Je ne vois pas comment. Faudrait des gros ciseaux et la demoiselle de Combert avait bien recommandé qu'on n'y touche pas... Mais moi je trouve que ça fait sale... Vous avez fait ça comment?

– Avec un mélange de blanc d'œuf et de farine dans lequel j'ai trempé les bandes avant de les enrouler [1]. Cela maintient assez bien les os en place!

– Drôle de cuisine! Ça ne sent guère bon. Le rebouteux...

– Est impuissant devant une fracture. Ce jeune homme aurait pu rester boiteux mais j'espère sincèrement qu'il n'en sera rien. Dans quinze jours je viendrai retirer cet emplâtre et nous verrons, avec un pansement plus léger, à lui mettre le pied à terre...

L'idée de le servir n'enchantait pas Godivelle mais elle dut néanmoins faire contre mauvaise fortune bon cœur quand Hortense pria le médecin de partager leur déjeuner. Le docteur Brémont était un homme cultivé et agréable et la jeune fille éprouvait un vif plaisir à causer avec un étranger au château. Le médecin avait fait ses études à la célèbre faculté de Montpellier et connaissait un peu Paris. Il pouvait parler de ces deux villes en habitué et à l'écouter Hortense retrouvait un horizon plus vaste qui la changeait agréablement. Elle se rendait bien compte de ce que le docteur l'observait discrètement mais il avait trop de tact pour la questionner sur elle-même. Ce fut seulement quand Godivelle eut servi le café qu'il demanda :

– Est-ce que cette maison n'est pas un peu austère pour une jeune fille telle que vous, Mademoiselle?

– J'espère sincèrement que l'hiver a été la plus grande cause d'austérité et qu'avec les beaux jours le château prendra un visage plus riant. Je pourrai au moins sortir... visiter les alentours!

– Jusqu'à Chaudes-Aigues j'espère? Ma femme et mes

1. Le pansement à base de tarlatane trempée dans le plâtre date de 1840.

filles – l'aînée est à peu près de votre âge – seraient heureuses de vous recevoir si votre oncle vous permettait de venir quelques jours? Notre petite ville est agréable en été, où toute l'Auvergne vient y soigner ses rhumatismes. Ne manquez-vous pas un peu d'amies de votre âge?

– Oh si!

L'exclamation était partie toute seule tandis que les yeux d'Hortense se mettaient à briller. Mais ce ne fut qu'un éclat passager, vite éteint sous un soupir :

– Je ne sais si mon oncle me le permettra. Il est assez... austère lui aussi!

Le docteur Brémont se mit à rire :

– J'ai vu! fit-il. Eh bien, nous le lui demanderons à ma prochaine visite s'il est de retour... A présent, ajouta-t-il en tirant de son gousset un gros oignon d'or ciselé, je dois me retirer en vous remerciant de votre si charmante hospitalité. Puis-je espérer que vous aurez quelqu'un pour me ramener chez moi?... Votre cocher ne doit pas avoir encore repris ses esprits!

Jérôme en effet dormait toujours et ce fut Pierrounet qui reçut mission de ramener le médecin à Chaudes-Aigues, ce qui eut le don de le remplir de joie et d'orgueil. Il savait depuis l'enfance manier les chevaux mais c'était la première fois qu'on lui faisait confiance. En outre, c'était là une belle aventure car le docteur Brémont, étant donné le jeune âge du garçon, prévint Hortense qu'il lui ferait passer la nuit sous son toit et ne le renverrait que le lendemain, au grand jour.

– Il est encore un peu tendre pour les chemins nocturnes, dit-il en conclusion.

Puis, comme Hortense lui demandait le montant de ses honoraires, il refusa en riant :

– Je verrai ça avec le marquis de Lauzargues. Ce n'est pas l'affaire des demoiselles de payer pour les garçons...

Après son départ, Hortense remonta chez Étienne et lui proposa une partie d'échecs comme elle le faisait chaque après-midi. Tous deux étaient de force sensiblement égale à ce jeu qu'ils avaient appris l'une avec son père, l'autre avec son précepteur, et trouvaient de ce fait un vif plaisir à s'affronter.

– On dirait que vous avez lié sympathie avec le docteur Brémont? Vous voilà toute gaie, remarqua Étienne tandis que Hortense disposait pièces et pions sur l'échiquier d'ivoire et d'ébène.

– C'est vrai! J'ai pris d'autant plus de plaisir à causer avec lui que je le crois un homme très bon, très généreux! Oh, Étienne, non seulement il n'a pas permis que je paie sa visite mais il m'a invitée à séjourner dans sa maison pour y rencontrer ses filles dont l'une est de mon âge. Vous croyez que mon oncle le permettra?

– Cela vous ferait plaisir, n'est-ce pas?

– Oui... je l'avoue! Oh, ne croyez pas que je m'ennuie auprès de vous, se hâta-t-elle d'ajouter craignant de l'avoir blessé. Mais, au couvent, je vivais avec une kyrielle de filles de mon âge...

– Et ici, vous n'avez que Godivelle! Ne vous excusez pas, ma mie, dit Étienne avec ce sourire qui lui donnait tant de charme. C'est tout naturel. J'ai peur, malheureusement, que mon père n'y consente pas...

– Oh! Pourquoi?...

– Parce que le docteur Brémont est le docteur Brémont et que vous êtes, vous, la nièce du marquis de Lauzargues, fit-il amèrement. Il est des distances que mon père n'acceptera jamais de combler. Nous sommes pauvres comme Job et peut-être plus gueux encore par l'esprit mais il n'acceptera jamais de l'admettre! De toute façon, c'est une bonne chose que le docteur Brémont vous ait prise en sympathie et vous ait spontanément invitée.

– Pourquoi, si je ne puis accepter ses invitations?

– Parce que Chaudes-Aigues n'est qu'à trois lieues d'ici et que le jour où vous fuirez ce château on vous cherchera partout sauf chez le docteur Brémont. Il vous aidera peut-être à gagner Clermont...

La main d'Hortense, d'un geste machinal, engagea la partie, mais son regard demeura attaché à celui de son cousin.

– Vous gardez toujours cette idée de fuite? demanda-t-elle doucement.

– Oui. Parce que mon père ne vous laissera pas le choix! Vous n'aurez pas d'autre éventualité.

– Je n'ai pourtant pas très envie de vous quitter, Étienne. Chaque jour qui passe m'attache un peu plus à vous...

– Moi aussi, Hortense! C'est à cause de cela que je vous veux heureuse et vous ne le serez jamais ici. Parce qu'il est impossible d'être heureux à Lauzargues!

La partie d'échecs ne fut pas ce qu'elle était d'habitude. Les paroles qu'ils avaient prononcées pesaient sur les deux jeunes gens qui se montrèrent aussi distraits l'un que l'autre. Étienne le fut peut-être plus que sa cousine car il perdit haut la main.

– Nous n'avons pas la tête au jeu, Hortense, conclut-il avec un soupir de lassitude. Vous devriez aller faire un tour pour profiter un peu du soleil avant qu'il ne se couche...

– Vous ne voulez pas que je vous fasse la lecture? M. Garland m'a prêté les Tragédies de M. Jean Racine qui me semblent fort belles!

La surprise vint à bout de la mélancolie d'Étienne. Quoi, sa cousine, pourvue par ailleurs d'une honnête instruction, ignorait Racine? Hortense expliqua alors qu'au couvent elle avait étudié *Esther* et *Athalie* mais qu'elle ignorait que le poète eût écrit d'autres pièces. Le jeune homme alors se mit à rire.

– Je vois qu'au Sacré-Cœur on craint les orages de la passion autant qu'on les craignait chez les Demoiselles de Saint-Cyr. Mais vous goûterez mieux Racine si vous le découvrez seule, chère Hortense! Nous en parlerons ensuite... Pour l'instant, je voudrais sommeiller un peu. Pardonnez-moi!...

Tentée par le soleil, Hortense décida de suivre le conseil de son cousin. Elle alla prendre la grande cape à capuchon que Godivelle lui avait donnée puis, avisant sur sa table de chevet le livre commencé, elle le mit sous son bras, pensant que la splendeur des vers raciniens et celle du paysage en plein renouveau étaient faites pour s'allier...

Dans ses pérégrinations récentes autour du château, elle avait découvert, au-dessus d'un ressaut du torrent, un abri rocheux, une sorte de petite grotte de faible profondeur mais d'où l'on découvrait sur la vallée une vue charmante. Il y faisait un peu humide à cause du brouillard d'eau montant du torrent, mais cela présentait peu d'importance pour une fille dont la crainte des rhumatismes n'était pas le souci majeur. Elle avait adopté la petite grotte et par trois fois déjà lui avait rendu visite.

Mais, comme elle quittait le château, elle croisa Eugène Garland qui y rentrait. Armé d'une lanterne éteinte et d'un piochon, le bibliothécaire-précepteur offrait un aspect encore plus insolite que d'habitude. Ses vêtements et surtout le bonnet de laine tricotée qui, complété d'un gros cache-nez, lui emballait la tête, étaient couverts de mouchetures de boue et de plâtre. En outre, ses yeux brillaient comme des chandelles derrière ses énormes lunettes, ses mains tremblaient d'excitation et il parlait tout seul.

Arrivé au niveau de la jeune fille, il lui jeta un regard égaré :

– J'ai trouvé l'entrée, fit-il d'un ton triomphant. Je savais bien qu'il y en avait une... Je le savais bien!...

Hortense n'eut pas le temps de lui demander l'entrée de quoi. Peut-être d'ailleurs n'eût-il pas répondu car il se parlait à lui-même. Déjà il s'engouffrait dans le château, toujours parlant et gesticulant.

Haussant les épaules, Hortense poursuivit son chemin, pensant que le retour aux chères études semblait avoir un curieux effet sur le bonhomme. A présent, non seulement il ne s'occupait plus du tout d'Étienne mais il disparaissait des journées entières, soit qu'il fût au-dehors, soit qu'il fût enfermé dans la bibliothèque. Il apparaissait à la cloche des repas, dévorait sa pitance et, la dernière bouchée avalée, marmottait trois mots d'excuses avant de s'éclipser. Visiblement, le bonhomme profitait avec enthousiasme des vacances inattendues que lui laissait l'absence du marquis.

Pour atteindre le torrent, le chemin plongeait sous le couvert d'un bois de pins, en ressortait pour côtoyer un petit champ où s'épanouissaient déjà les minuscules fleurs bleues de la véronique. L'herbe neuve en recevait un reflet azuré qui, sous le soleil, évoquait la mer. Hortense sourit à ce joli coin de terre et envoya le reste de son sourire à une bergeronnette jaune qui passait au-dessus d'elle. Elle commençait à saisir le charme que pouvait dégager ce rude et beau pays...

Mais brusquement le charme cessa. Un grondement menaçant se fit entendre au moment où Hortense atteignait les rochers et, presque simultanément, la silhouette menaçante d'un grand loup roux se dressa sur le chemin, juste devant l'endroit où s'ouvrait la grotte.

Frappée d'épouvante, Hortense voulut crier, mais aucun son ne sortit de sa gorge. Elle jeta un regard en arrière pour voir si une chance de fuite lui restait mais comprit qu'elle n'en avait aucune. Les longues pattes de la bête l'auraient rejointe en trois sauts... Ses jambes lui refusant tout service, elle resta là en face du fauve qui la regardait de ses longs yeux jaunes. La gueule ouverte montrait des crocs d'une blancheur absolue et laissait pendre une large langue rouge...

Croyant sa dernière heure venue, Hortense cherchait fébrilement une prière quand, dans la grotte, une voix se fit entendre et Jean apparut, un livre à la main, image parfaite de la sérénité.

– Paix, Luern!... Ah, c'est vous, fit-il en reconnaissant Hortense. Pourquoi ne le disiez-vous pas?...

Mais, déjà, jetant son livre, il s'élançait et arrivait juste à temps pour recevoir dans ses bras la jeune fille évanouie.

Ce ne fut qu'une faiblesse passagère car elle ouvrit les yeux dès l'instant où le meneur de loups la coucha sur les aiguilles de pins qui tapissaient la grotte. Et il se mit à rire en la voyant revenir à elle :

– C'est sagesse que reprendre vos sens aussi vite, jeune dame car, faute de sels, j'allais vous gifler pour vous rappeler à la vie. Cela va mieux?

Elle fit signe que oui et se redressa pour constater que le grand loup qui l'avait si fort effrayée était à présent couché à ses pieds, le museau sur ses pattes comme n'importe quel chien de bonne compagnie. Jean passa une main caressante sur les oreilles dressées de l'animal qui releva la tête vers lui.

– Je suis désolé qu'il vous ait fait peur mais il ne vous aurait fait aucun mal, vous savez...

– Je ne vois pas comment vous pouvez en être aussi sûr?

– Parce que s'il avait eu de mauvaises intentions vous seriez déjà morte. Mais vous n'avez rien à craindre de Luern, il vous connaît. Et même, à l'occasion, il vous défendrait...

– Il vous l'a dit? fit Hortense avec un petit rire nerveux.

– Je n'ai pas besoin qu'il me le dise : je sais. Et lui aussi sait. Il connaît votre odeur, votre voix et dès l'instant où je lui ai dit que vous étiez... une amie, cela suffit...

Au moment où Hortense avait perdu connaissance, le livre qu'elle tenait sous le bras avait glissé. Jean alla le ramasser et en examina les pages de garde puis chercha celle marquée d'un signet, sourit et déclama :

Digne objet de leurs craintes!
Un enfant malheureux qui ne sait pas encor
Que Pyrrhus est son maître et qu'il est fils d'Hector.

– Vous lisez *Andromaque*? Cette douloureuse histoire trouverait-elle quelque écho en votre cœur?

– La malheureuse a tout perdu, elle aussi : famille, maison, patrie...

– Époux et fortune, même sa liberté. Par contre, elle a un enfant. Cela fait tout de même quelque différence avec vous, si c'est à cela que vous pensez?

– Un peu, je l'avoue.

– Vous oubliez aussi l'amour qu'elle inspire au vainqueur...

Sans rouvrir le livre, Jean récita de mémoire :

Je vous offre mon bras. Puis-je espérer encore
Que vous accepterez un cœur qui vous adore?
En combattant pour vous, me sera-t-il permis
De ne vous point compter parmi mes ennemis?...

Il s'interrompit brusquement et éclata de rire devant le regard éberlué de la jeune fille :

– Vrai, je ne pensais pas vous faire cet effet! Vous voilà muette tout à coup. Peut-être y a-t-il de quoi, après tout? Le sauvage, le meneur de loups récitant Racine, voilà qui est étonnant n'est-ce pas?

– Un peu, je l'avoue, fit-elle avec un sourire dont elle ne devina pas qu'il était rayonnant. D'où savez-vous cela?

– D'un saint homme de prêtre. Le vieil abbé Queyrol, l'ancien aumônier du château, avait pris en pitié jadis le sauvageon que j'étais. C'était – c'est encore car il vit toujours – un véritable lettré pourvu d'une mémoire encyclopédique et jadis, quel que fût le temps et sous couleur d'une promenade quotidienne exigée par sa santé, il venait jusqu'à notre cabane, là, dans le bois sur le revers de la colline, dit Jean en désignant les rochers marquant un méandre du torrent. Ensuite, quand il commença à vieillir, nous nous retrouvions ici. C'est pourquoi je reste attaché à ce coin et j'aime à y revenir parfois...

– Vous habitez toujours... au même endroit?

– Moi, oui, mais au moment du départ de l'abbé, j'ai tenu à ce que Sigolène retourne habiter au village, dans sa maison d'autrefois. C'est l'abbé lui-même qui l'y a ramenée. Elle avait été malade et la vie que nous menions était trop rude pour elle. Depuis je vis seul... avec Luern... et les livres que m'a laissés mon bienfaiteur.

– Pourquoi est-il parti?

Sans répondre, Jean se leva, alla jusqu'à l'entrée de la grotte. Il tournait le dos, sa puissante silhouette se découpant sur la lumière dorée de l'extérieur. Il demeura là un moment sans bouger, sans rien dire et Hortense comprit qu'il ne répondrait pas. Quelque chose se passa dans sa poitrine. C'était comme une sensation de faim. Elle ne savait pas bien ce que c'était mais elle avait envie tout à coup qu'il se retourne, qu'il revienne vers elle, qu'il pose encore sur elle ce regard bleu si exactement semblable à celui du marquis par la nuance mais si différent par l'expression. C'était une envie presque douloureuse mais Hortense ne savait pas encore que cela s'appelait l'Amour... Attirée par une force qu'elle ne pouvait ni analyser ni contrarier elle se leva à son tour et vint jusqu'à lui presque à le toucher. Elle pouvait apercevoir la ligne fière de son profil et aussi le pli un peu douloureux de sa bouche à cet instant où il ne se savait pas observé. Sans se retourner, il dit, presque bas :

– Je vous avais dit de m'appeler quand vous le souhaiteriez. Vous ne l'avez pas souhaité, semble-t-il, puisque je n'ai rien entendu. Pourtant, la « traverse » a soufflé bien souvent.

– Vous avez dit : si j'avais besoin de vous. Je n'aurais pas osé vous déranger pour une chose futile. Seulement en cas de danger, peut-être...

– J'ai peur que vous ne soyez continuellement en danger. J'ai toujours peur pour vous!... Qu'avez-vous fait depuis que l'on a ramené au château ce malheureux garçon à moitié brisé?... Et surtout depuis que ce cher marquis s'est découvert le goût des voyages?

– J'ai essayé d'empêcher que ce malheureux garçon, comme vous dites, ne soit tout à fait brisé. Il avait voulu fuir. Il n'avait pas réussi alors il voulait mourir...

– Pourquoi cela?

Elle le lui dit en quelques phrases simples, découvrant que c'était facile d'ouvrir pour lui sa pensée et son cœur. Plus facile qu'avec Étienne en qui, pourtant, elle croyait bien avoir trouvé un frère. Jean, c'était autre chose. Ce qu'elle éprouvait pour lui ne ressemblait en rien à un sentiment fraternel. C'était quelque chose de plus haut, de plus fort et de plus troublant à quoi se mêlait pourtant l'étrange impression qu'en dépit de sa haute taille, de son aspect superbe et un peu terrible de dieu celte, l'homme de la nuit, l'homme des loups était fait de la même matière qu'elle-même... Aussi tendre. Aussi fragile...

Elle en était à dire comment, depuis l'espèce de pacte conclu entre eux, Étienne reprenait vie quand, soudain, Jean se retourna, si brusquement qu'elle n'eut pas le temps de s'écarter et qu'elle se retrouva dans ses bras ou presque. Il l'avait saisie aux épaules, si fort qu'elle put sentir trembler ses grandes mains à travers l'épais tissu de la cape.

– Vous l'aimez? Dites-moi! Vous l'aimez?...

– Qui donc?

– Mais lui... votre cousin! Pour vous donner tant de peine, il faut que vous l'aimiez?

Les yeux clairs de la jeune fille rencontrèrent ceux, assombris, du garçon mais ne vacillèrent pas.

– J'ai pour lui affection et pitié. De l'amour je ne sais rien ou bien peu, mais je ne crois pas que ce soit cela. Ou alors c'est bien plat!

Elle ne cherchait à échapper ni à ses mains ni à son regard. Elle se sentait, au contraire, merveilleusement bien, comme si de tout temps elle avait été créée pour être auprès de cet homme dont elle sentait le souffle un peu court sur son visage. Elle respirait l'odeur de foin et de bois brûlé que dégageaient ses vêtements et la trouvait la plus exquise senteur du monde. C'était tout un ensemble de petits riens qui l'emplissaient d'un bonheur animal.

Un moment dont ils furent incapables d'apprécier la durée, ils demeurèrent ainsi, immobiles, les yeux de l'un plongés dans ceux de l'autre. Ils étaient au creux de cette grotte gardée par le torrent comme au creux de la main de Dieu et ne pouvaient plus savoir à qui appartenait le cœur dont ils entendaient les battements sourds.

Alors, doucement, tout doucement, Jean resserra son étreinte, enfermant complètement Hortense dans la chaleur de ses bras, de sa poitrine. Puis il inclina la tête et leurs lèvres se touchèrent, se caressèrent un instant pour se mêler enfin avec une passion qui les surprendrait quand, plus tard, ils penseraient à cet instant. De tout son être, en effet, Hortense vibra, s'épanouit sous ce baiser qui l'emplissait d'une plénitude bienheureuse. Elle n'était plus elle-même, elle ne pensait plus, elle ne cherchait instinctivement qu'à s'unir plus étroitement encore à celui en qui elle reconnaissait son semblable. Le bonheur dont elle était possédée avait l'acuité d'une souffrance...

Une souffrance qui devint réelle quand Jean ne fut plus là, quand le froid remplaça la chaleur et qu'elle ouvrit les yeux. Il l'avait lâchée si brusquement que c'était comme si le monde venait de basculer. Ses jambes amollies plièrent sous elle et elle se retrouva à genoux, regardant l'ouverture ensoleillée où tout à l'heure il se tenait et par où il venait de fuir, silencieux comme le loup attaché à ses talons. Et le sentiment de solitude revint, si cruel que Hortense en pleura...

Quand elle rentra au château, la nuit tombait et Godivelle s'inquiétait d'une aussi longue absence mais Hortense qui, la minute de regret passée, avait trouvé en elle une joie aussi neuve qu'un enfant tout juste venu au jour, était trop absorbée par cet amour dont elle venait de faire la découverte pour se soucier des contingences extérieures. A qui est ébloui par le soleil, le passage d'une chandelle ne fait aucune impression et les pieds de la jeune fille avaient des ailes en la ramenant au logis. Même la nouvelle du retour prochain du marquis ne réussit pas à entamer son bonheur. Dès l'instant où elle aimait, où elle se savait aimée, Hortense pensait que le despotique seigneur en perdait tout pouvoir de la faire souffrir, ou même de la contrarier.

Ce en quoi elle se trompait.

Deux jours plus tard, le maître de Lauzargues que Jérôme était allé attendre au relais de Saint-Flour fit sur ses domaines une entrée de conquérant retour de campagne. Non seulement la voiture débordait de sacs, cartons et bagages en tout genre mais encore deux « barots » chargés au maximum eux aussi suivaient. Ils transportaient des malles, et des caisses de formes et de dimensions variées.

– Attila rentre chez lui, remarqua Étienne qui de la fenêtre de sa chambre suivait avec Hortense la progression des attelages sur le chemin descendant de la planèze. Il n'y manque que les captifs enchaînés. Il est vrai qu'il les tient à domicile...

– Ne trouvez-vous pas « Attila » un peu excessif? dit Hortense en riant.

– Nullement! Lui aussi sème le malheur et la ruine. D'où croyez-vous que provienne ce butin qu'il rapporte, sinon de vos dépouilles?...

– Vous n'imaginez tout de même pas qu'il est allé déménager notre hôtel de la Chaussée d'Antin? Il y faudrait plus de deux charrettes...

– Sans doute, mais je parierais bien qu'il a su persuader votre conseil de tutelle d'une urgence quelconque à lui remettre une certaine somme. Au besoin il a su l'exiger.

– Vous connaissez mal les hommes de finance, protesta Hortense. Il n'est pas facile de leur faire donner cc qu'ils ne veulent pas donner...

– Sauf si l'on a de hautes relations, des protections puissantes! Mais je vous assombris alors que vous étiez si gaie, ajouta le jeune homme affectueusement. Oubliez mes paroles! Après tout, il se peut que je me trompe. Mais je vois mal d'où mon père peut bien sortir tout cela!

Hortense devait découvrir par la suite qu'Étienne ne se trompait qu'à moitié. Le marquis s'était effectivement fait remettre, par la banque Granier, un supplément de pension, mais surtout, il s'en était servi pour jouer et il avait gagné une assez forte somme.

Une chose était sûre : il rapportait avec lui une si grosse bouffée d'air de Paris que Hortense, en le voyant remonter le chemin, se sentit provinciale à l'extrême. La redingote gris perle à pèlerine s'ouvrait sur le linge le plus fin et une haute cravate d'épaisse soie bordeaux. De ses bottes étincelantes à son haut-de-forme gris foncé crânement planté sur l'œil, le marquis offrait une image de splendeur complétée par le long cigare qu'il fumait négligemment. Une ample cape à collet assortie au chapeau tombait de ses épaules, retenue par une chaîne orfévrée.

Tout cela rejetait bien loin l'élégance un peu surannée du costume vert dont M. de Lauzargues s'était revêtu pour visiter Mlle de Combert, mais Hortense n'était pas sûre de préférer ce nouvel avatar. Le châtelain farouche dans son habit noir verdi et son linge usagé lui semblait plus noble et surtout plus grand que cette admirable gravure de mode. Peut-être parce qu'alors il ne ressemblait à personne et qu'à présent il était semblable aux élégants qui fréquentaient le boulevard de Gand [1]...

Il fut très vite évident que le marquis n'avait pas changé seulement d'aspect mais aussi d'humeur. Il aborda sa nièce avec une amabilité toute nouvelle, l'embrassa sur les deux joues en lui faisant compliment de son joli teint, félicita Étienne pour sa mine nettement plus brillante qu'à son départ, plaisanta Eugène Garland sur l'avancement peu rapide de ses travaux avec une gaieté qui plongea le bonhomme dans la stupeur, et même embrassa Godivelle en lui assurant qu'aucun maître queux parisien ne lui arrivait à la cheville. Foulques de Lauzargues irradiait une espèce d'exultation intérieure dont il traduisit rapidement l'essentiel :

– J'apporte de quoi rendre cette vieille bâtisse plus agréable à vivre. Et ce n'est qu'un début!

Les caisses et les bagages recelaient, en effet, de véritables trésors : vaisselle fine, argenterie, tissus d'ameublement, vêtements – Hortense reçut un châle de cachemire et Étienne un habit nouveau –, objets divers et, surtout, une harpe contenue dans le plus grand colis. Sa vue causa un vif plaisir à la jeune fille mais, apparemment, elle ne lui était pas destinée car le marquis la fit monter dans son appartement personnel après avoir annoncé qu'il attendait un prochain arrivage de meubles destinés à recréer un véritable salon à l'une des extrémités de la grande salle.

Les mains sur les hanches, Godivelle assistait à tout ce déballage sans songer un seul instant à cacher sa réprobation :

– Des nouveaux meubles! De l'argenterie! Des nids à poussière et tout un tas d'affiquets à nettoyer! Et où vous croyez que je vais trouver le temps de faire tout ça, Monsieur Foulques? Je n'ai pas six bras et je me fais vieille!

– Ne commence pas à ronchonner! Tu auras de l'aide en temps voulu. A la prochaine louée aux servantes tu engageras deux filles de chambre et une aide de cuisine...

– J'ai mon Pierrounet! Il me suffit! D'autant qu'il commence à bien se mettre à la cuisine! Et puis, ça rime à quoi tout cet étalage?

1. Ancien nom du boulevard des Italiens.

– Il est des circonstances dans lesquelles ce genre d'étalage, comme tu dis, est indispensable. Ma demeure a été trop longtemps fermée. Il est temps que la société revienne ici.

– Songeriez-vous à donner des bals, mon oncle? fit Hortense amusée.

Occupé à examiner un grand rafraîchissoir d'argent dont il caressait amoureusement les ciselures, le marquis alla le déposer sur l'un des dressoirs de la salle :

– Mon père en donnait jadis. Bien sûr, ce n'était pas fréquent : uniquement pour une occasion exceptionnelle. Mais nous avons toujours fait honneur à notre maison.

– Ça c'est bien vrai! approuva Godivelle attendrie par ce rappel aux beaux jours de sa jeunesse. Le dernier ça a été pour le mariage de votre tante Louise avec le comte de Mirefleur! Et pour une belle fête ça a été une belle fête! Et la mariée donc! Plus accorte et plus gaie ça ne se pouvait trouver! C'est vrai aussi qu'elle faisait un beau mariage et que son promis était bien le gentilhomme le plus...

– Allons, allons! Godivelle! Laisse donc le passé où il est et occupons-nous plutôt de l'avenir.

Il se tourna vers Hortense qui dépliait une pièce de damas d'un merveilleux bleu de turquoise et en faisait miroiter le tissu sous la lumière d'un chandelier, révélant le mince fil d'argent qui courait dans le dessin.

– Ce tissu vous est destiné, mon enfant. Je suis heureux de constater qu'il semble vous plaire.

– En effet mais c'est une dépense bien inutile, mon oncle. Ma chambre me convient parfaitement telle qu'elle est.

– Il vous plaît à le dire et je vous en remercie mais, arrangée pour une jeune fille, elle ne saurait convenir à une comtesse de Lauzargues.

Hortense laissa retomber le damas bleu comme s'il l'avait brûlée. Son cœur venait de manquer un battement mais déjà son esprit se mettait sur la défensive. Le moment difficile arrivait-il si tôt? Pour cacher ses alarmes, elle se contraignit à garder les yeux baissés.

– S'il s'agit d'une comtesse de Lauzargues, dit-elle d'un ton mesuré, il ne saurait être question de moi. Et vous avez fait erreur, mon oncle, en me destinant ce damas.

– Je n'ai fait aucune erreur et c'est bien de vous qu'il s'agit. Il a, de tout temps, été dans mon intention d'effacer les erreurs du passé en faisant de vous une véritable Lauzargues...

– Ceci dépasse vos compétences, mon oncle!

– Croyez-vous? En tout cas, je vois mal quelle raison valable vous pourriez opposer. Votre cousin vous déplairait-il? J'ai cru m'apercevoir, au contraire, de certains liens d'amitié...

– Vous pouvez même dire d'affection. J'ai, en effet, pour Étienne la tendresse qu'un frère peut attendre de sa sœur. Mais ce sont, je le répète, des sentiments purement fraternels...

– Ils sont amplement suffisants pour vous assurer une existence heureuse. Songez que jusqu'à ces temps malheureux que nous avons vécus, il était d'usage qu'une fille accepte de son père un époux que, bien souvent, elle n'avait jamais vu.

– Je sais tout cela, mais les temps regrettables auxquels vous faites allusion sont dépassés, et il se trouve que je pense autrement. Le jour où je me marierai, mon oncle, ce sera par amour... tout comme l'a fait ma mère! Elle ne l'a jamais regretté.

Le rappel à la rébellion de Victoire était une imprudence, ainsi que Hortense put s'en rendre compte en voyant le visage du marquis jaunir curieusement comme si le fiel infiltrait soudain sa peau.

– Que savez-vous de l'amour? grinça-t-il. En connaissez-vous les frontières? Qui vous permet de dire que cette affection, cette tendresse même dont vous vous targuez envers Étienne n'est pas, ne sera jamais de l'amour?

– Qui? L'amour que j'ai pour un autre homme. C'est, je crois, le meilleur terme de comparaison!

– Vraiment? Vous aimez? Je n'ai pourtant pas entendu dire que vous fussiez fiancée?

– Amour et fiançailles ne vont pas toujours de pair. Vous l'avez dit vous-même. De toute façon que pourriez-vous savoir de mes sentiments profonds alors que, voici cinq mois, vous ignoriez encore mon existence? Sans la mort de mes parents...

– N'évoquez pas cet affreux souvenir! cria-t-il. Ne m'obligez pas à vous rappeler de quelle manière s'est achevé l'amour insensé de ma sœur pour un homme du commun! Il l'a tuée, ce misérable!

Tremblante d'une indignation qu'elle ne pouvait plus contenir, Hortense, dressée en face du marquis comme un petit coq de combat, lança :

– Je vous interdis de parler de mes parents, que ce soit de l'un ou de l'autre! A présent sachez ceci : mon père n'a pas tué ma mère! Ils ont été assassinés! Je le sais! J'en suis sûre!

– Sottises! Vous niez l'évidence!

– Non. A l'instant où ils étaient portés en terre ensemble – vous m'entendez? –, ensemble comme ils avaient toujours vécu, un homme, un inconnu est venu me jeter la vérité au visage! Il m'a juré qu'on les avait tués! Et je l'ai cru... et je le croirai toujours!

Les nerfs trop tendus craquèrent à cette seconde et la jeune fille s'abattit, secouée de sanglots dans les bras que lui offrait Godivelle accourue à son secours. La brave femme était bouleversée :

– Voilà de belles choses à dire à une innocente, Monsieur le Marquis! s'écria-t-elle. Et une belle façon de présenter une demande en mariage! Je crois, Dieu me pardonne, qu'à certains moments vous perdez la raison! Venez vous asseoir, mon cœur! ajouta-t-elle d'un ton infiniment plus doux en conduisant la jeune fille vers l'un des sièges qui entouraient la cheminée. Vous n'avez déjà que trop pleuré et c'est péché que vous faire verser d'autres larmes...

Pour toute réponse, le marquis haussa les épaules et se contenta d'attendre la fin de la crise.

Petit à petit d'ailleurs Hortense, bercée comme un bébé sur le vaste giron de Godivelle qui lui caressait les cheveux, se calmait. Sans doute M. de Lauzargues en faisait-il autant car, au moment où la jeune fille se redressait en remerciant Godivelle d'un pauvre sourire et d'un baiser, elle le retrouva debout en face d'elle.

– Oublions tout ceci, mon enfant! dit-il d'un ton beaucoup plus pacifique. Nous nous laissons emporter l'un et l'autre par la chaleur d'un sang trop proche pour n'être pas semblable. J'ai été froissé, je vous l'avoue, par votre refus sans nuances alors que je revenais ici la joie au cœur et infiniment heureux d'avoir trouvé Sa Majesté le Roi si bien disposé envers notre famille...

– Ne l'a-t-il pas toujours été?

– Si... du moins j'osais l'espérer sur ce que l'on m'en disait mais j'en ai eu la certitude lorsque Sa Majesté et

Son Altesse Royale Madame la duchesse d'Angoulême m'ont fait l'honneur et la grâce de me recevoir et de m'en donner l'assurance. J'ai été touché, j'en conviens, de la sollicitude dont Madame a fait preuve envers vous et il ne tiendra qu'à vous d'être nommée Dame du Palais après votre mariage...

– Je vous l'ai dit, mon oncle, ce mariage est impossible! fit Hortense avec un soupir de lassitude...

– A cause de cette ancienne amourette? Ma chère enfant, les rêves d'une jeune fille et les réalités de l'existence s'accordent rarement. La situation que vous a faite la disparition malheureuse de vos parents est intenable sur le plan mondain. Seul un mariage convenable peut vous permettre de vivre une autre existence que celle – un peu morne et désolante n'est-il pas vrai? – que vous offre ce château des solitudes. Vous êtes jeune, vous êtes belle... vous le serez plus encore quand la maternité vous aura épanouie. Un magnifique avenir vous attend peut-être : ne le repoussez pas...

– N'y a-t-il pour moi d'autre mariage possible qu'une union avec mon cousin?

– J'ai peur que non. Outre qu'il faut de grandes armes pour couvrir la tache de sang qui marque votre blason familial un peu trop neuf, aucun gentilhomme de bon rang ne se risquera à demander votre main parce qu'aucun n'osera déplaire au Roi.

– Que suis-je donc pour que le Roi se soucie à ce point de mon avenir?...

– Vous êtes ma nièce! Vous êtes une Lauzargues! lança le marquis avec orgueil. Et le Roi souhaite que vous le deveniez entièrement! Tenez! Lisez!

De son habit, il venait de tirer un document qu'il déplia et qui apparut marqué du sceau royal. Hortense lut :

« CHARLES, par la grâce de Dieu Roi de France et de Navarre, à tous ceux qui cette présente liront, salut!

« C'est notre plaisir et notre volonté qu'Étienne-Marie-Foulques, comte de Lauzargues en pays Cantalès, et Hortense Granier de Berny soient unis dans les plus brefs délais par les liens sacrés d'un mariage chrétien... »

Hortense n'eut pas le courage d'en lire davantage. D'un geste rageur, elle jeta le document à terre et se retint de justesse de le piétiner.

– Ceci ne saurait me concerner, cria-t-elle, car mon nom n'y est pas écrit en entier. Je suis Hortense-

Napoléone et je ne veux pas qu'on l'oublie!... Napoléone! Vous entendez! Puis, vacillant comme un jeune arbre qui va s'abattre, elle courut s'agenouiller aux pieds du marquis :

– Laissez-moi partir, mon oncle! Laissez-moi aller à Paris! Dites que l'on attelle...

– Folie! Qu'y ferez-vous?...

– Je verrai le Roi, je verrai Madame!... c'est une femme après tout... elle comprendra peut-être! Il faut que je leur dise, que je leur explique! C'est offenser Dieu et la sainteté du mariage même que s'y résoudre à contrecœur. Votre fils lui-même s'y refusera...

– Étienne fera ce que je lui ordonnerai. Je sais comment l'amener à composition. Allons, Hortense, cessez cette scène ridicule, dégradante même!...

– Alors, vous, aidez-moi, aidez-nous! Vous pouvez écrire au Roi, lui dire que ce mariage ferait deux malheureux...

– Je ne le ferai certes pas. Je crois vous avoir dit que j'étais heureux de cette union...

– Pourquoi? coupa Hortense avec violence. A cause de ma fortune? Je peux vous en faire donation pleine et entière à l'instant même si c'est cela...

– Vous n'en avez pas le droit!

– Pas le droit?

– Vous avez le droit d'en jouir, pas celui d'en disposer! Allons, résignez-vous! Croirait-on pas qu'il est ici question de vous mener à l'échafaud? Étienne est un garçon paisible et doux. Un peu trop même à mon goût mais vous en ferez ce que vous voudrez! Et puis en voilà assez! Dès l'instant où c'est le plaisir et la volonté du Roi, ajouta-t-il, soulignant d'un ongle rageur les mots sur le parchemin qu'il avait ramassé, vous n'avez que le droit d'obéir! Et je saurai bien vous y contraindre!

La porte claqua derrière lui et l'on n'entendit plus que le bruit de ses pas se dirigeant vers l'escalier... Godivelle qui, durant la dernière partie de la scène, s'était tenue tapie derrière l'un des sièges, se précipita vers Hortense toujours à genoux pour l'aider à se relever...

– Ne vous mettez pas dans cet état, mon enfant! chuchota-t-elle en jetant autour d'elle les regards inquiets de qui craint d'être écouté, cela ne sert à rien... Votre résistance ne fait que réveiller les démons qui habitent M. Foulques. Il est... oui, il est capable du pire quand on lui résiste. Cessez de l'affronter!... Peut-être qu'en laissant faire le temps...

– Le temps?... Croyez-vous qu'il me laissera le temps?...

L'une soutenant l'autre, elles quittèrent la salle mais quand la vieille femme voulut l'entraîner vers la cuisine pour lui faire boire quelque chose de chaud afin de la remettre, Hortense refusa. Son regard venait de rencontrer sa grande mante restée au portemanteau.

– Tout à l'heure, Godivelle! Pour l'instant je voudrais prendre un peu l'air... Je crois que cela me fera du bien...

– Mais la nuit commence à tomber et il risque de pleuvoir...

– Je n'irai pas loin. Jusqu'à la chapelle seulement... Même si je ne peux y entrer, cela m'apaisera d'être auprès d'elle...

– Allez, alors, mais ne vous attardez pas!

Avec un soin maternel, la vieille femme l'emballa dans sa cape, prenant bien soin de rabattre le capuchon sur sa tête puis, du seuil, la regarda descendre lentement le chemin. L'air du dehors, humide et frais, fit du bien à Hortense. En séchant, les larmes versées lui avaient laissé la peau trop chaude et trop tendue. Elle respira avec délices l'odeur d'herbe neuve, de fougères et de pins : une fraîche senteur de lande mouillée. Le ciel, au-dessus d'elle, gardait les roseurs mauves du récent coucher de soleil. Il faisait calme et doux et les bruits du jour s'étaient tus...

Dans l'ombre du rocher, la chapelle muette ressemblait à un gros chat couché qui attend, à demi assoupi. Elle avait quelque chose d'amical et de rassurant et, lentement, Hortense se dirigea vers elle.

Comme lors de sa première visite, elle alla s'asseoir sur les marches usées de la croix, chercha des yeux la cloche inerte dans son petit clocher carré. Allait-elle sonner encore comme elle l'avait fait l'autre nuit? Si vraiment ses appels venaient d'outre-tombe, s'ils étaient la voix de celle qui reposait là comme l'ombre blanche du château en était l'apparence, la cloche sonnerait encore, solitaire et désolée puisqu'à nouveau le danger menaçait Étienne...

Qu'allait-il dire, qu'allait-il faire en face de l'ordre royal, écrasant décret sans appel qui lui faisait un devoir et même une obligation d'épouser sa cousine? Il s'en fallait encore de quelques jours qu'il pût poser le pied à terre et que le docteur Brémont revînt pour le libérer de l'appareil... Il allait souffrir, sans doute... Se débattre, et elle ne pourrait rien pour lui.

La nuit tombait à présent. Serrée contre le fût de la croix de pierre Hortense regardait le château, dressé en face d'elle comme une menace, devenir une formidable ombre noire. Les deux fenêtres éclairées de ce côté lui faisaient les yeux luisants d'une bête apocalyptique. Il suait la malveillance et pour un peu la jeune fille eût imaginé qu'elle l'entendait souffler la menace par d'invisibles naseaux...

Une goutte de pluie tomba sur son front, puis une autre... La noirceur du ciel n'était pas uniquement due à la venue de la nuit car un gros nuage plombé s'accrochait aux créneaux de Lauzargues. Il était temps de rentrer. La sagesse exigeait d'Hortense qu'elle rentrât se mettre à l'abri mais elle ne pouvait s'y résoudre. La pensée de se retrouver en face du marquis lui était intolérable. Il lui serait impossible de poursuivre la discussion de tout à l'heure sans avoir pris, comme disait jadis le roi Louis XI, « le conseil du silence »...

Bien sûr il y avait sa chambre, ce refuge habituel des femmes en détresse, mais cette chambre ouvrait en face de celle du marquis, elle était voisine de celle où Marie de Lauzargues avait enduré une fin atroce. Hortense avait besoin d'être vraiment seule avec elle-même... et Dieu s'il voulait bien l'écouter! Elle songea à la petite grotte. Là seulement elle serait en paix... là seulement elle aurait une chance de rencontrer l'être dont elle avait le plus besoin à cette minute : Jean de la Nuit, l'homme qu'elle aimait.

Peu soucieuse de voir la silhouette de Godivelle s'encadrer au seuil du château et d'entendre sa voix l'appeler, elle s'enveloppa plus étroitement dans sa mante, en rabattit le capuchon sur son visage et, devenue ainsi une ombre parmi les ombres, elle prit sa course en direction du torrent.

Elle partit droit devant elle dans l'averse commençante et les ombres de la nuit qui s'épaississaient vite. Elle atteignit le bois, mais par un autre sentier que celui dont elle avait l'habitude quand elle allait directement du château au torrent. Un chemin s'ouvrait devant elle et elle s'y engagea, le suivit un bout de temps. Mais à mesure qu'elle avançait la forêt devenait plus épaisse et plus dense. Le bruit de l'eau s'étouffait peu à peu au lieu de se faire plus présent. Bientôt, le sentier n'exista plus que dans son imagination et quand, persuadée de s'être trompée, elle voulut revenir en arrière pour remonter vers le château et reprendre le chemin habituel, elle ne le retrouva plus...

La pluie faisait rage à présent, transperçant l'abri encore fragile des feuilles, aveuglant la jeune fille qui bientôt ne sut plus où elle se trouvait. Autour d'elle, tout n'était que confusion... Était-elle passée, tout à l'heure, auprès de ce chêne au tronc bossué? Ou bien était-ce plutôt celui-là?... Au-dessus du bois où elle tournait en rond comme un oiseau affolé, le ciel était d'un noir d'encre. Elle devinait seulement les silhouettes des arbres, les rochers...

Soudain, en contrebas, elle crut apercevoir l'écume blanche de l'eau et s'élança. Le sol était gras d'un humus de feuilles pourries et de plaques de mousse fraîche. Hortense perdit l'équilibre, glissa jusqu'à une fondrière, se déchirant au passage à un buisson de ronces. La douleur lui arracha un cri mais elle refusa de se laisser aller à la peur qui venait. Elle se releva, suivit un instant la trace qu'un animal avait laissée à travers le fourré. Elle se sentait transie, trempée, ne sachant plus bien si ce qui coulait sur son visage était de la pluie ou des larmes...

Son pied glissa sur une pierre en une torsion douloureuse qui la rejeta à terre, sanglotante. Puis révulsée de terreur : elle avait entendu, ou cru entendre peut-être, le hurlement d'un loup droit devant elle. Alors elle cria :

– Jean!... Jean de la Nuit!... A moi!...

Mais sa voix lui parut ridiculement faible. Comment Jean pourrait-il l'entendre alors qu'elle ne savait même plus où elle se trouvait ni quelle distance elle avait parcourue? Il lui semblait qu'elle errait dans cette forêt hostile depuis des mois...

Aucun son ne lui répondit. Elle cria encore et encore, puis, comme rien ne venait, elle se releva péniblement pour chercher au moins un surplomb rocheux où s'abriter de la grande averse qui, en gifles rageuses portées par un vent de tempête, s'abattait sur elle et la flagellait. Mais quand elle voulut s'appuyer sur son pied la douleur fut si forte qu'elle retomba à terre, évanouie.

Une sensation de brûlure la réveilla. Quelque chose coulait en elle, si fort qu'elle s'étrangla et se redressa pour se plier en deux, toussant à s'arracher la gorge.. Un rire bas et doux répondit à ses efforts douloureux.

– Il est évident que vous n'avez jamais bu d'eau-de-vie! Excusez-moi, je n'avais rien d'autre sous la main, dit Jean.

Hortense vit qu'il était à genoux près d'elle, luisant d'eau avec ses cheveux noirs collés le long de ses joues, et qu'il la regardait avec au fond des yeux une lueur joyeuse. Elle-même était assise sur une paillasse qu'il avait dû tirer devant le feu pour la réchauffer après l'avoir débarrassée de sa cape trempée qui fumait sur le dossier d'une chaise. Luern le grand loup était couché à côté...

L'éclat du feu lui brouillait un peu la vue, elle ne distingua rien au-delà :

– Où sommes-nous? dit-elle.

– Chez moi. Sans vous en douter vous en étiez tout près. Il vous restait juste à franchir un rocher et à traverser le torrent... Par chance, je vous ai entendue crier en dépit de la tempête. Mais c'est Luern qui vous a trouvée.

A l'énoncé de son nom, l'animal tourna vers le couple ses yeux jaunes où semblait passer une lueur de gaieté... Pour la première fois, Hortense eut pour lui un regard presque affectueux. Elle commençait à partager l'étrange attachement qui unissait l'homme et la bête...

Après l'avoir obligée à s'étendre de nouveau, Jean se relevait et s'éloignait vers le fond de la pièce où la jeune fille distinguait peu à peu l'oreiller blanc et l'édredon rouge d'un lit clos semblable à ceux que l'on trouvait dans toutes les fermes.

– Vous devriez retirer ces vêtements, conseilla-t-il. Je vais vous donner une couverture en attendant qu'ils sèchent...

Docile, Hortense voulut se lever, mais au mouvement qu'elle fit pour ramener ses jambes sous elle, une douleur aiguë lui rappela sa cheville blessée...

– Je ne peux pas me lever, gémit-elle. Je crois qu'en tombant je me suis cassé quelque chose...

Tout de suite, il fut près d'elle.

– Voyons cela! !... Quelle idée aussi de courir les bois avec des souliers de bal! reprocha-t-il en ôtant, avec d'infinies précautions, les escarpins de maroquin qui, de toute façon, ne pourraient plus servir à grand-chose.

L'instant suivant il prenait avec une extrême douceur la cheville dont l'enflure était évidente dans son bas déchiré montrant une large écorchure. Un gros pli de souci réunit ses sourcils en une seule barre noire.

– Enlevez ces guenilles! ordonna Jean. Je ne regarde pas! Il faut nettoyer cette blessure.

Hortense s'exécuta tandis qu'il puisait de l'eau chaude dans la marmite accrochée au-dessus du feu et allait chercher du vinaigre pour laver la cheville blessée. Puis, longuement, soigneusement, il nettoya la plaie souillée de terre et de brindilles.

Pendant qu'il la soignait, Hortense, les yeux accoutumés, regardait autour d'elle. La maison construite en pierre de granit grossièrement jointoyée n'était pas grande. Elle ne comportait qu'une seule pièce et une souillarde que l'on apercevait dans un renfoncement. Son mobilier était semblable à ce que l'on pouvait voir chez des paysans peu fortunés : une table de châtaignier encadrée de deux bancs; deux escabeaux et, tout au fond, la cloison de bois foncé où se creusaient les lits. Il y en avait deux, en effet, placés l'un à la suite de l'autre et séparés par un étroit panneau, mais le second, couvert d'un vieil édredon brun, se distinguait mal de son cadre.

Surmontant la cheminée, une croix de bois noir étoilait la pierre de ses courtes branches régulières au-dessus d'un fusil pendu par sa bretelle. Dans l'âtre même, un coffre à bois qui pouvait servir de siège voisinait avec une cognée, haute et menaçante comme une hache d'exécution. Mais la maison se différenciait tout de même de ses pareilles par deux meubles inhabituels : une petite commode de merisier dont le bois couleur de caramel et les modestes ferrures brillaient, entretenus, et une petite bibliothèque bourrée de livres aux reliures usées mais beaucoup mieux rangée que celle où travaillait M. Garland... La pièce tout entière d'ailleurs montrait un ordre et une propreté absolus. C'était peut-être le logis d'un solitaire, d'un meneur de loups mais par cet ordre, par ce soin, l'homme qui l'habitait signait sa qualité différente.

La souffrance rappela soudain Hortense à son état de blessée. Jean avait fini de laver son pied et, l'ayant séché, il en palpait l'enflure mais, si légers, si attentifs que fussent ses doigts, il ne pouvait éviter la douleur à sa patiente qui, de temps en temps, gémissait sourdement.

Enfin, reposant doucement le pied endolori sur la paillasse, il se releva et sourit à la jeune fille qui le regardait avec angoisse :

– Rien de cassé! Vous avez eu de la chance. C'est une simple foulure mais je reconnais qu'elle fait impression. Je pense pouvoir vous soulager.

– Êtes-vous médecin? Où avez-vous appris tout cela?

Il eut un geste circulaire qui dépassait le cadre étroit de la maison :

– Dans le grand livre qui est autour de nous. Sigolène connaît les plantes, les remèdes. Elle m'a appris tout ce qu'elle savait... C'est utile quand on vit en sauvage.

Dans la commode, il prenait un petit pot et une bande de toile blanche taillée dans un linge usé, et revenait s'asseoir sur la paillasse. En quelques instants la cheville enflée fut enduite d'une pommade d'un beau rouge clair à l'odeur piquante, puis soigneusement bandée, mais pas trop serrée.

– Voilà! Quand vous serez de retour au château Godivelle saura bien vous refaire ce pansement. Elle sait soigner elle aussi mais pas aussi bien que sa sœur. Néanmoins ce qu'elle sait suffira. Vous emporterez ce pot. A présent vous allez manger quelque chose et dès que la pluie cessera, je vous porterai jusqu'au château...

Un frisson glacé courut le long du dos d'Hortense et remonta jusqu'à ses dents qui grelottèrent un instant. Elle resserra autour d'elle la chaude couverture, rejeta en arrière la masse humide de ses cheveux que le feu n'avait pas fini de sécher.

– Je ne veux pas retourner au château! Je... je me suis enfuie... Oh, par pitié, gardez-moi! Personne ne me cherchera chez vous!...

Et comme, surpris, il restait là en face d'elle, à demi agenouillé sur le matelas, elle se jeta contre lui en sanglotant, cherchant, contre le froid qui la faisait trembler, le refuge de cette poitrine d'homme dont elle connaissait la force et la chaleur... Aussitôt, Jean referma ses bras sur elle, bouleversé de la sentir trembler contre lui, de la découvrir fragile en dépit du courage et de la volonté qu'elle affichait toujours si hautement. Il resserra doucement son étreinte pour mieux l'incruster contre lui, à cette place tendre qui semblait l'attendre depuis toujours. Une joie immense glissait en lui comme une liqueur de feu tandis que se formaient dans son esprit les mots qu'il n'avait jamais osé se dire : « M'aime-t-elle vraiment ou n'est-ce encore qu'une enfant apeurée?... » D'autres questions se pressaient : pourquoi cette fuite en pleine nuit, en pleine tempête? Était-ce lui qu'elle cherchait ou autre chose? La mort peut-être?...

L'idée qu'elle pût mourir le traversa comme un coup de lance. Et ce fut peut-être pour être plus certain encore qu'elle était là, bien vivante, qu'il lui renversa doucement la tête et prit sa bouche...

Elle était brûlante, cette bouche, de la fièvre qui la faisait trembler, mais elle répondit à la caresse avec une ardeur qui inonda de bonheur le solitaire... A l'émoi qui s'empara de lui, à sentir sous sa main la rondeur d'une épaule, contre sa poitrine celle plus douce encore d'un jeune sein, il mesura la faim qu'il avait d'elle depuis tant de jours... En dépit de la trop douce ivresse, il parvint à entendre encore la voix de plus en plus faible de la raison et lutta contre la vague déferlante de la passion. Il le fallait sinon dans un instant, il la ferait sienne, cette fille de lumière qui était apparue dans sa nuit, et il savait qu'elle ne résisterait pas.

Alors, brutalement, il l'arracha de lui, la regarda, vit ses yeux alanguis, ses lèvres humides entrouvertes sur un sourire heureux... Il était temps!...

Se relevant tandis qu'elle retombait sur la paillasse comme une fleur coupée, il alla prendre le cruchon d'eau-de-vie et en avala une grande lampée, à la régalade :

– Expliquez-moi un peu tout ça! fit-il d'une voix enrouée.

CHAPITRE VIII

UN GENÉVRIER À LA SAINT-JEAN...

Hortense ne demandait pas mieux. Elle se libéra de la scène qui l'avait opposée au marquis avec l'impression qu'en les confiant à Jean, ses angoisses et ses soucis allaient s'effacer comme par magie. Il était l'homme le plus fort et le plus intelligent du monde. Et puis il l'aimait... Cela résumait tout.

– Voilà, dit-elle en conclusion. Vous savez tout. Sauf peut-être ceci : je ne retournerai plus jamais à Lauzargues!

L'étonnement arrondit les noirs sourcils de Jean au-dessus de ses yeux d'azur pâle :

– Est-ce que vous ne perdez pas un peu l'esprit? Vous rendez-vous seulement compte de ce que vous dites?

Prenant soudain conscience de la rudesse du ton employé en voyant l'or de ses yeux se liquéfier, il revint s'asseoir auprès d'elle mais sur la pierre de l'âtre, laissant ainsi entre eux la longueur d'un bras.

– Pardonnez-moi : je n'ai pas voulu vous faire de peine. C'est même une chose dont je ne supporte pas l'idée mais, en vérité, je ne vois pas comment vous pourriez éviter de rentrer au château?

– Mais... je ne peux pas rentrer! Je vous l'ai dit, je me suis enfuie...

– Et, à cette heure, on doit vous chercher partout. Les limiers de Chapioux ont bon nez. S'il n'y avait pas la rivière ils seraient déjà ici. Qu'arriverait-il alors?

– Que pourrait-il arriver? Vous m'avez recueillie après m'avoir trouvée blessée. Rien de plus naturel... D'ailleurs vous pourriez me cacher.

– C'est là que rien ne serait plus naturel. Et puis, vous cacher où? ajouta-t-il en englobant d'un geste la pièce unique de sa maison. Nous n'en sommes pas là heureusement. On ne pense certainement pas, en ce moment, que vous êtes chez moi mais si l'on ne vous retrouve pas, on pourrait y penser...

– Alors emmenez-moi ailleurs!...

– Dans cet état? Vous avez besoin d'être soignée pendant quelques jours, de vous reposer. Pourquoi ne pas admettre que, pour cette fois, vous avez manqué votre affaire? Ce serait plus sage....

– Si je rentre au château, mon oncle m'obligera à épouser Étienne ou alors Étienne recommencera à se laisser mourir!...

– Vous raisonnez comme l'enfant que vous êtes! On ne va pas vous traîner, dès l'aube, à la chapelle en compagnie de votre cousin. Je comprends que vous souhaitiez fuir mais, une fuite, cela se prépare... et avec beaucoup de soin quand il s'agit d'une fille mineure. Avez-vous pensé que celui ou celle qui vous accueillera tombe sous le coup de la loi?

– Vous avez peur? fit Hortense dédaigneusement.

– Il n'est pas question de moi. Vous ne pouvez aller, en quittant le château, que chez une personne pouvant faire valoir une qualité suffisante pour obtenir que vous lui soyez confiée : un autre membre de votre famille par exemple...

– Je voudrais aller chez ma tante de Mirefleur, à Clermont.

– La vieille comtesse Louise? On dit qu'elle aimait beaucoup votre mère, ce qui l'a brouillée plus ou moins avec le marquis. Mais est-elle toujours de ce monde? Et acceptera-t-elle de vous recevoir?

– Il y a Madame Chauvet qui m'a servi de chaperon durant le voyage en diligence depuis Paris. Elle est la femme d'un gantier de Millau et...

– Et vous ne pouvez en aucune façon compter sur elle. Une gantière de Millau contre un marquis de Lauzargues sous Charles X? Le mari y laisserait son entreprise et peut-être sa liberté.

– Le docteur Brémont de Chaudes-Aigues...

– Serait dans le même cas. Hortense, Hortense! Vous êtes épuisée, blessée, à bout de nerfs et totalement incapable, de ce fait, de raisonner sainement...

Elle lui parut si pitoyable tout à coup, avec les grosses larmes qui roulaient sur son joli visage pâli par la souffrance, qu'il oublia ses résolutions de prudence et se pencha sur elle pour l'entourer d'un bras qu'il voulait fraternel mais qui trembla pourtant à son contact :

– Vous me faites cruellement toucher du doigt, à cette heure, la distance qui nous sépare. Je vous aime et pourtant je n'ai pas le droit de penser à vous parce que je ne suis rien qu'un bâtard à demi sauvage et que je n'ai rien à vous offrir...

– Que votre amour, vous venez de le dire! Oh, Jean, je ne demande rien d'autre à Dieu! Pourquoi ne pas proclamer que nous nous aimons?...

– Parce que ce serait signer votre arrêt de mort plus encore que le mien peut-être. Vous ne savez pas de quoi le marquis est capable... Vous ne me croyez pas? dit-il voyant qu'elle secouait la tête avec une rage désespérée et tentait d'échapper à son étreinte. Il le faut pourtant... comme il faut me faire confiance. Je vous jure qu'un jour vous quitterez Lauzargues, peut-être pour n'y plus jamais revenir. Je vous jure de n'avoir ni trêve ni repos avant de vous en avoir arrachée... même si je risque de ne plus jamais vous revoir...

– Vous le jurez?

– Oui... A présent me laisserez-vous agir comme bon me semble?

Elle se détourna de lui pour se pelotonner sur la paillasse en s'ensevelissant sous la couverture qu'il lui avait donnée. Elle se sentait malade tout à coup, avec de longs frissons qui la secouaient et une affreuse lassitude née peut-être de la déception ressentie. En se retrouvant chez Jean, sauvée par Jean, auprès de Jean, elle avait cru à une réponse divine à ses appels angoissés. Elle avait cru... Dieu sait quoi!...

– Faites à votre gré, murmura-t-elle... mais laissez-moi dormir...

La torpeur de la fièvre l'envahissait, la privait de toute force. Elle ne réagit même pas quand il la souleva pour l'emporter jusqu'au lit qu'il avait ouvert, ni quand il lui ôta sa robe, ne lui laissant qu'une fine chemise que la chaleur du corps avait déjà séchée. Les yeux fermés sur ses dernières larmes, elle ne vit pas le visage crucifié de Jean, elle ne sentit même pas trembler ses mains tandis qu'il accomplissait ces gestes d'amant et que se dévoilait à lui la grâce de ce corps féminin.

Un instant, il s'accorda le torturant bonheur de la contempler étendue sur le lit ouvert, à peine couverte de cette batiste aux transparences roses qui révélait tant de choses exquises. Des choses qu'il ne reverrait plus jamais... et que cependant il brûlait d'étreindre, de caresser... Le vertige fut si puissant qu'il faillit y céder : s'agenouillant sur le banc coffre du lit comme un croyant devant l'autel et par trois fois il communia à tant de beauté en posant ses lèvres sur chacun des jolis seins qui semblaient les appeler puis sur la bouche que la fièvre séchait sans lui enlever sa douceur. Mais la raison lui revint au moment où peut-être il allait se laisser emporter par la chaleur de son sang... Se redressant, il rabattit draps, couverture et édredon, ensevelissant la tentation sous une montagne de tissus, après quoi il alla tisonner le feu et y ajouter quelques bûches...

Il réfléchit un instant, le regard fixé dans les flammes, puis se décida. Désignant à Luern la jeune fille endormie, il mit un doigt sur ses lèvres, alla enfiler sa veste en peau de chèvre, coiffa son grand chapeau et sortit de la maison en fermant soigneusement la porte derrière lui...; Luern, le grand loup, resta un instant aux écoutes, oreilles dressées, puis se recoucha le museau allongé sur ses pattes.

Plusieurs heures s'écoulèrent avant que la porte ne s'ouvrît de nouveau sous la main du maître. Le feu n'était plus que braises rouges et la température avait fraîchi dans la maison. La tempête avait cessé et le jour n'était plus loin. Hortense s'éveilla au grincement de la porte, au bruit des pas, mais la fièvre la dévorait et elle se sentait si faible qu'elle n'eut même pas la force de se redresser.

Elle fit un effort cependant quand le feu, nourri d'une brassée de branchettes sèches, flamba de nouveau et que Jean ralluma les chandelles à celle qu'il avait laissée en veilleuse. Elle vit que le maître des loups n'était plus seul. Un homme l'accompagnait que Hortense reconnut avec tant de surprise qu'elle le prit un instant pour un fantôme né de sa fièvre. Mais c'était bien François Devès, le fermier de Combert. La main de Jean, posée sur son front, acheva de la convaincre qu'elle ne rêvait pas...

– Elle est brûlante, constata-t-il. Elle doit avoir une grosse fièvre...

– Il faut pourtant l'emmener d'ici, dit le fermier. Si le

marquis apprenait qu'elle a passé la nuit sous ton toit, il te ferait subir le même sort qu'à moi. Peut-être pire...

– Encore faudrait-il qu'il me prenne! La garde des loups est une bonne garde!

– Mais elle n'est pas à l'épreuve des balles. Et alors... Tu as eu raison de venir me chercher, Jean. Je vais l'emmener à Combert et on fera comme si c'était moi qui l'avais trouvée. Tout comme pour le jeune monsieur...

A les entendre parler entre eux et débattre de son sort comme si elle n'était qu'une chose dépourvue d'intelligence, une sorte de paquet, Hortense trouva la force de protester :

– Vous... m'avez trahie, Jean de la Nuit!... Je ne veux pas... aller à Combert!

– Il faut pourtant que vous alliez quelque part! Vous ne voulez pas rentrer à Lauzargues, vous ne voulez pas non plus aller à Combert et moi je vous répète qu'il faut que l'on vous soigne. Je vous ai demandé d'avoir confiance en moi...

– J'avais confiance en vous... mais pourquoi cet homme?...

– Parce qu'il est mon ami et parce que c'est le seul, à cent lieues à la ronde, à qui je puisse confier ce que j'ai de plus cher au monde.

– Je... ne vous appartiens pas...

– Aussi ne parlais-je pas de vous mais de mon âme. Quant à François, il m'est aussi cher que l'abbé Queyrol... peut-être parce qu'il est aussi une victime du marquis. Jadis... il a osé aimer votre mère et faire battre un peu plus vite son cœur de fillette.

– Ainsi... c'était vous le François qui s'était blessé... pour cueillir... une rose?...

– Comment pouvez-vous savoir cela?

C'était le visage rude du fermier qui à présent se penchait sur Hortense avec dans ses yeux une émotion qui révélait les chagrins d'autrefois. Et comme, tant bien que mal, la jeune fille racontait la trouvaille faite dans les profondeurs du petit secrétaire, elle put voir un éclair de joie et une larme briller sur ce visage que le temps semblait avoir pétrifié...

– Demoiselle, murmura François, tout à l'heure vous étiez seulement pour moi celle que Jean veut aider, à présent je veux être votre serviteur... votre esclave si vous consentez à me donner le mouchoir qui était à elle. Je ferai ce que vous voudrez...

– Un mouchoir que tu as payé dix fois son poids de sang! gronda Jean. Apprenez au moins ceci, Hortense: Foulques de Lauzargues jadis a fait saisir François par les Chapioux. On l'a attaché à un arbre après lui avoir arraché ses vêtements. Et puis ils se sont relayés pour le frapper avec des fouets de chasse... Il serait mort si Godivelle n'était arrivée à temps pour le sauver.

– Oublions ça, Jean! Je n'ai plus de haine pour le marquis. Quant à lui, il ne doit même plus s'en souvenir. Je suis redevenu ce que j'étais avant: un domestique de demoiselle Dauphine, un objet parlant et agissant, rien de plus... Et c'est mieux ainsi d'ailleurs! Chacun sa place! A présent, dites-moi ce que vous voulez de moi, demoiselle?

– Ramène-la à Combert. Elle y sera plus à l'aise que dans ce château des courants d'air, coupa Jean.

– Non, fit Hortense, je ne veux pas aller chez cette femme! Elle me fait horreur... depuis que j'ai vu le marquis sortir de sa chambre, de son lit...

Jean se mit à rire. Depuis son retour, il avait fait chauffer du lait de chèvre, y avait ajouté de l'eau-de-vie et du miel et apportait à présent le tout à la malade.

– Je n'aurais pas cru que l'amour vous faisait horreur? fit-il avec dans les yeux un pétillement qui se souvenait. Buvez cela! Vous en aurez plus de force pour le voyage.

– L'amour? fit Hortense en prenant machinalement la tasse.

– Quoi d'autre? Chacun sait, tout par ici, de quelle passion Mademoiselle de Combert a toujours brûlé pour son cousin. Et il est normal, pour une femme, de se donner quand elle aime à ce point... Ce n'est pas elle la coupable, ici, mais lui. Lui qui prend sans amour...

– Il ne l'aime-pas?...

Soudain, ce fut comme si François explosait. Une effrayante colère le souleva, l'emporta au-delà des limites de la prudence.

– C'est sa sœur qu'il aimait... et de quel sale amour! Un amour du Diable! C'était elle qu'il aurait voulu dans son lit... Je l'ai vu la regarder un jour où elle se baignait dans la rivière, cette innocente... Il était tapi derrière un buisson, près de l'eau... Les yeux lui sortaient de la tête et son visage était celui d'un démon. Et puis doucement... tout doucement, il a commencé d'écarter les herbes... d'avancer vers elle. Il rampait ce serpent et, tout en rampant, il commençait à ôter ses habits... J'ai compris qu'il allait s'abattre sur elle, qu'il n'était plus maître de lui. Alors j'ai fait du bruit... Il a cru à la présence d'un animal ou même à l'approche de quelqu'un du château. Et il s'est enfui... Ça valait mieux pour lui. Je l'aurais tué, s'il l'avait touchée!

Vidé tout à coup de sa force par l'évocation de ce terrible instant d'autrefois, François s'était laissé tomber sur le banc. Machinalement, il prit la bouteille d'eau-de-vie que lui tendait Jean sans un mot et en vida une grande lampée, si précipitée qu'elle le fit tousser...

– Pardonnez-moi! soupira-t-il enfin en passant sa main sur son front en sueur. Je n'aurais pas dû, peut-être... mais au moins... vous serez sûre de pouvoir compter sur moi. A présent, dites-moi où vous voulez aller car le temps presse... Le jour va se lever...

Hortense leva les yeux, croisa le regard suppliant de Jean :

– Allez à Combert, je vous en conjure... Là, au moins, je pourrai, par François, vous donner des nouvelles...

– Vous m'aiderez à préparer ma fuite?

– Je l'ai juré... Alors?

Elle hocha la tête dans une acceptation lasse et comme si ce simple geste eût été un signal, les deux hommes firent preuve aussitôt d'une grande activité. Jean tendit à Hortense ses vêtements bien secs à présent et referma les rideaux du lit pour qu'elle pût s'habiller, tant bien que mal car son pied la faisait souffrir et la gênait. Pendant ce temps François fabriquait une sorte de civière en liant ensemble des branches d'arbre sur lesquelles on étala une couverture. Puis on y installa Hortense bien enveloppée dans sa cape sur laquelle on rabattit la couverture après avoir glissé, à ses pieds, une pierre chauffée au feu...

– Je vais t'aider à la porter jusqu'au gué de Combert, dit Jean. Ensuite, il faudra que tu la portes seul...

– Mais... c'est loin, Combert? fit Hortense.

– En passant par les bois, c'est moitié chemin, fit François. La route, elle, suit la rivière. Nous, on coupe... N'ayez crainte, demoiselle, dans une heure vous serez dans un bon lit.

Une heure plus tard, en effet, on arrivait au gué de

Combert que les deux hommes firent passer à la civière. Puis Jean se pencha et prit Hortense dans ses bras. Sans un mot et sans se soucier de la présence de l'autre, il la baisa longuement aux lèvres avant de la remettre aux bras de François et de s'enfuir en courant. Hortense entendit le jaillissement de l'eau tandis qu'en trois sauts il franchissait de nouveau le torrent et elle enfouit son visage contre l'épaule de François tout en resserrant l'étreinte de ses bras passés autour de son cou. Elle pleurait doucement, sans faire de bruit et François, un moment, respecta son chagrin. Il avançait rapidement, de son grand pas de montagnard, sans que le poids d'Hortense parût lui causer la moindre gêne. Ce fut seulement quand les toits gris de Combert pointèrent au-dessus des arbres, enveloppés dans la brume venue de la rivière, qu'il osa demander :

– Vous l'aimez, le Jean, demoiselle?

– Bien... bien sûr!...

– Il ne faut pas!

Et comme il la sentait se raidir, prête à se défendre contre cet ami parce qu'il lui conseillait d'abandonner son amour, il ajouta :

– Je sais bien qu'on ne cesse pas d'aimer si aisément... mais au moins acceptez de renoncer à lui!... Rien n'est possible entre vous deux... pas plus que ce n'était possible autrefois... Si vous l'aimez vraiment, c'est dans le renoncement que vous le lui prouverez le mieux...

– Mais pourquoi?... pourquoi?...

– Parce que, quand on aime, on a envie que l'autre vive! Moi, j'ai été heureux quand j'ai su qu'un autre l'emmenait à Paris, qu'elle échappait pour toujours à son frère. Je savais qu'il faudrait attendre la mort, et l'autre vie pour la revoir mais j'étais heureux.

– Est-ce que... vous l'aimez toujours?

– Plus que jamais! Elle est quelque part au fond de mon cœur, comme la rose au fond de son petit bureau... Cela me fait l'attente moins longue...

Si Hortense éprouvait quelque doute quant à la façon dont Mlle de Combert la recevrait, elle fut très vite rassurée. Dauphine l'accueillit avec un éclat de rire.

– Encore un Lauzargues éclopé? s'écria-t-elle, après avoir constaté que sa visiteuse n'était pas gravement blessée. Quelle mouche vous pique, Étienne et vous, de venir à Combert par les bois, les rochers et la rivière? Ne serait-il pas plus simple, et surtout plus confortable, comme disent les Anglais, de venir comme tout le monde par la route et en voiture?

– Je ne venais pas vous voir, ma cousine, je m'enfuyais, soupira Hortense qui, trop lasse pour donner plus ample explication, choisit de fermer les yeux en laissant aller sa tête contre l'épaule du fermier. La souffrance était inscrite sur son visage et Mlle de Combert reprit tout son sérieux pour lui procurer sur l'heure un lit et la chaleur d'un bon feu avant de dépêcher François à Lauzargues pour « rassurer » le marquis.

Le lit occupait une petite chambre tendue et tapissée de ces charmantes toiles d'indienne qui avaient fait, au siècle précédent, la fortune de M. Oberkampf et de sa manufacture de Jouy. Des groupes de petits personnages s'y livraient en rose aux « occupations paysannes » et, à les contempler, Hortense eut un peu l'impression de revenir chez elle. Dans l'hôtel de la Chaussée d'Antin, sa chambre d'enfant avait été tendue, elle aussi, de toile de Jouy...

– C'était ma chambre avant la mort de mes parents, expliqua Mlle de Combert qui arrangeait les rideaux du lit après y avoir installé la jeune fille vêtue d'une de ses chemises de nuit. Je souhaite que vous vous y sentiez bien. Aussi, nous parlerons plus tard. Ma bonne Clémence va venir vous porter à déjeuner. Ce sera la meilleure façon de vous réchauffer...

– J'ai déjà très chaud! Trop chaud même...

– Vous avez de la fièvre. A-t-on idée aussi de passer la nuit en forêt et sous la tempête? Il est même étonnant que vous n'ayez pas été plus mouillée quand François vous a retrouvée!

– Il m'a trouvée sous un rocher où j'avais pu m'abriter après ma chute, expliqua Hortense, récitant la fable convenue à l'avance.

– C'est ce qu'il m'a dit. Mais c'était une vraie chance qu'il ait sur lui de quoi soigner une foulure. Je savais mon François prévoyant mais pas au point de faire sa ronde matinale avec des bandes de toile et du baume à l'extrait de mélilot. Il est vrai que notre région est tellement accidentée!...

Hortense bénit la fièvre qui lui permettait de cacher la rougeur qu'elle se sentait au visage. Elle avait compté sans la vivacité d'esprit de son hôtesse. De toute évidence, celle-ci ne croyait pas grand-chose du récit qu'on lui avait fait, mais au fond cela n'avait pas tellement d'importance.

L'entrée de Clémence, solide fille de ferme convertie en cuisinière-femme de chambre, portant un plateau, coupa court à l'entretien. Peu soucieuse de le reprendre, Hortense but un peu de bouillon, grignota une tartine de confitures puis, vite rassasiée d'ailleurs, pria qu'on voulût bien la laisser dormir.

Non qu'elle en eût vraiment envie en dépit de sa lassitude, mais prétendre avoir sommeil était le meilleur moyen d'obtenir un peu de solitude.

– Dormez, approuva Mlle de Combert. C'est encore la meilleure façon de soigner ce mauvais froid que vous avez pris. Si cela s'aggravait nous verrions à faire appeler le docteur Brémont mais je pense en savoir assez pour vous soigner moi-même. Ma pauvre mère était une perpétuelle enrhumée...

Ayant dit, Dauphine sortit de la chambre en agitant avec décision les rubans vert feuille qui ornaient son grand bonnet de dentelle et Hortense resta seule, espérant disposer d'un long moment pour réfléchir à tout ce qui venait de lui arriver et aux meilleurs moyens d'en sortir. Mais elle avait trop présumé de ses forces et ce fut la fatigue qui l'emporta. Quelques minutes après la sortie de son hôtesse, la rescapée de la tempête dormait à poings fermés...

L'évidence d'un gros rhume se révéla au réveil. Secouée d'une série d'éternuements, Hortense se trouva soudain transformée en fontaine : son nez et ses yeux coulaient à qui mieux mieux. Ce que voyant, Dauphine lui administra tisanes, sirop, lait chaud et pour finir un léger somnifère qui la renvoya au pays des rêves jusqu'au lendemain matin. Mais, quand elle ouvrit de nouveau les yeux sur le décor rose de sa chambre, elle découvrit que sa fièvre était tombée et qu'elle se sentait beaucoup mieux.

Mlle de Combert qui guettait ce réveil se déclara plus que satisfaite :

– Vous avez une belle santé, mon enfant, dit-elle. A présent, il faut songer à remettre ce pied sur ses bases. C'est l'affaire de deux semaines et me voilà tout à fait à l'aise pour vous demander si vous désirez les passer ici, ces deux semaines? Je crois, sans vouloir influencer votre décision, que vous seriez mieux dans cette maison qu'à

Lauzargues où les escaliers représentent une véritable épreuve. Étienne, je pense, a dû s'en rendre compte puisqu'il a dû garder la chambre tandis que...

Elle parlait, parlait, alignant les phrases à la suite l'une de l'autre comme si elle voulait retarder le moment d'entendre la réponse d'Hortense. Celle-ci mit, doucement, un terme au flot de paroles :

– J'aimerais rester ici, à condition, bien sûr, de ne pas vous être une gêne...

Le seul calcul auquel la jeune fille obéit, en acceptant d'emblée l'invitation, tenait dans la présence proche de François Devès qui s'était si spontanément déclaré son homme lige. De François Devès ami de ce Jean de la Nuit qui s'était emparé de son cœur et de son esprit et en demeurait le maître en dépit de la déception qu'il lui avait infligée. Mais en dehors de cela, l'idée de passer quelques jours dans une maison gaie et accueillante au lieu de contempler les murs gris du farouche Lauzargues ne pouvait que séduire une fille de dix-huit ans. L'atmosphère était si différente!...

Par la fenêtre entrouverte de sa chambre – une fenêtre qui était une belle et haute fenêtre et non une sorte d'ouverture vitrée au fond d'un entonnoir de pierre – une branche de lilas en train d'éclore mettait un peu de fard mauve sur la joue d'un petit nuage blanc. L'air qui entrait avait des senteurs de verdure neuve et arrivait avec tout son parfum sans se soucier de pénétrer à travers des relents d'humidité. On entendait chanter un oiseau... C'était délicieux.

Mlle de Combert, auréolée de dentelle et de rubans verts, souriait, assise près de cette fenêtre avec le métier à tapisser qu'elle avait fait monter auprès d'Hortense pour mieux la veiller. Et son parfum de rose se mêlait agréablement à ceux du jardin. En entendant Hortense évoquer la gêne qu'elle pourrait lui causer, le sourire de Dauphine s'était changé en éclat de rire.

– Être une gêne? Ma chère enfant, souvenez-vous que je vous avais invitée de façon instante lors de ma visite chez votre oncle. C'était d'ailleurs de l'égoïsme pur. Je m'ennuie un peu ici entre ma tapisserie et Madame Soyeuse...

– Madame Soyeuse?

– Mon Dieu, c'est vrai! Je ne vous ai pas encore présenté ma meilleure, ma plus fidèle amie...

Se levant, elle découvrait sous un pli de sa robe couleur de mousse une superbe chatte d'un gris de perle, presque argenté, qui sommeillait avec application sur l'une des couronnes de fleurs tissées dans l'épais tapis...

– Qu'elle est belle! dit Hortense sincère, mais ce serait dommage de la réveiller. Elle dort trop bien et nous ferons connaissance plus tard...

Elle éprouvait un peu de honte en songeant au jugement sévère qu'elle avait porté naguère sur son hôtesse. Celle-ci l'accueillait comme une jeune sœur; elle n'avait pour elle que les plus délicats procédés, pourtant Hortense, choquée sans doute par la scène entrevue dans la nuit de Lauzargues, l'avait classée sans plus examiner dans la catégorie des créatures hypocrites et dangereuses. Eût-elle su ce que c'était qu'une fille de joie qu'elle eût sans hésiter classé Dauphine dans le même casier... Et puis, il y avait eu la courte phrase de Jean : « Je n'aurais pas cru que l'amour vous faisait horreur... » et Hortense voyait à présent sa compagne avec des yeux tout différents. Elle la remercia donc de l'accepter si gracieusement mais ajouta :

– Ce que je désire est une chose. Ce que décidera mon oncle en est une autre. Et je suppose qu'il sait, à présent, que je suis ici?...

– Ce qu'il en pense, il vous le dira lui-même. Il m'a fait savoir qu'il viendrait demain voir comment vous vous sentez. Mais... avant qu'il ne vienne, Hortense, me direz-vous enfin ce que vous faisiez dans la forêt et sous l'orage?... Vous vous enfuyiez, m'avez-vous dit. Mais devant quoi?...

Pour ne pas avoir l'air de contraindre la jeune fille, elle retournait à sa tapisserie, choisissait un long brin de laine azurée, entreprenait de l'enfiler puis commençait à piquer dans la toile tendue entre de minces barres d'acajou chantourné. L'ouvrage représentait une couronne de feuillages et de rubans traitée dans un camaïeu de bleu sur fond ivoire et Dauphine le destinait à un fauteuil de sa propre chambre.

Sa stratégie s'avéra bonne : débarrassée de son attention et même de son regard, Hortense, après un court silence, se décida à répondre :

– Devant la même chose, exactement, qui avait poussé mon cousin à se jeter à l'aventure, au lendemain de mon arrivée : Étienne savait que son père souhaitait nous marier et ne le voulait pas. Je sais que le marquis a décidé notre mariage et je m'y refuse... Sans avoir d'ailleurs mieux réussi que lui : nos efforts à l'un comme à l'autre semblent conduire inéluctablement à un même point : un lit chez vous!

Derrière son écran de laine Mlle de Combert se mit à rire :

– Vous me permettrez de ne pas le regretter. Mais me direz-vous pourquoi vous êtes, l'un comme l'autre, aussi hostiles à un projet qui semble raisonnable? Encore Étienne possédait-il une meilleure raison que vous puisqu'il ne vous connaissait pas. A présent, je suppose qu'il voit les choses de façon différente : on ne peut vous voir sans vous aimer. Quant à vous, j'ai ouï dire que vous nourrissez pour votre cousin une certaine amitié?

– C'est vrai. J'aime bien Étienne. Mais je ne l'aime pas autant qu'il le faudrait. Et qui peut souhaiter se marier sans amour?

Le regard méditatif de Mlle de Combert franchit le bord du cadre d'acajou et rejoignit celui de la jeune fille.

– Personne, vous avez raison. C'est pourtant ce qu'il advient de presque toutes les femmes. On les marie et bien heureuse peut s'estimer celle qui, comme vous, éprouve déjà de l'affection pour son futur époux... Vous êtes fille noble, Hortense. Ce privilège vous oblige à certains devoirs dont le premier exige l'obéissance au chef de famille!

– Et si je refuse de me soumettre à cette obéissance? fit Hortense d'un ton provocant.

– Les lois actuelles, telles qu'elles existent, ne vous le permettent pas. Sinon vous risquez de vous retrouver au ban de la société...

– Voilà qui m'est égal si je suis libre!

– Croyez-vous? Mais, petite malheureuse, vous ne le serez jamais! Surtout sous le régime qui est le nôtre. Le roi Charles X tient essentiellement à effacer de la vie des Français tout ce qui peut rappeler les excès de la Révolution. Il se veut pleinement le Roi Très Chrétien, gardien intangible des mœurs, de la famille, de la dignité et du bon ton. C'est assez amusant quand on se souvient de ce que fut jadis l'aimable comte d'Artois, l'enfant terrible, le polisson de Versailles, mais le règne change toutes choses. Puis-je vous demander où vous comptiez aller en quittant Lauzargues? Vous vouliez rentrer à Paris?

– Non. Je sais trop que l'on ne veut pas, aux Tuileries, m'y revoir. J'espérais pouvoir aller à Clermont, chez Mme de Mirefleur, cette tante à qui ma mère était si attachée...

– Et qui l'a aidée à épouser votre père. Le choix était bon d'ailleurs. Mais étiez-vous certaine d'être accueillie?

– Pourquoi pas si elle aimait ma mère? On dit que je lui ressemble...

Sans mot dire, Dauphine repoussa son métier, se leva et quitta la chambre pour y rentrer un instant plus tard tenant à la main une lettre encadrée de noir qu'elle tendit à Hortense.

– Voilà pourquoi je suis certaine que vous n'auriez pas été accueillie, mon enfant. Votre tante de Mirefleur s'est éteinte il y a quinze jours en Avignon. J'ai reçu ce faire-part hier matin... Oh! voilà que vous pleurez! Pourtant vous ne la connaissiez pas?...

– Vous ne pouvez pas comprendre! s'écria la jeune fille en repoussant avec colère le papier funèbre qui alla se poser sur le tapis comme un oiseau noir.

Mlle de Combert le ramassa, le glissa dans sa ceinture et vint s'asseoir sur le bord du lit. Puis elle attira Hortense contre son épaule :

– Mais si je comprends! Vous ne la connaissiez pas mais vous voyiez en elle un refuge possible, une retraite honorable devant les volontés du marquis!... A présent vous n'avez plus personne... que moi!

Hortense releva une petite figure toute brouillée de larmes.

– Vous? Mais ne me prêchiez-vous pas à l'instant l'obéissance au « chef de famille »...?

– Et je la prêche toujours parce que c'est, je crois, le meilleur moyen pour vous de retrouver une sorte de liberté, sinon totale, du moins fort appréciable.

– Je ne vois pas du tout comment.

– Aussi vais-je expliquer. Mon cousin Foulques est décidé à ce que vous deveniez l'épouse d'Étienne et il a pour ce faire l'appui entier du Roi et de la Cour.

– Comment savez-vous cela? Je n'en ai pas soufflé mot.

– Vous oubliez que nous étions ensemble à Paris. Ce

qui a dû fort vous choquer mais ce sont là de ces privilèges comme on en accorde aux vieilles filles. Et je suis une vieille fille. Un état que je ne saurais trop regretter...

– A moi, il me conviendrait tout à fait!

– Ne dites pas de sottises! Vous êtes faite pour vivre une vraie vie de femme : aimer, être aimée, donner la vie, fonder peut-être une dynastie, toutes choses qui me seront toujours refusées dans ce trou perdu de campagne où j'use mon existence entre ma chatte et des tapisseries que je ne saurais léguer à personne. Songez donc que votre seule chance d'aller vivre ailleurs qu'ici, c'est d'épouser Étienne!

– Vraiment? J'aimerais savoir comment! Mon oncle veut ce mariage parce qu'il veut ma fortune. Que j'épouse Étienne et je passerai mes jours enfermée à Lauzargues à regarder, selon les saisons, tomber la neige, la pluie et les feuilles des arbres en attendant de voir tomber mes cheveux...

– Que vous épousiez Étienne et vous serez comtesse de Lauzargues, c'est-à-dire en puissance d'un mari qui n'a jamais eu deux idées à lui et sur lequel vous régnerez sans partage. Car, en outre, je crois qu'il vous aime...

– Cela m'avancera bien si c'est, en définitive, mon oncle qui règne sur nous deux!

– Mais, pauvre sotte, comprenez donc ceci : fille mineure vous n'avez aucun droit, aucun pouvoir, c'est tout juste si vous existez! Devenue comtesse de Lauzargues vous ne devrez plus de comptes qu'à votre époux qui lui-même entrera en pleine possession de ses droits. Et ni le marquis ni le Roi même n'y pourront rien! Vous serez libre d'aller vivre à Paris. Vous le devrez même pour prendre légalement possession de vos biens! Vous serez libre enfin... car c'est n'être mariée avec personne qu'être mariée à Étienne!

Emportée par son désir de convaincre et par la passion qui l'habitait, Mlle de Combert s'était laissée aller à crier, ce qui réveilla Madame Soyeuse. La chatte couva un instant sa maîtresse du regard indigné de ses yeux d'or, s'étira, bâilla en montrant l'intérieur rose de sa petite gueule puis sauta sur le lit afin d'examiner de plus près la cause du scandale. Son arrivée détendit l'atmosphère et fit sourire Hortense qui tendit la main pour caresser la tête soyeuse. La chatte la regarda d'un air méditatif puis, satisfaite sans doute de son examen, navigua sur l'édredon rose pour venir se frotter en ronronnant contre la jeune fille.

– Elle vous a adoptée, dit Mlle de Combert. C'est un privilège car elle est difficile. Ainsi, elle déteste mon cousin Foulques. Mais vous... Il est vrai que vos yeux et les siens sont de la même couleur dorée...

Elle-même se levait, allait jusqu'à la cheminée pour vérifier l'aplomb de son bonnet de dentelle puis tirait un cordon de tapisserie qui pendait tout auprès.

– Je vais demander du thé à Clémence, fit-elle avec le soupir de quelqu'un qui vient de soutenir une rude épreuve. Cela nous fera du bien à toutes les deux.

Madame Soyeuse, à présent, tournait en rond sur le lit d'Hortense, cherchant une place qui lui convînt, pour finalement se coucher presque sous son bras, scellant ainsi entre elles le pacte de sympathie...

– Vous aimez les animaux? dit Dauphine qui, de sa place, contemplait le tableau.

– Oui, je les aime. Tous! ajouta Hortense qui songeait à Luern, le grand loup fidèle.

– Ils sont la consolation pour celles qui n'auront jamais la joie de bercer un enfant. Mais essayez d'imaginer, Hortense, qu'à la place de Madame Soyeuse, il y ait un bébé, tout contre vous. Pour ce bonheur, croyez-moi, je serais passée avec joie sous toutes les fourches caudines de tous les marquis de Lauzargues passés, présents et à venir! L'obéissance peut vous paraître rude mais, quand il s'agit de filles telles que vous, elle peut être source de grandes joies, de revanches même. Songez à la puissance que vous donnerait un fils! L'anneau serait refermé! L'enfant serait Lauzargues et il serait vous, plus qu'aucun amant ne saurait jamais l'être! Oh, mon enfant, réfléchissez! Écoutez-moi! Ne refusez pas que l'on plante pour vous un genévrier devant le château!

– Un genévrier?

– C'est la coutume au jour des épousailles! C'est pourquoi il y a beaucoup de genévriers dans nos montagnes. Il symbolise l'arbre qui doit sortir du nouveau couple et étendre ses branches sur la terre...

Clémence arrivant avec le plateau du thé interrompit sa maîtresse qui, jugeant peut-être qu'elle en avait assez dit, se contenta d'un sourire en portant sa tasse à Hortense. Celle-ci d'ailleurs se sentait un peu à bout d'arguments. Elle avait trop de bon sens pour ne pas sentir tout ce qu'il y avait de sagesse dans les paroles de sa cousine. Une sagesse qui n'était pas la sienne mais qui eût été peut-être celle de sa mère si elle n'avait rencontré un jour un jeune banquier parisien... C'est-à-dire un homme capable d'assumer la vie et l'avenir de celle qu'il aimait. Toutes choses dont le maître des loups, le solitaire de la combe perdue, était incapable. Pourtant, si démuni qu'il fût, avec quelle joie Hortense ne l'eût-elle pas suivi jusqu'au bout de la terre, jusqu'au fond de la misère peut-être car elle était à l'âge où la raison ne va pas plus loin que le bout du cœur. Mais Jean de la Nuit ne voulait pas l'emmener sur ces chemins-là. Peut-être parce qu'il ne l'aimait pas assez? Ou peut-être parce qu'il l'aimait trop?...

Jusqu'à la nuit tombée, Hortense resta en compagnie de ses pensées et de Madame Soyeuse dont elle caressait de temps en temps la douce fourrure...

Le lendemain matin, après sa toilette, Mlle de Combert et Clémence descendirent Hortense au salon. Une chaise longue l'y attendait avec un renfort d'oreillers et de coussins qui la rendait aussi confortable qu'un bon lit mais préservait davantage sa dignité. En effet, Hortense n'aimait pas l'idée de recevoir le marquis de Lauzargues du fond d'un lit. Un entretien avec lui ne pouvait être qu'un affrontement dans l'état actuel des choses et la jeune fille voulait pouvoir se lever et quitter les lieux, même en clopinant, si les choses tournaient à l'aigre. Et puis elle était ainsi de plain-pied avec le jardin dont seules trois hautes fenêtres la séparaient, et elle éprouvait une sorte de réconfort à voir s'épanouir les massifs de campanules bleues. Ce n'était pas un terrain favorable pour les rudesses du maître de Lauzargues qu'un jardin de vieille fille au charme désuet. Encore que le terme de vieille fille s'appliquât plutôt mal à Mlle de Combert. Son salon d'ailleurs prolongeait le jardin avec la floraison de roses qui s'épanouissaient, brodée au petit point, sur les gracieux fauteuils « à la reine », les deux canapés et la chaise-longue.

– J'aime les fleurs! assurait la maîtresse du logis, et son aiguille habile en avait semé partout jusque sur les embrasses qui retenaient les grands rideaux de toile vert pâle. C'était Dauphine encore qui en avait disposé dans les deux vases de naïve faïence qui ornaient la cheminée où brûlait un odorant feu de sapin. Tout cela composait pour Hortense un cadre dans lequel elle se sentait bien. Son pied ne la faisait plus souffrir et son corps reposé se mouvait à l'aise dans la robe de velours vert que lui avait prêtée son hôtesse.

On attendait le marquis pour le déjeuner mais, vers la fin de la matinée, ce fut François Devès qui entra, les bras chargés d'une brassée de lilas.

– Ce sont ceux du fond du jardin, ceux qui sentent si bon, expliqua-t-il à Dauphine qui lui reprochait de ne pas avoir porté d'abord sa cueillette à la cuisine. J'ai pensé que Mademoiselle aimerait à en respirer le parfum tout frais...

– Que c'est gentil! s'écria Hortense en tendant les mains vers la grosse gerbe mauve...

– Quel enfantillage! protesta Mlle de Combert. Vous les respirerez aussi bien quand ils seront dans les vases. Allons porter cela à Clémence, François! En même temps je verrai où en est le déjeuner. Le marquis ne va plus guère tarder!

Elle enlevait les fleurs mais Hortense avait déjà caché sous la couverture posée sur ses jambes le billet que François lui avait glissé en lui donnant les lilas.

Aussitôt seule, elle le déplia et sentit une onde de joie l'envahir parce que Jean l'avait signé. Mais les quelques lignes qu'il contenait amenèrent immédiatement l'angoisse.

« Votre mariage est chose décidée. Il ne vous servirait à rien de résister. Vous ne feriez qu'aggraver le danger qui vous menace, vous et votre cousin. Votre seule chance est de gagner du temps. Acceptez de vous marier mais posez deux conditions : être mariée par le vieil abbé Queyrol, et dans la chapelle condamnée. Croyez-en, je vous en supplie, celui qui se veut pour toujours votre tout dévoué JEAN... »

Navrée, Hortense relut deux fois le court billet, trouvant tout de même à cette relecture une sorte de réconfort. Il y avait le plaisir sensuel de toucher ce papier, ces lignes tracées par Jean, mais il y avait surtout la certitude de la protection qu'il essayait d'étendre sur elle. Il veillait, il cherchait à la défendre autant qu'il lui était possible. Peut-être même préparait-il déjà cette fuite qu'il lui avait promise? Et dans ce cas il avait raison : le temps était l'arme la plus précieuse qu'ils pussent trouver contre la volonté conjuguée du Roi et du châtelain de Lauzargues...

Aussi, quand le marquis apparut, quelques minutes plus tard, Hortense avait-elle repris à la fois courage et sérénité. Le billet glissé contre sa gorge était là pour lui donner confiance...

Ayant à présent une suffisante expérience du caractère de sa nièce et de ses foucades, M. de Lauzargues se garda bien d'apparaître sous les apparences d'un ange exterminateur venu demander des comptes. Il vint, au contraire, armé de ce sourire, de ce charme qui lui étaient propres. Et, s'il reprocha quelque chose, ce fut seulement l'imprudence commise en se lançant dans une promenade à la tombée du jour et dans une contrée dont Hortense ne connaissait encore ni le climat ni les pièges.

En présent de paix, il apportait même deux livres pour distraire l'éclopée. Ces ouvrages, *Ourika* et *Édouard,* avaient connu quatre ans plus tôt un succès mondain mais à l'occasion de la mort de leur auteur, – la duchesse de Duras – en janvier dernier, on venait de les rééditer à grand tirage et ils faisaient fureur à Paris. La duchesse n'était pas une inconnue pour Hortense qui en avait beaucoup entendu parler dans le salon de sa mère. Fille de l'amiral de Kersaint, elle était l'une de ces fières Bretonnes qui entendent ne suivre, en toutes choses, que leur cœur, leur conscience et leur sens de la grandeur. Ainsi, au mépris des salons, elle avait été la seule, après Waterloo, à accueillir chez elle des bonapartistes et leurs épouses. Pas ceux qui s'étaient ralliés aux Bourbons dès le départ de l'Empereur pour l'île d'Elbe, mais les autres, les vrais, ceux dont la fidélité ne s'était jamais démentie. Aussi Hortense éprouva-t-elle un vif plaisir à recevoir des ouvrages dont elle avait entendu vanter les mérites mais qu'elle n'avait pas eu l'autorisation de lire car ils évoquaient l'amour entre gens de couleurs différentes. Elle n'en demeura pas moins sur la défensive, en vertu de certain proverbe latin qui veut que l'on craigne les Grecs même porteurs de présents. Il lui était, en effet, impossible d'avoir la moindre confiance en son oncle.

On n'eut guère le temps de parler d'avenir car l'heure du déjeuner était arrivée et l'on passa à table. Et comme Mlle de Combert ne tolérait pas que l'on débattît d'affaires de famille pendant les repas, la conversation roula sur les derniers événements mondains de Paris, que

Dauphine avait quitté bien avant son cousin. Celui-ci, avec beaucoup de verve d'ailleurs, raconta les grandes souffrances d'ambition de M. de Chateaubriand depuis que ses espoirs de prendre le portefeuille des Affaires étrangères dans le ministère Martignac avaient été déçus, et comment il assiégeait la toujours belle Mme Récamier pour qu'elle obtînt du duc de Laval qu'il abandonnât le palais Farnèse à Rome au profit d'un homme décidé à devenir ambassadeur de France. Le tout sur un ton vif, agréable et spirituel, qui amusa Hortense tout en lui montrant une autre facette du caractère de son oncle : celle d'un grand seigneur tel qu'on le concevait à Trianon dans l'entourage charmant et frivole de la reine Marie-Antoinette.

Ce fut seulement quand on revint au salon où le café était servi et que Hortense eut repris place dans sa chaise-longue que l'atmosphère changea brusquement. Un silence s'installa que n'expliquait pas seulement la dégustation de l'odorant breuvage. Pour sa part, Mlle de Combert avala le contenu de sa tasse sans le moindre souci d'élégance puis quitta la pièce en marmottant quelques paroles auxquelles personne ne prêta attention mais qui devaient constituer une excuse. Hortense et le marquis demeurèrent seuls, face à face...

Il y eut un nouveau silence qui parut à la jeune fille interminable. Elle se sentait lasse à présent, de tant de paroles prononcées en vain, et souhaitait que l'on en vînt aux choses sérieuses, mais le marquis ne se pressait pas. Tout en dégustant une seconde tasse de café, il observait sa nièce par-dessus le bord de la tasse. Enfin, n'ayant sans doute plus rien à espérer d'une tasse vide ni d'une cafetière qui l'était autant, il reposa l'objet sur la table et se carra dans son fauteuil :

– L'autre soir, commença-t-il doucement, je me suis laissé emporter plus qu'il ne convenait et je tiens à vous en demander excuse. La fatigue de ce long voyage sans doute... Je ne suis plus jeune, hélas, et ce sont de ces choses où l'on mesure le temps qui passe. En conséquence, j'aimerais que nous reprenions, sur un mode plus paisible, l'entretien que j'ai laissé se terminer si mal...

– Pourquoi le reprendre ? Il me semble, à moi, que nous nous sommes tout dit... Il faut me pardonner, mon oncle, si je vous blesse en quoi que ce soit, mais je ne peux dire autre chose que ce que je pense. Et ce que je pense est simple : je ne désire pas me marier. Pas encore, tout au moins...

– Je l'ai bien compris. Mais c'est à vous, à présent, de comprendre : quand le Roi donne un ordre, personne n'a le droit de refuser, ni même de différer son obéissance. Et le Roi a ordonné.

– Que j'épouse mon cousin?

– N'avez-vous pas lu, comme moi-même, l'expression de sa volonté? Ce mariage est chose décidée en trop haut lieu pour que vous ayez la moindre possibilité de le refuser.

– En avez-vous parlé à Étienne?

– Certes. Et pour être tout à fait franc, je vous avouerai qu'il a, lui aussi, opposé une résistance à laquelle d'ailleurs je m'attendais. Mais... j'ai su trouver les arguments susceptibles de le convaincre et, à présent, il est tout à fait disposé à faire de vous sa femme...

– Quels arguments?

Le marquis se leva et fit quelques pas dans la pièce, trouvant ainsi une attitude qui lui permettait de dominer la jeune fille à demi étendue :

– Vous n'avez pas à le savoir. Entre un père et son fils, il est des terrains d'entente qui vous demeurent tout à fait étrangers. Il me reste, à présent, à vous convaincre, vous!...

– Je crains que ce ne soit moins facile.

Un instant, M. de Lauzargues arrêta sa lente promenade et considéra sa nièce avec un demi-sourire où entrait une forte proportion d'ironie :

– Ne vous y trompez pas, ma chère Hortense. C'est une grande concession à votre délicatesse féminine que je fais en cherchant ces arguments propres à adoucir l'expression d'une royale volonté mais...

– Mais?...

– Mais ils ne sont pas absolument indispensables à la suite de cette affaire.

– Ce qui veut dire... que vous êtes disposé à passer outre ma volonté?

Le ton montait. Les fers étaient engagés mais, en fait, Hortense combattait pour l'honneur et par amour-propre puisqu'elle savait ce combat perdu d'avance. En effet, le sourire du marquis s'accentuait tandis que sa voix redevenait étonnamment douce, aimable, presque joyeuse :

– Le terme « disposé » est impropre, mon enfant. Je

suis, en fait, décidé à accomplir exactement ce que le Roi attend de moi. Je me rends dès demain à Saint-Flour pour y rencontrer le maire et l'évêque. Votre mariage aura lieu à la Saint-Jean dans la cathédrale. Nous recevrons ensuite dans l'ancien hôtel de Lauzargues qui appartient à un mien cousin mais qu'il nous prêtera pour donner à cette circonstance un éclat plus grand qu'il n'aurait au château.

– Je croyais que vous vouliez donner un bal chez vous? fit Hortense acerbe.

– Le bal aura lieu... mais dans notre ancienne demeure. Le château ne pourrait jamais être en état dans deux mois...

Le visage du marquis rayonnait d'orgueil, à présent. Il anticipait visiblement les fastes dont il entendait éblouir la capitale cantalienne. Après des décennies d'obscurité volontaire, presque de misère, les Lauzargues allaient reparaître, superbement, sur la scène du monde...

Un instant, Hortense le contempla, amusée et apitoyée tout à la fois par cet éclat soudain d'un homme miraculeusement touché par la fortune. Puis sa voix calme et claire tomba sur cet enthousiasme comme le couperet du bourreau, le tranchant net :

– Si vous tenez à ce mariage, mon oncle, vous m'éviterez ce genre de cérémonie.

– Que voulez-vous dire?

– Que j'accepte d'épouser Étienne puisque apparemment il n'y a pas moyen de faire autrement mais je ne veux pas me donner en spectacle à Saint-Flour. Pour être plus claire, je mets deux conditions à mon consentement.

Le marquis eut un haut-le-corps.

– Des conditions? Je ne vois vraiment pas comment vous pourriez en poser. Ou bien vous acceptez ou bien vous refusez. Mais je ne vois pas...

– Oh, vous allez voir! Si vous voulez que je devienne comtesse de Lauzargues, ce sera dans la chapelle du château, en présence de tous les gens du château et du village comme cela s'est toujours fait dans nos familles. Je veux être mariée dans la chapelle de Saint-Christophe parce que ce sera une grande joie pour les gens du pays de retrouver le chemin d'un sanctuaire qu'ils regrettent... et parce qu'au moins, il y aura ce jour-là beaucoup de gens heureux à défaut de moi. Quant à ma seconde condition...

– Quelle folie! coupa le marquis. Je vous ai déjà dit l'état déplorable de ce bâtiment et...

– Cela m'est égal. Ne resterait-il qu'un pan de mur derrière l'autel que je m'en contenterais. D'ailleurs, à la Saint-Jean, l'été est là. Il fait chaud... Et s'il y a des travaux à faire j'écrirai à Paris pour avoir les fonds. Comprenez-moi bien, mon oncle! Ma mère s'est mariée loin de chez elle. Si vous voulez que je considère vraiment Lauzargues comme ma maison, je veux m'y marier!...

Raidi dans une colère qu'il n'osait pas exprimer tant le désir d'Hortense semblait naturel, le marquis ressemblait à une statue de la réprobation. Désireuse de détendre un peu l'atmosphère, Hortense se permit un sourire :

– Mademoiselle de Combert m'a appris qu'il était d'usage, lors d'un mariage, de planter un genévrier devant la maison de la mariée. Il me paraît difficile d'en planter un devant la cathédrale de Saint-Flour...

Mais le marquis refusait de sourire :

– J'aimerais entendre à présent votre seconde condition...

– Elle découle un peu de la première. Depuis que je suis ici, j'ai beaucoup entendu vanter les mérites de l'abbé Queyrol...

– Ce petit prêtre de rien du tout? Ce gamin?...

– Vous ne m'entendez pas. Je parle de votre ancien chapelain, le vieil abbé Queyrol...

Cette fois, la colère flamba dans les yeux glacés du maître de Lauzargues. Une colère à laquelle – Hortense l'aurait juré – se mêlait quelque chose qui ressemblait à de la peur... Mais il se contenta de répondre sèchement.

– Vous demandez l'impossible. L'abbé Queyrol est beaucoup trop âgé. On ne saurait le déplacer...

– Je souhaiterais tout de même qu'on le lui demande. S'il refuse... nous verrons!

– Et si moi, je refuse vos conditions? Si je dis, ici, que vous serez mariée comme je l'ai décidé? Si j'affirme...

– N'affirmez rien, mon oncle! Vous n'aimeriez pas, je crois, m'entendre répondre « non » quand on me demandera si je veux épouser mon cousin. La voix résonne sous les voûtes d'une cathédrale...

– Vous n'oseriez pas!

– Ne me mettez pas au défi, mon oncle! Je m'appelle aussi Napoléone...

Le retour de Mlle de Combert mit fin à une scène qui peut-être se fût éternisée. Sa présence gracieuse et souriante fit tomber chez Hortense l'excitation du combat. Mais le marquis demeurait figé sur place, raidi en face de l'insolente qui avait osé le défier. Les veines de ses tempes battaient et il était facile de deviner qu'il s'imposait une tension extrême pour ne pas éclater en invectives. Enfin son regard se détourna de la jeune fille pour se poser, avec une sorte de lassitude, sur celui de Dauphine.

– Eh bien? fit celle-ci. Vous êtes-vous mis d'accord?

– Il le faut bien! lança-t-il avec humeur. Nous planterons donc à Lauzargues le genévrier des épousailles le jour de la Saint-Jean d'été... Jusque-là, ma cousine, vous me rendrez service en gardant Hortense chez vous. Au surplus, il ne serait pas convenable qu'elle habitât sous le même toit que son fiancé...

Et, sans ajouter une parole, il sortit du salon presque en courant...

CHAPITRE IX

LA NUIT DES ÉPOUSAILLES

Le premier dimanche de mai, on célébrait à Combert les fiançailles d'Hortense Granier de Berny et d'Étienne de Lauzargues par un temps gris et froid, ce genre de temps que les jardiniers appelaient l'hiver de l'aubépine car il n'était pas rare que la floraison de cet arbuste coïncidât avec un retour de la froidure. Cela permit à Godivelle, qui avait reçu du marquis l'ordre de venir prêter à Clémence le secours de ses talents culinaires, de ronchonner que c'était bien fait parce que le joli mois de mai, voué tout entier à la virginité de Marie, mère de Dieu, n'était pas un bon mois pour les accordailles :

« Noces de mai, noces mortelles! » prédisait-elle d'une voix de pythie. Ou encore : « Gardez-vous bien d'allumer au mois de mai les flambeaux de l'hyménée, ils se changeraient en torches funèbres... »

Comme elle semblait avoir à sa disposition toute une provision de dictons aussi réjouissants, Mlle de Combert lui fit remarquer un peu sèchement qu'il s'agissait seulement de fiançailles et que les « noces » étaient pour la fin du mois de juin. Mais Godivelle tenait à son idée. Elle prétendait que c'était la même chose puisque l'anneau de fiançailles devait être béni par un prêtre et qu'il n'était plus guère possible de renier par la suite l'accord que l'on avait ainsi scellé.

Hortense savait cela et se désespérait. Quinze jours seulement s'étaient écoulés depuis son affrontement avec le marquis et l'état de son pied ne lui avait pas permis de quitter la maison. Tout ce qu'elle pouvait faire, c'était clopiner jusqu'au jardin, étayée d'un côté par Dauphine et de l'autre par Clémence. Au jardin où, pourtant, François ne cessait de s'activer : pinçant les arbres fruitiers, plantant les choux, les salades, les poireaux et les pommes de terre, semant les légumes à repiquer. Mais, en dépit de l'ardent désir qu'elle en avait, Hortense ne parvenait jamais à échanger avec lui d'autres paroles que des considérations banales sur le temps qu'il faisait ou les espoirs de récolte que donnait le jardin. Que dire d'autre entre deux gardiennes? Restait le langage des yeux et ceux de la jeune fille imploraient, suppliaient le fermier de lui donner des nouvelles de Jean quand elle était certaine qu'on ne la regardait pas. Mais à ce langage-là François ne pouvait répondre non plus.

Où était Jean, que faisait Jean? Pourquoi ne donnait-il pas signe de vie? En recevant son court billet, Hortense avait bien cru pourtant tenir l'arme qui obligerait le marquis à retarder le mariage, peut-être *sine die.* Mais il s'était résigné apparemment à faire rouvrir la chapelle Saint-Christophe, où l'on effectuait des travaux selon Pierrounet, venu deux fois apporter une lettre de son maître pour Mlle de Combert. Avait-il aussi fait la paix avec l'abbé Queyrol? Lors de son second passage, le neveu de Godivelle avait appris à Hortense que M. Garland, investi apparemment de la dignité d'ambassadeur extraordinaire, se disposait à partir pour Chaudes-Aigues afin d'y rencontrer le vieux prêtre au nom de son maître. Ce qui avait déclenché une immédiate remarque chez la jeune fille :

– Pourquoi mon oncle n'y va-t-il pas lui-même?

Question à laquelle le pauvre Pierrounet était bien incapable de répondre. Aussi Mlle de Combert s'était-elle chargée de la réponse :

– Mon cousin se défie de son caractère emporté, ainsi d'ailleurs que de celui de l'abbé... qui n'est pas commode lui non plus. En outre, au temps où il habitait Lauzargues, l'abbé, homme de science et de savoir, entretenait d'excellentes relations avec le précepteur d'Étienne dont il appréciait la culture. Ils ont le même amour de l'histoire locale et des vieilles pierres. Encore que leurs buts eussent été différents. L'abbé s'intéressait surtout aux vestiges chrétiens des anciens âges...

– Et Monsieur Garland aux anciens Lauzargues?

– Pas seulement. Il n'en parle pas, bien sûr, mais je le soupçonne depuis longtemps de chercher le légendaire trésor de son homonyme, le chef de bandes Bernard de Garlan...

– S'il y avait un trésor à Lauzargues, je suis certaine que mon oncle aurait su le trouver!

– C'est aussi mon avis. D'autant que Bernard de Garlan a occupé d'autres places fortes, mais je parierais mon plus beau jupon contre une poignée de noisettes que notre Garland y croit, lui, et dur comme fer! Quoi qu'il en soit, mon cousin Foulques ne se montre pas si maladroit en expédiant son savant. Celui-ci va tâter le terrain, le préparer et, s'il semble favorable, le marquis en personne se rendra à Chaudes-Aigues...

– Je vois. Mais vous qui savez tant de choses, ma cousine, me direz-vous enfin ce qui s'est passé entre mon oncle et son chapelain au moment de la mort de ma tante? Quel a été le sujet de leur querelle et pourquoi cette grande colère du marquis?

Mais Dauphine avait secoué ses rubans et ses dentelles :

– Non, car je ne l'ai jamais su. En dépit des liens... affectueux qui m'attachent à votre oncle, je n'ai jamais été véritablement sa confidente. Sans doute parce qu'il n'a jamais été homme à se confier à qui que ce soit...

On n'avait pas eu d'autres nouvelles. D'ailleurs, l'anneau de fiançailles devait être béni par le chanoine de Combert, l'un des rares parents qui restât à Dauphine, et qui avait annoncé sa visite. Hortense n'avait pu refuser cette satisfaction à Dauphine et à la cathédrale de Saint-Flour, au chapitre de laquelle appartenait le chanoine. Mais l'angoisse habitait son cœur car une fois la bague au doigt, elle devrait se considérer comme à demi mariée. Or, elle s'était aperçue de ce qu'une fuite était encore plus difficile de Combert que de Lauzargues. Car elle y était pratiquement gardée à vue.

Même si son pied foulé avait eu sa souplesse habituelle – et si Jean l'avait appelée elle aurait bien su l'obliger à fonctionner quelle que fût la douleur – on ne lui laissait aucune possibilité de prendre la clef des champs car elle n'était jamais seule dans la journée. Et la nuit n'était guère plus commode car la chambre d'Hortense ouvrait directement sur celle de Mlle de Combert en traversant un cabinet de toilette.

– Ma mère estimait qu'une fille devait être étroitement surveillée, expliqua celle-ci. C'est pourquoi elle avait condamné la porte du couloir. Je vous avoue que je n'ai plus songé à la faire ouvrir.

Il y avait bien une porte extérieure, en effet, mais côté couloir elle disparaissait derrière une énorme armoire à linge. Il ne fallait donc pas songer à s'enfuir de nuit, car la fenêtre n'était pas plus praticable. Elle se situait sur un angle de la maison dominant un ravin et aucune paire de draps ne serait assez longue pour en atteindre le fond...

La veille du grand jour : miracle! Hortense en se levant constata que son pied ne la faisait plus du tout souffrir et qu'elle pouvait s'y appuyer sans la moindre gêne. Elle en éprouva une telle joie qu'emportée par son premier mouvement, elle s'élançait déjà pour faire connaître la bonne nouvelle à Mlle de Combert. Mais la pensée lui vint qu'il n'était pas indispensable qu'on la sût guérie, et même qu'il pourrait lui être d'une certaine utilité qu'on la crût encore impotente.

La maison, en effet, commençait à frémir du haut en bas de cette excitation particulière aux grandes réceptions. On avait entrepris de sortir le linge des armoires pour les chambres du chanoine et de la marraine de Dauphine, la vieille comtesse de Sainte-Croix qui allait arriver le soir même de Laguiole. Les autres invités : le baron et la baronne d'Entremont et le vidame d'Aydit habitaient des manoirs peu éloignés et rentreraient chez eux en fin de journée tout comme le fiancé et son père. Les bahuts livraient, pour une dernière vaisselle de contrôle, un service de table en faïence de Marseille à grands bouquets de roses, des verres de vieux cristal et une argenterie jaunie qu'un bon passage au blanc d'Espagne et à l'huile de coude allait rendre resplendissante. Enfin, tout à l'heure Godivelle arriverait avec Pierrounet, conduite par Chapioux dans son « barot ». Son arrivée et le branle-bas de combat dont bruissait la maison allaient immanquablement détendre la surveillance dont Hortense était l'objet car, dans la cuisine, le ballet des casseroles avait commencé et Clémence avait autre chose à faire qu'escorter au jardin une lente promenade...

Après le thé, une bagarre éclata à la cuisine entre Clémence et Godivelle au sujet de la quantité de miel et d'amandes à incorporer à certain gâteau. Le bruit en pénétra les murs du salon et arracha instantanément Mlle de Combert à sa tapisserie... Pleine d'espoir, Hortense laissa passer quelques minutes puis, comme le bruit des voix allait croissant, elle se décida, prit pour la forme la canne qu'on lui avait donnée pour circuler dans la maison et, franchissant la porte-fenêtre entrouverte, descendit au jardin. Elle connaissait suffisamment Godivelle pour savoir qu'il y en avait pour un moment, surtout si Clémence avait commis l'imprudence de mettre en doute sa suprématie culinaire...

Une terrasse de gravier s'étendait au bas des quelques marches où s'ouvraient les fenêtres du rez-de-chaussée. Ensuite, le jardin plongeait en pente douce vers le rideau d'arbres derrière lequel courait la rivière. Il parut à Hortense plus beau que jamais puisqu'elle avait, pour une fois, la chance de l'aborder seule. Partout les genêts éclataient en fulgurantes fusées jaunes et la mousse blanche des aubépines couronnait chaque haie. Les lilas avaient passé fleur mais c'était au tour des giroflées d'embaumer l'air, luttant contre l'odeur de feu de bois qui venait de la maison. Mais de toute cette beauté, Hortense ne voyait rien si ce n'est, là-bas, l'éclat assourdi de l'eau à travers les branches. La rivière coulait près de la maison de Jean. La rivière ne pouvait que la mener à lui.

Elle ne réfléchissait pas, ne pensait pas, tendue vers une seule idée, une seule pensée : courir vers l'homme qu'elle aimait, se terrer avec lui sous les rochers de la montagne, mettre entre elle et la bague de fiançailles l'irréparable. Car, cet irréparable, elle savait qu'il existait. Sa mère, au jour de ses seize ans et sur l'ordre d'un père inquiet de l'épanouissement trop radieux de sa fille, l'avait mise en garde contre certains entraînements... Mais jamais entraînement ne serait plus fort que celui qui la menait vers Jean... Elle croyait déjà deviner, entre les troncs chevelus des sapins, sa puissante silhouette, progressant de son long pas silencieux à travers les taillis, sa haute taille et cette façon altière qu'il avait de porter sa tête... Le revoir !... Le retrouver !... Et puis oublier tout le reste !

L'illusion fut si forte qu'elle appela :

– Jean !... Jean ! Attendez-moi !

L'homme changea de chemin et vint dans sa direction mais quand il apparut à la lisière des arbres, Hortense ne put retenir un gémissement de déception : ce n'était que François !... Mais déjà il accourait vers elle, lui barrant le chemin :

– Demoiselle! Que faites-vous là? Comment êtes-vous seule ici? Je croyais...

– Que je ne pouvais pas encore marcher? Il faut croire que si, François! Mais là-haut, on n'en sait rien! J'ai profité d'une dispute à la cuisine pour m'enfuir!

– Mais où voulez-vous aller? Je vous ai entendue appeler Jean...

– En vous apercevant, j'ai cru que c'était lui! Oh, François, conduisez-moi chez lui! Demain, ce seront mes fiançailles! Et je ne veux pas! Je ne veux pas!...

Les larmes inondaient son visage sans qu'elle s'en rendît compte. Dans son besoin forcené de convaincre, d'obtenir ce qu'elle voulait, elle se cramponnait à la veste du fermier.

A deux mains, François saisit celles de la jeune fille, les détacha de lui mais les garda dans les siennes.

– Les fiançailles ne sont pas le mariage...

– Vous savez bien que c'est presque aussi grave! Jean avait promis de me faire fuir et il n'a rien fait...

– Vous vous trompez! Il cherche désespérément un moyen de vous arracher à tous ces gens. Nous avons passé des heures ensemble à essayer d'imaginer une solution mais vous êtes mieux gardée ici que vous ne l'avez jamais été. Mlle Dauphine veut ce mariage autant que votre oncle... et moi je me suis trompé. Je n'aurais jamais dû vous ramener ici! Il est impossible de vous en sortir...

– Mais j'en suis sortie puisque me voilà! Ne perdons plus de temps François! Bientôt on va me chercher, m'appeler! Par pitié, conduisez-moi à Jean!

– C'est impossible!

– Impossible?... Mais pourquoi?

– Il n'est pas là... Il est allé à Chaudes-Aigues. Et je ne sais pas quand il reviendra.

– Qu'est-il allé faire là-bas?

– Le vieil abbé Queyrol est mourant. Il l'a demandé.

– Mourant?... mais alors...

– Je vous en prie, Mademoiselle Hortense, ne restons pas ici! Il ne faut pas que l'on nous voie ensemble! Si demoiselle Dauphine savait que nous nous connaissons autrement que de vue, elle se méfierait de moi... et je ne pourrais plus vous servir à rien! Rentrez! Je le répète, les fiançailles ne sont pas le mariage. Quand Jean reviendra, il aura peut-être trouvé enfin la solution...

Il y eut un silence. Puis Hortense, avec un soupir, se détourna :

– Bien!... Je vais rentrer puisque vous dites que c'est mieux ainsi! Mais, je vous en prie, François, ne me laissez plus si longtemps sans nouvelles... Et quand vous verrez Jean...

Elle hésita devant les mots qui lui semblaient lourds d'un engagement aussi grand que l'éternité.

– Quand je verrai Jean?...

– Dites-lui que je l'aime...

Elle repartit, courant presque, vers la maison. Madame Soyeuse qui effectuait sa dernière promenade de la journée vint à sa rencontre et l'escorta gravement jusqu'au salon. Personne ne s'était aperçu de son absence. Mais, cette fois, elle jugea inutile de continuer la comédie et quand Mlle de Combert, le bonnet légèrement de travers, revint dans la pièce, elle trouva Hortense debout.

– Tiens? fit-elle après lui avoir jeté un coup d'œil distrait. Vous voilà debout? Et sans canne?

– Je crois que je suis guérie...

– Eh bien, voilà au moins une bonne chose! Je commençais à redouter de présenter à nos amis une fiancée impotente. La position verticale est encore ce qu'il y a de mieux pour la dignité...

La dignité? Elle habilla le lendemain à ses couleurs un peu sévères les fiançailles d'Hortense. Ce fut une sorte de solennité, mais ce ne fut pas une fête, en dépit des apparences...

Dans le salon où de grands bouquets d'iris et d'épine blanche s'efforçaient de remplacer le jardin noyé dans une brume froide et grise, Étienne, très droit et curieusement lointain dans une redingote gris souris et une haute cravate qui le grandissaient, passa au doigt d'une Hortense en robe de faille rose pâle mais aussi absente que lui-même, l'anneau de fiançailles qu'avaient porté toutes les marquises de Lauzargues depuis le XVIe siècle : une sardoine gravée aux armes qui constituait un bijou aussi peu féminin que possible. Un murmure de bon ton et des applaudissements discrets saluèrent ce geste symbolique; après quoi les futurs époux reçurent les félicitations de l'assistance. Puis l'on passa à table.

Assise auprès d'Étienne au centre de la table fleurie de muguet, Hortense avait l'impression d'assister à un spectacle beaucoup plus que d'en être la principale interprète. Tout était étrange dans cette assemblée d'inconnus venus participer à un événement capital de sa vie, à l'un de ces événements réservés en général aux plus proches, aux plus tendrement aimés. Et le regard étonné de la jeune fille se posait tour à tour sur ceux qui l'entouraient.

Le chanoine de Combert ressemblait exactement à l'idée que l'on pouvait se faire d'un chanoine. Assez petit et replet, il avait un visage rose et rond qui suggérait un esprit tolérant et un cœur généreux. Il aimait Dieu, les hommes, les fleurs et la bonne chère et, tout en portant, dans son habillement, le sceau d'une certaine austérité, c'était un homme qui irradiait la bonne humeur.

Il était très différent du vidame d'Aydit dont l'ample carrure habillée de vert bouteille avait quelque peu tendance à écraser ses voisins moins favorisés par la nature. Tout en lui était haut en couleur : la figure, qui avait fini au long des ans par opter pour un écarlate que le vidame jugeait seyant par comparaison avec ses épais favoris gris argent... et son langage qui était coloré dans le meilleur style militaire. Il n'avait plus qu'un bras, ayant perdu l'autre dans une bataille dont il avait même oublié le nom tant il en avait vu, mais s'arrangeait assez bien de celui qui lui restait. Il jugeait, en effet, offensant pour sa dignité de demander une aide quelconque. De ce fait, Mlle de Combert s'arrangeait toujours pour lui donner le couteau le mieux affûté quand elle l'invitait à sa table, ne tenant aucunement à le voir fendre en deux ses assiettes roses comme cela lui était arrivé une fois. C'était un homme courageux et un joyeux compagnon... du moins quand il avait la possibilité de se laisser aller. Ce qui n'était guère le cas ce jour-là.

La douairière de Sainte-Croix était son ennemie intime et perpétuelle. Tous deux s'étaient aimés jadis, au temps où Mlle de Sorange ressemblait à un délicat asphodèle, mais le mariage n'avait pu se faire et, avec le temps, l'amour s'était aigri comme un vin de qualité inférieure. Aussi, depuis qu'ils avaient l'un et l'autre des rides et des cheveux gris, entretenaient-ils entre eux une petite guerre qui ne laissait pas d'être réjouissante pour les autres. Telle qu'elle était à présent, la comtesse apparaissait sous les traits d'une grande femme sèche, anguleuse, avec une peau dont on ne parvenait plus à distinguer la couleur exacte sous la couche de poudre blanche et de rouge dont elle enduisait son visage à l'ancienne mode de Versailles. Mais elle gardait de grands yeux sombres étincelants qui avaient dû savoir, jadis, exprimer la passion. En chrétienne fervente, mais originale, elle s'habillait suivant le « propre du temps » aux couleurs de l'année liturgique, portant du blanc pour les jours de fête, du violet durant le Carême, du rouge aux fêtes des saints martyrs et du vert le reste du temps. Ce dimanche de mai étant proche de l'Ascension, elle croulait sous les dentelles et le velours blanc, sauvée d'une apparence de mariée un peu trop caricaturale par le fait que ses atours étaient miséricordieusement jaunis par le temps passé dans des placards.

Quant au baron et à la baronne d'Entremont, bien qu'aucun lien du sang ne les unît, ils étaient curieusement semblables comme il arrive parfois lorsque l'on a vécu longtemps ensemble : deux figurines de Meissen oubliées au coin d'un clavecin de Trianon. Ils en avaient la grâce mièvre, la fragilité et des vêtements qui demeuraient fidèles aux modes du Bien-Aimé.

Au milieu de tous ces gens, Foulques de Lauzargues, sévère mais suprêmement élégant dans un frac noir, ressemblait à l'Ange maléfique déchu pour avoir voulu porter trop de lumière. Il contrastait violemment avec son fils, si blond et si pâle, tellement semblable à une victime sur le chemin du sacrifice que Hortense en fut frappée. Depuis son arrivée, Étienne ne lui avait pas adressé dix paroles et, depuis que l'on avait pris place à table, il ne l'avait pas regardée une seule fois. Elle ne voyait de lui qu'un profil. Il ne regardait rien, ne disait rien, plus absent de cette assemblée que les portraits immobiles des Combert pendus aux murs...

Profitant de ce qu'une chamaillerie s'élevait entre le vidame et la comtesse à propos d'un incident survenu fin avril à la dernière foire de Salers, Hortense se pencha vers ce cousin qui était à présent son fiancé et murmura :

– Vous n'êtes guère causant, Étienne! Voilà près de trois semaines que nous ne nous sommes vus. N'avez-vous rien à me dire?

– Que puis-je vous dire? Nous sommes à présent fiancés. Dans un peu plus d'un mois nous serons mariés. Et nous n'avons aucun moyen d'y échapper... en dépit de ce que vous m'aviez promis...

« Ma parole, pensa Hortense, il m'en veut? C'est à moi

qu'il reproche la comédie d'aujourd'hui?... Comme si j'y pouvais quelque chose?... » Vexée, elle murmura :

– Vous me pardonnerez, j'espère, de n'avoir pas réussi à me tuer en m'enfuyant.

– Vous ne vous enfuyiez pas. Vous étiez partie faire une promenade un peu tard, voilà tout. Une fuite se prépare...

– Avec cela que vous aviez bien préparé la vôtre, vous? Moi, en tout cas, j'ai cherché à gagner du temps. J'ai posé des conditions et...

Il se tourna légèrement vers elle et gronda, avec une fureur concentrée :

– Parlons-en de vos conditions! Tout ce que vous avez réussi à obtenir c'est la mort du bon abbé Queyrol!...

– Il est mort? J'en suis navrée... mais je ne vois vraiment pas ce que j'ai à voir dans cette triste affaire...

– Je vais vous le dire...

Étienne prit un temps pour s'assurer que personne ne s'occupait d'eux puis, entre ses dents serrées, il jeta :

– Il est mort d'avoir reçu la visite de cet excellent Monsieur Garland... tout comme ma mère est morte de s'être fiée à sa science des plantes!

– Votre mère... est morte brûlée, m'a-t-on dit!

– Certes, elle a été brûlée... mais elle était déjà morte. Le feu n'a servi qu'à masquer le crime!... Et ne me regardez pas de cet air effaré! Souriez, que diable! C'est le jour de nos fiançailles! Il faut être joyeux!

Et saisissant le verre plein auquel il n'avait pas encore touché, Étienne le vida d'un seul trait puis tendit la main vers une carafe pour le remplir à nouveau. Cependant Hortense luttait contre une vague nausée qui lui venait et l'étouffait... C'était affolant d'entendre ces paroles effroyables proférées sur le fond d'une conversation mondaine ponctuée de rires et de plaisanteries. Elle se sentit incapable d'en supporter davantage et se leva, s'excusant auprès du chanoine.

– Veuillez me pardonner, je ne me sens pas très bien.

– C'est vrai que vous êtes pâle, mon enfant! Mais c'est un peu naturel. Le bonheur à son aurore est toujours une émotion... Il faut s'y habituer.

Hortense quitta la table, tenant pour se donner une contenance sa serviette devant son visage, mais elle n'était pas arrivée à la porte que Mlle de Combert la rejoignait dans un grand bruit de taffetas vert.

– Qu'avez-vous, Hortense? Vous êtes souffrante?...

La jeune fille trouva la force d'un pauvre sourire.

– Je ne suis pas bien... Le vin peut-être. Je n'y suis pas habituée. J'ai besoin d'air...

– Allez dans votre chambre. Je vous rejoindrai tout à l'heure...

– C'est bien inutile...

– Si si! J'y tiens... Je vais dire à Clémence de vous porter quelque chose de chaud...

Il n'y avait pas à en sortir. Il était apparemment impossible dans cette maison d'obtenir un instant de solitude.

Rentrée dans sa chambre, Hortense alla vers la fenêtre pour y poser son front devenu soudain très chaud, comme si la fièvre revenait. Ce faisant la bague la griffa légèrement et elle l'arracha d'un geste plein de colère, tentée de la jeter dans un coin. Mais elle se contenta de la poser sur la commode. Du même geste, elle prit un châle et s'en enveloppa, cachant ainsi la robe rose. Elle avait froid et se sentait en deuil.

Par la fenêtre elle apercevait le jardin enveloppé d'une brume fine et persistante dans laquelle aucune déchirure ne se produisait. C'était comme un linceul qui étouffait la campagne, et les couleurs des fleurs. La neige rosée qui moussait aux branches des vieux pommiers, le jaune des primevères, l'écarlate des giroflées, le bleu tendre des myosotis ne montraient plus, sous tant de grisaille, que de vagues teintes délavées, et l'on ne pouvait que deviner les arbres au fond du jardin. L'horizon montagneux avait disparu et même le grand peuplier qui, selon Hortense, indiquait la direction de la maison de Jean...

Quittant la fenêtre, elle alla s'asseoir dans un petit fauteuil, essayant de comprendre quelque chose à cette espèce de malédiction qui s'était abattue sur elle au jour de la mort de ses parents. La vie était si simple, si ordonnée, si facile au couvent de la rue de Varenne! Les fureurs du monde venaient en battre les murs sans jamais les entamer. A présent, tous les démons de la terre semblaient s'être donné rendez-vous sur le chemin d'Hortense pour la tourmenter. Et, après tant d'heures pénibles, tant de craintes, tant d'angoisses, allait-elle devoir s'habituer à l'idée de devenir la belle-fille d'un assassin?

Mais le marquis était-il réellement aussi noir que le prétendait un fils qui le haïssait? Après tout, Godivelle avait toujours dit qu'Étienne n'avait pas la tête bien solide. L'imagination jointe aux coïncidences pouvait causer bien des troubles...

Le grincement léger de sa porte lui fit lever la tête. Elle attendait Clémence. Ce fut Godivelle qui parut, surmontée d'une coiffe de dentelle qui lui donnait un air médiéval. Elle portait une tasse sur un plateau.

– Est-ce que d'aventure vous n'aimez plus ma cuisine, qu'elle vous rend malade? fit-elle d'un air soupçonneux. En voilà-t-il pas une belle? Une fiancée qui rentre dans sa chambre en plein milieu du repas?

– Ce n'est pas votre cuisine qui est cause de mon malaise, Godivelle. C'est mon mariage... Ce n'est pas possible... pas possible que j'épouse Étienne!

– Depuis la porte de la salle, j'ai bien vu qu'il vous disait des choses... qui n'avaient pas l'air de vous plaire...

– Il m'a reproché d'être cause de la mort de l'abbé Queyrol. Il m'a dit...

Elle hésita un instant devant l'énormité des mots à prononcer mais finit tout de même par les lâcher. Aussi bien, ils étaient beaucoup trop lourds à porter. Quand elle s'arrêta, elle fut effrayée par la densité du silence et par l'aspect de vieil ivoire creusé qu'avait pris le visage de Godivelle.

– Demoiselle... fit-elle au bout d'un moment. Je ne vous dirai pas si c'est vrai ou si c'est pas vrai ces horreurs que vous venez de répéter parce que... je n'en sais rien. Mais si vous voulez bien accepter le conseil d'une vieille femme qui a vu beaucoup de choses, d'une vieille femme qui a connu votre mère et l'a aimée, alors...

– Alors?

– Au lieu de chercher tous les moyens de retarder votre mariage, pressez-le au contraire. Dépêchez-vous de vous marier, même avec Étienne! C'est encore lui qui sera le mari le plus commode. Et puis allez-vous-en! Rentrez chez vous! Une fois mariée, rien ni personne, Roi ni Diable ne pourront vous empêcher de partir avec votre mari et d'aller...

– ... où bon me semblera? J'ai déjà entendu cela. Jean aussi veut que je m'en aille...

– Jean?

– Vous savez bien de qui je veux parler, Godivelle! Jean qui n'a pas de nom... et qui pourtant est le seul Lauzargues que j'aimerais épouser. Lui aussi souhaite m'éloigner.

– Parce qu'il vous aime, n'est-il pas vrai? Mais moi aussi je vous aime bien, demoiselle Hortense. Alors écoutez-moi : si vous vouliez rester ici sans en passer par les volontés de Monsieur Foulques vous ne seriez jamais heureuse... et peut-être même qu'il vous arriverait malheur. A présent buvez ça, vous vous sentirez plus en paix avec les autres et avec vous-même.

– Grâce à une tisane? fit Hortense avec un rien de dédain.

– Faut pas dire du mal des tisanes. Elles ont des vertus mystérieuses. Ça, c'est de la valériane et ça peut calmer même un fou furieux. Allez, buvez!

Une heure plus tard, Hortense, protégée par le léger nuage dans lequel elle se sentait flotter, reprenait sa place au salon. On en était au café et son retour fut salué avec chaleur par des gens qui avaient visiblement fait grand honneur au déjeuner. Seul Étienne se contenta de demander à sa fiancée si elle se sentait mieux puis se replongea dans des pensées qui semblaient plus lugubres que jamais. Agacée, Hortense cessa de s'occuper de lui.

Ce fut au moment de se séparer que le marquis prit sa nièce à part et lui dit :

– Je ne sais si l'on vous a appris la mort toute récente du vieil abbé Queyrol dont vous aviez souhaité la bénédiction au jour de votre mariage. C'est un fait navrant mais qui n'est pas étonnant si l'on tient compte de son âge. Cependant, comme vous en aviez fait l'une des conditions mises à votre consentement, je crois de mon devoir de vous demander si vous souhaitez en formuler une autre?...

Le ton – celui d'un grand seigneur – était d'une parfaite courtoisie. Hortense n'y pouvait rien reprendre bien que les paroles terribles d'Étienne résonnassent encore à ses oreilles. L'accusation de meurtre était formelle mais, avancée sans l'ombre d'une preuve, il était impossible d'en faire état. D'autant qu'il pouvait s'agir d'une coïncidence vite exploitée par la haine d'Étienne. N'avait-il pas été jusqu'à reprocher à Hortense d'avoir demandé le vieux prêtre et d'avoir ainsi causé sa mort?... Sans répondre, la jeune fille se détourna, chercha son fiancé des yeux et le vit à quelques pas, causant avec la douairière de Sainte-Croix.

– Étienne, dit-elle, votre père m'apprend la mort de l'ancien chapelain de Lauzargues dont j'aurais aimé qu'il vînt bénir notre mariage. A son défaut, j'aimerais que Monsieur le Chanoine de Combert, ici présent, le remplace. Y verriez-vous un inconvénient?

Le jeune homme lui dédia un regard glacé, indéchiffrable, qui signait pour la première fois aux yeux d'Hortense sa ressemblance avec le marquis, puis s'inclina avec quelque raideur :

– C'est à lui, ma chère, qu'il faut demander s'il accepte ce redoutable honneur. Personnellement, j'en serais heureux si c'est là votre souhait.

Hortense revint au marquis :

– Vous avez entendu, mon oncle? Je crois que nous sommes du même avis...

– En ce cas, je vais parler au chanoine...

Quelques minutes plus tard, debout sur le perron entre Dauphine et Mme de Sainte-Croix, Hortense assistait au départ de ceux des invités qui ne restaient pas à Combert : les Entremont, le vidame d'Aydit et les gens de Lauzargues. Avant de monter en voiture, Étienne avait gratifié sa fiancée d'un baiser si froid qu'il lui avait attiré une remarque acerbe de la douairière :

– Voilà qui augure bien mal de la nuit de noces! déclara-t-elle du haut de son face-à-main. Vit-on jamais fiancé aussi guindé? Cette chère enfant possède pourtant assez de grâce pour mériter plus d'enthousiasme!

– Étienne a toujours été un garçon timide et renfermé, plaida le chanoine. Mais c'est un Lauzargues! Soyez certaine qu'il saura s'en souvenir en temps utile!

En regardant s'éloigner la voiture que conduisait Jérôme dans son meilleur habit, Hortense pensait qu'un fiancé enthousiaste l'aurait gênée plus que réjouie. Étienne avait d'ailleurs disparu de son esprit plus vite encore que la voiture et c'était à Jean que retournaient irrésistiblement ses pensées et ses vœux. Jean qui, très certainement, rentrerait bientôt, puisque son vieil ami avait cessé de vivre...

Mais les jours passèrent. Jean de la Nuit ne revenait pas...

A mesure qu'ils coulaient vers la date fatidique du mariage, inexorables comme l'eau des montagnes à la fonte des neiges, un pli se creusait au front d'Hortense. Et le même pli se creusait, plus profondément encore, à celui de François qui, presque chaque jour, à présent, traversait la rivière pour grimper jusqu'à un rocher d'où l'on pouvait apercevoir le toit de la maison du meneur de loups. Un toit dont la cheminée ne fumait pas... La porte elle non plus ne s'ouvrit pas lorsque, par trois fois, le fermier fit le trajet pour tenter de rapporter quelque nouvelle à Hortense. Pas de traces non plus de Luern, le grand loup dont Jean ne se séparait jamais. L'homme et la bête semblaient avoir disparu et François ne cachait pas son inquiétude, ce matin où Hortense vint le rejoindre dans le potager où il était occupé à butter les pommes de terre...

– Disparaître comme voilà, ça ne lui ressemble pas! Et puis il vous aime trop pour vous abandonner à votre sort sans mot dire...

– Vous craignez quelque chose, François?

– Oui, je l'avoue! Les choses s'arrangent de si étrange façon depuis quelque temps... Voyez plutôt : sur le conseil de Jean, vous demandez que l'abbé Queyrol bénisse votre mariage mais l'abbé Queyrol meurt subitement, alors qu'entre nous il était taillé pour vivre encore un bout de temps. Avant de mourir, il appelle Jean à son chevet et Jean disparaît...

– Vous voulez dire... qu'il pourrait lui être arrivé quelque chose? Ne pourriez-vous aller à Chaudes-Aigues?

– J'y suis allé, la semaine passée. On l'y a vu, en effet. On l'a même vu repartir. Depuis, plus personne ne peut dire ce qu'il est devenu...

– Et Luern, son loup? Était-il avec lui?

– Non, bien sûr. Quand revient le printemps, Jean le laisse toujours rejoindre les siens pour un moment. Il est leur roi... Il se doit à son peuple...

– Vous en parlez comme s'il s'agissait d'animaux habituels? Les paysans d'ici n'ont-ils pas peur des loups?

– Tant que Luern les mènera et que Jean mènera Luern, ils n'ont rien à craindre sur le canton... Le jour où un accident arrivera... cela signifiera que Jean a disparu... pour toujours! Jusqu'à présent, rien n'est arrivé et j'espère que cela durera!... Mais, voyez-vous, je n'aime pas que Jean et son loup se séparent. La bête est son meilleur gardien.

– Mais enfin quel genre... d'accident craignez-vous? Qui pourrait s'attaquer à Jean?

François ne répondit pas tout de suite. Il semblait hésiter à formuler sa pensée mais comme Hortense insistait il se décida :

– Les tours de Lauzargues portent des ombres funestes, demoiselle. Surtout pour ceux qui osent se mettre à la traverse des volontés du maître...

Hortense haussa les épaules :

– Le marquis ne peut pas tout savoir. Et quelle raison aurait-il de s'en prendre à votre ami aujourd'hui plus qu'hier? Peut-être vaut-il mieux ne pas le faire plus noir qu'il n'est? Il ignorait certainement l'appel de l'abbé Queyrol. Et vous feriez mieux de me dire le fond de votre pensée, François...

– Mais je viens de vous le dire!

– Non. Vous avez de l'amitié pour Jean et, à cause de ma mère, vous en avez pour moi. Alors vous ne voulez pas me faire de peine et vous refusez sciemment de voir les choses en face!... Je vais vous dire ce que vous pensez : Jean s'est éloigné volontairement. Jean se cache pour ne pas avoir à tenir la promesse qu'il m'a faite. Le risque est trop grand...

– Vous ne pensez pas ça!

– Oh si je le pense! Et vous aussi! Il m'aime, oui, mais j'ai apporté dans sa vie trop de bouleversement! Et il ne sait pas quoi faire de moi! C'est ça la vérité!

Elle avait élevé la voix sans s'en rendre compte et des larmes montaient à ses yeux. Inquiet de ce bouleversement soudain, de cette colère désespérée qu'il sentait monter, François voulut l'apaiser :

– Prenez garde, demoiselle! On va vous entendre... vous voir peut-être...

– Sûrement! Comme si vous ne saviez pas qu'à l'une des fenêtres de cette maison, il y a quelqu'un qui nous observe, quelqu'un qui me rappellerait sous un prétexte ou sous un autre si je faisais seulement mine d'échapper à sa vue. Voulez-vous que j'essaie?

– Non, je vous crois mais, pour l'amour de Dieu, reprenez-vous! Je vous jure que je crois Jean incapable de renoncer quand il a promis quelque chose. Mais il a bien peu de pouvoir ici-bas et...

Hortense n'écoutait plus. Tournant brusquement le dos au fermier, elle repartait en courant vers la maison, s'efforçant de ravaler ses larmes, persuadée qu'elle n'avait plus de secours à attendre de quiconque. Tous ces gens, après tout, n'étaient que des paysans et aucun, même pas l'homme au loup, n'avait assez de courage pour se faire son champion. Aucun n'avait envie de s'engager dans le dangereux chemin qu'elle représentait parce qu'en dépit des révolutions et des guerres, elle était toujours la demoiselle du château et eux les vassaux de ce même château...

Au-dessus d'elle le ciel s'étendait immense et bleu. La brise de la montagne, portant les odeurs d'herbe fraîche et de sapin vif, faisait voltiger ses cheveux blonds et autour d'elle c'était l'immensité sereine d'un paysage sans limites... pourtant Hortense se sentait prisonnière et mieux gardée que par des grilles et des verrous. Ses geôliers ne portaient point de clef mais détenaient la puissance car ils étaient la crainte, les préjugés, l'égoïsme et l'indifférence. L'amour de Jean n'était qu'un feu de paille, sans doute vite éteint, et ne laissant que cendres impalpables aisément dispersées au vent des jours qui passent...

Rentrée dans sa chambre, Hortense refusa ce soir-là d'en sortir sous le prétexte d'une migraine. La seule idée d'entretenir une conversation lui faisait horreur et elle voulait être seule avec elle-même. Peut-être pour essayer de voir clair dans un cœur auquel il lui était impossible de comprendre quelque chose. Les cris de passion qu'il poussait se laissaient parfois étouffer sous le poids de la raison. Elle aimait un homme qui l'aimait aussi – du moins, elle le croyait encore – mais qui ne voulait pas d'elle et n'entendait pas lui sacrifier une existence, sans grandeur peut-être, mais à quoi il tenait. D'ailleurs, si elle regardait de plus près le tissu dont était fait son propre amour, elle s'étonnait de n'y point voir les fils solides de la confiance...

Assise dans un fauteuil devant la fenêtre ouverte sur le ciel superbement étoilé, Hortense resta éveillée toute la nuit, écoutant les bruits de la campagne endormie, guettant peut-être au loin l'appel d'un loup qu'elle eût traduit comme une réponse. Elle n'entendit que les cris d'un matou venu prier d'amour Madame Soyeuse et, du coup, referma sa fenêtre avec colère. Puis, sans transition, se remit à pleurer...

L'amour courait la montagne en cette fin de printemps si douce. C'était le temps des promesses tenues, des premiers épanouissements du cœur. Dans quelques jours, garçons et filles se prendraient par la main pour franchir ensemble, par couples accordés, les branchages enflammés de la Saint-Jean. Dans la légèreté du bond accompli ensemble ils verraient le présage d'un accord pour les années à venir, et durant longemps ils garderaient le souvenir de cette nuit d'été où leurs cœurs se seraient envolés ensemble pour la première fois. Mais Hortense se savait, dès à présent, exclue de la fête du renouveau et de l'amour car ce jour de la Saint-Jean verrait forger la chaîne qui l'attacherait pour toujours à Lauzargues.

Pelotonnée dans son fauteuil comme un chat malade, elle écouta, durant des heures, les pulsations de ses rêves à l'agonie. Mais l'espérance a la vie dure et cela s'éternisait... Ce fut seulement quand la montagne devint mauve et le ciel rose que la jeune fille, épuisée, s'endormit sur une dernière pensée navrante : tout à l'heure, Marie Mercier, la couturière à la journée que se repassaient les châteaux, viendrait procéder au premier essayage de sa robe de mariée. Une robe dont elle savait déjà qu'elle lui déplairait parce que le marquis l'avait commandée et parce que c'était Étienne qui la lui enlèverait...

Satin blanc et dentelles mousseuses, la robe pourtant était très belle et parait d'irréalité la beauté d'Hortense quand, au bras du marquis, elle pénétra dans la chapelle Saint-Christophe au soir de la Saint-Jean. Mais tant de blancheur s'accordait trop bien avec un petit visage pâli où les nuits sans sommeil avaient laissé leur trace. Et quand, descendant du château où le contrat venait d'être signé, elle avait traversé la foule accourue pour l'événement, plus d'une main avait esquissé un rapide et discret signe de croix tant la jeune fille ressemblait à ces fiancées de contes fantastiques réveillées de l'éternel sommeil par la magie d'un démon pour la damnation d'un vivant. Elle-même, d'ailleurs, ne savait plus très bien si elle vivait réellement l'instant redouté ou si ce n'était qu'un cauchemar de plus...

Suivant les traditions de l'ancienne Cour, le mariage avait lieu la nuit, à la lumière des torches que portaient les villageois et des dizaines de cierges qui brasillaient dans la chapelle contre un véritable mur de fleurs. On avait dépouillé de leurs parures blanches tous les jardins d'alentour, autant pour fêter la réouverture d'un sanctuaire très aimé qu'en l'honneur d'une mariée à qui l'on savait gré de l'avoir demandée. Et une véritable vague de roses neigeuses, de phlox blancs et de pivoines à peine rosées montait à l'assaut de la vieille voûte, de l'autel de pierre et de la statue du saint patron des voyageurs que l'on avait nettoyée et repeinte pour la circonstance.

De tout cela Hortense ne voyait rien, sinon la mince silhouette noire d'Étienne qui l'attendait, debout au fond de cette grotte embaumée. D'Étienne qu'elle n'aimait pas, qui ne l'aimait pas et à qui cependant elle allait dans un instant jurer amour, obéissance et fidélité pour la vie... Et elle n'éprouvait même pas de joie en pénétrant dans cette chapelle qui l'avait tant intriguée...

A présent, elle était seule auprès d'Étienne. Le marquis avait lâché sa main, reculé dans la masse indistincte des invités. Le chanoine de Combert, vêtu d'une chasuble blanche fleurie comme une prairie de mai, descendait gravement vers le couple, flanqué de deux enfants de chœur. C'était l'instant crucial, celui qui décidait d'une vie...

L'espèce d'engourdissement qui tenait Hortense prisonnière depuis que, ce matin, elle était arrivée à Lauzargues, se dissipa brusquement, laissant place à la panique. Vivement, elle tourna la tête, fouillant l'assistance de son regard éperdu, cherchant une silhouette dont elle savait bien, cependant, qu'elle ne la verrait pas. Jean n'était pas là. Jean l'avait oubliée, abandonnée... Oh, s'il avait pu paraître, à cet instant, avec quel bonheur elle eût tourné le dos à cet autel fleuri, à ce fiancé indifférent et hostile pour courir vers lui sans le moindre souci du scandale ou de ses conséquences... Mais, derrière elle, tous ces visages étaient inconnus, tous semblables à ses yeux que brouillaient les larmes. Des taches blanches sans signification, sans relief... des étrangers, des gens venus là comme au spectacle, sans imaginer un seul instant ce qu'elle endurait à cette minute suprême. L'eussent-ils imaginé d'ailleurs que cela n'aurait rien changé. Ils n'étaient pas là pour l'aider mais pour voir...

La voix du chanoine lui parvint comme du fond d'un puits... Elle posait à Étienne la question rituelle et un vague espoir souleva Hortense. S'il allait dire « non »? S'il allait oser être un homme et rejeter pour eux deux toute cette comédie? Elle attendit, le cœur arrêté dans le silence qui venait de tomber. Un silence qui se prolongeait, qui peut-être...

– Oui, dit Étienne.

Et le ciel se referma.

– Et vous, Hortense, reprenait le chanoine, acceptez-vous de prendre pour époux Étienne ici présent pour l'aimer...

Le ronron de la formule sacramentelle à nouveau. Et à nouveau la tentation du scandale. Les mots tombaient l'un après l'autre. Encore un... et puis un autre mot... Et soudain Hortense sut qu'enfin une réponse lui était donnée, une réponse qu'elle aurait dû entendre dès le matin quand on lui avait remis, à son arrivée, une lettre de Mère Madeleine-Sophie, la première qu'elle eût reçue depuis longtemps, en réponse à ses appels au secours. « Il faut faire la volonté de Dieu. C'est seulement en faisant cette volonté que l'on peut trouver la paix de l'âme, surtout si cela paraît difficile ou même cruel. De divines consolations attendent ceux qui se réfugient dans l'Obéissance... »

Cette lettre, contrairement au but recherché, l'avait exaspérée. L'obéissance! La volonté de Dieu! La volonté du Roi! La volonté du marquis! N'était-ce pas trop demander à un être que de se soumettre à tant de volontés? Mais à présent, au pied de cet autel où, une fois encore, on lui demandait l'obéissance, elle découvrait sa propre volonté, celle à qui elle entendait plier toutes les autres en se servant des seules armes qu'on lui laissât : la soumission apparente, l'hypocrisie même pour atteindre enfin un but digne d'elle : le droit de diriger sa vie comme elle l'entendrait. Et puisque l'amour lui était refusé, au moins elle aurait la liberté! A quelque prix que ce fût!

Elle eut conscience, soudain, du silence qui l'enveloppait. Un silence plein d'attente, avec cette qualité particulière que donnent les respirations retenues. Le chanoine avait fini de poser sa question fatidique. A présent, il lui fallait une réponse... Alors, redressant fièrement la tête, Hortense lui sourit avec une grande gentillesse :

– Oui, dit-elle seulement.

Le soupir de soulagement du prêtre aurait pu éteindre les cierges, et ce fut d'une voix triomphante qu'il déclara le jeune couple uni par les liens du mariage avant de les courber sous sa bénédiction.

Il eût été bien surpris s'il avait pu lire les pensées qui occupaient l'esprit de la blonde mariée tandis qu'il remontait à l'autel pour célébrer la messe. Agenouillée sur le coussin de velours rouge qui tenait lieu de prie-Dieu, Hortense, les yeux baissés sur le bouquet de roses entouré de dentelle qui occupait ses mains, commençait à échafauder des plans dont le plus immédiat était son départ de Lauzargues en compagnie d'Étienne, désormais son époux. Si tout ce qu'on lui avait dit était exact et, surtout, s'il demeurait quelques vestiges du pouvoir qu'elle avait eu un moment sur son cousin, elle devait le convaincre sans trop de peine de partir pour Paris avec elle. Le plus vite possible, bien sûr! Et pourquoi pas demain?...

La messe achevée, ce fut une main calme qu'elle posa sur le bras d'Étienne pour sortir de la chapelle. Leur apparition sous le petit porche déchaîna une longue acclamation. Tout le village voisin, tous ceux des environs étaient là, prêts à fêter l'événement qui mettait fin à la longue solitude de Lauzargues. Ce fut aussi le signal de l'embrasement des feux. On en avait préparé quatre entre le château et la chapelle et ils s'enflammèrent à la même seconde tandis que les joueurs de vielle et de cabrette entamaient la première ronde...

Pour la première fois, Étienne regarda sa femme.

– Les réjouissances ne commenceront que lorsque nous aurons ouvert le bal. Venez-vous?

Pour toute réponse, elle releva sur son bras la traîne qui la suivait comme une vague d'écume et lui tendit l'autre main. Tous deux alors s'élancèrent et prirent la tête d'une farandole qui, sur un rythme entraînant, se mit à serpenter entre les feux en attendant que les flammes fussent moins hautes. Puis, soudain, Étienne s'arrêta :

– Nous allons sauter, dit-il. Puis, sans attendre la réponse d'Hortense, il glissa son bras autour de sa taille et voulut l'entraîner quand surgit le marquis :

– Vous ne prétendez pas sauter maintenant, j'espère?

– Pourquoi pas?

– Ce serait de la folie. Les flammes sont encore trop hautes et la dentelle s'enflamme facilement!

Le visage d'Étienne se convulsa sous une poussée de haine dont il ne fut pas maître :

– Vous voilà bien averti, il me semble, de la facilité qu'ont les dentelles à prendre feu? C'est à ma mère que vous devez cette connaissance?

Épouvantée, Hortense regarda tour à tour les deux

hommes si différents dans leur aspect physique mais si semblables à cette minute dans leur hostilité réciproque. Ils se haïssaient si fort qu'ils en venaient à se ressembler... Un instant, elle crut que le marquis allait frapper son fils. Mais Foulques de Lauzargues avait trop de maîtrise de lui-même pour se laisser aller à un geste public sous lequel se fussent écroulées la fête et cette popularité toute nouvelle qu'il en tirait.

– Ce n'est, dit-il froidement, ni l'heure ni l'endroit de régler nos différends familiaux! Vous êtes fou et je le sais depuis longtemps mais tâchez, au moins ce soir, de vous comporter comme un être normal. Nous reparlerons de cela plus tard...

Le temps d'un éclair, Hortense imagina ce que seraient les jours qui allaient venir et pensa que le moment était venu de mettre son projet à exécution.

– Mon oncle, commença-t-elle.

Mais, tout de suite, il la reprit :

– Il vous faudra désormais m'appeler père. N'oubliez pas que vous êtes à présent ma fille...

Elle ne s'y attendait pas et le mot, sur le coup, lui parut impossible à prononcer mais, peu désireuse de le blesser, elle s'en tira avec une échappatoire et un sourire d'excuse :

– C'est vrai mais il faut me laisser le temps de m'habituer. Je voulais seulement vous dire que je souhaitais partir pour Paris le plus tôt possible. Avec Étienne, bien entendu. Puisqu'il est à présent mon époux, il est temps, je crois, de le présenter au conseil de la banque. Je suis fort étonnée d'ailleurs de n'avoir pas vu ici le fondé de pouvoirs de mon père, M. Vernet...

– M. Vernet n'appartient plus à la banque Granier. J'aurais dû vous faire savoir qu'un nouvel administrateur avait été nommé par le Roi. Rassurez-vous, ajouta-t-il en voyant le geste de protestation qu'elle esquissait, il s'agit d'un ancien ami de feu votre père : le prince de San Severo, un ancien bonapartiste, très lié d'ailleurs à la famille d'Orléans.

– On aurait pu, en effet, m'en avertir. J'ai beaucoup d'estime pour M. Vernet et il n'en devient que plus urgent pour moi d'aller, avec mon époux, m'occuper de mes affaires.

Le rire du marquis sonna désagréablement.

– Avec votre époux? Ma chère, il est bien incapable de

vous être de quelque utilité dans une affaire de cette importance. Quant à vous rendre à Paris... rien ne presse. Par contre, il est temps, je crois, de vous faire connaître la raison profonde pour laquelle je vous ai obligée à ce mariage qui ne vous plaît guère. Je veux un héritier pour Lauzargues et vous y resterez tous les deux jusqu'à ce qu'il soit né. Après, je vous laisserai entièrement libres de vous rendre où bon vous semblera.

Et comme Hortense, le souffle coupé, partagée entre la déception et la colère, le regardait sans rien dire, il se mit à rire de nouveau :

– Allons! Je ne vous demande somme toute que quelques mois! Vous voulez des enfants, j'imagine? Eh bien, plus tôt vous me donnerez un petit-fils, plus tôt vous reverrez Paris. Je ne saurais trop, mon cher Étienne, vous conseiller de le mettre en chantier cette nuit même. Les enfants conçus dans la joie sont toujours fort réussis! J'espère seulement que vous savez les faire!

Étienne était devenu blême, si pâle même que Hortense alarmée le crut sur le point de s'abattre à ses pieds. Il vacillait, en effet, comme un jeune arbre dans la tempête et elle tendit instinctivement la main pour le retenir. Mais brusquement, il se détourna et partit en courant en direction du château.

– Comment pouvez-vous le traiter ainsi? s'écria Hortense indignée. Votre propre fils!

– Il y a des jours où je doute qu'il le soit réellement, ce benêt! Quant à vous, je vous trouve bien bonne de prendre sa défense. Sans mon intervention, il se serait jeté dans le feu avec vous...

– Vous n'imaginez pas une chose pareille? Il faudrait qu'il soit fou.

– Mais je vous ai dit qu'il l'était; croyez-moi, il était tout à fait capable de vous entraîner dans une mort horrible... rien que pour me contrarier. Allons, oubliez tout cela et venez planter votre genévrier. Tout est déjà préparé et je vois notre cousine qui approche avec nos amis... Mais il va falloir vous exécuter seule.

Armée d'une petite pelle, Mlle de Combert venait en effet chercher la mariée. Un arbrisseau attendait à quelques pas de l'entrée du château auprès d'un trou préparé pour lui par Pierrounet qui se tenait prêt à offrir son concours à l'inexpérience. Mais Hortense avait hâte, à présent, d'en avoir fini avec les cérémonies. D'une main décidée, elle prit la plante, l'installa dans le trou et rabattit la terre autour comme si elle n'avait fait que cela toute sa vie tandis que l'assistance éclatait en applaudissements. Ceci fait, elle jeta sur la terre le contenu d'un pot d'eau puis, saisissant le verre de vin que lui tendait le marquis en lui proposant de boire à la santé des Lauzargues à venir, elle le vida d'un trait sous des acclamations redoublées.

– Elle a planté le genévrier seule et elle a bu comme un homme, traduisit Godivelle qui, en cette circonstance jouait le rôle de la prophétesse locale. Les fils qui sortiront d'elle seront des gaillards qui feront honneur au pays !

– Tu as raison, Godivelle, renchérit le marquis dont le visage rayonnait d'orgueil dans la lumière dansante des torches et des brasiers. Buvons à la nouvelle comtesse de Lauzargues et à tous les Lauzargues à venir !

Ce fut le vrai signal de la fête. Des tables et des buffets avaient été disposés entre le château et la chapelle avec une série de tonneaux. Des jambons entiers, des pâtés de porc, des beignets au fromage, des brioches aux grattons, des rissoles et des quiches voisinaient avec le « pounti » et les saucissons de montagne, les tartes à tous les fruits de saison avec les pâtes de fruits, les confitures, les « pompes » et les clafoutis. Entre deux danses et deux sauts par-dessus les feux dont les flammes avaient baissé suffisamment pour n'être plus dangereuses, jeunes et vieux venaient s'y restaurer et boire à la santé des nouveaux mariés, de saint Jean et de saint Christophe...

La tête d'Hortense lui tournait un peu parce que, le premier verre de vin lui ayant paru réconfortant, elle l'avait fait suivre de deux autres. Il fallait au moins ça pour oublier la nouvelle déception qu'elle venait de subir : rester au château jusqu'à la naissance d'un enfant. Y aurait-il un jour une limite quelconque aux exigences du marquis ? Celle-là, en tout cas, lui semblait insurmontable. Un enfant, selon l'idée qu'elle s'en faisait, ne pouvait naître que d'un geste d'amour. Or, elle n'aimait pas Étienne et, depuis tout à l'heure, l'idée lui était venue qu'Étienne la haïssait peut-être autant qu'il détestait son père. Le geste qu'il avait eu pour l'entraîner dans le feu avait-il été irréfléchi ou réellement homicide ? Le marquis semblait penser que, peut-être, il avait voulu mourir avec sa jeune femme mais il est plus facile d'enflammer une robe légère qu'un habit de drap... Hortense était-elle seule condamnée?...

Sur le conseil de Dauphine, inquiète de lui voir des yeux troubles, elle grignota une part de tarte et sentit s'atténuer les effets du vin. Elle gardait d'ailleurs l'esprit assez clair pour savoir que bientôt, dans un instant peut-être, on allait la conduire à la chambre qui avait été la sienne pour y rejoindre son mari. Et qu'elle n'attendait aucune joie de cette intimité...

Un espoir pourtant : Étienne avait disparu en courant tout à l'heure. Peut-être ne reviendrait-il pas cette nuit? Peut-être allait-elle pouvoir dormir seule? C'eût été, ce soir, la meilleure des nouvelles...

Mais il était écrit qu'aucun de ses espoirs ne se réaliserait en dépit des croyances qui veulent que, durant la nuit de la Saint-Jean, les désirs ont toutes chances d'être exaucés. Hortense était en train de répondre aux félicitations du petit abbé Queyrol et d'un groupe de notables du village quand Dauphine, escortée de Godivelle armée d'un flambeau et de plusieurs dames, vint la chercher pour la conduire à sa chambre.

– Si tôt? protesta Hortense. N'ai-je donc pas le droit de danser à mes noces?

– Votre beau-père pense qu'il vaut mieux que vous rejoigniez Étienne. Il a eu assez de mal à remettre la main dessus et, pour l'instant, il le tient sous son regard tandis qu'on le prépare pour la nuit!

La jeune fille ne put retenir une grimace qui n'échappa pas à la douairière de Sainte-Croix.

– Un époux après lequel il faut courir et qu'il faut tenir à l'œil, une femme qui préférerait danser que rejoindre son époux? Me direz-vous encore, Dauphine, que les génies de l'Amour président à ces épousailles?

– Je vous assure que demain matin tout ira pour le mieux! Ces enfants sont faits pour s'entendre!

Pour sa part Hortense en doutait fortement. Il semblait ne rien rester de l'espèce de tendresse complice qui, un temps, l'avait liée à son cousin. Depuis le jour de leurs fiançailles il la traitait en ennemie. Et tout à l'heure encore... Au souvenir de ce qui aurait pu se passer, elle frissonna tandis qu'on la menait vers sa chambre transformée. Le damas bleu en faisait une pièce plus confortable, plus élégante surtout, bien que les meubles fussent demeurés les mêmes à quelques exceptions près. Mais Hortense n'était pas certaine de la préférer. Les tentures vertes qui avaient abrité les rêves de sa mère lui étaient plus chères qu'elle ne le pensait... Même avec les bouquets de fleurs qui l'encombraient cette chambre lui paraissait à présent étrangère. Elle était celle de cette inconnue : la comtesse de Lauzargues...

Un moment plus tard, vêtue d'une ample chemise de nuit de batiste finement plissée, ses cheveux soigneusement brossés étendus sur son dos, elle s'installait dans le lit que l'on venait d'ouvrir pour elle. Il était superbement paré, ce lit, mais les draps de lin trop neufs, et surtout les larges dentelles qui en ornaient le rabat et entouraient les oreillers, le rendaient peu confortable et même presque hostile. Autour d'elle, les dames bavardaient, s'extasiant sur l'éclat de sa peau et la blondeur si lumineuse de ses cheveux. Tout à l'heure Dauphine lui avait même chuchoté les quelques paroles en forme de conseils qu'une jeune fille se doit d'entendre au soir de ses noces. Et Hortense devinait, chez ces femmes, les frémissements d'excitation dus à ce qu'elles pensaient devoir être l'approche de l'amour. Elles en assumaient les préparatifs avec un soin quasi dévotieux. Elles se voulaient les prêtresses du plus ancien des cultes mais Hortense, si elle s'abandonnait passivement à leurs mains presque caressantes, n'éprouvait ni émotion ni attente. Elle sentait son corps aussi froid que son cœur et savait gré à Godivelle d'un silence où elle croyait deviner un accord avec son propre état d'âme. La vieille femme s'était contentée de préparer le lit avec exactement les mêmes gestes que ceux de chaque soir. Pour elle, ce lit n'était pas un autel. C'était un lit et rien d'autre!

Le babil des dames cessa au moment où le marquis entra dans la chambre remorquant Étienne dont le manque d'entrain eût été évident même pour un aveugle. Visiblement, la main du marquis guidait la marche du jeune homme dont elle tenait fermement le bras, presque sous l'aisselle. Cette double apparition stupéfia Hortense qui n'avait jamais imaginé semblable cérémonial à la mode de Versailles pour le soir de ses noces. Et pas davantage qu'Étienne apparaîtrait drapé dans une robe de chambre de soie amarante brodée de perroquets bleus et rouges perchés sur de petits arbres verts qui, elle aussi, sentait furieusement le siècle passé.

Foulques de Lauzargues amena son prisonnier jusqu'au pied du lit et s'y arrêta un instant pour contempler le spectacle charmant qu'offrait cette mariée blonde, rougissante et gênée sous le regard hardi qui détaillait son visage et glissait le long de son cou jusqu'à sa gorge et ses épaules à demi découvertes. Mlle de Combert s'aperçut de la gêne d'Hortense :

– Allons, mon cousin, laissons ces enfants! Nous ne les avons que trop envahis jusqu'à présent...

– Vous avez raison, Dauphine, dit le marquis avec un soupir. Mais, si vous le permettez, je dirai que j'envie mon fils à cet instant! La mariée... est réellement bien belle!

Il alla jusqu'à une petite table fleurie de roses sur laquelle on avait disposé une collation de fruits, de gâteaux et de vin, s'en versa un verre puis revenant vers le lit le leva très haut, allumant un énorme rubis dans la profondeur cristalline du verre :

– Je bois à vous, comtesse de Lauzargues! Je bois à l'amour que vous allez connaître et qui vous fera femme! Je bois à l'enfant, à tous les enfants qui naîtront de vous!

Il vida le verre d'un trait puis, d'un geste inattendu, l'envoya se briser contre le marbre de la cheminée avant de quitter la chambre presque en courant. Les femmes suivirent immédiatement. La porte se referma sur la dernière robe de soie. Et la chambre ne fut plus éclairée que par la bougie de cire vierge qui brûlait sur la table de chevet.

Hortense et Étienne se retrouvèrent seuls, face à face : elle assise dans son lit, lui debout au pied de ce même lit, ne trouvant rien à se dire. Mais Hortense sentit tout à coup une sorte de pitié se glisser en elle. Étienne semblait affreusement las. Ses yeux débordaient d'une tristesse infinie que rendait plus poignante sa robe bariolée. Il contemplait celle qui était à présent sa femme avec un mélange d'horreur et de désespoir...

Au bout d'un moment, il eut un geste désolé, tourna les talons et alla s'asseoir près de la cheminée où le feu flambait toujours. Instantanément, Hortense fut debout. Elle enfila un saut-de-lit assorti à sa chemise de nuit, glissa ses pieds dans ses pantoufles et alla verser, à son tour, un verre de vin qu'elle apporta à cet étrange époux :

– Buvez, Étienne! J'ai l'impression que vous en avez grand besoin!

Il regarda le vin sans le prendre.

– Je n'ai besoin de rien... que de paix! Je voudrais qu'on me laisse tranquille! Je voudrais...

Il s'arrachait aux bras du fauteuil et s'élançait à travers la chambre, butant et trébuchant sur d'invisibles obstacles, l'absurde robe de chambre aux perroquets bleus claquant autour de lui comme le drapeau d'un fou. Hortense reposa le verre et le rejoignit au moment où il s'abattait, sanglotant, sur le lit, en proie à une violente crise de nerfs. La tension qu'il avait subie durant toutes ces semaines l'abandonnait brusquement, le laissant à ses seules forces. Ce qui était peu de chose...

Ne sachant trop quoi faire, Hortense pensa qu'il valait peut-être mieux le laisser pleurer mais les sanglots tournaient presque aux convulsions. Étienne se tordait sur la courtepointe de damas bleu, gémissant, balbutiant des mots sans suite. La jeune fille eut peur qu'on ne l'entendît, que le marquis ne vînt avec ses manières rudes achever la déroute du malheureux... Elle chercha autour d'elle, avisa par la porte entrouverte du cabinet de toilette le grand pot d'eau froide, courut y tremper une serviette et revint l'appliquer sur la tête d'Étienne.

L'eau venait du puits de la cuisine. Elle était très fraîche et à son contact, deux fois renouvelé, Étienne petit à petit se calma... Quand il se redressa, trempé comme une soupe, Hortense entreprit de le sécher. Il se laissait faire comme un enfant, sans rien dire, levant de temps en temps sur elle ses yeux bleus encore noyés de grosses larmes qui roulaient continuellement sur ses joues. Finalement, il but un peu de vin.

– Merci, soupira-t-il... Vous semblez très douée pour soigner les malades. Vous feriez sans doute une excellente épouse, une meilleure mère encore...

– Mais je suis votre épouse, dit-elle doucement. Et si Dieu nous aide, j'espère aussi être mère...

– Pas par moi, en tout cas. Vous êtes désormais Madame de Lauzargues mais vous ne serez jamais ma femme telle que l'on doit l'être.

– Pourquoi? Est-ce que... vous me détestez tellement? Avant mon accident, nous étions amis pourtant? Vous aviez confiance en moi et je crois même qu'une certaine affection nous unissait. Mais à présent vous semblez me détester. On dirait que vous m'en voulez!

– Je ne vous déteste pas... bien au contraire. Mais il est vrai que je vous en veux.

– Pourquoi?

– Parce que vous m'avez trahi... trompé! Vous aviez promis de tout faire pour vous éloigner. Vous aviez dit que vous vous opposeriez de toutes les façons aux volontés de mon père... Et vous n'avez même pas lutté!

– Vous n'êtes pas juste. Je n'ai pas eu de chance, voilà la vérité. J'ai voulu fuir et vous savez ce qu'il en est advenu. J'avais l'espoir de chercher refuge chez notre grand-tante de Mirefleur et j'ai appris sa mort en Avignon. Il m'aurait fallu du temps, de l'aide. Où aller sans compromettre quelqu'un? Que pouvais-je faire contre la volonté du Roi? Vous-même, Étienne, pourquoi avez-vous accepté ce mariage? Vous pouviez refuser.

Étienne garda le silence un instant. Il avait quitté le lit pour se rapprocher du feu. Debout devant l'âtre, il tendait ses mains pâles qui semblaient fragiles sortant des manches trop larges du vêtement. Ses yeux fouillaient les flammes comme s'il leur demandait une aide, peut-être une réponse...

– Parce que, si je n'avais pas accepté, vous seriez morte! Il... m'avait menacé de vous tuer si je ne consentais pas à vous donner notre nom.

– Me tuer? Mais c'est absurde? C'était renoncer à tous ses projets. Cela ne tient pas debout!

– Croyez-vous? Il préfère de beaucoup, bien sûr, la légalité. En outre, votre mort donnerait libre cours à des questions, à des curiosités. C'est un risque non négligeable en dépit de cette effarante protection royale dont je ne sais trop d'où elle est venue à un homme qui n'a jamais quitté ce trou! Mais, si vous aviez disparu, cela ne changeait rien à ce qu'il veut. N'est-il pas votre seul héritier?

Hortense ouvrit la bouche mais aucun son ne sortit de ses lèvres, comme si elle se trouvait tout à coup transportée au cœur d'un cauchemar. Une horreur sans nom l'envahissait, paralysait ses nerfs et jusqu'à sa respiration. Au bord de la suffocation, elle se laissa tomber dans un fauteuil, cherchant l'air. Et ce fut au tour d'Étienne de lui porter secours.

Craignant qu'elle ne s'évanouît, il lui tapa dans les mains, chercha sur la table de chevet le flacon de sels d'ammoniaque déposé là par la précaution de Mlle de Combert et le promena sous les narines d'Hortense qui revint à elle en éternuant. Le regard dont elle dévisagea son cousin était si égaré qu'il ne put s'empêcher de sourire.

– Mais non, je ne suis pas fou, Hortense! Tout ce que je vous ai dit est vrai! Mon père est un assassin. Il a tué ma mère pour s'emparer d'un misérable héritage qu'elle refusait de lui remettre, prétendant le garder pour moi. Pour moi qu'il exècre! Il a tué l'abbé Queyrol qui lui avait refusé l'absolution et l'avait frappé d'anathème après la mort de ma mère! Et s'il n'avait pas résidé ici sans interruption à la Noël dernière, j'aurais été persuadé qu'il avait aussi assassiné vos parents! Cette fortune qui était celle de votre père, sachez qu'elle le rend fou depuis des années! Il en rêve! Il la veut! Et il balayera tout ce qui tentera de s'y opposer!

Le silence accablé de la chambre contrastait violemment avec les chants, les cris de joie, les échos de la musique, toute cette joie paysanne qui enveloppait le château, masquant son cœur sinistre et le drame qui s'y jouait... Toute cette joie autour de deux enfants malheureux!...

– Eh bien, dit Hortense au bout d'un moment, il ne lui reste plus qu'à me tuer, à présent! Puis vous ensuite puisque, selon la loi, vous êtes désormais le maître de mes biens!

– Il n'est pas stupide. Ce serait trop dangereux parce que c'est trop tôt... Les gens qui, à Paris, surveillent vos intérêts seraient peut-être difficiles à faire taire. A présent, nous sommes mariés et il croit tenir la victoire. Il lui suffit d'un peu de patience... Jusqu'à ce qu'il tienne enfin l'héritier dont il pourra être fier, l'enfant dont il sera le maître... Voilà pourquoi vous ne serez jamais ma femme autrement que de nom!

– Que voulez-vous dire?

– C'est clair, je crois! Nous vivrons côte à côte comme gens mariés mais rien de plus! Il n'aura jamais cet enfant qu'il adore d'avance... qui lui ressemblerait peut-être! Un enfant qu'il faudrait baptiser Foulques, comme lui! Comprenez donc, Hortense, que je me refuse à procréer ce qui pourrait être un nouveau monstre à son image! Nous serons, vous et moi, les derniers des Lauzargues!... Mais il ne le saura pas! Il attendra, jour après jour, mois après mois, année après année, l'annonce bienheureuse! Il guettera votre taille, espérant à chaque moment la voir s'épaissir! Et moi, je vais être heureux au moins pendant quelque temps. Je vais...

– Vous ne craignez pas qu'il ne se lasse d'attendre? fit Hortense froidement.

La question coupa net la fièvre qui s'emparait d'Étienne.

– Que pourrait-il faire? lança-t-il avec acrimonie. Vous violer? Vous faire lui-même cet enfant comme il en avait envie tout à l'heure en vous regardant?

– Taisez-vous Étienne, vous êtes fou!

– Fou? Mais non... J'ai entendu des bruits, vous savez, des chuchotements. Je sais qu'il aimait sa sœur d'un amour hors nature... et vous lui ressemblez tellement! Ah comme il aurait aimé vous épouser lui-même! Quelle revanche! Quel triomphe sur la trahison d'autrefois!...

– Je vous ai déjà dit de vous taire!

Les mains aux oreilles, Hortense fuyait vers la fenêtre. C'était trop d'horreur pour ce soir, trop de sanie remuée dont il lui semblait que la puanteur emplissait la chambre. Elle avait besoin de respirer. Et l'air de cette nuit de juin était merveilleusement doux et parfumé. Toute la forêt montait vers elle avec l'odeur du pin brûlé. C'était comme si toutes les plantes des bois et des campagnes, ces plantes bienfaisantes que les rebouteux, les vieilles femmes et les sorciers allaient cueillir au cœur de cette nuit de la Saint-Jean faite pour les sortilèges heureux, se rassemblaient pour lui offrir leur senteur apaisante...

Derrière elle, Étienne ne disait plus rien. Affalé dans un fauteuil, il s'était emparé du flacon de vin et le vidait méthodiquement, verre après verre, sans que Hortense eût le courage de l'arrêter. L'ivresse, quand elle viendrait – et elle ne pouvait y manquer – lui procurerait au moins l'oubli du sommeil et lui offrirait, à elle, cet instant de solitude dont elle avait tant besoin pour réfléchir.

Qu'allait-elle faire de ce garçon faible et entêté dont il était impossible de savoir comment il réagirait? A Paris tout eût été facile mais ici, enfermés côte à côte entre ces murailles, ajoutant jour après jour à leurs légendes sinistres le poids de la haine et des angoisses? Partir! C'était pour elle la seule issue possible à une vie bloquée, sans joie aucune puisque Jean, le seul être qui l'attachât à cette terre si dure, avait disparu...

Était-ce parce qu'elle pensait tellement à lui? Elle crut le voir passer là-bas, vers la lisière des bois, venant de la chapelle et se dirigeant du côté de la rivière. Le cœur d'Hortense manqua un battement. Elle crut à un éblouissement : elle avait tellement souhaité le voir enfin paraître!... Il marchait la tête baissée – lui qui savait si bien la porter avec arrogance – et allait lentement. Mais son long pas silencieux, glissé, assez semblable à celui de ses loups, était inimitable. Ce fut à cela surtout qu'elle le reconnut car, soudain, elle fut certaine de ne pas rêver. C'était Jean, c'était bien Jean qui passait là, si près... si loin!

Elle ne fut pas maîtresse de son impulsion. Oubliant Étienne, qui d'ailleurs s'endormait, elle s'élança hors de la chambre, descendit l'escalier en courant, jaillit hors du château comme une flamme blanche, bousculant Godivelle qui de sa place favorite regardait les invités danser et festoyer. La surprise lui coupa la parole mais déjà Hortense, peu désireuse d'être arrêtée, questionnée ou suivie lui lançait par-dessus son épaule :

– J'ai besoin de respirer un peu! Je reviens!

Déjà l'arrondi d'une tour l'avait escamotée. Là-bas la silhouette de Jean était encore un peu visible, juste à la lisière du bois. Il suivait le chemin qui menait à la grotte et Hortense se retint de l'appeler pour ne pas attirer l'attention. Simplement elle força l'allure, rassemblant dans ses mains, pour mieux courir, les flots de batiste neigeuse qui l'enveloppaient. La nuit était claire et douce, étoilée comme le diadème d'une reine et l'herbe, sous les pas d'Hortense, était fraîche et moelleuse comme un tapis magique. Jean avait disparu à présent, avalé par le rideau d'arbres, mais Hortense allait vers lui aussi sûrement que si un lien invisible la reliait au solitaire. Elle atteignit la rivière, aperçut l'homme enfin au moment où il allait dépasser la grotte et Luern qui l'attendait, couché sur le chemin. Il caressa les oreilles du fauve puis, tirant de sa poche un sifflet, il lança un appel, un seul mais si puissant qu'il parut résonner jusqu'au bout de l'horizon. Un hurlement répondit venu de l'est, puis un autre venu du sud et un autre encore. Hortense comprit que les loups se donnaient rendez-vous et allaient venir à l'appel du meneur. Et comme Jean se remettait en marche, elle l'appela, terrifiée à l'idée qu'un fauve pouvait arriver derrière elle.

Jean s'arrêta. Il parut hésiter un instant mais elle cria plus fort encore :

– Jean!... Jean, attendez-moi!...

Il la regarda venir, forme blanche et vaporeuse volant presque au ras du sentier dont la pente l'entraînait toujours plus vite. Il étendit les bras pour l'arrêter, la saisit au passage alors qu'emportée par sa course elle allait droit à la rivière, et la maintint fermement contre lui.

– J'ai cru un instant que vous étiez un fantôme, ou un elfe. Mais je préfère ne pas risquer de vous voir vous envoler par-dessus le torrent.

Il l'écartait déjà de lui, avec une grande douceur mais elle s'accrocha de toutes ses forces à ses épaules pour qu'il fût obligé de rester sous son regard.

– Pourquoi? s'écria-t-elle. Pourquoi est-ce que je vous revois seulement cette nuit?...

– Parce que j'ai juré de ne pas vous revoir avant que vous ne soyez mariée...

– A qui? A qui avez-vous juré ça?

– A un vieillard mourant! A un homme qui savait comment et pour quoi il mourait.

– A... l'abbé Queyrol?

– Oui. Il m'a fait chercher quand il a compris que le marquis l'avait fait tuer. Et de la plus lâche des façons : avec un gâteau confectionné par Godivelle et que Garland lui a porté.

– Vous voulez dire que Godivelle est une empoisonneuse? fit Hortense scandalisée.

– Bien sûr que non. Elle a fait un certain gâteau dont le vieil homme était friand. Mais, entre le four de sa cuisine et la chambre de Chaudes-Aigues il y a suffisamment de distance pour qu'il soit possible d'y ajouter quelque chose... L'abbé m'a ouvert les yeux sur bien des mystères. Et d'abord qu'il n'y avait de salut pour vous que dans ce mariage. Et moi, je n'ai pas supporté l'idée qu'il pouvait vous arriver quelque chose...

– Et l'idée qu'on me traîne dans le même lit qu'Étienne, vous pouvez la supporter celle-là? Vous pouviez au moins me raconter cela au lieu de me laisser me morfondre loin de vous, sans nouvelles de vous. Est-ce que vous ne saviez pas que j'étais prête à fuir, avec vous n'importe où, au fond de n'importe quelle forêt, dans n'importe quelle tanière de loups?... Mais loin d'ici, loin de cet homme qui n'en veut qu'à ma fortune...

Il essaya encore de la détacher de lui mais ne réussit qu'à la rapprocher...

– Vous ne supporteriez pas ce genre de vie. Vous êtes une vraie demoiselle, fine et douce, faite pour la soie, le velours, les dentelles, pour la vie protégée d'une belle demeure. Et moi je ne supporterais pas de voir la misère vous détruire, vous abîmer... Vous êtes si belle! Tout à l'heure, dans la chapelle je vous regardais...

– Ce n'est pas vrai! Vous n'y étiez pas. Je l'aurais senti. Je vous cherchais tellement...

– Pourtant j'y étais. Au-dessus de l'autel, dans le clocher d'où je pouvais tout voir. Mais je ne voyais que vous. Vous étiez belle comme ces portraits d'anges que l'on voit dans certaines églises.

– Taisez-vous! Mais taisez-vous donc! Vous ne savez rien de moi, vous n'avez rien compris! Je vous aime, Jean, je n'aime que vous. Je n'ai besoin que de vous! Et pas de satin et pas de vie douce et pas de belle demeure! Vous, rien que vous! Oh Jean, pourquoi m'avez-vous abandonnée?

Il avait cessé de lutter contre elle et elle en avait profité pour se glisser entre ses bras, la tête nichée contre son épaule, lui imposant le parfum de ses cheveux que, d'une main timide, hésitante, il se mit à caresser doucement.

– Je ne vous ai pas abandonnée, Hortense. Au contraire, je suis revenu pour veiller sur vous. Mais il faut comprendre qu'on ne peut toujours réaliser ses rêves... Je ne suis qu'un pauvre hère...

– Vous êtes l'homme que j'aime!

– Je ne suis qu'un sauvage...

– Vous êtes l'homme que j'aime!

– Qu'un homme sans avenir... et même sans passé puisque je n'ai pas de père.

– Vous êtes l'homme que j'aime... Jean, Jean, n'avez-vous donc pas compris que nous sommes, de tout temps, destinés l'un à l'autre? Ma mère m'a dit, un jour, que chacun d'entre nous a, quelque part dans le monde, un être qui lui correspond, qui le complète et qui lui est destiné. Pour moi, vous êtes celui-là. Et je crois bien que je l'ai senti dès notre première rencontre, dans les bois, au milieu des loups. Vous vous souvenez?

– Oui. Nous étions seuls, alors, au milieu d'eux. Comme ce soir. Regardez!

Un cercle de loups les entourait, en effet. Oreilles droites et yeux luisants, ils ressemblaient, autour du rocher où Luern, assumant son rôle de chef était assis, au conseil muet de quelque prince.

– C'est vrai, dit Hortense. Tout est presque comme cette première nuit. Moins le froid, pourtant, et la neige... et la peur que j'avais.

– Et le fait que vous êtes à présent l'épouse d'Étienne de Lauzargues...

– Non! Je ne suis pas son épouse... et ne le serai jamais.

– Comment cela? Il est vrai qu'il est étrange de vous rencontrer ici, alors que cette nuit est celle de vos noces. Que fait donc cet imbécile?

Hortense perçut, avec joie, la note de colère et de jalousie qui vibrait dans la voix de Jean.

– Il dort! Il dort après avoir trop bu de vin! Jean... cette nuit est la nôtre. C'est vous dont je veux être la femme! C'est à vous que je veux appartenir.

Elle s'était dressée sur la pointe des pieds pour atteindre ses lèvres et, c'était tout contre elles que sa bouche chuchotait les mots brûlants.

– On a voulu que je sois une dame de Lauzargues mais vous en êtes un vous aussi. Faites de moi votre épouse, Jean... Je veux être à vous, je veux être à vous de tout mon corps comme je le suis déjà de toute mon âme...

Au prix d'un effort surhumain, il réussit cette fois à l'arracher de lui, à la rejeter. Elle perdit l'équilibre et tomba dans l'herbe douce.

– Rentrez chez vous Hortense! Ne me tentez pas! Ne déchaînez pas le démon qui est en moi et qui vous appelle!... Ne me tentez pas! Vous n'avez pas le droit.

– J'ai tous les droits puisque j'ai ceux de l'amour. Et je veux vous tenter jusqu'à ce que vous cédiez...

D'un mouvement plein de grâce elle se relevait, dénouait le ruban qui retenait le léger peignoir de batiste et de dentelles. Il glissa sur l'herbe, s'y étala comme la corolle d'une rose blanche. La voix de la jeune fille se fit infiniment douce et caressante :

– Et vous allez céder, Jean de la Nuit... A moins de vous enfuir, vous allez venir à moi...

Un autre ruban que l'on dénoue, un autre nuage qui

glisse et s'abat... Le cœur arrêté, Jean vit devant lui une mince statue de chair que la lumière des étoiles gainait d'argent. Une statue qui tendait les bras et qui venait à lui lentement, sortant de la mer d'herbes neuves comme Vénus hors des flots. Il essaya de fermer les yeux, de rejeter l'image tentatrice mais il était déjà au-delà de toute raison...

Il étendit les mains et, soudain, sentit contre ses paumes la rondeur d'une épaule. Le corps d'Hortense semblait fait de satin frais. Il était comme la source offerte aux lèvres d'un homme mourant de soif... Et Jean ne résista plus. Se laissant tomber à genoux, il cacha son visage contre un ventre doux qu'il sentait frémir et y imprima son premier baiser... Puis il entraîna la jeune fille dans l'herbe... Le visage de Jean cachait les étoiles mais Hortense n'avait plus besoin des étoiles. Quand, un instant, il la libéra pour arracher ses propres vêtements, elle ferma les yeux pour mieux savourer l'attente délicieuse qui l'inondait... Puis il revint et elle l'eut tout entier contre elle, sur elle, avec ce poids de chair dense, de muscles durs et cependant si doux qui l'écrasait divinement...

Autour d'eux, les loups regardaient, les yeux mi-clos, silencieux et immobiles. Mais quand l'air de la nuit emporta le cri léger d'Hortense à l'instant où son corps s'ouvrit à l'amour, Luern sur sa pierre poussa un long hurlement qui ressemblait à un cri de victoire.

CHAPITRE X

LA MENACE

Quelques semaines plus tard, Hortense, l'orgueil au fond des yeux, annonçait à son beau-père qu'elle attendait un enfant. C'était le temps de la fenaison, celui aussi où sur la planèze, on arrachait les énormes racines tordues des gentianes jaunes qui constituaient une part non négligeable de la richesse du pays. C'est dire qu'une vie un peu artificielle animait le château, la ferme et le village, drainant ceux des hameaux isolés et de la montagne qui venaient pour aider.

Foulques de Lauzargues fit réunir tout ce monde entre le château et la chapelle, comme il les avait réunis au soir des noces. Puis, du seuil, il proclama qu'un Lauzargues allait dans quelques mois venir au monde pour continuer la dynastie. La joie illuminait son visage dur car, à cet instant, il était roi... On but à l'héritier – car le marquis n'imaginait pas un seul instant que Hortense pût lui donner autre chose qu'un petit-fils – et les jeunes époux durent se plier à une longue cérémonie de félicitations.

Hortense le fit de bonne grâce. Elle était habitée par trop de joie, trop d'amour pour qu'il en allât autrement. Mais, tandis que tous l'entouraient, Étienne montrait le visage gris et figé d'un mourant. Il semblait crucifié à la porte de ce château où se pressaient les travailleurs de la terre avec leurs visages épanouis et leurs félicitations un peu rudes. Mais Hortense ne voyait rien, n'entendait rien. Depuis leur mariage, elle n'avait pas échangé vingt paroles avec son époux car, dès le lendemain, il avait quitté la chambre bleue pour regagner son ancienne chambre au second étage du château. Il n'en sortait pratiquement pas, en dépit des colères que piquait le marquis indigné, des objurgations de Godivelle et des quelques mots que Hortense avait tenté de dire pour l'amener à changer d'attitude.

– Vivez à votre guise et laissez-moi vivre à la mienne! s'était-il contenté de lui répondre.

Depuis, elle l'avait traité en quantité négligeable, heureuse d'ailleurs d'un état de fait qui lui donnait une liberté inattendue, surtout quand le marquis se rendait, pour une nuit, à Saint-Flour, à Chaudes-Aigues ou simplement à Combert... Ces nuits-là, elle quittait discrètement le château et courait rejoindre Jean dans la grotte au bord de la rivière.

Là, nichés au creux de la montagne dans ce qu'ils appelaient leur terrier, ils vivaient des heures dont chacune valait une existence, dévorant leur passion avec l'insatiable voracité de ces amants privilégiés qui se savent les deux moitiés d'une perfection totale. Les joies qu'ils tiraient de leurs deux corps leur semblaient toujours nouvelles, toujours plus merveilleuses. Parfois quand le plaisir les rejetait, épuisés et haletants, ils se laissaient glisser, enlacés, dans l'eau écumeuse du torrent pour éviter que l'anéantissement bienheureux du sommeil ne les fît surprendre par le jour. Ils s'y ébattaient comme des enfants, jouissant autant de la fraîcheur de la rivière que de la vue de leurs corps brillants d'eau. Puis Jean reprenait Hortense dans ses bras pour la reporter sur le lit d'herbes de la grotte et s'agenouillait pour la sécher sous ses baisers. Le désir alors revenait et ils n'en faisaient l'amour qu'avec plus d'ardeur.

Quand Hortense regagnait sa chambre, avant l'aube, elle s'abattait sur son lit pour y dormir d'un sommeil de bête harassée. Plus jamais elle ne trouvait la force de s'agenouiller pour une prière que Dieu, d'ailleurs, n'aurait pas entendue. La jeune femme avait trop d'honnêteté profonde pour tricher avec le Seigneur. Elle se savait adultère, donc réprouvée, mais son péché lui était trop cher pour qu'elle acceptât l'hypocrisie d'un acte de contrition. Jamais plus elle n'avait écrit à Madeleine-Sophie Barat, jamais plus elle n'avait ouvert son journal de jeune fille car cette jeune fille-là était morte. La femme que les baisers de Jean avaient fait naître n'avait plus besoin du Ciel, pas plus que n'en a besoin la femelle d'un fauve. Le dieu d'Hortense, à présent, c'était Jean. Il suffisait qu'il posât sa grande main sur son cou pour qu'elle se sentît défaillir et aucun paradis ne pouvait se comparer à celui où elle planait au moment où il la possédait...

Ce fut au lendemain de l'annonce triomphale que Hortense fut précipitée de son ciel païen et retomba sur la terre si durement qu'elle s'y meurtrit. Ce jour-là, Godivelle, en montant à Étienne son petit déjeuner, le trouva pendu à une poutre de sa chambre...

Le hurlement de la vieille femme emplit le château jusqu'aux chemins de ronde. Il attira Eugène Garland d'abord qui n'eut que le palier à traverser depuis la bibliothèque, puis le marquis hâtivement drapé dans une robe de chambre, enfin Hortense que l'horrible spectacle foudroya au seuil de la chambre...

Quand elle reprit connaissance dans son lit, elle eut l'impression qu'un voile noir s'était abattu sur le château. Godivelle sanglotait tout en lui passant sous le nez un flacon de sels et ne songeait même pas à essuyer ses larmes qui roulaient sans arrêt sur ses joues, inondant son corsage et son tablier.

– Pourquoi? balbutia la jeune femme dont les larmes avaient jailli dès qu'elle avait levé les paupières. Pourquoi a-t-il fait ça?...

– Ce... ce n'était pas... la première fois qu'il voulait mourir, vous savez bien? On l'avait cru guéri de cette mauvaise idée mais faut croire que ça l'a repris! Et dire qu'hier soir j'ai reproché à Pierrounet d'avoir les idées tourneboulées quand il m'a dit... qu'il avait vu le fantôme à une fenêtre... J'ai cru qu'il avait trop forcé sur la chopine avec les faneurs. Mais il devait avoir raison. Le malheur est sur nous... Tenez, Madame la Comtesse... j'ai trouvé ça par terre... juste sous notre pauvre petit... Il vous a écrit.

De sa poche la vieille femme sortit un billet cacheté qu'elle remit à Hortense. Celle-ci brisa le cachet d'un doigt tremblant et déplia le papier qui contenait peu de mots :

« Je vous aime trop pour supporter de vous voir enceinte des œuvres d'un monstre. Et ce ne peut être que lui. Pardonnez-moi de ne pas prendre congé et prenez garde à vous! »

Hortense crut que sa raison vacillait. Elle lut une seconde fois le billet avant de le froisser sous sa main crispée. Elle était devenue si pâle en se laissant aller contre son oreiller que Godivelle la crut sur le point de passer et cessa net de pleurer pour prendre les mains de la jeune femme et les frictionner vigoureusement.

– Vous n'allez pas mourir, mon enfant?... Mon Dieu, mais qu'est-ce qu'il a pu écrire? ... Revenez à vous!... Je vous en prie!... Pierrounet! Pierrounet! ...

Elle s'élançait vers la porte pour chercher du secours, envoyer chez le médecin mais, au prix d'un violent effort, Hortense réussit à se redresser.

– Non, Godivelle! N'envoyez chercher personne!... Je... je vais mieux...

– Vous vous soutenez à peine. Et vous êtes... si pâle!

– Trouvez-moi un peu d'eau-de-vie!

Il y en avait dans un cabaret de salon posé sur une commode. Godivelle lui en apporta un petit verre qu'elle avala d'un trait, s'étranglant avec la liqueur dont elle n'avait pas l'habitude mais qui ramena, un peu brutalement, des couleurs à ses joues. Retrouvant du même coup quelques forces, elle réussit même à quitter son lit mais ce fut pour s'abattre dans le fauteuil où Étienne avait passé leur nuit de noces. Sa main serrait toujours la lettre. Elle la posa près d'elle sur le guéridon, la défroissa, la lissa, espérant peut-être que les mots auraient changé, qu'elle avait mal lu... Mais les phrases meurtrières étaient toujours les mêmes, effarantes, incroyables...

Debout à quelques pas d'elle, Godivelle retenait son souffle, persuadée que sa jeune maîtresse était en train de devenir folle. Hortense, alors, lui tendit la lettre d'un geste brusque :

– Lisez, Godivelle!...

– Mais...

– Je le veux! Je ne peux pas porter seule ce secret affreux...

Quand Godivelle eut achevé sa lecture qui fut plus laborieuse que celle de la jeune femme, ses joues à elle aussi étaient décolorées et ses mains tremblaient.

– Un monstre?... De qui parle-t-il?

– De son père. Il est mort parce qu'il croyait que j'avais cédé à son père... au frère de ma propre mère!

– Mais enfin... vous étiez bien... sa femme? Et, durant la nuit de vos épousailles, il vous a bien...

– Non. Il ne m'a pas touchée! Il ne le voulait pas parce qu'il ne voulait pas continuer sa race... Mais comment a-t-il pu imaginer pareille chose? Moi... moi et mon oncle!...

– Vous ressemblez trop à votre mère, on vous l'a dit et répété... Et moi, je sais que Monsieur Foulques n'aimait pas sa sœur comme il aurait dû. La mère d'Étienne a assez souffert de ce souvenir. Et lui, il avait vu les yeux du marquis quand il a bu à votre santé devant votre lit nuptial. Alors... De vous savoir grosse quand il était sûr que ce n'était pas de lui...

Brusquement Godivelle réalisa ce qu'elle était en train de dire et fixa, avec une sorte d'horreur, la taille de la jeune femme.

– Mais alors...

– Qui? Je vais vous le dire, à vous seule : mon fils, Godivelle, sera un vrai Lauzargues. Et le petit-fils de votre maître autant que si Étienne l'avait conçu! Comprenez-vous?

– Jean!... C'est Jean?...

– Oui. Je l'aime autant qu'il m'aime et c'est à lui que j'appartiens... pour toujours!

Il y avait tant d'orgueil dans cette proclamation de son amour que Godivelle, troublée, baissa les yeux. La passion irradiait cette jeune femme avec une telle force que la gouvernante y fut sensible avec cette acuité de perception des vieilles gens qui ont toujours vécu avec la Nature, à ses heures et à ses volontés.

– Pourquoi me le dire à moi qui ne suis qu'une servante? fit-elle humblement.

– Parce que vous êtes beaucoup plus qu'une servante. Parce que vous avez porté tous les secrets de cette famille et que vous m'aiderez encore à porter celui-là! Enfin... parce que je veux que vous sachiez tout de cet enfant qui va venir, au jour où il reposera dans vos bras... Acceptez-vous, Godivelle, d'être ma complice?

Celle-ci n'hésita pas.

– Je vous serai fidèle. A vous et à l'enfant. Et que Dieu pardonne si ce n'est pas sa volonté!

– En ce cas, il saura bien nous le faire savoir...

Deux jours plus tard, Étienne revêtu du bel habit qu'il avait porté au jour de ses noces, était conduit à la chapelle pour y reposer, dans la petite crypte, aux côtés de sa mère. Suivant la coutume, les femmes de la famille n'assistaient pas à l'enterrement et Hortense, vêtue des robes de deuil qu'elle n'avait quittées que si peu de temps, la tête couverte d'un voile noir, monta, en compagnie de Godivelle et de Mlle de Combert, jusqu'au chemin de ronde.

De là-haut, les yeux secs mais le cœur en détresse, elle vit l'étroit cercueil taillé dans un tronc de chêne quitter le château sur les épaules de quatre hommes et descendre le sentier tandis que la cloche de la chapelle faisait tinter sur la montagne la note sinistre du glas. La chaleur était accablante et le jour sombre car un orage menaçait. De lourds nuages accouraient de l'horizon et montaient à l'assaut du ciel blanc. Sous son voile Hortense se sentait étouffer. Peut-être à cause de ces larmes qu'elle ne pouvait verser et de cette angoisse qui lui serrait la gorge. Celui que l'on emportait était mort par elle, à cause d'elle. Il l'aimait et elle n'avait pas deviné cet amour timide et silencieux.

Elle en éprouvait un profond remords mais pas vraiment de regret car elle connaissait à présent la puissance d'un véritable amour. Se fût-elle laissé toucher par Étienne si elle avait su ce qu'il éprouvait? Ce n'était pas certain. Son amour pour Jean était trop absolu. Il ne laissait aucune place à quoi que ce soit d'approchant. Mais ce que Hortense se reprochait c'était de n'avoir pas su deviner et de n'avoir pas su donner à Étienne la tendresse, l'attention qui peut-être l'eussent sauvé... Elle l'avait laissé seul, tout seul avec l'Enfer.

A présent, le petit cortège atteignait la chapelle. Pour que la pauvre dépouille pût reposer en terre chrétienne, ceux de Lauzargues avaient tissé autour d'elle une vraie conspiration du silence. Le suicide était devenu un accident : Étienne était censé s'être rompu le cou dans l'escalier. Eugène Garland, dont les connaissances chimiques étaient certaines, avait atténué suffisamment l'enflure du visage et, durant la veillée, les Chapioux et ceux du village qui s'étaient proposés avaient vu, reposant sur l'oreiller, une tête soigneusement bandée. Et nul n'avait imaginé qu'il pût en être autrement. Chacun pensait que le jeune châtelain, ayant un peu trop copieusement célébré son futur héritier, avait manqué une marche le plus naturellement du monde...

Pour sa part, Hortense avait eu horreur de cette version qui, sous couleur d'en faire un mort chrétien, avilissait un peu Étienne. Mais elle détesta encore plus l'idée de voir le stupide anathème de l'Église frapper cet innocent, victime d'une trop grande sensibilité et d'un amour mal compris, mal vécu...

Quand le cercueil eut disparu sous le porche où l'attendait l'abbé Queyrol et l'enfant de chœur en chasuble et soutane noires, les femmes sur la tour se signèrent et se disposèrent à redescendre. Étienne, à présent, appartenait à Dieu mais aussi à la terre et sa forme humaine n'apparaîtrait plus sous le soleil...

Dauphine glissa son bras sous celui d'Hortense pour l'entraîner :

– Venez! Il faut songer à vous à présent... Nous allons prier pour lui dans la grande salle...

– Pourquoi ne pas aller prier dans l'ancien oratoire? Puisque le marquis a entrepris des travaux de rénovation, on aurait pu refaire, enfin, la chambre de ma défunte tante qui commande l'oratoire?

– Ne vous souciez pas de ces détails. Il y songera plus tard, j'en suis certaine... Venez!

Au moment de quitter le chemin de ronde, Hortense ne put s'empêcher de faire quelques pas vers le côté du château qui regardait la rivière. Il l'attirait irrésistiblement parce que sa vie était de ce côté. Pourtant, elle savait que le temps du bonheur était révolu. Elle en avait eu la certitude, à l'instant, dans les yeux de Godivelle quand elle s'était retournée. La vieille femme l'avait regardée d'un air à la fois suppliant et apitoyé puis elle avait, résolument, fixé la taille de la jeune comtesse et son message était plus que clair : encore invisible mais terriblement présent, un enfant se formait là, sous cette robe de laine, sous cette douce chair dont il devait être le maître. Et c'était à lui que devaient aller tous les soins, toutes les pensées, tous les désirs de sa mère.

En atteignant l'escalier où Mlle de Combert s'engagea la première, Hortense se pencha vers Godivelle et chuchota à son oreille :

– Je voudrais qu'on lui remette une lettre. Il faut qu'il sache. Sinon, il ne comprendra pas. Voulez-vous vous en charger?

Godivelle fit signe que oui d'un battement de paupières et ne posa pas de questions. Elle savait bien quel genre de lettre on lui demandait de porter.

Tard le soir, alors que le château était retourné au silence, Hortense écrivit pour Jean la seule lettre d'amour de sa vie. Elle y mit tout ce que contenait son cœur, tout ce qu'elle n'écrirait jamais plus à un homme mais aussi l'expression formelle de la décision prise dans la nuit qui avait suivi la mort d'Étienne, alors qu'elle veillait, avec le marquis, le corps de son époux éphémère :

« ... Il est mort de nous, de notre amour qu'il a ainsi condamné. Je t'aimerai toujours mais c'est à notre enfant que je reporterai désormais cet amour. Il le faut si nous ne voulons pas qu'un jour Dieu nous demande des comptes et nous punisse à travers lui. Tu m'as donné assez de bonheur pour une vie entière et, comme ton ami François, je crois que je saurai, à présent, attendre l'Éternité... »

Elle dut s'arrêter car les larmes coulaient sur sa main, sur le papier qu'elles tachaient. Elle écrivait ce qu'elle pensait mais c'était bien dur, à dix-huit ans, de renoncer à l'Amour. Et l'éternité semblait bien loin!... Incapable de continuer, elle sécha la lettre après l'avoir signée, mit un baiser sur le nom de Jean et cacheta le pli. En appuyant le cachet de sa bague sur la cire chaude, elle eut l'impression déprimante que les armes des Lauzargues venaient de verrouiller à jamais son avenir.

Alors, soufflant sa chandelle, la veuve d'Étienne laissa tomber sa tête dans ses bras repliés et sanglota éperdument à la manière des enfants malheureux, jusqu'à ce que le sommeil la prenne...

Le lendemain, Godivelle porta la lettre puis revint rendre compte de sa mission au moment où Hortense faisait un peu de toilette pour le repas du soir.

– Vous m'aviez dit qu'il n'y aurait pas de réponse. Pourtant il a voulu vous en donner une.

– Laquelle?

– Il a dit : « Je serai toujours là... »

Hortense ferma les yeux pour mieux se laisser envahir par une merveilleuse onde de paix. Elle avait craint un instant qu'il ne comprît pas et qu'il laissât la passion l'emporter, le pousser au combat. Mais non. Il acceptait de rester là, séparé d'Hortense et de l'enfant par bien plus qu'une rivière mais présent tout de même et plus proche d'eux peut-être que s'ils avaient vécu sous le même toit. Et derrière les paupières closes apparut la vision d'une vie entière vécue à l'ombre des tours féodales dont elle avait, naguère encore, si peur mais que son fils aimerait sûrement. Elle n'avait plus envie de revoir Paris où plus rien ne l'attendait qu'une double tombe. Elle resterait ici à jamais, regardant grandir et s'épanouir son enfant. Elle vieillirait doucement, heureuse quand, par hasard, elle apercevrait au loin la haute silhouette de l'homme aimé ou quand, au cœur des nuits obscures, elle entendrait hurler un loup, le fauve redouté qui pour elle était l'emblème de Jean, le fauve dont il était le maître...

Le remords se faisait moins aigu, le chagrin s'estomperait et peut-être aussi cette faim qu'elle avait eue de Jean et dont elle savait bien qu'elle n'était pas encore apaisée en dépit du drame récent. Hortense, en descendant rejoindre au salon tout nouvellement refait son beau-père et Mlle de Combert, referma la porte de sa chambre avec la sensation de clore définitivement une part importante de sa vie. Désormais, elle s'installait dans l'attente...

L'été s'acheva, traversé d'orages qui abattaient ses brûlantes chaleurs et obligeaient à rentrer en hâte les lessives qui émaillaient les prés de grandes taches blanches. L'automne vit pâlir l'azur profond du ciel, blondir les feuilles des arbres et rouiller les grandes fougères au flanc de la planèze, mais le temps demeurait beau et le fruit d'Hortense mûrissait doucement, soigneusement caché sous l'ampleur de la jupe et le grand châle de cachemire noir que le marquis avait offert à la jeune veuve. Elle n'avait qu'à peine souffert de sa grossesse : quelques nausées au réveil, effacées dès le quatrième mois et le dégoût de l'odeur du tabac qui lui était resté mais qu'on lui évitait. Son jeune corps sain et vigoureux s'épanouissait dans son prochain accomplissement et, sous la masse soyeuse de ses cheveux couleur de lin, son visage délicat avait la fraîcheur d'une fleur d'églantier.

Le marquis veillait sur elle avec un soin de chaque instant. Il ne permettait pas qu'elle sortît seule mais tenait cependant à ce qu'elle fît chaque jour une promenade qu'il accompagnait parfois. En son absence c'était Dauphine de Combert lorsqu'elle venait au château – et c'était souvent ! – ou encore Godivelle. M. de Lauzargues proclamait, non sans raison, que l'air du pays était le plus pur qui soit, et répétait que la future mère devait le respirer le plus possible.

– On dirait un jardinier qui fait pousser une plante rare, disait Dauphine en riant. S'il osait, je crois qu'il vous arroserait...

Même M. Garland réclama un jour l'honneur d'escorter la jeune comtesse. Visiblement, il accomplissait là un bel effort destiné à faire apprécier des services devenus à peu près inexistants depuis la mort d'Étienne. L'ex-précepteur passait en effet son temps à explorer les alentours du château, toujours à la recherche de son hypothétique trésor : en effet, l'entrée qu'au printemps il avait cru trouver s'était révélée très vite décevante : un court boyau rocheux sans aucune issue. Aussi explorait-il à présent toutes les failles de l'antique motte féodale, mais apparemment sans grand succès.

Hortense n'accepta pas sa compagnie, déguisant son refus sous une soudaine indisposition. Elle n'avait jamais aimé cet homme mais, depuis la mort du vieux prêtre, elle avait peine à dissimuler l'aversion, voire l'horreur qu'il lui inspirait... Garland d'ailleurs ne renouvela pas son offre.

L'hiver vint d'un seul coup. Quinze jours avant Noël, alors que, la veille, le temps était encore presque doux et ensoleillé, les gens de Lauzargues se retrouvèrent sous un pied de neige. Une neige qui ne fondit pas et gela sous l'attaque d'un vent violent venu du nord. Le château, îlot perdu dans les glaces, se referma comme un poing sur ses habitants.

Pour Hortense, ce furent des semaines pénibles, à peine allégées par la messe nocturne que, pour la première fois depuis bien longtemps, on chanta dans la chapelle. Un merveilleux instant de rémission dans la lumière des cierges et le parfum des branches de sapin. Mais un instant seulement... Considérablement alourdie d'un fruit qui semblait prendre des dimensions presque anormales, Hortense ne quittait plus sa chambre que pour un fauteuil près de l'immense cheminée du salon. Elle restait là de longues heures, immobile le plus souvent, guettant les mouvements de l'enfant dans la douce coquille de son ventre car c'étaient là des instants bienheureux. En dehors de cela elle tricotait en compagnie de Godivelle – elle avait appris au couvent –, lisait un peu ou écoutait le marquis jouer pour elle de la harpe...

Il en touchait agréablement mais c'était d'habitude pour lui un plaisir solitaire car l'instrument ne quittait pas sa chambre. Mais, dans le but aimable de distraire la jeune femme, il l'avait fait descendre près d'elle et se hâtait d'ailleurs de l'oublier dès que ses mains touchaient les cordes tant la musique alors s'emparait de lui. C'était assez étrange ce goût passionné chez un homme qui semblait tellement dépourvu d'âme. Mais son habileté

compensait un peu le manque de sensibilité de son jeu.
Hortense elle-même jouait de la harpe, et fort bien, mais elle se sentait trop lasse pour prendre place derrière la grande crosse dorée. Elle préférait laisser voguer ses pensées sur l'égrènement gracile des notes qui évoquaient si bien la chanson d'une fontaine au printemps. Ce printemps qu'elle attendait avec impatience car l'enfant devait arriver avec lui, vers la fin du mois de mars, et elle trouvait dans cette coïncidence le meilleur des présages.

On ne voyait plus Mlle de Combert qu'une mauvaise grippe avait clouée dans son lit aux premiers jours de janvier. L'état des chemins était trop mauvais d'ailleurs pour permettre le voyage, même en traîneau. Hortense le regrettait car elle aimait beaucoup, à présent, sa compagnie pleine de vivacité. Même quand elle choisissait de se taire, elle prenait plaisir à l'entendre discuter, ou même disputer avec son cousin le marquis. Et son absence réduisait la présence féminine au château à Godivelle et aux deux jeunes servantes que l'on avait engagées pour la décharger des plus lourds travaux. Mais la vieille femme semblait avoir perdu le goût des bavardages et, quand elle tenait compagnie à Hortense, elle priait la plupart du temps, égrenant chapelet après chapelet comme si elle cherchait à attirer de force la protection du Ciel sur la maison de ses maîtres.

La jeune femme espérait que le bébé viendrait au monde le 20 mars, c'est-à-dire le même jour qu'elle-même et que le roi de Rome, mais ce fut dans la nuit du 11 au 12 qu'il s'annonça, une dizaine de jours avant le temps prévu pour son arrivée...

Minuit venait de sonner à la grande horloge du vestibule quand une douleur fulgurante traversa le corps d'Hortense et l'arracha au sommeil. Haletante, la sueur au front, elle constata que la vague douloureuse se retirait lentement. Elle hésitait alors à appeler mais déjà la vague revenait, remontant des profondeurs de son corps avec une telle violence que la jeune femme poussa un cri perçant, alertant son beau-père dont la porte, depuis quelques nuits, demeurait entrouverte.

Cette fois il n'y eut plus de rémission. Hortense fut engloutie dans un flot de souffrance ininterrompue, d'une fureur telle qu'elle ne l'avait jamais imaginée et s'en trouvait de fait désarmée. Durant des heures et des heures, ses cris, coupés de sanglots et de longs gémissements, emplirent le château et franchirent les murailles, proclamant avec quelle impérieuse volonté l'enfant réclamait sa venue au jour.

La suppliciée avait vaguement conscience de silhouettes qui s'affairaient autour d'elle, de visages anxieux un instant entrevus parmi lesquels elle crut distinguer celui du marquis tendu farouchement au-dessus d'elle. Par la suite, elle devait apprendre que M. de Lauzargues avait, en effet, exigé d'assister à l'accouchement de sa belle-fille comme si elle eût été reine couronnée et l'enfant quelque héritier royal.

Enfin, vers le soir, sur une douleur plus terrible que les autres encore, le corps écartelé, ouvert en un ultime effort, libéra un petit garçon...

Au cri d'agonie de la mère fit écho celui, triomphant du grand-père puis celui, vigoureux, du bébé dont Godivelle s'empara aussitôt tandis que Hortense épuisée glissait dans un miséricordieux anéantissement.

Le bébé pesait près de huit livres et c'était un superbe enfant dont Godivelle, transportée de joie et d'orgueil, proclama qu'il était un vrai Lauzargues. Mais elle n'avait pas besoin de le dire : cela sautait aux yeux. Et quand Hortense, bouleversée, l'eut dans ses bras pour la première fois, elle sentit son cœur fondre de joie en retrouvant sur le minuscule visage sommé d'une arrogante crête de cheveux noirs, les traits du visage de Jean. Ceux aussi du marquis et ce fut à cet instant qu'elle constata à quel point les deux hommes se ressemblaient. Et pourquoi le meneur de loups avait choisi de porter barbe et moustache.

L'amour maternel entra en elle comme une tempête, emportant incertitudes et regrets. De longues minutes elle contempla son enfant, caressant timidement des lèvres les joues duvetées et les petits doigts roses qui s'écartaient comme de minuscules étoiles de mer. Sa tendresse débordait de ses yeux, de son cœur...

– Bien entendu, je veux le nourrir! déclara-t-elle...

– Il vaut mieux pas, Madame la Comtesse, dit Godivelle. Vos seins sont trop petits pour porter beaucoup de lait et ce gaillard a besoin d'une nourrice vigoureuse, capable de lui en fournir beaucoup. On en a déjà retenu une...

– Sans m'en parler? Il me semble que c'était à moi de m'en occuper?

– Monsieur le Marquis n'a voulu laisser ce soin à personne. Il est à moitié fou de bonheur! Soyez tranquille, il aura bien choisi. La femme sera là demain matin... Jusque-là, notre jeune maître boira de l'eau sucrée...

– Bien! soupira Hortense. Mais je veux la voir dès qu'elle arrivera...

A regret, elle accepta que le bébé fût installé non dans sa chambre mais dans la cuisine, près du lit de Godivelle. En dépit des cheminées, les chambres du château demeuraient difficiles à chauffer et l'enfant risquerait moins le froid près de l'énorme « cantou ». Il donnait d'ailleurs de la voix avec une grande conviction et sa mère apprécia de pouvoir dormir toute une grande nuit sans être dérangée.

Mais, le lendemain au réveil, son premier soin fut de sonner pour qu'on lui apportât son fils, dont elle avait décidé qu'il s'appellerait Étienne, contrairement aux idées de son beau-père qui souhaitait, naturellement, le nommer Foulques comme lui-même. Pourtant Hortense avait tenu bon, concédant seulement que le prénom des aînés de la famille vînt en second lieu.

Pensant que Godivelle n'avait pas entendu, elle sonna une seconde puis une troisième fois. Enfin, la porte de sa chambre s'ouvrit mais ce fut son beau-père qui parut.

– Eh bien? dit Hortense, que fait donc Godivelle? Voilà trois fois que je l'appelle et...

– Godivelle ne peut vous répondre. Elle est partie au village. Sa sœur Sigolène est en train de mourir...

– Oh!... Je suis sincèrement désolée! Mais en ce cas voulez-vous dire à Marthon ou à Sidonie de m'apporter mon fils? Et, quand la nourrice arrivera, veuillez la faire monter ici...

Le marquis ne répondit pas. Debout au milieu de la pièce, jambes écartées, les bras croisés sur sa poitrine, il considérait la jeune femme avec un demi-sourire qui la fit frissonner. Elle eut la sensation d'un froid soudain, comme si cette grande silhouette noire, couronnée de cheveux blancs, dressée sur le fond ardent de la cheminée en interceptait toute la chaleur.

– Vous verrez votre fils plus tard, dit-il. Quant à la nourrice, elle est déjà venue... et repartie. Mon petit Foulques sera très bien chez elle...

– Il s'appelle Étienne!

– Il s'appelle comme j'ai décidé qu'il s'appellerait. Et vous le verrez quand je le jugerai bon!

Le monde venait-il de s'écrouler? Ou bien cet homme était-il devenu fou? Avait-il vraiment osé...

– Est-ce que cela veut dire... que vous avez confié mon fils à une inconnue? Que vous l'avez envoyé loin de moi?...

– Exactement! Je souligne cependant que cette femme n'est pas une inconnue pour moi.

– Je veux savoir qui elle est! Je veux savoir où elle a emmené mon enfant.

– Vous n'avez besoin de savoir ni l'un ni l'autre! L'enfant m'appartient, à moi seul, vous entendez?

– A vous? Alors que je suis sa mère?

– Ce n'est pas mon sentiment. Vous êtes celle à qui j'ai permis de le faire... avec l'aide de mon bâtard! Vous n'êtes rien... qu'une belle jument que j'ai laissé couvrir par le plus vigoureux étalon de ma race pour en tirer un poulain royal!... Ah, vous ne dites plus rien, à présent? Vous ne criez plus? Vous n'imaginiez pas, n'est-il pas vrai, que j'aie pu vous suivre, la nuit de vos noces, alors que vous couriez vers...

– Ce n'est pas vrai! Vous n'avez pas pu me suivre! Les loups vous en auraient empêché...

– Croyez-vous? J'ai déjà chassé le loup! Il suffit de ne pas se tenir sous le vent, de rester assez loin. Puis on fait de grandes choses avec une longue vue. Cela m'a valu un fort joli spectacle... Voulez-vous plus de détails? Je n'oublierai jamais l'instant où, devant lui, vous avez laissé tomber vos robes! Votre corps, ma chère, est une chose exquise, votre beauté la plus suave qui soit! Il fallait être l'irréductible imbécile qu'était ce pauvre Étienne pour refuser d'y goûter... dans le seul but de me contrarier!

– Y a-t-il quelque chose que vous ignoriez? murmura Hortense pourpre de honte.

– Je sais toujours ce que je veux savoir. Il est parfois utile d'écouter aux portes...

– Comme un valet?

Le marquis balaya l'injure d'un mouvement d'épaules dédaigneux :

– Je n'ai pas eu grand mal à me donner. Votre... mari criait assez fort. Au surplus, je m'attendais à une attitude aussi misérable et je commençais, je l'avoue, à caresser l'idée... agréable de me donner à moi-même un héritier quand je vous ai vue sortir en courant. Votre blancheur était facile à suivre et ce que j'ai découvert m'a ouvert d'autres horizons...

– Vous êtes ignoble! cria Hortense. Vous êtes un véritable monstre...

– Croyez-vous? Je me trouve, moi, assez bon diable et vous me devez deux mois de délices... parfaitement défendues mais que j'ai bien voulu vous permettre.

– Pourquoi cela?

– Mais c'est l'évidence, fit-il en riant. On ne réussit pas toujours un enfant du premier coup. Et je tenais à ce que la semence prenne. Vous savez le reste...

– Étienne, lui, ne savait rien...

– En effet... et je n'ai pas très bien compris l'étrange lubie qui lui est venue. Se pendre parce que son petit plan de rancune venait d'échouer?... Ridicule!

– Non. Il s'est pendu parce qu'il m'aimait et que je lui faisais horreur. Il a cru que je m'étais donnée à vous.

– Tiens donc? Il avait, dirait-on, plus de cervelle qu'il n'y paraissait... En ce cas peut-être aurais-je dû suivre ma première idée? J'aimerais beaucoup vous revoir telle que je vous ai vue par cette belle nuit de la Saint-Jean... mais d'un peu plus près. Et que diriez-vous de cette chambre?...

Il avait fait un pas vers le lit. Révulsée d'horreur, Hortense s'en arracha, saisit sa robe de chambre au vol et s'en enveloppa étroitement, souhaitant que ce fût une cotte de mailles.

– Allez-vous-en, entendez-vous?... Sortez d'ici! Vous me donnez envie de vomir!...

Le marquis leva les yeux au plafond.

– Quel langage! Tout à fait déconseillé si vous désirez revoir, de temps en temps, votre enfant! Car il faut bien mettre ceci dans votre jolie tête. J'ai l'héritier que je voulais. Par lui je tiens votre fortune. Je n'ai donc plus aucun besoin de vous...

– C'est une menace?

– Même pas. Disons... une constatation. Vous n'imaginez pas le nombre de femmes qui meurent de fièvre puerpérale dans notre région arriérée. Or vous avez accouché trop vite pour que l'on appelle un médecin... Et, dans ce château, nous n'en sommes pas à un accident près...

Luttant courageusement contre la panique qui lui venait Hortense trouva le courage de braver ce misérable qui, trop sûr de l'impunité, se montrait à présent à visage découvert.

– Il ne vous vient pas à l'idée qu'une trop grande abondance d'accidents pourrait attirer l'attention de la Justice? Vous n'êtes plus qu'un sujet comme les autres, marquis! Et nous ne sommes plus sous l'Ancien Régime même si le Roi s'efforce de le ressusciter. L'Empereur Napoléon, mon parrain, a édicté un Code et les Français ont pris l'habitude d'y obéir. Nul n'a le droit de se mettre hors la loi...

– Si. Moi, car je ne reconnais pas les lois de l'Usurpateur...

– Qui sont devenues celles de Louis XVIII!

– Je ne veux pas le savoir!... Et puis, en voilà assez! Écoutez bien ceci, ma chère : si vous voulez revoir un jour votre fils... et même si vous voulez que je vous autorise à vivre encore quelque temps, il vous faudra vous montrer affectueuse avec moi... très affectueuse même!

– Ce qui veut dire?...

Il s'approcha d'elle lentement, pas après pas. Elle recula au même rythme mais, finalement, se trouva acculée à la commode. Son cœur cognait à grands coups dans sa poitrine tandis qu'elle voyait, de plus en plus près, le regard égaré du marquis. Elle crut qu'il allait venir contre elle mais il n'en fit rien et s'arrêta à quelques centimètres, assez près tout de même pour qu'elle sentît son souffle.

– Que le soir où il me plaira de frapper à votre porte, j'entends la trouver ouverte... Et pour mieux appuyer ses intentions, il caressa doucement l'un de ses seins...

Folle de colère et de dégoût, elle lui cracha au visage.

– L'inceste? Vous prétendez faire de moi votre maîtresse... mon oncle? A votre âge?... Cela pourrait vous tuer. Songez-y!

Il s'écarta, essuya sa joue d'un mouchoir négligent puis sourit.

– L'inceste? Mais oui... J'ai tant regretté de ne pouvoir aimer Victoire comme j'en avais envie. Elle m'a échappé... mais je vous tiens, vous, et vous êtes encore plus belle! Quant à l'âge, il ne fait rien à l'affaire pour un Lauzargues! Nous sommes de bon bois. Voulez-vous parier que je vous fais au moins un enfant?...

Il éclata de rire. La porte se referma doucement

derrière lui mais la clef tournant dans la serrure apprit à Hortense qu'elle était désormais prisonnière. Les forces nerveuses qui l'avaient alors soutenue en face de son bourreau l'abandonnèrent brusquement. Elle plia sur ses genoux et s'écroula sur le tapis...

Quand elle reprit connaissance, son premier mouvement fut de se traîner jusqu'à la fenêtre qu'elle voulut ouvrir, mais elle était entièrement épuisée et ne put accomplir ce nouvel effort. Elle demeura appuyée des deux mains à la pierre du meneau, regardant, comme du fond d'un cauchemar, les trombes d'eau qui, depuis le matin, s'abattaient sur le château noyant tout le paysage... Sa première idée avait été de mesurer à nouveau la hauteur de son étage mais elle savait déjà que c'était inutile. Même en nouant ses draps bout à bout, elle ne pourrait atteindre le sol. D'ailleurs, dans l'état de faiblesse où elle était, ses bras n'auraient jamais la force de supporter le poids de son corps devenu pourtant si curieusement léger... En désespoir de cause, elle alla s'agenouiller près de son lit, devant le crucifix d'ébène et d'ivoire si longtemps délaissé et pria comme elle ne croyait plus savoir prier, appelant à son secours Dieu et la Vierge et les saints qu'elle aimait, et l'âme de ses parents dont elle était persuadée qu'ils devaient souhaiter la défendre et la protéger. Elle pria longtemps; assez pour avoir peine à se relever mais se sentît plus courageuse. Plus calme surtout...

Il restait un peu de tilleul froid dans la tisanière posée la veille à la tête de son lit. Elle y mit un peu de miel et avala le tout. Puis, frissonnant de froid car le feu était éteint et nul ne l'avait rallumé, elle se recoucha pour retrouver un peu de chaleur et surtout réfléchir...

La journée passa sans que personne vînt se soucier d'elle. Hortense se demanda un moment si elle était condamnée à mourir de faim et de froid, si le marquis avait décidé de l'oublier un temps pour qu'une plus grande faiblesse la lui livre plus facilement mais, alors que la nuit était complètement tombée, la porte s'ouvrit et le marquis parut, portant un flambeau allumé.

– Comment, ma chère, s'écria-t-il hypocritement, on vous a laissée sans lumière, sans feu?...

– Et sans nourriture! dit la jeune femme du fond de son lit. Vous devriez le savoir puisque vous m'aviez enfermée à clef!

– Simple étourderie, chère Hortense! J'ai dû me rendre à la ferme et j'ignorais ce qui se passait ici!

Hortense l'entendit appeler les servantes, les tancer brutalement alors que les deux pauvres filles n'avaient vraiment rien à se reprocher. En quelques instants, le feu flamba de nouveau, les chandelles furent allumées et Marthon revint, chancelant sous le poids d'un lourd plateau. Le tout sous la direction sarcastique du marquis. Lorsque tout fut en ordre, il fit signe aux deux filles de disparaître et se disposa à les suivre. Mais la main sur la porte ouverte, il s'arrêta.

– Ces pauvres créatures ne sont bonnes à rien. Jusqu'à ce que vous soyez tout à fait remise, ma fille, c'est moi qui veillerai à votre confort comme disent les Anglais...

– Ne vous donnez pas cette peine. J'attendrai que Godivelle revienne.

– Cela pourrait prendre quelque temps. Je souhaite d'ailleurs qu'elle trouve toutes choses en ordre lorsqu'elle reviendra. Je sais que vous avez toujours souhaité retourner à Paris mais il vous faut, je crois, y renoncer. D'ailleurs, nous pourrions mener ensemble, ici même, une vie infiniment plus agréable que vous ne l'imaginez. Réfléchissez-y! Mais réfléchissez vite : les fièvres puerpérales ne se déclarent généralement pas au bout de six mois... Je vous souhaite une bonne nuit et de doux rêves... où j'espère trouver place un jour!...

Hortense était passée trop brutalement de la lente et douce attente d'un vrai bonheur à l'horreur vaguement grotesque d'un cauchemar absurde pour être vraiment capable d'y faire face. Devant cet homme glacé qui bafouait avec un tel cynisme les liens du sang, elle se trouvait d'autant plus désarmée que le torturant souvenir de son petit enfant la ravageait...

– Par pitié, implora-t-elle, rendez-moi mon fils! Vous ne pouvez être à ce point cruel et insensible?...

– Je ne suis ni l'un ni l'autre. Non seulement je souhaite vous ramener un jour ce bel enfant mais je compte aussi vous donner beaucoup d'amour. Il ne tient qu'à vous de commencer auprès de moi une vie heureuse...

– Que devient Dauphine dans tout cela? Je croyais que vous l'aimiez...

– Il n'est pas bon de prolonger indéfiniment une vieille histoire et le temps est venu pour elle de se consacrer entièrement à son chat et à ses tapisseries. Moi, je retrouverai la jeunesse auprès de vous...

Découragée, Hortense ferma les yeux. Cet homme avait certainement perdu la raison. Sa double passion de l'or et de la luxure l'avait rendu fou. Et que peut-on dire en face d'un fou?

La nuit fut terrible pour Hortense qui se savait livrée à peu près sans défense aux lubies criminelles d'un amoureux sénile. Godivelle, son unique recours, sa seule protection, ne lui serait peut-être pas rendue. Pas plus que Mlle de Combert qui n'avait sans doute aucun intérêt, si elle voulait vivre, à réclamer ses droits de maîtresse en titre. Qui restait-il au château en dehors des deux filles visiblement terrifiées par le marquis? Garland, son exécuteur des hautes œuvres? Pierrounet?... On avait dû l'envoyer conduire sa tante... Et, durant des heures, Hortense garda les yeux grands ouverts dans la nuit, fixant la croix de pierre du meneau, luttant contre l'envie d'ouvrir la fenêtre et de lancer au vent le nom de Jean, comme il le lui avait recommandé en cas de danger. Mais à condition que le vent soufflât de l'ouest, et les rafales de pluie qui frappaient les vitres indiquaient qu'il soufflait de l'est... Et puis, l'appeler, n'était-ce pas risquer de le voir tomber lui aussi dans un piège? Le marquis avait l'oreille trop fine pour ne pas entendre les appels de sa prisonnière...

Quand elle s'endormit, vers le matin, elle avait arrêté une sorte de plan. La première chose à faire était d'essayer de retrouver des forces car son accouchement et sa journée de jeûne dans la chambre sans feu l'avaient beaucoup affaiblie. Il fallait manger car on se bat mieux quand le corps ne réclame rien, mais il fallait aussi faire en sorte de paraître encore faible et malade pour ne pas exciter les désirs de son geôlier. La seconde chose à faire était de prier pour que Dieu lui envoie une chance d'échapper à un sort affreux.

Trois jours passèrent, et trois nuits au cours desquelles Hortense ne dormit guère. L'angoisse faisait bourdonner ses oreilles et elle croyait entendre, parfois, des bruits sourds, semblables à ceux qu'elle avait entendus certaine nuit dans la chambre voisine, peu de temps après son arrivée à Lauzargues. Persuadée qu'ils étaient une manifestation de l'au-delà, elle se signait alors, presque par habitude, car elle n'avait pas vraiment peur... Que pouvait-elle craindre des morts?

Au matin du quatrième jour, en lui apportant son repas comme il avait pris l'habitude de le faire, le marquis tira un fauteuil près du lit d'Hortense et s'y assit :

– Je suis venu vous dire que mon petit-fils se porte bien et qu'il nous fait grand honneur... fit-il avec enjouement.

– Vous l'avez vu? demanda Hortense le cœur battant la chamade.

– Hier. Il est vraiment superbe. Mais on dirait que vous aussi reprenez des couleurs? Je vous trouve bien belle, ce matin. Et je pense que le temps est venu de vous demander enfin une réponse. Je vous ai laissé trois jours de réflexion et j'ose espérer que le silence et la solitude vous ont porté conseil.

– Quel genre de réponse attendez-vous?

– Ne faites pas l'enfant; vous le savez très bien... La réponse est simple d'ailleurs : acceptez-vous de m'accueillir cette nuit?

– N'êtes-vous pas un peu pressé? Le temps des relevailles est de dix jours, il me semble...

– Pour les femmes délicates et vous n'êtes pas une femme délicate. Au surplus, il n'est pas question de vous faire un autre enfant. La chose paraîtrait par trop étrange. Mais seulement de goûter un peu à ce corps charmant dont le souvenir me hante. Cette nuit vous vous soumettrez à moi ou bien...

– Ou bien?

– Vous pourriez ne plus voir se lever beaucoup de soleils.

Cette fois la menace était claire. Si Hortense n'acceptait pas le dégradant marché, elle mourrait rapidement car, ainsi qu'il l'avait dit, l'assassin entendait profiter du temps, toujours dangereux, des couches. Mais elle n'avait pas la moindre intention d'accepter. Sa vie s'arrêterait tout juste avant qu'elle n'atteignît ses dix-neuf ans mais au moins elle demeurerait fidèle à son amour, au souvenir de sa mère miraculeusement sauvée d'un frère monstrueux et, surtout, le fils qu'elle ne verrait pas grandir n'aurait jamais à rougir d'une situation équivoque. En choisissant la mort, elle ne faisait d'ailleurs qu'avancer l'échéance car – elle en était persuadée – tôt ou tard Foulques de Lauzargues trouverait un moyen d'éliminer le jouet brisé dont il se serait finalement lassé... Alors, elle se disposa à mourir.

Calmement, posément, elle but une tasse de lait, mangea deux œufs et une poire d'hiver. Puis, avec l'eau chaude qu'on lui portait chaque matin, elle fit une toilette soigneuse et s'habilla de pied en cap. Il fallait, quand il viendrait, que le marquis trouve en face de lui la veuve de son fils et non une faible créature abandonnée aux moelleuses traîtrises du lit et sans autre défense qu'un léger rempart de batiste. Les vêtements d'une femme, avec leurs longs pantalons, leur accumulation de jupons et le poids des robes constituaient une sorte d'armure bien propre à décourager les tentatives de viol. Car, à présent, Hortense s'attendait au pire.

L'enfant semblait avoir pris toute la substance de sa mère qui se retrouvait plus mince qu'autrefois, ce qui lui permit de lacer sans aide son corset et d'accumuler plus de sous-vêtements encore qu'autrefois avant d'endosser sa robe. Puis elle brossa soigneusement ses longs cheveux, les natta et les roula autour de sa tête en couronne, coiffure qui donnait plus de sévérité à son visage. Enfin, elle s'enveloppa de son grand châle et alla s'asseoir devant son secrétaire.

L'idée lui était venue d'écrire une lettre et de la jeter par la fenêtre pour la confier au vent dans l'espoir que quelqu'un la trouverait. Mais ce quelqu'un pouvait être le marquis, ou l'un de ses gens, ce qui revenait au même. Alors elle fit jouer le casier secret et prit son journal qu'elle s'était efforcée de mettre à jour pendant son attente. Si elle voulait qu'un jour sa tragique histoire fût connue, c'était sans doute le plus sûr moyen... même si le journal devait attendre des dizaines d'années dans sa cachette...

Elle écrivit une grande partie du jour. Le crépuscule descendait quand elle reposa sa plume, sécha les dernières lignes et referma le cahier qu'elle confia de nouveau à la cachette. Parce qu'elle était la digne fille de son père et qu'elle aimait voir les choses en ordre, elle écrivit ensuite un testament qu'elle cacheta et posa bien en vue sur la cheminée. Il était rédigé, bien sûr, en faveur de son fils, mais disposait de certaines sommes en faveur de Godivelle, de Dauphine, et des serviteurs du château. A Jean, elle léguait son secrétaire et les quelques livres qu'elle possédait. Puis, quittant le petit bureau, elle tira un fauteuil près de la fenêtre, s'y assit et n'en bougea plus. Il y avait eu un peu de soleil, vers le milieu de l'après-midi, et elle voulait le voir se coucher une dernière fois.

Quand le marquis entra, vers neuf heures, elle était toujours à la même place et il marqua un temps d'arrêt en face de cette noire statue, assise bien droite et les mains nouées autour d'un chapelet. Il eut un rire sec et nerveux.

– Ce n'est pas ainsi que j'espérais vous trouver...

– Je sais. Vous espériez trouver une femme terrifiée que la peur aurait réduite au rang ignoble de fille soumise. Moi je suis la comtesse de Lauzargues et c'est vous qui l'avez voulu. Vous ne me verrez jamais sous un autre aspect!

– Donc, vous avez choisi...

– J'ai choisi la mort, comme ma mère l'aurait choisie à ma place. Elle aura au moins l'avantage de me libérer de vous à tout jamais... C'est un grand privilège.

– C'est bien. Vous l'aurez voulu. Je pleurerai beaucoup à vos funérailles puis je vous oublierai, je crois...

Quand il referma la porte, avec une douceur inhabituelle comme si déjà cette chambre ne contenait plus qu'un catafalque et quelques cierges, Hortense comprit qu'elle était condamnée et qu'il fallait se préparer à mourir. Elle ne savait ni quand ni comment la mort viendrait à elle. Ce serait sans doute quelque breuvage composé par Garland qui ne laisserait guère de traces et laisserait croire à la fable imaginée par le marquis... Pourtant, en dépit du courage qu'elle s'efforçait de montrer, la jeune femme sentait par instants son cœur défaillir car il est dur de mourir quand le corps et l'esprit ne demandent qu'à vivre. Chaque bruit intérieur la faisait tressaillir...

Vers onze heures, elle entendit, comme elle l'avait entendu les soirs précédents, les accents légers de la harpe car le marquis charmait sa solitude avec la musique. Presque simultanément, les bruits reprirent dans la chambre condamnée, des coups, des grattements qui parurent soudain très proches... C'était si net qu'abandonnant sa veille lugubre, Hortense alla vers le mur pour y coller son oreille, mais n'eut pas le temps d'en approcher : détachée du mur, une grosse pierre roula à ses pieds...

– Aide-moi! ordonna la voix de Jean. Il faut que j'agrandisse ce trou...

Le saisissement qu'elle éprouva fut si violent qu'elle tomba sur les genoux tandis qu'une seconde pierre sortait du mur. Mais ce ne fut qu'un instant. Vivement, elle se releva et, des deux mains, elle attaqua elle aussi les pierres... Il suffit d'ailleurs d'en enlever deux autres pour que le trou fût assez grand.

– Tu es toute habillée? reprit Jean en s'épongeant le front du revers de sa manche. C'est une bonne chose. Prends un manteau, de l'argent si tu en as, ce que tu peux avoir de précieux. Passe-moi tout cela et rejoins-moi.

Jeter dans un petit sac ses quelques bijoux, une bourse assez bien garnie et les rares souvenirs qu'elle avait de sa mère ne demanda qu'un instant. Le sac franchit le trou, bientôt suivi par la grande cape à capuchon d'Hortense puis par Hortense elle-même.

Avec un soupir de bonheur, elle s'abattit dans les bras de Jean mais il ne lui accorda qu'un baiser rapide.

– Il faut faire vite. Nous n'avons pas beaucoup de temps.

– Comment as-tu su?

– Par Godivelle qu'on a éloignée et qui a compris que le marquis méditait un nouveau crime. Elle a réussi à m'envoyer Pierrounet. Viens, à présent...

On entendait toujours la harpe mais les sons s'atténuaient. Le morceau allait s'achever. Pourtant, en dépit de l'urgence, Hortense ne put s'empêcher de jeter un coup d'œil à la chambre où était morte sa tante. Au pied du trou que venait d'ouvrir Jean s'amoncelaient toutes sortes de décombres; tout ce qu'il avait arraché de l'énorme mur depuis, sans doute, pas mal de temps. Pour le reste on ne voyait que des pans de tissu et des fragments de meubles à moitié brûlés, dernières traces de l'incendie qui avait ravagé la pièce et anéanti Marie de Lauzargues. Mais Jean ne laissa pas à Hortense le temps de s'attarder. La prenant par le bras, il l'entraîna vers l'oratoire qui occupait la tour d'angle et la poussa dans l'ouverture d'un étroit escalier dissimulé dans l'un des murs. Sur la dernière marche, une lanterne sourde était posée et Jean la reprit pour éclairer leur descente...

Cela parut interminable à Hortense. L'escalier ressemblait à une vis sans fin et semblait vouloir s'enfoncer indéfiniment dans les entrailles de la terre. Mais enfin on prit pied dans un étroit boyau de terre battue qui se perdait dans les ténèbres.

– Où allons-nous? chuchota Hortense.

– Cette galerie débouche dans la crypte de la chapelle. Elle a été solidement murée après la mort de la marquise et pour une bonne raison : c'est par là que l'assassin est allé mettre le feu dans la chambre où la malheureuse gisait, endormie par une drogue. Le vieil abbé Queyrol avait tout découvert et par lui le marquis avait été frappé d'anathème. Il s'en était vengé en chassant son chapelain et en condamnant la chapelle... A présent, écoute-moi : un cheval t'attend près de la chapelle. Tu es assez remise pour pouvoir monter?...

– Oui, mais...

– Tais-toi! Nous n'avons pas beaucoup de temps. Va à Chaudes-Aigues, chez le docteur Brémont. Il t'attend... De là il te conduira à Rodez où tu prendras une diligence pour Cahors. A Cahors tu auras la malle de Toulouse afin de regagner Paris. C'est un détour un peu long mais quand on te cherchera, ce sera surtout du côté de Saint-Flour et sur la route de Clermont...

Ils avaient atteint la crypte où Jean retrouva le fusil qu'il avait laissé appuyé à une niche de pierre. Le solitaire semblait possédé d'une sorte de fureur et sa main serrait si fort le bras d'Hortense qu'il lui fit mal. Sans brutalité mais fermement, elle se dégagea :

– Je ne partirai pas sans mon fils. Il me l'a pris...

– Je sais mais nous n'avons pas le temps de le chercher. D'ailleurs il n'a rien à craindre, lui. Tandis que toi, Godivelle est persuadée que le marquis veut te tuer...

– Il allait le faire! Oh Jean, il sait tout de nous... Et... et il m'avait proposé un ignoble marché si je voulais vivre encore.

– Devenir sa maîtresse?

– Tu savais?...

– Non... Non, sur mon âme! Mais de cet homme on peut s'attendre à tout! Ne crains rien pour l'enfant. Moi je veillerai sur lui. Il est mon fils, n'est-ce pas?

– Il est notre fils! Oh, Jean! pourquoi m'envoyer si loin de vous deux? Pourquoi ne pas me cacher quelque part dans la région?

– Parce que nulle part tu ne serais assez bien cachée. A Paris, c'est beaucoup plus facile... Tu es chez toi.

– Plus maintenant. Le marquis n'aura aucune peine à me retrouver et il a le Roi pour lui...

– Peut-être, mais il se peut que le Roi ne soit plus là pour longtemps. La révolte gronde sourdement, m'a-t-on dit... Elle peut éclater dans huit jours, demain, ce soir...

Brusquement, il la prit dans ses bras, la serra contre lui à l'écraser.

– Écoute-moi, mon amour : il faut fuir. Je te jure sur ce bonheur que tu m'as donné que je te rendrai ton enfant. Mais pars, je t'en supplie, pars!

Il couvrit son visage de baisers rapides puis, la détachant brusquement de lui, reprit sa main. Mais, au lieu de se diriger vers l'escalier remontant dans la chapelle, il alla déplacer l'une des antiques dalles tombales posées contre le mur du fond, découvrant un étroit passage.

– Ça, c'est mon chemin à moi, dit-il avec une soudaine gaieté. Cette ancienne tombe conduit maintenant à un trou du rocher qui est derrière la chapelle. C'est moi qui ai creusé ce boyau... bien commode pour faire plaisir à une petite fille en sonnant une cloche sans que personne vous voie...

– C'était toi?

– Bien sûr. Tu n'avais pas deviné?...

– J'avais cru deviner mais cela a semé une telle panique au château...

– Ce n'en était que plus amusant... Chut! Nous arrivons!

Ils débouchaient à présent dans l'étroite faille tapissée de broussailles au milieu desquelles Jean obligea Hortense à s'accroupir...

– Le cheval est en dessous, caché derrière un roncier. Nous allons seulement attendre un instant pour voir si tout est tranquille...

Il se redressa à demi en évitant de froisser les branchettes mortes, observant les alentours. Hortense l'imita et vit, en face d'eux, le château, dressé sous la lune de printemps, superbe et maléfique...

– C'est le moment! souffla Jean.

Il voulut aider Hortense à sortir du trou, mais elle s'accrocha à lui, le maintenant à l'abri des broussailles.

– Allons-nous vraiment nous quitter? Jean... Est-ce donc un adieu?

– Nous nous étions dit adieu, Hortense. Il faut aller ton chemin. Même s'il a croisé le mien un moment, il ne peut que s'en écarter. Pars en paix, sans crainte pour notre fils... Je te le rendrai ou j'y perdrai la vie. Pas plus que toi je ne souhaite le voir vivre jamais dans cette tour maudite.

– Mais je t'aime... Oh Jean, je t'aime tant!...

– Ma douce... tu ne m'aimeras jamais autant que je t'aime.

Fermement, il l'obligea à se lever et la guida hors de la faille, puis sauta à bas du rocher et la prit dans ses bras pour l'en faire descendre. Mais il ne la reposa pas à terre. Le cheval était là, à quelques pas. Il la porta en selle, non sans l'avoir embrassée une dernière fois... C'est alors qu'un éclat de rire se fit entendre.

– Quelle belle scène, fit la voix goguenarde du marquis. Et quelle belle évasion! En vérité, vous êtes diaboliques, tous les deux. Dommage que cela ne serve à rien et que cela s'achève ici.

Il était là, armé d'un fusil, sa grande cape noire flottant autour de lui au vent de la nuit, barrant le chemin, tenant les deux jeunes gens sous la menace du canon.

– Otez-vous de là, marquis! cria Jean. Vous n'avez aucun droit sur cette jeune femme. Elle est libre...

– Elle va l'être dans un instant... de toi! Et pour toujours!

– Vous voulez me tuer?

– Moi? Oh non! Je crois que, dans ce pays arriéré, on n'aimerait pas ça. C'est Jérôme qui va te tuer... par hasard, ou par maladresse, comme tu voudras. Regarde!

Le cocher que personne n'avait remarqué était là en effet, debout à une dizaine de mètres, sur les marches du calvaire avec lequel il se confondait. Il tenait lui aussi un fusil dont le canon d'acier brilla sous la lune. Il épaula lentement. Mais, au cri d'Hortense avait répondu un coup de sifflet et, soudain, une longue forme rousse jaillit du sommet des rochers et s'abattit sur les épaules de l'homme qui roula à terre. Le coup partit, détournant l'attention du marquis, sur lequel Jean bondit à son tour d'une fabuleuse détente, lui arrachant son fusil.

– Tiens-le, Luern! Mais ne le tue pas! Et toi, Hortense, va-t'en!...

– Mais, Jean...

– J'ai dit : va-t'en!

Reculant de trois pas, il allongea une claque sonore sur la croupe du cheval qui s'enleva d'un élan, emportant la jeune femme au long du chemin qui menait au village. Le départ avait été si brutal qu'elle faillit tomber, mais elle était bonne cavalière et reprit très vite son assiette et la maîtrise de sa monture qu'elle retint un instant. Se retournant, elle vit que la scène était toujours la même : Jean tenait le marquis couché à terre sous la menace de son fusil et, un peu plus loin, Jérôme gisait sous les pattes du grand loup dont la gueule ouverte menaçait sa gorge.

– Je t'aime, Jean!... cria une dernière fois Hortense dans le souffle du vent.

Sa voix lui parvint, déjà lointaine :

– Moi aussi... et pour toujours! Mais cours donc!...

Elle rendit la main. Le cheval s'élança et les tours de Lauzargues disparurent au tournant du chemin... La pluie, en recommençant à tomber, se mêla aux larmes d'Hortense.

Saint-Mandé, janvier 1985.

TABLE

Première Partie

LE CHÂTEAU DES SOLITUDES

Deuxième Partie

L'HÉRITIER

OUVRAGES DE LA COLLECTION « ROMAN »

WARREN ADLER
L'enfant crépuscule

SHELLEY V. ASHLEY
L'enfant de l'autre rive
L'enfant en héritage
Le vrai du faux

LOÏS BATTLE
La saison des orages

SALLY BEAUMAN
Destinée

JULIETTE BENZONI
Fiora et le Magnifique
Fiora et le Téméraire
Fiora et le Pape
Fiora et le Roi de France
Les Loups de Lauzargues : (Jean de la nuit ; Hortense au point du jour ; Félicia au soleil couchant)
Les dames du Méditerranée-Express (La jeune mariée ; La fière Américaine)

MAEVE BINCHY
Noces irlandaises
Retour en Irlande

BARBARA TAYLOR BRADFORD
Les femmes de sa vie

GILLIAN BRADSCHAW
Le phare d'Alexandrie

FREDA BRIGHT
La bague au doigt

JACKIE COLLINS
Les amants de Beverly Hills
Le grand boss
Lady Boss
Lucky
Rock Star

JOAN COLLINS
Saga

JANET DAILEY
L'héritière
Mascarade
Rivaux

HENRY DENCKER
Le choix du Docteur Duncan
La clinique de l'espoir
L'enfant qui voulait mourir

JUDE DEVERAUX
La princesse de feu

ELIZABETH GAGE
Un parfum de scandale

LINDAY GRAY SEXTON
Le chant d'une mère

HANS HERLIN
Maria Toumanova

MARIE-REINE DE JAHAM
La grande Béké
Le maître-savane

ALEXANDRA JONES
La dame de Mandalay
La princesse de Siam

Karlen Koen
L'obscur miroir des jours heureux

Charles Lancar
Adélaïde

Coral Lansbury
La mariée de l'exil

Heinz G. Konsalik
Les amants de Sotchi
Amour et sable chaud
Amours d'été
L'ange des oubliés
Le bateau de l'espoir
Le bonheur volé
La clinique des cœurs perdus
Cœur de glace
Le cœur triomphant
Enfer vert
Les frontières de l'amour
Médecin du désert
Natacha
Nuits sur le Nil
Le retour tragique
Sous le ciel de Madère

Judith Krantz
Scrupules

Rosalind Laker
Aux marches du palais
Les tisseurs d'or

T.N. Murari
Taj

Susan Elisabeth Phillips
La belle de Dallas
La fille lumière

Neil Ravin
Demain est déjà si loin

Anne Rivers Siddons
La Géorgienne
La jeune fille du Sud
Pouvoir de femme
Vent du sud

Rebecca Ryman
Le trident de Shiva

Philip Shelby
L'indomptable

Sidney Sheldon
Quand reviendra le jour

Frank G. Slaughter
Afin que nul ne meure
Bois d'ébène
Le cœur a ses raisons
Le cœur d'un autre
Divines maîtresses
La femme aux deux visages
La fin du voyage
Lorena
Un médecin pas comme les autres
Mirage doré
Non pas la mort mais l'amour
Sangaree

Kathy Cash Spellmann
La fille du vent

Alexandre Torquet
Ombre de soie

Barbara Victor
Chassé-Croisé

Jeane Westin
Amour et gloire

Jennifer Wilde
Secrets de femmes

Barbara Wood
African Lady
Australian Lady
Séléné

ÉGALEMENT CHEZ POCKET

Pierre Bellemare
Les crimes passionnels (2 tomes)
Nuits d'angoisse (2 tomes)
La peur derrière la porte (2 tomes)

Patrick Besson/ Danièle Thompson
La boum

Philippe Bouvard
Contribuables, mes frères

J.-D. Brierre/ M. Fantoni
Johnny Hallyday

Antoine de Caunes
C'est bon mais c'est chaud

Cavanna
Maman au secours !

Charlie Chaplin
Ma vie

Jean-Pierre Coffe
Au secours le goût
Le bon vivre
Le vrai vivre

Miles Davis
Autobiographie

Raymond Devos
À plus d'un titre

Jean-Louis Festjens/ Pierre Antilogus
Le guide du jeune couple
Le guide du jeune père

Jean-Pierre Foucault
Est-ce que la mer est belle ?

Ava Gardner
Ava

Luanshya Greer
Bonne Espérance

Jerry Hopkins/ Daniel Sugerman
Personne ne sortira d'ici vivant

John Jakes
Nord et Sud (5 tomes)
California Saga (2 tomes)

Brigitte Kernel/ Éliane Girard
Les mecs

Marie-Laure de Léotard
Nous les bourgeoises

Bruno Masure
À pleins tubes
Le Dictionnaire analphabétique

Sylvie Mathurin
Le temps passe... le cœur reste

Robert Matthieu
Échec à la dictature fiscale
Le racket fiscal

François Périer
Profession menteur

Nancy Reagan
À mon tour

Jean-Michel Ribes
J'ai encore oublié Saint Louis

Pierre Richard
Le petit blond dans un grand parc

Jean-Yves Lafesse
Les grandes impostures téléphoniques

Nadine de Rothschild
Le bonheur de séduire, l'art de réussir

Paul-Loup Sulitzer
Les riches (I)

San-Antonio
Béru Béru
Béru et ces dames
Les clés du pouvoir sont dans la boîte à gants
Les cons (2 tomes)
Faut-il tuer les petits garçons qui...
Histoire de France vue par San-Antonio
Le mari de Léon
La sexualité
Le standinge selon Bérurier
Un tueur kaput
Bérurier
La vieille qui marchait dans la mer
Y a-t-il un Français dans la salle ?

André Tilieu
Brassens auprès de son arbre

D. Varrod/C. Page
Goldman, portrait non conforme

Wright
Christina Onassis

Achevé d'imprimer en mai 1994
sur les presses de l'Imprimerie Bussière
à Saint-Amand (Cher)

POCKET - 12, avenue d'Italie - 75627 Paris Cedex 13
Tél. : 44-16-05-00

— N° d'imp. 1326. —
Dépôt légal : juin 1987.

Imprimé en France